青芒 著

首席拍卖师（全二册）上

江苏凤凰文艺出版社

图书在版编目（CIP）数据

首席拍卖师：全2册/青芒著. -- 南京：江苏凤凰文艺出版社，2022.3
ISBN 978-7-5594-5845-2

Ⅰ.①首… Ⅱ.①青… Ⅲ.①长篇小说－中国－当代 Ⅳ.①I247.5

中国版本图书馆CIP数据核字(2021)第073716号

首席拍卖师：全2册

青芒 著

策划编辑	钱　丽
责任编辑	白　涵
营销统筹	杨　迎　史志云
封面绘图	三　乖
封面设计	80零·小贾
版式设计	段文婷
出版发行	江苏凤凰文艺出版社
	南京市中央路165号，邮编：210009
网　　址	http://www.jswenyi.com
印　　刷	北京中科印刷有限公司
开　　本	670毫米×970毫米 1/16
印　　张	30
字　　数	461千字
版　　次	2022年3月第1版
印　　次	2022年3月第1次印刷
书　　号	ISBN 978-7-5594-5845-2
定　　价	72.00元（全二册）

江苏凤凰文艺版图书凡印刷、装订错误，可向出版社调换，联系电话025-83280257

CHIEF AUCTIONEER

有时候审美就和创造一样,
需要独裁,需要有力排众议、唯我独尊的勇气。
唯有如此,才能成就拍卖师的点石成金。

目录

001 第一卷 冰瓷金缕

083 第二卷 一代绝品

219 第三卷 千峰翠色

341 第四卷 影落寒江

468 尾　声

第一卷 冰瓷金缕

一

下着雨。

来的人不算少,入口处地毯上免不了水渍。雨声哗哗,天上挤满了乌云。一时半会儿散不了的样子。

白炽灯亮得近乎刺眼。

手心滑腻腻的都是汗。空调不管用,衬衫贴在背上,像条阴冷的蛇。

她抓紧拍卖槌。

今天的拍卖品成色不错,应该能够卖个好价钱,她这样暗示自己,一遍,又一遍。底下都是人头,泛着光,就好像人群蜂拥而至,就为了来围观她复出主槌的第一场拍卖。她嗓子有点紧。

声音干涩,但是无论如何,出了声就是好样的——

"北宋定窑柿釉斗笠盌,12万。"选它开场是因为价钱适中,釉色夺目。"会有人感兴趣的……"

但时间一点一滴过去。

没有人举牌。

一个都没有。全场死寂。但是每个眼神又仿佛都在嗡嗡嗡地张嘴,唾弃还是嘲笑她辨不分明。空气越来越炙热,外头传来闷雷声。时间过得这样缓慢,又这样快,分分秒秒提醒她——该落槌了。

"12万——一次,12万——两次……"她放慢速度,慢得像只蜗牛,也许还是蛇,它缓慢地沿着背脊爬过去,拖出长长的水渍,"还有最后一次机会——有人出价吗?"她垂死挣扎,在人群中寻找目标。

没有人接她的眼神,就仿佛石子投入海中,死水无澜。槌终于落下,没有声息:"12万第三次!标底流标。"

眼睛瞟到表盘,总共也不到半分钟。

背心湿透了。但是她不得不拿起下一件,南宋龙泉窑青釉筒形花插,器形优美,釉色温润,估六百万。

下一件,五代邢窑白瓷……

再下一件……

所有沉默的眼睛,就只有光和阴影无处不在,和着雨声,和着拍卖槌一次一次落下:"流拍……"

"流拍。"

"流拍!"

言夏从噩梦中醒来。清晨的阳光在拼命往遮光帘里钻,屋子里还是暗暗的。拉开窗帘,阳光就一拥而入了。郁郁葱葱都是树。南城一年四季都绿,春天的雨水浇灌出红的白的花,成片成片鲜亮。

她在落地窗前看了一会儿,去洗手间用冷水洗了把脸,镜子里脸还是白的。

不记得第几次做这样的噩梦了。她一次也没有梦到过她锒铛入狱的未婚夫韩慎,却反复梦到自己主持了一场成交率为零的拍卖会。不知道这算不算有人说过的,到一定年纪,失业比失恋痛苦。

她突兀地笑了一下。

她永远记得韩慎被从拍卖场带走时所有人惊慌失措的脸。自那之后,整个公司,不,整个业内看她的目光都不太友善。要不是有恩师张允清这块牌子在后头顶着,她早被踢出公司了。

"不要怕，"老张和她说，"只要你确实没有插手，总有一天他们会信你清白。"

你看，连授业恩师都要在这话里加上"确实"两个字来自我安慰——老师总不至于真怀疑她。

她也不知道韩慎怎么想的。业内潜规则，"假拍"尚可网开一面，"拍假"不可饶恕。他一场拍出去三千万，全是高仿古瓷，这胆子也大得能吞天了。偏偏众所周知，她就擅长古瓷鉴定。

当初她入行，仗着老张的面子，被韩慎带在身边口传心授，手把手教，不知道多少人红眼。如今韩慎出事，她就是掉了毛的凤凰不如鸡，冷板凳坐半年整。也不是公司不给机会，就是——

"这风声没过去，你说，谁敢信你？"

何止。

这么大丑闻，整个行业都被拖累，去年国内秋拍业绩一落千丈，几乎没人完成KPI。

言夏摸着良心自问，也没法做到不猜疑、不迁怒。毕竟去年不仅公司被连累赔钱，就是普通员工年终奖也少了老大一块。韩慎是进去了，在看守所里待着，判决一时半会儿下不来，打不着骂不到。她既是韩慎的助理，又是他的未婚妻，又传闻说韩慎这么做都是因为她催逼买房——

别说，他去年还真买了房，临江风光，带个小花园，据说花园里种满了路易十四。

老张说："实在干不下去，先回来读个博也是可以的。"

言夏苦笑。她倒是想，实在没这个条件。

天历拍卖行在南城中心CBD，38层高楼。

公司标志是件新石器时代红山文化的黄玉猪龙，厚耳扁鼻，突目炯炯，憨态可掬。据说公司创立时候第一拍，有人重金拍下，不知道什么缘故并没有来取，以至于公司创始人认为是绝大利好。

电梯里没人和她打招呼，原本说说笑笑的人齐刷刷低头看手机。言夏也就厚着脸皮当同事都对手机爱到不能自拔。

到工位开电脑，弹出来对话框，现任上司江华催问工作进展。她原本是韩慎的人，韩慎出事之后谁都不乐意带她，你推我让的，都料想她留不久，索性暂时归在古董珍玩部总监江华手下。

春拍即将开始，整个公司都在紧张的筹备工作中——她手头这活是不紧张的：江华吩咐她整理过去十年的珍玩流拍图录。

言夏捣鼓了好几个月，条分缕析总结出了个一二三，但是江华催她即刻去他办公室。

江华从百叶窗的缝隙里看见人走过来，白衬衫，杏色长裤，乌黑一头短发，腰杆挺直，这输人不输阵的架势让他头疼：韩慎手下几个爱将都请辞了，唯独关系最深的这位没走，都指着她主动，她就偏不。转眼又是春拍，这个历史遗留问题无论如何都必须解决了，留着太动摇军心。

因等她进来，开门见山给出条件："……2N怎么样？"言夏在公司三年，补偿半年薪水，够意思了。

言夏有心理准备，事到临头还是免不了一愣，说道："我听说云老出殡就在这几天。"云老是南城本土藏家，年过七十，拍卖行留心的人物之一。

江华笑了："前几天就让人去探过口风，云家暂时没有出售藏品的意思。"

"听说云照投资失利……"

云照是云老爷子的幼子，前几年电商风口，他跟着烧钱，如今游资退潮，渐渐就有些烧不起了。小道消息说他有套现股票补窟窿。

江华斟酌片刻："你和他有交情？"

"说不上交情，就去年春拍帮云老出手了五件瓷器。"言夏没有说得更详细——江华又不是不会查：五件都是倍于底价成交。虽然有韩慎指点的功劳，但毕竟主槌是她，"云老很客气，请我们吃饭，难得小黄总拨冗承欢，出席作陪。"

江华神情专注起来。

他知道拿下云家能给公司带来多大好处，无论是现金流还是名气。在这些东西面前，言夏有没有参与韩慎去年所为都不重要了。至于她和韩慎的关系——又没结婚；就算是结了婚，又不是不能离。

这年头也不兴连坐了。

言夏说："云老出殡，我想请假过去参加追悼会。"

江华正色道："言夏你这就不对了，这是公事，请什么假——去吧。"

以前韩慎和她说："我们做拍卖的，最关注藏家三个动向，一个过世，一个离婚，一个破产。"

这三种情况都有产权转移。

她那时候才毕业，免不了学生气，脱口说："简直食腐为生，像秃鹫。"

韩慎摇头："一样东西，最合适的归宿是落在喜爱它的人手里。但是就好像不流通的钱毫无价值一样，一件永不见天日的艺术品，你想想长埋于乾陵的《兰亭序》，差点被烧掉殉葬的《富春山居图》。流水不腐，户枢不蠹，就算是在博物馆，如果不展出、不研究，那也毫无价值。它必须为人所知，为人所欣赏，它必须流通，它必须通过流通，得到世人的承认，得到与之匹配的价格——拍卖存在的意义，就在这里。"

这是个任何时候都能够逻辑自洽的人。言夏也想不通他为什么走那条路。她到现在都没有获得探视权。

她也没想到入行时候的这几句话变成她的救命稻草。

二

言夏也不会傻到以为一饭之交黄公子能从去年记到今年。她回母校求了老师一件挽联，花圈联名，代师悼唁。

胡琛和张允清夫妻在文博界地位不低，云家给安排的席位自然也不差。

追悼会流程走完，疏客告辞，亲友送去公墓。管事看到一个年轻女子愣分分站在那里，忙过来问情况。

言夏十分羞愧："车号限行。"

这日宾客极多，管事一时也想不起她的身份，便只道："我找人带你。"回头吩咐，"去请周先生。"

过来个年轻男子，戴着墨镜。一样的黑衣，在他身上不知道为什么就格外妥帖，妥帖得能让人忘了他还有身体。

见了人，他面无表情一歪头："跟我来。"

言夏看到黑色耳钉，他肤色白，那枚耳钉便格外扎眼。

白事不比红事，没那么热络的社交氛围。两个人不说话，车子里就沉闷得很。过了老半晌才听人说："司仪说胡老来悼，我还以为陆总来了。"

言夏回答得滴水不漏："陆师兄去欧洲公干，赶不回来，不然也是要来送云老的。"陆君迟是她师公胡琛的得意弟子，言夏假装没听出这人拿他压她的意思。

那人从后望镜里看了她一眼，懒洋洋地，没有再吭声。

云家大家族，乌泱泱都是人。幸而家教良好，有老有小也没闹腾起来。到落葬完毕，言夏找机会和云照握手道别，指间夹了张名片。云照一愣，他确实记不得眼前秀丽女郎是哪房亲眷，借暮光看了眼："阿朗，你的人？"

有人从车后转过来："照哥你这眼神儿，莉莉才是我的人。她天历的，去年出事那位拍卖师的助手。"

云照"哦"了声，收了名片。倒也没问她怎么混进来的。

言夏眼睁睁看着车队呼啸而去。

方才还热闹得像个小型时尚发布会现场，转眼就剩了她一个。她也不急，就当是散步。墓园里绿化得极好，空气清新。慢悠悠走到园区门口，周遭无人，脱了细高跟坐在台阶上刷手机。

一辆车停在面前，车窗摇下来，黑色耳钉一闪："上来吧。"

言夏头也不抬："我约了车。"

周朗冷笑："附近几乎没车。从市区过来一小时起步。天很快就要黑了,这是墓地,言小姐。"更准确地说,天已经黑了,这个女人不会不知道什么叫阴气重"鬼打墙"吧。

"周先生倒是什么都懂,"言夏嘲笑他,"怎么就不知道参加完葬礼不能开回头车?"

周朗一脚油门飙出去老远,片刻,又折返回来:"还有什么规矩,一并都说了吧。"

言夏对这个效果还算满意,笑吟吟说道:"还有,不能直接回家,最好是去趟闹市,人多的地方——环市东路空中花园的烧鹅不错,周先生有没有兴趣,我请?"

周朗隔着车窗看她,初见以为才二十出头,现在看实了,也没那么小。"你一早就知道我是谁?"

"周先生太谦虚了。我这样的无名小卒周先生都能认出来,何况周总业内精英。"

周朗是永嘉拍卖行CEO。

永嘉老字号,清末起家,到如今百余年了。和它相比,天历是后起之秀,这些年势头不错才被相提并论。

永嘉和天历用人风格不同,天历学院派,永嘉重人脉。据说是卧虎藏龙,有很多二代三代在里头混。就周朗的背景都有很多都市传说,影影绰绰的,要细问便是空穴来风,又查无实据。

"你知道我会回来找你?"

"以周总和云家的亲近,如果已经顺利拿下,黄先生就不会收我的名片了。"言夏拉开车门坐进去。她虽然不很清楚周朗和云家具体什么关系,但周朗这种人是不会放过任何一个细节的。

"我想,没准儿周总需要盟友。"

"是你需要吧,言小姐?"

"是,我需要。"言夏立刻承认,她向他伸出手,"我叫言夏。"

周朗没有回应,任她的手尴尬地垂下去。

这个女人有句话说得对,她谁都不是。要不是去年秋拍闹出事儿他根本不会知道有这么一人——行内无不想把她大卸八块丢进东江喂鱼,没想到她还能惦记上云家的东西。

空中花园在君悦酒店第25层,落地窗,外头临江风光,里边恍然江南园林,绿意盎然。言夏点了几样招牌菜。

"你今儿原本是想上云照的车,"周朗理出头绪,"没想到炳叔抓了我应差?"

言夏笑了笑,给他斟茶。被塞给周朗确实在意料之外,不过"意料之外"这种东西就和鬼一样,见多了自然有经验。她在江华面前夸下海口,就一直在找机会,云家门槛高,机会实在不好找。

眼前这人没准是一线生机。

"太天真了,合着韩慎除了上床就没教过你别的?"

言夏放下茶杯,给自己也倒了杯。她脸上没什么表情,这时候无须表情。她抓到了重点:云照不管用,他没有决策权。

"但是周总也没能说服话事人。"

周朗斜睨她,灯色里眉目皎然:"你真觉得你有资本和我合作?"

"云照虽然没有决策权,但是出手的意愿最为强烈。"言夏说,"我想看看藏品,做个估价。"

"估价高也不管用,话事人不差钱。"

"云老精于收藏,但是老太太像是没有多大兴趣。如今云老故去,造个册也好,免得东西丢了都不知道。"

周朗掂量她这话里的意思,没有回话。侍者送菜上来,有荤有素,搭配得十分鲜亮。

两个人都是算计了整天,到这会儿未免前心贴后背,各自略吃了几筷。

言夏又说道:"如果云家肯拿出藏品来拍卖,是很大一笔生意。去年韩慎出事,整个行业都受影响,今年谁不想来个开门红?如果能谈下来,就算是天历和永嘉联手,也足够振奋人心了。"

"你能代表天历说话?"

"两鸟在林,不如一鸟在手——这句话无论对天历还是永嘉,都管用。"

这个背水一战的姿态，周朗思忖了片刻，应道："好。"他倒要看看，这个女人能耍出什么花样来。

买单的时候言夏手抖了一下：五个菜一壶茶，酒都没敢要，四千二。

从前这些花销都走公账。

她打住这个念头。她不去想从前。周朗这个人毫无风度，自顾自把车开走了。言夏招手要打的，想了想，还是乖乖找了块公交站牌。到家已经是极晚，冲过凉平心静气写了一件字。

念书时候跟着室友养成的习惯，不写点什么，心静不下来，睡不着。

她现在最重要的是睡得着。

过了一周周朗才给电话。言夏都以为没戏了，免不了又往医院跑了次。江华明里暗里敲打，得亏她绷住了没去问，只天天刷朋友圈。这人吃喝玩乐是一样都没落下。她这里煎熬得像热锅蚂蚁。

接待她的是云照和一个五十上下的男人，自我介绍说："我姓吴，口天吴，我替云老打理藏品。小黄先生说你过来做清点？"

言夏听出他的敌意，也不在意——四面楚歌的人不在意十面埋伏，只应道："是，吴先生。"

还有一位在里头等，周朗的助手张莉莉。张莉莉摄影业内知名，是个很潮的美人，气质出众，就是有点冷淡。

言夏从手袋里拿出枚胸针别在衣领上。

吴恪觉得可笑："多稀罕，不能在家里戴上？"

言夏抓住机会介绍："随身摄像。"

吴恪一愣，面上讪讪。云照有点意外："言小姐也太小心了。"

"一来瓜田李下，不得不如此；二来也是云老宝贝多，我得防患于未然，不让自己起贪念很重要。"她笑得俏皮，偏头看张莉莉。张莉莉会意："言小姐想得很周全——有给我准备吗？"

云照的脸色不是太好看。

三

言夏去年跟韩慎来黄府取东西,并没有进过如意馆。尽管是早有准备,真进了门还是惊喜。

云老的收藏以金饰瓷为主。金饰这项工艺始发于唐,进技于宋,全盛于明清。金质易脱,唐宋器多半只留下残影残痕;清道光末年,德国人发明"金水"大行于世,之后便有质地轻浮,成色不足之患。

言夏见这室中器物多集中于明朝和康雍乾,器型优美,金光璀璨,不由道:"云老好眼力,吴先生用心了。"

吴恪哼了声。他没交出图录,就是想试试这个女仔的斤两。他相信是有人挑拨离间,让老东家对他起了疑心。

张莉莉"咔嚓""咔嚓"各种角度拍照。

言夏只是看,偶尔伸手轻叩,翻看底部款识,末了给出结论:"青花描金丛竹瓷砚,嘉庆;红釉描金小扁壶,乾隆;洒蓝描金瓶,康熙……"她一边念,自有人记录。她在一只黑碗面前停住脚步。

"黑釉……描金十六梅花纹碗,定窑。"

张莉莉闻声回头:"定窑?"据说传世黑釉描金定瓷碗到现在为止就三件,起拍价都能上亿。

言夏猜出她心中所想,摇头道:"没那么好,碗底无釉,是迭烧,那就不是两宋,而是元代。元代定窑已经不风光了。金彩倒是施用得实在,应该是民国时候填的。真坯假彩,价值不会太高。"

吴恪的脸色由轻松转为凝重:这只黑釉碗是他故意夹在其中,已经是元定中的精品,民国填金也做得细腻,没想到被一眼看破,时代、窑口、金彩,都对。年纪这样轻,倒是不可小觑。

"釉里红描金高足杯……"高足杯形制精巧,釉脂莹润。言夏握在手里,微微沉吟,就听到一声咳。静室里陡然出声未免惊骇,回头看时,云照和一个年轻女子推了个老太太进来。老太太头发全白,坐在轮椅上瘦弱得像个小孩,病恹恹地,但神色间还是有显而易见的威严。

言夏心里一转:"黄太太?"

老太太没有要和她开口的意思，耷拉着眼皮淡淡看了她一眼，和儿子交代说："这两位小姐你请来的，也还是你送走吧。别带外人来这地儿。"她很清楚儿子打的什么主意，这个不孝子。

云照才要应，言夏抢先说道："原来传说是真的！"

屋子里几个人愣住，不知道话从何来。

"有明一代，成化瓷最精，有'明看成化'之说，据说是因为万贵妃喜欢，所以明宪宗在瓷器方面尤为用心。当初云老拍下这件，业内传闻是为了送给太太作为红宝石婚的纪念……"她一面说，一面转动杯壁，露出背后玄机：鲜红夺目，如凝血，如宝石——绘的是只胖胖的鸳鸯。

莫说老太太，就是云照也吃了一惊：要细数，他父母四十年红宝石婚纪念确实就在今年。只是时日未到，人已经过世。

一时母子都说不出话来。

过了许久，老太太方才有气无力道："你莫哄我，我听老头子说过，成化斗彩最好，不是有件被申城刘先生拍去，2.8亿，我家那死……我家那老头可没这么大手笔。"

言夏心里想老太太对东西没兴趣，数字倒是记得牢，怪不得能当家，又说道："成化斗彩固然名贵，釉里红也是难得的'千窑一宝'。它烧制在1300摄氏度，上下浮动在20摄氏度之间，低了就发黑，高了就飞色，哪怕只高上三五摄氏度，立刻转为浅红——在没有温度计的时代，难度可想而知。黄太太您看，您这件，红得有多正。"

老太太沉默了片刻，勉强抬起手，示意孙女推她上前，随便指一样岔开话题："那这件又有什么说法？"

言夏跟了过来："这是雍正时候的作品……"

言夏和张莉莉被留用晚饭，老太太没吃几口就撑不住了，被搀扶下去。两人识趣告辞，云照送她们出门。

张莉莉接到电话，递给言夏："周总。"

周朗说在酒吧等。

震耳欲聋的音乐差点没把言夏的天灵盖轰飞。

找了好一阵才找到人。一身黑，丢下鼓槌从台子上下来，湿漉漉的发丝粘在额上，光影斑驳，眉目锋利得像某种重金属，黑绳挂了只银骷髅吊在锁骨上窝。言夏心里想再加条花臂就齐活了。

周朗递过来一杯酒。

言夏："我不喝。"

"不是给你喝——给你醒脑。"

言夏就知道他没什么好话。她这半年里听到的好话原也不多，便只不动声色："周总有话直说。"

周朗不耐烦："还要我说？你不知道云家不肯出手藏品的原因？"

"知道。"鹣鲽情深，老太太怎么舍得出售亡夫遗物。

"知道你还——"

"周总。"言夏打断他，"我不能让她把我赶出去。一旦我被赶出去，无论周总你还有什么后手，就都和我无关了。这桩生意于周总你可能就是锦上添花，但是对于我来说，至关重要。"

"至关重要到你拿不到，就把路给堵死了？"

言夏小小喝了一口酒，如她所料，难喝到人神共愤，硬生生咽下去。"路有没有堵死，周总说了不算。"

"谁说了算，"这人眼睛生得好，咄咄逼人的时候黑得像宝石熠熠生辉，满室光华，"你？"声调上扬，分明冷笑，也让人气不起来。

言夏微微垂下眼帘："如果我说，那件釉里红有一对呢？"

"不可能！"周朗断然道，"釉里红十窑九不成，这等成色，一件已经难得，怎么可能有一对。"

这回换了言夏冷笑："周总没听说过至正瓶？"

周朗吃了个瘪：至正瓶是瓷器史上一桩公案。二十世纪五十年代之前，文博界认定元无青花。直到两个西方古瓷专家发现两件流落英国的青花铭文上写着同一个元代年号"至正"，方才推翻这一共识。

——这世上没有的都可能变成有，何况已经有一件，谁敢断言不能有一对？

他心思转得极快，很快就意识到了言夏想要做什么，面色微变，脱口道："言小姐，你这是杀人！"

言夏迅速回复他："周先生，我知道我在做什么。"

周朗仔细打量她，白衬衫、牛仔裤、镶珠耳环，乖巧斯文，眉目干净，一点花俏也无，是最得老人喜欢的那款。

胆子大得出奇，和她平平无奇的外貌截然不同，从她走的第一步开始他就该意识到。做拍卖的难免要盯住藏家动向，出尽百宝让藏家把东西交给他们，但是真敢在丧礼上打主意的不多。

她敢！

哪家都想独吞好东西，她敢说合作；鸳鸯失偶，要想得到那批东西就该尽量淡化云老的影响力，但是她不，她偏偏提醒老太太亡夫情深义重；现在又想覆手为雨——老太太年事已高，哪里经得起这个。

他沉下脸："我不同意！"

言夏笑容甜美："周总同意不同意无关紧要，老太太叫我得了空过去陪她说话，黄先生是赞成的。"

"你——"

"如果周总反悔，不想再联合拍卖，我没意见。"

周朗一杯酒泼在她脸上："滚！"

言夏擦了把脸，袖子湿淋淋的："周总也不要怪我做得绝，无非你做初一，我接了十五。你在黄先生面前上眼药，我不能不有所回报。"

周朗拳头都硬了。要是个男人，他能打到对方满地找牙，但是……他沉着脸往外走。

"周总想阻止吗？恐怕是来不及。"那人在背后凉凉地说，"去年底云老过世，老太太精神就垮了。多方会诊，也就是打点滴吊着——谁都知道长久不了。现在丧事办完，更难以为继。"

周朗不知道她哪里得来这么详尽的消息，但是很明显，这是她精心策划的结果，非一朝一夕。

"万贵妃过世于成化二十三年春天，当时明宪宗说：'万侍长去了，我亦将去矣。'同年八月，明宪宗驾崩——可见感情好，同生共死的夫妻是有的。不是说你我想要阻止就阻止得了。"

周朗停住脚步。

女人款款走到他面前，向他伸出手："没错，我现在完全可以甩开周总单干，但是我是个守信诺的人，如果周总愿意，我仍然打算和周总合作；如果周总想听，我这里有全盘的计划。"

酒吧的光在瓷白的肌肤上蹿动，唯有眉目漆黑，就如同古老国画上的钤印，硬生生定住这缤纷五色，生出清冽之气。

周朗偏有种祸水的错觉。他伸手与她相握：无论如何，生意是生意。

言夏反手一杯酒泼上他的脸。

然后如愿以偿看到周朗过于强硬的表情裂开，露出诧异又茫然的神色。她凑近他，太近了，能闻到他身上的气息，混着鸡尾酒，和她想的不一样，是橡苔皮革的硬质，粗粝和阴郁汹涌而来。

"周总，合作归合作，我不会容忍人一再对我无礼。无论是谁。"

这注定不是个能够平静过去的晚上。

老太太不是第一次被送来急救了。这半年里来了有七八次。好不容易安顿好了，主治医生困乏得大口大口灌咖啡。

"令堂这个心理问题，已经危及生理健康。通俗一点说就是，她没有生志。一个人不想活了，就……"医生停了一下，无论如何，这种论断对于家属都有点残忍，"药物就很难起到作用。"

所谓药石无灵。

"医生您再想想办法，我妈她——"

"有个比较古老的医案，"医生沉吟，"但是我也没有把握——"

漫长而沉闷的夜色，窗外一道霹雳，春雷响了。

四

江华的耐心耗尽了。

他一开始就不该信这个女人！云家这样的老派人家，怎么可能人一死就卖东西，也不怕被戳脊梁骨。

他决定找她谈谈。实在谈不下来，就是得罪张老、胡老也得把她开了。横竖道理在他这边：真的，出了这么大事，除了天历，谁敢留这个祸胎——没准韩慎犯事，她也脱不了干系。

江华有种被戏弄的恼怒——如果不是她抛出云家这个饵，一个月前他就该把人开了。留在公司就是巨大的隐患，会折损客户的信任和信心。

"江总，疑人不用，用人不疑。"言夏略略有些诧异。

之前一个月他都等下来了，不，从去年秋拍算起，这都大半年了，怎么这会儿倒沉不住气了。他们这行不比别的行业，是出了名的三年不开张，开张吃三年。一件艺术品摆上拍卖场的平均周期是八年。

"是公司的意思，小言你也不要怪我。现在形势就这样，谁坐这个位置都——"江华瞥见手机响了，"抱歉我接个电话，你先回去。看看还有没有没休完的年假，没报销的发票……"

"……2N？"片刻静默之后，言夏挣扎了一下。

"2N。"江华对自己快刀斩乱麻的魄力很满意，亲自给言夏开门，顺手拿起手机。

电话里没说几句，他的脸色变了。他张口想要叫住人，想了想，还是闭了嘴。

急切间要打听到全部的来龙去脉还是有点困难，江华也没有想到会出现这样的神转折。云家的说法是老太太睹物思人，一病不起，子孙为了老太太的身体着想，也顾不得体面，把东西打包出手。

圈里的消息难免五花八门，有感叹世风日下人心不古的，有直斥云家儿孙不孝的，有传说兄弟阋墙、豪门恩怨的。江华迅速过滤掉道德评价和明显不靠谱的段子，直接找到他要的干货。

有人遮遮掩掩说是红颜知己打上了门。

江华有点意外：云老以洁身自好著称，别说红颜知己，身边苍蝇都没听说过有母的。遗嘱上所有资产留给了老妻，儿女都没份——要不是如此，他也不至于信了言夏那个"云照投资失利"的鬼话。

但是兜兜转转多打听几圈，竟越传越真，说是老太太伤心过度，几度病危，ICU进了好几次，医生束手无策，老太太都在病床上准备口述遗嘱了，然后突然有个年轻美貌的女子闯进来。

"挺柔柔弱弱的一朵小白花，像以前那个什么明星……"那人唾沫横飞地与他描述，仿若亲见，"膝盖那个软，就直挺挺给老太太跪下，说自己手里有件东西，想求老太太出手回购。"

江华心里想这个女人可是个狠角色。

一样东西要得高价，经营得当，传承有序，慧眼识珠三要素缺一不可。其中又以"传承有序"最为要紧。

同一样东西，在云老手里叫"传承有序"，在不知名的女人手里叫"真伪难辨"，除非有权威人士背书，不然拍卖行收不收都成问题。这个女人多半是在文博圈里找不到人，才把主意打回到云家。

"……老太太一看，这是狐狸精啊！当时一个鲤鱼打挺——"

"鲤鱼打挺？"

"嗨，就这么一比方。老江你是不知道，老太太年轻时候那个爽利，可以说，老云家的天下，有一半是她打下来的。"

也行吧。

"是件什么东西？"

"成化釉里红鸳鸯高足杯。"

江华"啊"了声："那是——"

"那是贵行拍出去的对吧。女人说，云老家里祖传了一对，晚清民国军阀混战，当时情况不好，卖了只救急。那就是他云家的心病，好容易买回来凑全了。云老自留一只，送了一只给她。"

"是定情信物？"江华说。怪不得女人找上云家：圈里都知道去年春拍云老拍下了这件成化釉里红。她出货，要么被当成仿制品，完全卖不上价；要么被当成贼，扭送警局。

如今是，要么云家为了"家丑不外扬"高价回购；要么由着她放出消息，只要坐实了"红颜知己"的身份，这只成化釉里红就能坐地起价——最妙的是，但凡沾上才子佳人，价格必然飞升。

"可不！老太太哪里咽得下这口气，硬生生给气活了。那叫一斗志昂扬，发誓要让狐狸精赔了夫人还折兵，雷厉风行就把云老所有心爱之物都给出了，眼不见为净。"

"唔……"

"听说主题是'得成比目何辞死，愿作鸳鸯不羡仙'，要拿出当初宣传爱德华八世爱江山更爱美人的架势。还要求这只成化釉里红放在图录首页，作为他们夫妻红宝石婚的见证，独一无二。"

"这是把后路给断了啊。"江华喃喃道。

老太太这话内行：爱德华八世和辛普森夫人的爱情故事就是当初为了拍卖珠宝，苏富比拍卖行制作出来的经典案例之一，当时精准定位在"最奢华的爱"，小心翼翼避开了男主人公的性取向。

有这么个噱头，云家这批藏品能卖到大价钱。

"听说贵公司也有份，恭喜恭喜！"

江华心里可没这么喜悦：永嘉指定言夏作为天历主槌联合拍卖。

他不清楚言夏怎么从周朗那只小狐狸手里拿到这样丧权辱国的条约，如今他唯一庆幸的是辞职还在走流程。

"先别盖章！"他打电话交代人事部。

"可是——"

"已经盖了？没给她就行，"江华明确给出指示，"要是已经给了，就去要回来，随便找个什么借口。"

言夏在打印间。离个职上上下下要跑二十几趟，盖十几个章，也不知道是不是人事故意刁难。她一直没有催问周朗那边的进展，她猜他完全不与她联系是报复那杯酒。她倒不担心他甩开她单干。

陌生的同事推门进来："打印？"

"打印。"

她瞟了眼，婚假申请书，有点恍惚。门外又"嘀"地响了。刷工牌进来的是江华。江华看到她手里还没盖章的文件，大大松了口气。言夏不由自主笑了一下。江华给她竖了个大拇指。

"之前是我错了。"他说，"我给你道歉。"

江华这人有个好处，知错就改，不玩虚的："给你申请升了级。今年春拍瓷器七场，你自己选一场？"

言夏眨了眨眼：江华这是下血本了。

她去年才满足从业两年的条件拿到执业资格证，只主持过几场小型拍卖会，还是个初级拍卖师。眼下新场未开，直接晋升中级不说，还让她选场——都这时候了，这些场次自然早就定了主槌。她这无异于虎口夺食，便也不矫情："永嘉那边是周朗亲自督办，我压不住场子，还是给江总打下手吧。"

江华喜她识趣，说话也直接："云老手里精品多，保证价格不会太低，你一个人应付得来？"

——保证价格是拍卖行将支付给委托人的最低价格，在遇到大藏家出手藏品的时候拍卖行通常会用保证价格来争取委托的机会，有时甚至预付。如果流拍，那么这笔钱将由拍卖行支出。

通常一场拍卖只有一位主槌。不过既然是联合拍卖，永嘉这么重视，很可能出周朗，再不济也是张莉莉，和他们一比，言夏这点经验值就有点不够看。万一不行，还得有个能救场的兜底。

言夏说道："郑英恺郑老师再合适不过了。"

郑英恺是公司的高级拍卖师，今年春拍几个大的瓷器场都在他手里，她想选他的场，用云家这场作为补偿——当然也有郑英恺出彩的缘故，虽然他对她一向不是太友善，但那不是问题。

江华投以赞赏的目光。原以为是个刺头，没想到是块宝。他忽然觉得自己运气不错，韩慎出事也不全是坏事：去年这么一闹，业绩难看，士气低迷，今年只要有一点点好，立刻就能凸显出来。

团队组起来，消息和小道消息便在公司不胫而走。说什么的都有，看言夏的眼神也什么颜色都有。

言夏例行保持微笑。韩慎和她说，在不知道该给出什么反应的时候，微笑就好。

她还是没有梦到过他，探视申请也没有通过——律师说庭审前不能探视，但是他会通知她庭审时间。

倒是梦到过几次周朗。那枚奇怪的耳钉，像被钉死的蝴蝶，伏憩的翅膀上绚丽的纹路。醒来擦了把冷汗，胸口闷闷的——她猜是潜意识里，他让她觉得危险。

五

周朗皮笑肉不笑地把目光从江华移到言夏。她仍穿的香奈儿——上次出席葬礼也是穿的这件。

她没接他的眼神。

拍卖前的准备繁杂又紧张。估价，制图，宣传，筹备预展——每个环节都充满了考量和博弈。言夏参与了估价。几乎每件都必须经过反复拉锯，有时候还定不下来：一件矾红彩描金太白尊被估到了百万的最低价。

"周总！"言夏不得不截住他，"那件太白尊值不了那么多……"

周朗看了她一眼："说说看。"

"上限道光，下限咸丰，虽然气质沉稳，应该用的纯金而不是金水，但是气象仍然不如康雍乾。"

"然后呢？"

"这是件矾红。"矾红属于铁红。

用铜离子作着色剂烧制的红色釉叫铜红，比如祭红、郎窑红、釉里红。用铁离子叫铁红，最常见矾红和珊瑚红。铁红是低温釉，易于烧制，成品率高，但是颜色单薄，光泽明亮度不如铜红，也没有晕散，所以历来价格要低一些。

周朗不置可否："还有吗？"

"它只有11厘米高，不是大件，50万顶天了。"大件难于烧制，所以品相相近，大件价格高于小件。

"太白尊平均8.1厘米，11厘米已经是异常，你再看看它的图。"

"龙纹。"

"赶珠云龙！历来精描的赶珠云龙什么价格，你去翻翻。"

"我翻过了！"言夏寸步不让，"你把保证价格定这么高，云家人是高兴了,但是这对于我们是很大的压力。"

周朗"嗯"了声:"看来我高估你了。要不呢,你再想想我给出这个价格的理由,要不你回去和江华说,反正我们的协议,我只答应你出任拍卖师,估价方面,你要不行,就让他换人来。"

言夏被训得退了半步。

"我似乎又冒犯到你了,言小姐。"周朗微微一笑。夕阳染在他的眉目,言夏不由自主看到他的耳钉。

她知道这不是冒犯。如果不是去年的意外,也许她不介意保证价格定得稍微高一点,她不怕这个压力,但是——

持这个看法的也不止她一个,从永嘉到天历,似乎人人都有话要说。但是显然周朗在永嘉威望甚高,他一锤定音,便无人吱声;这样一来天历变成少数派,你看看我我看看你,没人肯做这个出头鸟。

到底为什么他会有这样的信心?几乎每件定价都高得离谱,简直像是故意的。

故意……言夏心里动了一下。

这时候周朗和张莉莉已经进了电梯,电梯的门就要合上,言夏追过去一手撑住:"我想明白了。"

"这么快?"周朗挑眉,"如果你猜对了,给个机会让你请我吃饭?"

言夏很痛苦:周朗吃饭的地方不便宜。

她很后悔最开始不该打肿脸充胖子在空中花园请他——就该带去大排档,让CEO先生知道什么叫人间烟火。

周朗拿了支烟:"不介意吧?"

"介意!"

周朗呼出口气,收了烟火。原想调笑一句,"韩慎这么清规戒律?"看了看桌上热茶,还是闭了嘴。

"说吧。"他说,"你的理由。"

"牛奶什么时候最安全?不是从未出过事故,而是在事故之后,没有人敢顶风作案。去年秋拍的事故让人望而却步，所以会来参与这场竞拍的，除了对云老收藏有兴趣的人之外，就是藏家中最富于冒险精神的那部分人。所以理所应当，他们对于这批藏品的认可度，比往常竞拍者更高。"

"有意思，"周朗说，"我以为这是常识。"

言夏犹豫了一下："虽然是这样，但是我仍然认为这对买家不公平。从长远来看——"

"你认为拍卖是什么？"周朗打断她。

"艺术资源的合理配置。"

"说人话！"

言夏："中介。买卖双方通过拍卖各自得到相对满意的结果。"

"所以你理所当然认为，买家会希望价格越低越好？"周朗摇头，"这样吧，我给你个学习的机会。"

言夏过了片刻才回过味来："周总这是要挖角？"

"原本是想，"周朗支着头，嘴角含笑。言夏敢打赌，栽在这厮手上的人肯定不少，"但是你又不让我抽烟。"

言夏不接招，低头看菜单。

"过了今年春拍，你肯定会身价大涨，到时候要挖你，就不止这个价钱了。"指尖蘸了茶水，在桌上写了个数字。

言夏猛地抬头。

"现在能让我抽烟了吗？"胜券在握，周朗眉目就生动起来。

他摸了打火机在手里，精致的流云刻线。这是个不容易拒绝的数字，特别对于眼前这个女孩儿来说。他看穿她的窘迫，他怀疑韩慎根本没花多少钱在她身上——这是个不可思议的结论。

女孩儿的目光胶在菜单上，就好像这些华而不实的配图里藏了什么了不得的秘密似的，良久，合起彩页："吸烟有害健康。"

周朗一怔："天历有什么强过永嘉？"

"没有。"

"那为什么——"

"我想靠手艺吃饭。"女孩儿浅茶色的眼睛里全是诚恳,"贵公司人事过于复杂,我可能难以适应。周总看得起我,我很感激。以后有大型场找我做拼盘,我会乐意效劳。"

"但是你想过没有,云家那档子事还没完呢。等老太太醒过神来,天历会保你?"

"我相信老太太是个讲道理的人。"

周朗按了一下打火机,暗蓝色的火光跳出来,安安静静燃了片刻。讲道理的人……真是天真得可爱。

但是从她之前的行为来看,实在又不像是个太天真的人。周朗心里有点疑惑。履历他看过了,简单清白一览无余。名校毕业,毫无背景,显而易见的勤奋,悟性也好,就是——

就是赌性极强。

照理来说,这样的性格会决定她更愿意放手一搏,所以这个拒绝还真是意料之外。

言夏懒得去猜他怎么想。她心疼被她拒绝的这个数字,她甚至明白周朗说给她学习的机会并非虚言。这是个极大的诱惑,她承认。能说出口的往往并非真实的理由,诚恳是自欺欺人的代名词。

周朗坏了胃口,没吃多少。言夏叫侍者打包。周朗问:"养了宠物?"

"想不到在周总心里我这么有爱心。"

周朗哭笑不得:"我送你?"

"不用。"

言夏跳上公交。过了八点车上人就不那么多了。靠窗的位置看外头灯红酒绿。周朗的车从眼皮子底下过去,隔着窗,她也看不到人。这人像是只过于艳丽的蝴蝶,她想。整个名利场都像。

手机里来了短信,每个月都有的账单。她很流畅地从信用卡拆借一笔转过去。她都懒得去算她还了多少年了。

她阻止自己想太多。她把头靠在公交车的玻璃窗上,感觉到一点凉意。

轰轰烈烈的宣传开始了。短视频在不同的平台轰炸，都在说明宪宗与万贵妃惊世骇俗的爱情，文博大V轻描淡写提到有那么件瓷器在预展，放出来照片里光华流转的釉色，红得惊心动魄。

被勾住的眼球，从各种角度切入。

有人讨论明宪宗对大他十七岁的万贵妃到底有多宠；有人引经据典证明万贵妃并没有摔杀过孩子，所谓宫斗，就是明宪宗一个人的战斗；有人偏重于釉色里的红有多少种，有多难得，描金又是怎样奢华昂贵的瓷器。

有人透露云老夫妻恩爱四十年，这件成化釉里红鸳鸯高足杯的意义所在。

源源不断的话题，在网上掀起一阵又一阵的高潮，甚至上升到了China这个英文的由来，景德镇曾经称霸世界的荣光。

而拍卖场仅仅放出一百个号牌，额外五个发给记者和文博大V进场观摩。

也零星有人提起去年秋拍，但是声势完全不足以相提并论。

言夏在为拍卖做最后的准备。

她琢磨过周朗的那句话，卖家不见得就乐意低价购入，那也许是真的。想捡漏的人有，想通过竞拍彰显身价的也不在少数。

她听韩慎说过一个案子，三年前有电商参与商务对赌，当时情况岌岌可危，需要再拉一轮风投。风险基金都在观望。电商便参与了当年秋拍，悍然以1.8亿拍下一件近代油画。

当时轰动，噌地冲上热搜。风投基金因此重新评估他的实力，数笔资金跟进，电商转危为安，一飞冲天。

"……艺术品的金融属性，和它的审美属性一样重要，如果不是更重要的话。"言夏翻看从前的笔记本，赫然在目。

六

拍卖设定在五月中。

时间非常之妙，正网上热度方兴未艾，电视台专题一个接一个，而距离春拍还有大半个月，既可以视为单独的拍卖场，也未尝不是春拍预热。行内都知道轻重，多少有点摇旗呐喊的意思。

拍卖早上就开始了，永嘉是周朗亲自上阵。

言夏从前就观摩过他的拍卖场，有现场也有视频。他的风格非常独特，仿佛就吊儿郎当站在那里，很放松地给人介绍他心爱的东西。人们被拉进那种氛围，就会生出信念：出多少都值得。

言夏模仿过，最后放弃了。她自问做不到这样举重若轻，毫不费力。有些人生来毫不费力，有些人是用尽了毕生的力气才让自己看起来毫不费力。

开场是件底价30万的斗彩描金折腰碗，乾隆年制，很快叫到60万，以66万成交。然后一件松石绿地描金折沿盘，也是乾隆，80万起价，追到103万落槌。

第三件是只年代不详的矾红青花，制作明显比前两件精细，起价120万。周朗笑着说："这件上不了两百万我把拍卖槌吃了。"也不知道是不是这句话起了作用，竞拍者你追我赶，竟追到747万才停。

拍卖槌落定，六倍成交，场子彻底热了！

两小时拍出去一百多件，成交率超过90%，大部分以两倍到多倍于底价的价钱成交，最骇人的还有几件十倍。

下午场轮到天历，计划是言夏开局，郑英恺收尾。

言夏面无表情吃着工作餐。场地昨天看了最后一遍，麦克风试了很多次。她今儿穿的这件equipment真丝衬衫半新不旧，人处在最舒服的状态；嗓子这几天情况也好，不嘶不哑，声线稳定。

万事俱备。

周朗有点疲倦，去吸烟区吸了支烟回来，言夏在休息室里。

"言小姐看起来有点紧张。"

言夏看他一眼。

"可能有个更紧张的情况……"

"刚贵公司有人接了个电话,像是家里出了点事。"

言夏拿起水杯,她不渴,但还是喝了一口。

郑英恺过门槛的时候差点绊倒。他径直走向言夏,甚至没有看到杵在边上的周朗:"小言咱们俩能不能换个次序,让我先上?"

言夏眼睛都没眨:"好。"郑英恺和她没什么交情,不是万不得已,不至于拉这个脸来求她;既然是到了万不得已,刁难只会带来怨恨——迟早还是要答应的,不答应只会坏公司的事。

无此必要。

她应得过于爽快,以至于郑英恺愣了一下,把打叠好的一长串理由给咽了下去,点点头走开了。

周朗挑了挑眉。

郑英恺毕竟是有功底在,开场前再怎么六神无主,一走上拍卖台自然而然笑容就挂了出来,口条也顺了。开局一件五彩描金,继而一对粉彩山水纹盘,虽然不如周朗出色,也渐渐走高。

言夏一件不漏听完,没有那件成化釉里红。也不奇怪:这件是留作压轴。如今压轴的人换了她,自然该由她来出手。

手心里全是汗,梦里的蛇慢慢儿从背脊上爬过去。

所有人都在看她,等她出声。这些目光中有特别冷的,言夏的目光过去,周朗和张莉莉面无表情坐在台下。这人没有表情的时候像台冷冻过的CT机,无时无刻不在扫视——这个人看好她。

想必她身上有值得被他看重的东西。

这个念头让言夏生出一种奇怪的信心。她抓住拍卖槌,喊出第一件拍品:"清中期描金地粉彩万花碗,起拍价80万。"

拍卖场里静得像梦。

但是还好,并不像梦里人人回避她的目光。今天的竞拍人里至少有三位热衷于清瓷。但她还是像等了一个世纪那么久才等到有人举牌,有人跟进。开始此起彼伏,氛围比上半场也没差太多。

"……270万——270万一次,270万两次——270万三次!"

拍卖槌落定："恭喜！"

也许是笑容过于真情实感，好几个竞拍人跟着笑了。她下意识往周朗看，周朗没有笑。

"落槌还是快了一点，"张莉莉评估，"不过这是她主槌的第四场拍卖，能控制到这个程度，也算是不错。"

"台风和韩慎不一样，韩慎稳健，她要活泼一些。"

"应该是她自己琢磨出来的。"周朗说。

"……对拍品的理解很到位。"张莉莉补了半句。通常拍卖前会发放图录，所以拍卖过程中基本不会额外介绍，最多不过见缝插针的三五句，这个言夏，倒是把这三五句话玩出花了。

这句话让周朗笑了："张允清的学生……"张允清业内声望很高，言夏被天历招揽，可能是做瓷器鉴定起家，不知怎的搭上韩慎。

"霁蓝釉描金龙凤纹赏瓶，清光绪。"光绪年间瓷器很难拿到高价，起拍16万，还是流拍。

"矾红彩描金赶珠云龙纹太白尊，清道光，起拍100万整。"

"这只太白尊比通常所见要大型……"

"110万……115万……120万……"每个数字都清晰有力，持续走高两分钟，"216万，还有没有更高的？216万，216万一次，216万两次……216万三次！好，恭喜这位先生！"

时间过得极快，转眼就到所有人瞩目的最后一件，连后排记者和自媒体大V都不约而同精神一振。

"所以说易求无价宝难得有情郎，眼看520就要到了。"言夏笑了一下，"这件成化釉里红鸳鸯高足杯——无底价起拍！"

通常无底价起拍都不会太低——都知道是好东西，喊价太低难免被嘲。因拍卖场静了片刻才有人试探性喊了个"700万"。有人破局，就迅速有人跟上，然后一波接一波，不断地往上攀升。

很快破了千万关。竞拍人完全没有减少的意思。言夏的视线在拍卖场里跑来跑去像只被激光笔操纵的猫儿。眼不停，嘴也不能歇，数字以几秒一次的频率更新。角逐激烈，过了五千万才稍稍放缓。

余光扫到周朗。周朗给她比了个数字。

言夏心里咯噔一响：75号是目前最给力的竞拍人之一。他举牌太快，以至于她来不及发现问题。她也拿不准75号是一时疏忽，还是临时起意，或者没有料到这件价格会飙升到这个地步。

——这种可能性最小。

无论如何，如果他最后中标，可能会引起买卖双方的纠纷，乃至于流拍。

不能让这件压轴品流拍！

言夏脑子转得飞快。怎样才能足够得体地让75号认识到眼前的情况？她不能直接指出他的错误，也不能打断拍卖的节奏，一旦竞拍人泄了这口气就可惜了——这件拍品价值不止五千万。

一面本能地留意举牌报价，一面寻找时机。

"六千二百万。"

"六千五百万。"

"七千万。"75号又报价了，而且跳过了六千八百万这个节点。言夏登时抓住，按下暂停。"我必须和大家道歉，"她说，"没想到大家会对这件拍品这样热情，以至于我疏忽了事先声明——"

"为了保证大家的利益，不至于被过于美好的艺术冲昏了头，我司有个规定，拍价上千万之后，竞拍人必须换用特制的竞拍牌——就是之前出价的93号女士手里这种，金色的竞拍牌……"

通常换牌都在进场之前申请，懂的人自然懂。毕竟拍价上千万之后，每次举牌都至少百万加价。

因此有人胸有成竹，有人低头察看，有人失色。

言夏在这静谧中忐忑……幸而短暂的停顿之后，如她所料，93号女士再度举牌。

言夏松了口气。

"七千两百万……七千五百万，八千万……八千万……"

"一亿两千万，一亿三千万一次，一亿三千万两次，一亿三千万三次……恭喜93号女士抱得美人归！"

全场哄然大笑，固然有人得意，有人失意，这时候都极有风度，纷纷起身鼓掌。

虽然郑英恺状态不是太好，但是整场拍卖仍以4.37亿完美收官。成交率超过75%，江华喜得脸都变了形。

言夏算了算提成，足够这半年还账，也是心满意足。

她都不知道该不该感谢郑英恺出意外了。要那件成化釉里红流拍，她争取来云家藏品的功劳就要打去一半折扣。当时但觉双肩沉重，到如今得意：成交一件上亿的拍品，可不是等闲能碰上的机遇。

网络热搜，业内瞩目，永嘉和天历大张旗鼓办庆功会。

人事部定了个半米多高的鲜奶裱花蛋糕，让言夏开切。言夏估计他们原本是想找周朗，只是周朗没她这么好说话。当时深呼吸，颤巍巍举起半米来长的大砍刀，众人看她这个架势，顿时哄笑起来。

"加油！"

"小言加油！"

所有人都在笑。不知道是谁说，当你成功，全世界立刻友善给你看。

言夏还在掂量眼前这个庞大的对手，忽然一只手握住刀，与她同持。言夏微微侧目，看见冷冻过的CT机。距离太近，她被裹在他的气息里，危险如深夜潜行。雪亮刀刃深深陷入蛋糕中。

"谢谢。"她说。

"真谢我的话，不妨再考虑我的建议。"那人在她耳边低声，姿态暧昧，近乎呢喃。

言夏忽然意识到他的用意。她笑了一下："原本我要找你道谢。"

"现在呢？"

"也还是谢谢你。"

周朗一笑，他当然听得出这两个"谢谢"之间的区别："还有个事……"

"嗯？"

"老太太让我带你去见她。"

七

庆功宴还在继续,但是重心已经转移,倒也不是非要当事人在场不可。言夏上了周朗的车,在夜色掩护下疾驰而去。

起初是市区繁华地段,渐渐就偏远了。

云家的别墅像雌伏在山间的兽,风过去,草木折腰。周朗看了看她:"这会儿倒不紧张了?"

言夏叹了口气:"肾上腺说它累了。"

周朗一乐。

有人引她进去。

老太太在和孙女玩牌,气色比上次好太多。言夏看了眼,二十一点。她笑了一下。老太太把牌一收,和孙女说:"囡囡早点睡。"女孩儿不依:"奶奶赖皮,奶奶赖皮——我就要赢了!"

"赢不了。"老太太摇头。

女孩儿还要闹,上来个中年妇人,将她抱走了。

老太太说:"坐。"

言夏坐了。

"算术不错。"能一眼看穿输赢,想是练过。

言夏又笑了一下。

"那天倒是挺能说,怎么今儿不说了?"

言夏说:"在等黄太太发问。"

"那我就不绕弯子了。我问你,你从哪里拿到我的医案?"

"于医生的号虽然不好挂,网上还是能抢到。"言夏说。要在国外,有钱人的私人医生不好接触,但毕竟国内国情不同,最好的医生都在公立医院,属于公共服务体系,没那么高不可攀。

"怎么知道是于医生?"

"我看过云老和黄太太的采访。黄太太要看医生,自然会找顶尖的那几个。"

"几个你都找过？"

言夏点头，索性都说了："就诊时候如果有电话或者有人找，医生走开几分钟也都是正常。"医案就在电脑里，不难找——兴许找起来比用电脑不灵光的老医生还快。

"然后呢？"

"然后假托家里长辈有类似情况，找医生咨询。"言夏说，"我提个头，医生自然能找到完善的方案。"

"你提了个什么头？"

"在东晋有个叫郗超的人，"言夏说，"非常能干，见识和手腕都很高明，但是死得很早。他死的时候他父亲还在世，未免伤心过度，茶饭不思，就有人交了箱书信给他，说是郗超生前所留。"

"书信？"

"一箱与反贼往来的书信。他父亲是东晋太尉，名列三公，看完信之后怒骂他死得太晚，差点连累家族。从此不复为念。"言夏停了停，"人有七情六欲，悲忧无所泄，泄之以怒愤，也是可以的。"

室中光色柔和，照见都市女郎眉目莹莹，理直气壮。

老太太："哪里看来这么些乱七八糟的，亏得于医生听你胡扯——这要是我当时一口气上不来……"

"《晋书列传三十七》。"

老太太气笑了："那我家老头子那些东西……"

"如果云老当真还惦记东西，子侄中也不是没有学艺术的，未尝不能遗赠，但是云老没有。云老把所有都交给黄太太您，是因为到这时候，心中所念，心中所系，唯此而已。东西再好，终归身外之物。"

老太太怔了怔。

言夏一鼓作气："从前人寿命短，说人到七十古来稀；现在人寿命长，云老先逝，定然会希望您还有几十年好日子可过，替他把没看到的看到，没吃到的吃到，没享用的享用到，而不是急着去与他相聚。"

老太太叹了口气：这丫头能说会道，死了都能给她说活转过来。她原本是气极了,她精明半世,长到这把年岁,没想到被个小丫头片子给耍了。什么红颜知己,什么釉里红鸳鸯成对,呸!

以她的财力与势力,要打压个把小丫头,一句话的事。但还是找了人来,想听她的说法。偏她能说,倒勾得她不知道是该喜还是该气。喜的是老头果然并没有什么花花肠子,气的是……

"你就不怕——"

"怕!"言夏回答得干脆利落。她事先赔进去这么多时间精力金钱还有人情。她怕办不成,怕老太太真有个好歹,一条人命,也怕事成了拿不到好处,怕节外生枝……但是怕也没有用。

千难万难,还是把局做成了:周朗顾虑事后云家诘问,必须留下她这个背锅侠;永嘉指定她参与,江华就不能过河拆桥。实在险到毫巅,任何一个关节出了差错,都得不到眼下这个结果。

老太太也是无语了,不知道该骂她狗胆包天,还是感慨初生牛犊不怕虎。说到底她剑走偏锋,是拿她的命在赌——还赌赢了。才28岁……老太太有点恍惚,她也有过这么好年岁,她也有过这样的胆气和魄力。她知道这样的人是能成事的。虽然她如今还很弱小,经不起一阵风。

不知不觉又叹了口气。

"其实言小姐犯不上这么大费周章。"老太太说道,"我知道阿照等钱用。我要真死了,这批东西早晚还是会落到你们手里,倒不必冒这么大风险……"

"黄太太,"言夏抬眸,笑盈盈否定她,"天底下缺钱的人多了,不要妈的万中无一。"她也不傻,老太太真过世,这批东西给谁,怎么分,这么大一家族,等闹完了,她这边黄花菜都凉了。

老太太摇头:"真是……你这孩子,尽拣人喜欢听的说。算了算了,我也不盘问了,免得有人说我为难你。"

这回轮到言夏意外,眼珠子转了圈,又转了圈,心里琢磨这个"有人"能是谁。

老太太也不点破,尽情欣赏了这个一肚子坏水的女孩儿片刻的不安。

言夏被送出来。

有人指她的背影说："放心了吧？我都说了，我妈不会吃了她。这丫头满嘴鬼话，我妈也吃不了她。"

有人漫不经心地说："我那里缺这么个人。"

"哪里，心里？"

周朗被激出一身的鸡皮疙瘩。

"你这么上心，莉莉得多伤心呐。"

"照哥你要追莉莉就直说，犯不上套我的话。"

云照哈地笑了声。

言夏不知道自己被引得绕了老大一圈。

周朗靠着窗在刷手机。"劳你久等。"言夏有点不好意思，"周总叫司机送我也是一样的。"

"不亲自，怎么显得出诚意。"

言夏翻了个白眼："真是受宠若惊。"开玩笑，就他这么诚意下来，江华不怀疑她想跳槽才见鬼。

周朗发动车："是不是因为韩慎。"

"什么？"

"你留在天历，是不是因为韩慎？"

言夏懒得与他掰扯，敷衍道："周总可以这么认为。"

周朗瞟了她一眼，似乎女人经常会为了一些不必要的东西付出，其实除了自我感动，并不会有任何受益。

两个人各怀心事，越野车行驶在深夜的高速上，像乘风破浪。

云家藏品拍卖成功点燃了整个公司的斗志。

大伙儿都铆足了劲打算乘胜追击再下一城，以至于郑英恺的消息到几天之后才传出来：他15岁的小女儿在钢琴课上跳了楼。幸而楼层不太高，只断了腿，但是后续的心理治疗需要家长配合。

"……所以，原本老郑主槌的场次，恐怕要人接手。"业务总监主持会议。临阵换将当然不是好主意，都这时候了，不加班加点是不可能完成,但是也未尝没有好处。因此话音方落,底下就眼神满场乱飞。

有人笑道:"让功臣先选吧——小言可是咱们一员福将。"

言夏心里直抽凉气。原本她资历尚浅,这样的会议混进来凑个数罢了,没想到被拱成出头鸟。

不用看也知道是孙楚蓝。

原本她和韩慎、郑英恺都在争取首席拍卖师的位置,韩慎出局,云家拍卖她点了郑英恺,所以也不能怪人家阴阳怪气。转念一想,谁成事儿不靠点运气呐,因笑吟吟说道:"我先谢过孙姐口彩。"

倒也不慌。

先就把郑英恺留下的场次扫过一遍。郑英恺涉猎极广,有瓷器也有书画,还有家具玉器钟表笔墨纸砚杂项。要说稳妥,自然是瓷器场最为稳妥,五百件以上的大场她也不怵,也能坐实瓷器招牌。

在犹豫间,就听江华问:"去年成交中书画项占了几成?"

有人回答:"七成。"

言夏知道这话是说给她听。

——艺术品拍卖一贯内外有别:国际拍卖场的亚洲分部,瓷器长期盘踞半壁江山,但是在国内,书画才是大头。她要往上走,就不能局限于一隅,于是潜心再斟酌了片刻,选了个书画中场。

江华微不可觉地点头。孙楚蓝酸溜溜地说:"老韩看东西走眼,看人还是准的。"

言夏笑道:"不敢辜负孙姐吉言。"

回工位收到短信,通知开庭。言夏有点怔忪,可能是太久了,她差点忘了还有这件事。

她几乎想不起来她和韩慎的初见。

很平常。

他指定她作他的实习生,理由是"听过张老教诲",这也许是真的。初初入职收到半人高的图录资料,都是他精挑细选过,吩咐她"看熟了"。她也不知道看熟是个什么标准,也就一天一天看下去。

她疑心那时候他根本没有留意过她的模样。到有天喊她进办公室问进展，她拿出应付老师的看家本事，有问必答，他很满意，说要带她去见客户，当时打量了片刻："这身衣服恐怕不行。"

——人靠衣装，你穿20块的T恤，谁敢信你的品位和节操，把几百上千万的艺术品交给你？

下午收到礼物，中规中矩一套香奈儿，尺寸都对。"放心，会从你薪水里扣钱。"他轻而易举看出实习生眼睛里的不安。

后来确实扣了。

韩慎是个公私分明的人。言夏也是。她把时间记在手机备忘录上，继续看资料。

八

开庭那天早上收到大学同学的电话："要不要我陪你？"

"不用。"

言夏胃里有什么在翻腾。她知道室友是好意，但这不是什么好事，她一个人承受足够，不必连累亲友。

旁听的人不多，稀稀落落几个位。言夏看到韩慎的父母。

老人家年事已高，又长久在惶恐中，碰到言夏，恰如他乡遇故知，登时就掉起眼泪来，拉着她的手絮叨"阿慎是被冤枉的""我儿子怎么会做这种事""肯定是有人陷害，你要相信他"……

言夏不作声，也不便走开，直到法官宣布开庭。

韩慎被带到被告席上。他剃了平头，倒没见瘦，精神也过得去，黑眼圈很明显，目光有点呆，看到她停了一会儿，直直往下落，末了扯了扯嘴角，似乎想笑，但是没有笑出来。言夏也笑不出来。

太久没见，他让她觉得陌生。

沉闷的开场词，然后法庭调查，法庭辩论，一切按部就班，并不像她看过的欧美律政剧里那样火光四射，跌宕起伏。

也没有反转。

一样一样的证据摆上来，平静得像盛夏蝉鸣中的下午，干燥而冗长。

韩慎是以渎职罪和受贿罪被起诉，证据链做得很扎实，没有多少腾挪躲闪的余地。

到被告人陈述环节，韩慎的认罪态度也很端正："没有异议。我自作聪明，辜负了国家和父母的培养，也辜负了我的未婚妻，我原以为能够让她过上好日子，有大的房子，好的车子，可以不必朝九晚五地辛苦上班，可以养两条狗，一个孩子……我是真这么想过，虽然现在听起来很可笑……"

台上深情款款滔滔不绝，台下人的脸色渐渐变了。

言夏脑子里嗡嗡嗡乱响，像只掉进陷阱里的兔子。也许她今天不该来，不过也许来不来都是一样的结果。正急切寻思怎么应对，就听到辩护律师打断他："我这里有个新证据必须呈上。"

法官点头表示允许。

年轻男子走到证人席上："方才韩先生表示想让他的女朋友过上好日子——不好意思，没结婚咱们还是说女朋友吧，不必安上未婚妻的头衔——但是据我所知，他的女朋友并没有住进他在北岸丹枫的别墅，也没有开他的劳斯莱斯，她坐公交出行。韩先生，你犯的事儿，不好推给人家吧？"

韩慎动了动唇："是我没告诉她……我是想给她一个惊喜……"

法官敲法槌："嫌疑人不得随意插嘴，证人请直接切入主题！"

"惊喜？逼她背负与她无关的罪恶感你管它叫惊喜？不，一般来说我们管它叫PUA。"证人冷笑，"你做这一切为的是你自己，而不是别人。不然呢，你不谈恋爱不结婚就不买房买车了？你不用房子住还是不用出门？你怎么不把你努力奋斗升职加薪，包括吃喝拉撒全都赖给别人呢？"

有人笑出声，但立刻就收住了。韩慎父母脸上生出尴尬的颜色。韩慎咬牙道："我——"

法官敲槌："证人——"

"好了我说完了，"证人不仅口齿清晰，而且语速快得不容人打断，

"我承认我扰乱法庭秩序但是情节轻微,法官先生现在可以驱逐我了。"

周朗被驱逐出法庭,直下地下停车场,发动车,看见光柱里站了个人,一脚刹住:"言小姐?"

"谢谢你。"

周朗看了她片刻:"上来吧,你是该谢谢我。"

言夏默不作声上车。她没想到他会来旁听,就更没想到他能仗义执言——以他的身份开口,自然好过她自辩。

周朗怕她再道谢,随口道:"我顺路,进去看个热闹……"

言夏"哦"了声。

周朗斜睨她。从底下车库往上到平地,光色渐渐明朗,金绿色在她的眉目间交织。他原本是做好了准备看场哭哭啼啼的苦情戏,结果只看到疲倦和冷清。沉默像是生铁,连纸巾都送不出去。

女孩子这么要强做什么,他想。

"周总是受人之托吧。"冷不防听她说道。

"春拍这么忙,"言夏安安静静地说,"别说周总,就我这样的小喽啰,抽个时间出来都不容易。"

想必是对他很重要的人,多半是名年轻的女士。这也许能解释最初他对她的敌意。

她没有说破,只道:"其实周总不必太担心。"既然韩慎进去了,无论情深情浅,都不会持续太久。

没有什么熬得过时间。

周朗看了看她,敢情她不哭不闹是在琢磨这个?看男人眼光这么差,猜谜倒是一猜一个准。"你早就知道?"他问。听说女人对小三有神秘的第六感。

"刚知道。"

周朗:"你诈我?"

"不是。"言夏说,"周总放心,我没兴趣知道她是谁。周总可以继续为她保住这个秘密。"

周朗:"言夏你是不是有个叫'打死都不让你猜中我在想啥'的毛病?"

言夏笑了一下,偏头看窗外。初夏的阳光明媚,绿树成荫。车过红绿灯。"下个路口左转有家不错的烧烤店,周总赏脸?"

这才下午五点,没几个人,店员无所事事地在刷抖音。言夏挑了个僻静的角落,拿笔勾勾画画。

一丝儿额发掉下来,随手抿上去。

店员过来取走菜单。

"不够再加。"言夏给周朗倒茶,"这里茶不好,凑合吧,烧烤是很不错,我朋友很爱这里的烤虾……"

"你真不需要发泄一下?"周朗想不通她的脑回路。不在意小三的女人已经是凤毛麟角;她连渣男都不骂,这还算人吗?

言夏愣了愣:"其实也不是完全不能理解……"

"理解什么?"

"他想要抓根救命稻草。六年,就算能争取到缓刑减刑,档案上这一笔也是去不掉了;现在世界变化这么快,三五个月抵得上从前三五年。到他出来,从前的人脉断掉,他父母年迈,也帮不到他。"

周朗哼道:"养宠物算是有爱心的话,养男人,那得是圣母心了。"

"我又没说我要养他,我只是说我能理解这其中的逻辑。"言夏耸耸肩。鸡翅上来,脆焦的鸡皮上均匀撒着盐、葱花和孜然。她取了一串,细小锋利的犬齿撕开,"我们这种人和周总你不一样。"

周朗挑眉:她把自己和人渣划作同类?

但是言夏没有解释的兴致,只说道:"……总之谢谢你。我也不为这个生气,犯不上。"她庆幸没有结婚——不过也许韩慎并没有这个打算。毕竟能够请动周朗的女人,应该非富即贵。

也庆幸有这么个人,才有周朗到场。不然有心人把直播往社交平台上一放,直接能导致她社会性死亡,哪怕能澄清也要脱层皮;就算不闹大,韩慎的父母也不会轻易放过她——"都是你害惨了我儿子!"他们有的是时间与精力，来公司门口闹上几回，公司为名誉计也只能挥泪斩马谡。

那并不完全因为他们不明事理，而是恐惧——她知道周朗不懂，人想要免于匮乏的痛苦，人想要免于下坠免于粉身碎骨的恐惧。

她懂。

"所以，你还要留在天历？"周朗问。

"为什么不？公司对我不薄。"

"但是——"

"这种事，没法回避。即便离开天历，一旦有人想要攻击构陷，分分钟翻旧账。反而在天历做出成绩，能堵上这些人的嘴。"言夏想了想，"不好意思周总，上次你问我，我随口胡说了。"

周朗也是服气：他承认她说得对，都对，就和她当初分析云家情况一样对。就仿佛她手里拿的不是烧烤叉而是手术刀，表皮真皮脂肪肌肉筋膜一层层剖开，滴血不沾，从容不迫。她似乎并不在乎她的未婚夫有没有别的女人，也不在乎他怎么对她：犯了事儿不行了，果断踹掉；既不自伤自怜，也不迁怒于人——韩慎这到底是养了个什么怪物出来。

当然从她搞定云家的快狠准来看，也许未尝不是优点。

烧烤一盘一盘上桌，鲜虾、肥牛、香菇、鸡尖、茄子、玉米、羊排……配两块钱一瓶廉价冰镇可乐。

言夏懒得顾及形象，风卷残云吃了好几盘，又咕咚咚咚喝了半瓶可乐，方才抬头看他："怎么，周总和我客气？不吃可就没有了。不过我们还可以再叫。我得多吃点，一会儿还要回公司。"

周朗失笑，不管怎样，一个任何时候都能保持生机的女孩子总好过怨妇。

周朗送言夏回公司加班，人刚下车就接到电话，那头急切问："他怎么样了？"

"还好。"他说。

"上诉吗？"

"可能会争取缓刑。"

"你怎么这么没心肝呐,你就不能多说几句安慰我,他、他都是为了我……"

周朗扑哧笑出声。

"周、明、朗!"

"他是不是为了你我不知道,他在法庭上说是为了他未婚妻,不过他的未婚妻表示他就是抓住她这根救命稻草——"

那头哐当挂了电话。他几乎能看到她眼泪汪汪,气急败坏,油润猩红的嘴唇里吐出恶毒的诅咒。一个近乎冷血,心肝全无;一个过于抓马,分分钟能给你上演山无棱天地合乃敢与君绝,女人呐。

周朗"哈"地吹了口气,一脚油门踩到底。

九

孙楚蓝站在窗边上喝了口黑咖啡。她接手郑英恺三场大型拍卖,是个不小的挑战,她加班好些天了,出来透口气,没想到能撞个正着,看起来也是郎才女貌,一对璧人——从前和韩慎也是。

她笑了一下。郑英恺意外出局,那不表示她就原谅这个狗眼看人低的小丫头片子了,因找时机和江华说:"江总的心肝儿怕是要给人叼走了。"

"这话从哪里说起?"

孙楚蓝闲闲答道:"真要跳槽倒也没什么,咱们天历也不真缺福星。就怕小姑娘家家的,谈起恋爱来昏了头……"

江华半信半疑:这韩慎才过去多久。

——言夏拿下云家藏品的联合拍卖权,又在郑英恺退出之后力挽狂澜,算是为他立下了汗马功劳。他是有心栽培,如今公司上下也都知道她是他的福将,没根没据恐怕也不会来吹这个风。

当然周朗确实待她不同。小姑娘胆大心细,执行力满分,是有潜力往上冲一冲的,真要被男人骗了未免可惜。

到底还是笑道:"她能走多远,取决于这场书画做得怎么样。"

孙楚蓝哼道："那我们走着瞧。"

小丫头油滑，在瓷器上有些工夫也就罢了，但是书画……书画坑多着呢，她不信言夏能搞定。

言夏也担心过周朗这么几次三番被人看到容易误会，但是她这会儿顾不上。春拍预展即将开始，资料是看熟了，真开展还是要去坐镇：很多潜在买家就在参观者中，是需要格外留意的；哪些拍卖品受欢迎，能到什么价位，对于经验丰富的拍卖师来说，能从预展上看个七七八八。

——当然言夏还没到这个段位。

她的大学同学钟灵很够意思，过来给她捧场。

"早知道你主槌，就撺掇方总出几件了。"钟灵毕业之后给人做艺术顾问，很得信重。

"没事，来日方长。"

即便以言夏的眼光看，这场成色也一般。征集时间太早，藏家还没有恢复信心，拿过来的都不算太精品。她这场书画拍品两百余件，总估价千万上下。当然原本就不是每场都能到云家那个价位。

她陪钟灵看展，听她指点诀窍。钟灵解说得尽心，言夏也听得用心。

对于拍品能到哪个价位，各种价位上的节奏急缓，以及用什么术语打动竞拍者……底气渐渐夯实。

钟灵看好一件当代艺术品，出自国内少有的涂鸦艺术家之手，画面很简单，是个追红色风筝的女孩，估价在20万到30万之间——

"能破百万。"她说。

言夏笑了："快叫你家方总扛回去吧——你是不知道这件有多重，我今儿早上过来都听见搬运工抱怨，我还帮了他们一把。"

"复刻的维多利亚式画框，重一点在所难免。"有个柔和的声音插进来，"我觉得能上两百万。"年轻高挑的女郎，秀美清新，像支才出水的剑荷，脸庞上、眼睛里似乎还滚动着晶莹的露珠。

言夏当即推了钟灵一把："喏，比下去了。"

钟灵念动咒语："魔镜啊魔镜，你快告诉我，谁是这里最漂亮的人？"

"反正不是你！"

三人一起哈哈大笑起来。言夏向女郎伸手："希望有荣幸在9号的早场见到您。"

女郎从手袋里翻了张名片给她。

言夏叫出声："罗小姐？"她是位新晋画家，场中就有她的画作。

女郎矜持地点头。

钟灵跟着夸了几句。三人寒暄片刻，罗昕珠告辞。言夏送到门口，看见外头停着兰博基尼，不由和钟灵咋舌："白富美都占了——怪不得敢大大方方来展厅。"

钟灵笑而不语。

言夏问："她的作品怎么样？"

"构思很精巧，"钟灵点评，"笔力有点跟不上，可能是半路出家，也不容易了——价格当然不是问题。"自然有人买单。

"半路出家也不是没有大师。"言夏反驳说。

"是有，"钟灵承认，"不过刚才那件画框格外重也不是维多利亚型画框的缘故……"

"那是什么？"

"我也不知道，"钟灵说，"维多利亚没这么重，我猜是有隐喻，特意加重了，行为艺术什么。"

言夏想了几个解释，钟灵只管笑。

言夏也吃不住了："你们画画儿的就是不实诚，什么都能捣鼓出微言大义来。我们画瓷的就不这样！"

"看你，急了吧。"钟灵取笑她，"我又没说你不对。原本就没有标准答案，你喜欢哪个就哪个，全对——好了我们现在可以去吃饭了吗？"言夏愤然觉得钟灵就是为了一口饭敷衍她。

张莉莉不明白何以周朗对言夏另眼相待。周朗翻着她送过来的图录漫不经心地说："想挖角。"

真直白。张莉莉哼了声："她要是想跳槽，有的是机会和咱们套近乎。"

"就是她不想！"

"那周总你这么殷勤——"

周朗看她一眼："我一向公私分明。"

这话说得重，张莉莉愣住，意识到失言。周朗似乎也没察觉，图录翻得哗啦啦直响。张莉莉觉察到自己不合时宜，要悄没声息退出去，就听周朗得意道："我就知道！"她不觉脱口问："知道什么？"

"有人给她挖坑。"

张莉莉抑制不住好奇心，远远看了眼，图录上追风筝的女孩，风筝被涂得鲜红："坑在哪里？"

周朗斜睨她："这你要看不出来，就白跟我这么多年了。"他生得好相貌，扬眉动目间嗔笑自如的风流，张莉莉受不住，略略别开脸。

周朗又笑道："和你开玩笑呢。有人说请你吃饭你不赏脸，怪我老让你加班，要我给几天假。"

张莉莉冷笑："这几天你能给到我假？"

周朗想了想，点头道："确实给不出来。"永嘉和天历春拍前后脚，几近重合，不过他还是打算抽时间去看言夏的书画场。

过了芒种就开始热，凉风和晨露一样珍稀。言夏看着镜子里波澜不惊的脸，眉目淡得像枯墨轻描，稍一用力就能擦去；偶尔，她仍做那个梦；她依旧不会梦到韩慎——她渐渐记不起他的模样。

这是个好事，她知道。

她知道她是个怪物。

周朗明明很吃惊她对韩慎的反应，但是他伪装得很好。言夏有隐隐的不安，总觉得在哪里埋了个雷，一时间也找不到。当然她并没有纵容自己想下去，她整了整衣领出门，天蓝如洗，是个好天气。

打头是徐悲鸿一件《雄鹰展翅》镜心。镜心这种简易装裱的作品，通常价格不太高，尺寸也小，估价就在6万左右。

"6.5万……6.5万一次……7万，好的，7.2万，7.2万一次，7.5万……"

"8万……8万一次，8万两次，还有没有想要出价的朋友……8万三次——成交！"槌落，这是个不错的开端。

开拍四十二件，成交三十件，有溢价也有平价，氛围渐渐起来了。言夏念出拍品："《追风筝的女孩》，涂鸦艺术家沙沙的作品，这位艺术家非常神秘，至今没有人见过他的模样——"

"起拍20万！"

有人精神头上来了："22万！"

"22万！……25万……"

起落的竞拍牌踊跃得像龙门前的鲤鱼。五分钟不到，已经飙至百万——"钟灵那双眼睛果然是开过光的。"言夏美滋滋地想。

"110万。"钟灵举牌。

言夏知道她就是凑热闹。她效力的那位收藏家有个奇怪的信念，"在世艺术家的作品不值得收藏"。因蜻蜓点水般念过，跳到下一位："120万。"

"130万。"

"140万。"

"200万。"一个柔和的声音，是罗昕珠。

场中片刻的静默。所有人都明白，这位年轻的女士是在表达志在必得的决心，"200万一次，200万两次，200万……"

"205万。"

有人举牌。这个简单的动作就仿佛给洪水开了个口子，瞬间全场的斗志都上来了，言夏一刻不停地追着上升的价码："210万，215万，220万……225万……"

"275万……290万……"

"300万……320万……360万……"

"390万！"溢价快二十倍了，言夏听见自己胸口怦怦怦直跳，她稳住声线，控制声音慢下来，给竞拍者更多的思考时间。

"……拍卖不是价格越高越好，当然也不能太低，而是在力所能及的范围之内，为艺术争取到相匹配的价格。"这时候她也想不起来是谁说过的这个原则……也许是韩慎，那不重要。

"400万。"再次举牌的仍然是罗昕珠。

"400万一次，400万两次，400万三次……成交！"言夏微出了一口气。

她笑盈盈地说着"恭喜"，拍卖槌落下。

就在这个瞬间，"滴答滴答"的警报声突兀地响起，言夏吃惊地看过去，众目睽睽之下，画面下坠，碎成无数的细条。

言夏脑子里一片空白。

十

拍卖场静得只能听见呼吸声。没人举牌，没人报价，没人动，所有人都在震惊中——包括呆若木鸡的拍卖师，也包括张莉莉。她不敢置信地看着周朗：难道他能料到这空前绝后的意外？

周朗没作声：沙沙一向以英国涂鸦大师班克斯为偶像，他就一直怀疑他会搞事——没想到让他猜中了。

这件作品与班克斯的《气球女孩》如此相似……

高古瓷是言夏本行当然没有问题，但是书画并非她所长。

他当然想过提醒她，像上次的竞拍牌。但是转念一想，且不说没有十成的把握，便有，也不符合他的利益。

打算得好好的，真看到人在台上变了脸色，忽然想起庭审那天，韩慎在被告席上侃侃而谈，她绷紧的肩线；后来停车场，她站在暗色里，已经看不出表情，到烧烤店她甚至能笑出声。

他完全相信她能够渡过任何一个难关，完全不需要谁替她捏一把汗。

相信归相信——

只不过这个坑，不踩进去还好，一旦踩了，要脱身甚是为难。因屈指叩了叩手机屏，还在犹豫中，就听到台上人轻咳数声。

所有人的注意力都回来了。

言夏眉目里拼出镇定的笑容："让我们恭喜罗女士……得到了一份独一无二，只属于您的艺术史。"

她心里死死咬住"行为艺术"四个字："拍卖是金钱对艺术的尊重，但是艺术从来都桀骜不驯，冒犯是它的本能，诚如毕加索所说：'绘画不是用来装饰公寓的，它是攻击和防御敌人的武器！'——这是艺术对金钱的反咬一口，但也正是艺术独特的魅力所在，沙沙先生，我的解读对不对？"

她的目光落在台下年轻男子脸上。宽大到恨不得再装一个人的连帽衫，墨镜，像个嘻哈歌手。和《时代周刊》上刊登过的套头衫男子有七八分像，当然最重要的证据是他衣领上的变音器。

她这是在赌——她必须赌。

预展那天她和钟灵讨论过，钟灵说："你怎么猜都对，只要能自圆其说。不过沙沙这种怪咖，可能对于权威和金钱有不那么美妙的看法——那也许是天才的特权，不必你我这样的俗人理解。"

在拍卖现场，在拍卖槌落定的瞬间启动自毁装置，将价值百万的艺术品化为乌有——那确实不是一般人能够理解。

全场躁动起来。在场的人多少对沙沙有所耳闻，他出道近十年，有过不少在网上被疯转的作品，拍卖场上也不乏它们的身影，几百上千万地被人追捧，但是他的身份、年龄和真实姓名至今无人知晓。

没想到这件拍卖竟然能引来他现身。

一时间人们几乎忘了方才的事故，忘了还存在价值百万元的交易纠纷，要不是有社交礼仪约束，以及保安的虎视眈眈，恐怕有人会扑上去摘掉他的墨镜和帽子一睹真容，甚至拍照合照求签名。

唯有言夏还在等待回答。

年轻人踌躇片刻，场中忽然有掌声响起："那我们岂不是集体见证和参与了一场行为艺术的诞生？真是与有荣焉。"

年轻人听出这个声音，面上绷紧的线条不由自主松弛下来，他笑了笑："是，拍卖师小姐猜得很对。画框里装了微型碎纸机，是防它有朝一日被拍卖。它有另外一个名字，不过我不保证罗小姐仍然愿意为它买单。"

言夏看罗昕珠，罗昕珠莞尔："沙沙先生谦虚了，能拥有您的作品是我的荣幸；何况，就如拍卖师所说，这是史上第一件诞生于拍卖现场创作的艺术品，作为它的拥有者，我怎么可能拒绝？"

"请沙沙先生为它取名。"言夏趁热打铁。

"它叫——《破碎的爱》。"年轻人耸了耸肩，起身快步离去。

这场风波给言夏带来了好运气，接下来的拍品几乎每件都溢价成交，成交总额高达三千万。

一直到从拍卖台上下来都恍如踩在云端上，深一脚浅一脚地往前走，有种恐高的错觉。不断有人和她道贺，她保持微笑，但是甚至看不清楚人的面孔。只有她自己知道侥幸，侥幸如劫后余生。

如果那天早上她没有顺手帮一把搬运工，如果不是有钟灵这个万事通，如果她脑子慢没想到行为艺术，如果周朗没有及时给她背书……缺任何一环都成就不了这场拍卖。

即便拍品自毁不能全算她的过错，后续纠纷她也跑不掉。她甚至无法指责艺术家——就如钟灵所说，那是天才的特权。

言夏进洗手间洗了把冷水脸。

孙楚蓝出现在镜子里："恭喜。"

言夏勉强扯动嘴角："孙姐是要做首席的人，就不要笑话我这点小成绩了。"

"小成绩？"孙楚蓝笑出声，"拿下周总可不能算小成绩了。"

镜子里年轻秀丽的面孔，沾水未干，水当当的鲜灵。之前是韩慎提携，走了韩慎又来了周朗。这么棘手的局面，这样的解题思路，她可不信是这个做瓷器的小女生想出来的。

她没有这种运气。她如今所有，都是一手一脚辛苦搏来，没有半分投机取巧。是她挖了这个坑——不是针对言夏，言夏还不够格让她费这个劲。但是摔进去的是她。没想到言夏能处理得这么漂亮。

四目交会，言夏秒懂。她完全可以解释她和周朗不相干，但是她忽然意识到，谣言有谣言的用法。

她整理了下思路，说道："我一向很佩服孙姐。入行之前有人劝过我，说女性不合适做拍卖师，因为音域窄小，气势不够，但是孙姐做到了。对于我们这样的后来者，就是一盏明灯。"

孙楚蓝哼了声。

"所以我相信孙姐格局不止于此。"她笑了笑，推门出去。

言夏拎了套海蓝之谜去谢钟灵。

"你也太客气了。"钟灵嘴上这么说，也没有拒绝，兴致勃勃开手机给她看，"上热搜了，全网都在转，我看一整天了！"

言夏揶揄她："吃瓜吃到自己人身上很开心？"

钟灵嘻嘻只笑。

热搜排位不算高，持续时间也不是太长；言夏也不知道是自然热搜还是买的，关键词"天价涂鸦拍卖场自毁"，有照片也有视频，估计是跟场记者拍的，距拍卖台有点远，言夏被拍得模糊不清。

重点还是沙沙。

"说自毁就自毁，人家的钱不是钱？"有人义愤填膺。

也有业内科普，信誓旦旦："就是安排好的！不然哪么巧，她就能接得上话，解释得出来？要是天历首席我还信三分，这位？总共才拍卖过四场半，不，四又四分之一，骗骗外行罢了。"

"我这么和你们说吧，这场总共有书画257件。作为拍卖师，对作品也就泛泛了解，主要把握价格和节奏。要理解到这个程度，非得专业人士不可……当然必须承认，这个噱头做得漂亮。"

不少人"恍然大悟"。

也有人质疑"罗女士"的身份："托吧？不然四百万图啥？"

言夏一路往下划，话题主要还是集中在"沙沙"和"天价自毁"两个点上。没多少人留意她这个创造了奇迹的拍卖师，不由得沮丧。钟灵说："得了吧，要真被拍清楚了，你上街还不打码？"

言夏不作声。

钟灵又说:"而且,你要这些吃瓜群众知道你做什么,业内知道你厉害不就行了,方总还和我说呢——"

"说什么?"

"下次有东西出手找这位拍卖师倒是不错,怎么着都能卖出去。"

言夏立刻回嗔转喜:"方总有这个意向自然再好不过。"

到吃完饭,热搜刷新,天历的声明也上去了,先是解释自毁装置,然后说明"绝非事先安排,也没有托","这种事在中外拍卖史上都无前例,一个不慎,就是百万级的交易纠纷,谁负这个责","如果是事先安排,想必视频能够拍得更清楚",最后下通牒"造谣诽谤者小心收律师函"。

倒也有理有据。

钟灵一针见血指出:"他们在淡化你的作用。"

言夏"嗯"了声:"可能是周朗的缘故。"

她不能不去谢周朗——前后一算,她欠他好几个人情了。

"我还以为你又请我吃饭。"周朗觉得好笑。

言夏叹了口气:"所谓投桃报李——周总给了桃子,可惜我没有李子,挑挑拣拣翻了颗芝麻,也只能先作谢礼了。"

"你很会说话。"

"我实话实说。"

"还是不想来永嘉?"

"齐大非偶。"言夏说了一半真话。

周朗扑哧笑了:"叫你换份工作,简直和逼你分手一样。"

言夏又说了半句老实话:"对于我这样的人,换工作必须比分手慎重。"

"越说越离谱,"周朗懒洋洋地说,"算了,这强抢民女的地主老财我也做不来,等你心甘情愿吧。"

言夏才要应声,周朗又补了句:"想必江华不会让我等太久。"

言夏无语。

"一定要谢我的话，也不是没有办法。"周朗摇了摇手指，"两个。"

"一个是去酒吧给我捧场，我要999朵玫瑰。"

言夏很疑心这人喝醉了，但是也不敢说，也不敢问，只点头说："没问题。"

"还有一个是，你答应我……"目光从上到下地刮过她的肌肤，言夏有种羊在虎口的错觉，只挺直了背脊，心里寻思周朗这等姿色，应该不至于馋成这样才对，他和张莉莉的八卦她也不是没听过。

"……你答应我，"周朗柔声道，"无论我说了什么，做了什么，都不许再拿酒泼我的脸。"

言夏鸡皮疙瘩都起来了，在手臂上联欢大合唱。

十一

春拍结束，整个行业步调缓下来，收尾，复盘，新一轮征集开始。

乐队表演在端午前夜，是公假的起始点，人人脸上都挂着愉悦的笑容。酒吧里人比平常要多。言夏进去的时候乐队还没有上场，只圈了大块的地方，挂出黑色丝绒幕布，不知道在里头捣鼓什么。

言夏在吧台要了杯酒。她不想喝酒，但是酒吧这种地方，让人自然而然觉得需要一点道具。

有人过来搭讪，调酒小哥笑道："小周的人。"

那人讶异地"唔"了声，比了个大拇指，一步三回头地走开了。

言夏挑眉。

"敢往小周脸上泼酒的人不多。"调酒小哥说。

言夏算是明白那人叫她过来捧场的原因了。没逼她跪下来求婚已经是一个成熟社会人最后的自制力，她低头笑了笑。

夜色渐渐深了，霓虹依次亮起，从窗口往外窥探，车如流水马如龙。

灯是突然灭掉的——舞池里荷尔蒙充沛的男男女女还在扭腰送胯，摇头摆尾，猝不及防的暗反而激发了兴奋，有人尖叫，有呼哨盘旋，有人高歌半句，没登顶就跳了水，引来哄笑阵阵。

然后"咚"的一声响。

莫说舞池里的人，就是言夏也被震得心尖一颤，像是有凶兽伏在左近，伺机而动，镌刻在基因里的恐惧片段让她握紧了酒杯。

"咚咚"连击，幕布拉开，一束光打在台上，白衣红绣，男子身长玉立，双手持槌，面前建鼓如满月，拖出长长的红绫，也许是有风激荡，铺陈出"黄沙百战穿金甲，不破楼兰终不还"的气势。

哄然叫好声起，但很快被鼓点压下去。

鼓点越来越快，越来越急，却始终节制，就仿佛千军万马临阵，人人攥紧缰绳，等候的姿态，等一声令下，或者一个人。箭都在弦上——等他的就不只是兵马，还有底下望穿秋水的观众。

鼓点促急到小高峰，后台转出个红袍少年，坐于几案，仰首饮酒，酒尽，杯掷于地；素手轻抚金制的镂空面具，良久，覆于面。俊美的眉目隐于面具之后，就仿佛有流云，有玫瑰盛开。

少年拿起琵琶，转轴拨弦，淙淙便如流水。

鼓声亦转柔。

鼓手面前红绫激荡，如火焰燃烧，少年背后有白绸如练，静如月光。

势均力敌的弦乐与鼓乐交相辉映，像是回忆，有愉悦如鲜衣怒马，有繁华如纸醉金迷，有欢好如脉脉含情，转瞬间兵临城下，累卵之危，便仿佛有抽刀断水，拔剑而起，有离席而去，少年意气。

琵琶声铮然如裂帛。被约束了太久的千军万马终于等到出发的号角，长箭穿云，马蹄铿锵，热的血泼出来，凝固在冰天雪地；斑驳城墙，有人翘首相盼，到终于杀入重围，城门大开。

有人回首，斜阳夕照。

鼓点直冲到最高，余音袅袅，琵琶脱手，少年委顿于地，红袍如血。

灯亮起，场中寂然。

"将军百战身名裂，谁共我，醉明月。"言夏叹息，举杯高声道，"敬——兰陵王！"

酒吧中哄然炸裂。

便是之前没听出来的这会儿也反应过来：毒酒、面具、金戈铁马，演绎的正是《兰陵王入阵曲》。

——传说中过于美貌的战将，不得不戴上面具遮掩眉目；曾单领一军杀入重围，解洛阳之困；因天子猜忌，死于鸩酒。唐玄宗的兄弟曾经为祖母武皇表演过这支舞曲；之后中原失传，东渡扶桑。

谁都想不到酒吧能上这么一场视觉与听觉的双重盛宴，新颖别致又热血沸腾，每个人都像是有很多话要讲，都堵在心口，就是找不到合适的词，充斥全场的就只剩下本能的惊叹。

"牛！"

有认得的加个前缀："我周哥牛！"

也有人懊悔没有录制视频，"没准儿能上热搜。"

言夏知道是自己表现的时候到了，发了信号。

几个小哥扛了个巨大的花束进来，送到台上，说的是，"言小姐祝周先生演出圆满成功！""周先生"也没有伸手要接的意思，只笑吟吟看着小哥们将花束摆在地上，有好事者开始数："一二三……"

"傻不傻！不是九十九就是九百九十九——这么大，肯定是九百九十九。"说话的人舌头打了结。有人怪声怪气地学："周先生演出圆满成功——我周哥牛吧，别的男人送花，我周哥收花……"

场中又闹腾起来。

所有人都很兴奋，莫名的兴奋，人们蜂拥至吧台前要酒，也有人跳上椅子乱喊："今晚酒水我包了——敬兰陵王！"音乐也再度响了起来，是适合群魔乱舞的调子。有盛装女郎悄然退出去，言夏一眼瞥见，冷月如霜。

周朗换了衣物过来，上下一打量，吹了声口哨：黑色抹胸，墨绿格子九分裤，马丁靴，配的金色银杏叶大耳环，英姿飒爽，和素常清秀端庄的小白领大相径庭。言夏坦白："不好给周总丢人。"

周朗说："在这里叫我哥。"

言夏忍了又忍，还是笑了。周朗坐下来吃了条手撕牛肉："饿死我了。"

"弹琵琶的女孩子好指法。"

"不夸我？"

"周哥牛！"

周朗心想这也太敷衍了吧，多吃了几口才有力气和她掰扯："我以为你会送花上台。"

言夏："扛不起。"

"可以多扛几次。"

言夏："周哥你不觉得羞耻吗？"

"不觉得。"

两个人对望一眼，大笑出声。

言夏真心实意地说："编曲很好。我看过日本《兰陵王入阵曲》的能剧，说是一千多年前传过去的原汁原味，但是曲子慢得很，像祭祀和礼乐，不像军乐；反倒是你们方才那个千军待发的过程能够暗合上历史上的邙山之战，收尾也和后来《樵隐笔录》中记载的'北朝遗韵'颇为相符。"

周朗有点意外："难得你能看懂。"

他疑心她对音乐一无所知：她上次来酒吧，就是一脸"真吵"的嫌弃。他原本是做好了媚眼抛给瞎子看的准备。

言夏耸耸肩："我胡说的。"见周朗仍有狐疑，又补充道，"周哥应该善用百度。"

周朗没吭声。这场演奏他断断续续准备了不短的时间，别说百度了，所有能找到的资料他这里都过了一遍，几乎没人考虑过和历史的契合度。他也不知道她是真懂还是瞎猫碰上死耗子。

言夏生硬地扯开话题："我看到张小姐了。"张莉莉这样的美人，无论在哪里都不容忽视。

周朗没油没盐应了声。

"张小姐这样的人物，周哥要分手，一个脸色就够了，何必牵扯不相干的人？"

周朗倒也光棍，并不否认："她能干得很，放出去就能独当一面，我为什么要给她脸色看——我和她没到那一步，戳破了伤她颜面。"暗示他也不是没用过，张莉莉多少有点死心眼。

"为什么是我？"

"她怀疑是你，刚好，你欠我人情。"

言夏："周总很会物尽其用。"

周朗笑了声："过奖。"又提醒道，"戏要做全套——一会儿还要出去吃夜宵，你先吃点东西垫一垫，免得被灌酒胃难受。"

好坏都被他说完了，言夏无话可说，果然敲了几只核桃。也不知道这算不算无妄之灾，只能指望张莉莉拎得清，不至于迁怒于她。

乐队演奏到极晚，言夏没这么熬过，在卡座上打了个盹。

醒来身上多了件衣裳，似乎是周朗之前的演出服。之前隔得远，又有打光，也没看仔细。这会儿细看了，制作很精致，精致得像在哪里见过。言夏把衣裳拉近了蒙在脸上，有轻微的烟草香。

不是柏林少女。

"玫瑰是我偷的，你爱的人是我杀的"——那只是句广告词。

言夏觉察到不对，移开袍服，周朗在冲她笑。她也没有解释，可能就是没法解释。

一群人热热闹闹去吃烧烤，正宗大排档，路边摊。言夏又心疼起请过周朗的几顿饭。早知道何必大出血。

灌酒是有的，周朗给她挡了些，也没喝多少。

她只管扮乖，有问必答。听出来周朗演出不多，一个月能来一次就不错了。考虑到他工作的繁忙程度，似乎也不意外。琵琶少女冲她吐了个烟圈："老实说你不像周哥会中意的女人。"

言夏微笑："谁像？"

这似乎难住了少女。她略略踌躇，又很吃了几串烧烤，左摸摸右摸摸，摸了盒塔罗牌出来："你抽抽，我给你看？"

言夏抽了张，月亮，逆位。

黄澄澄的月亮高悬于夜空，圆缺不定，有张沉思愁苦的脸。底下蜿蜒的是路，犹豫是池塘里的蝎子。

少女"咦"了声。

十二

周朗送言夏回家，这次言夏没有拒绝。太晚了公交地铁都停了，她住的小区没有夜班车。

周朗开了窗，风吹得星光如雪，十分惬意。

周朗说："其实我不明白你为什么坐公交。"她收入不低；韩慎的收入就更不低了，公交的窘迫等过的人都懂。

"穷。"

"住北岸丹枫可以省房租。"周朗提醒她。

"上班太远了。"

周朗被气笑了：酒喝了不少，脑子里防御一点都没有降低。下车还记得道谢。自然并没有请他上去的意思。目送人进电梯，到房间里灯亮起。他坐着没有动，车里也没有留下多少酒气。

如梦幻如泡影。

言夏看清楚来电，愣了一下：难道是有东西落车里了？

手机里的声音有一点遥远，像是置身于空旷之处，风从字里行间穿过去，窸窸窣窣，像绸缎摩擦，也像哥窑惊釉："能看见月亮吗？"

言夏隔着玻璃往外看："能。"楼层这么高，月亮还是很远。

"言小姐真是惜字如金。"那头笑。

言夏想了想，提供最可行的方案："周总要是累了，我给你喊个代驾？"

"我听说……"

"嗯？"

"有人脑子是二进制编写的，我从前还不信。"

言夏干干笑了声。理论上她单身，他也是；他想假戏真做也没什么不对；不过她估计这位就是文艺青年赶上夜深人静有了点感慨，想找个人发点共鸣；可惜她不是解语花。她不想做解语花。

"将军百战身名裂……"那人闲闲散散念给她听，"向河梁，回头万里，故人长绝。"

言夏不吱声了。手机里听得见呼吸，手心里渗出汗来。她没想到他听见了。

空白音持续了很久，以至于她以为还有下文，明明词有下文，但是也没有了。往下看，车不知道什么时候开走了，完全没有声音。

都市人的假期无非吃喝玩乐，不记得是谁说过，十几岁都是半神之体，充电五分钟能续航半个月。工作几年就没了这个劲。

假期属于睡眠大神。

睡到11点开冰箱扒拉一阵，凑合炒了个蛋炒饭；下午去超市补充酸奶零食和水果。挑晚饭后的时间给家里打电话，问粽子有没有收到。回答说收到了。又问："怎么这个月燃气用这么少？"——如今燃气水电都走APP，自然是她交好过让父母去跑物业。

母亲赔笑说："天气热了……"

"没开热水器是不是？"言夏的声音冷下去，"燃气3块7一立方，能洗6次澡；进医院挂普通号7块钱，肺部CT200块一次。你们年纪大，搞不好要住院打点滴，医药费不说，请护工按小时你算算！"

母亲嗫嚅道："你爸那脾气你又不是不知道……"

"我知道我知道！反正我不管——你们这么着，我就不管你们了！"言夏挂了电话，把手机丢在沙发上。

自个儿闷坐了半响，进厨房洗了串葡萄，回来接到母亲的电话。

"妈！"

"我和你爸说说……"

言夏"嗯"了声，又说道："公司征集，我想申请去室利国，至少三个月，就想管你们也管不到。"

"室利国？"言母一怔。她年轻时候去过，那会儿发展得还可以。但是这么多年了，整个东南亚都不如国内，肯去的人肯定不多——她立刻反应过来,正因为没人去,想必差旅补贴也比日韩高。

"细妹啊,你别图这点小钱……"职业是一辈子的事,有时候一步踩空,错过节点,就步步都踩空了。

"那你们也别省这点小钱!"

言母:"你这孩子……"

言夏放软了口气:"我今年上半年就拿了这个数,再过几年就能还完了。你们放开手脚用,别担心钱……"

言母叹了口气,试探着问:"你和小韩……"

言夏一下子梗住。韩慎的事她一直没和家里说,不好说,只含混道:"挺好的。"

"什么时候回家——"

"年底吧。"拖到年底再说,拖下去没准会有转机。总会有转机。就像她抓到云家这个机会保住了这份工作。

母女俩又说了些闲话,方才挂了电话。

假期过得飞快,转眼余额不足。言夏紧着最后半天去看毕加索特展。没想到提前闭馆,正沮丧,忽然车至,有人按下车窗,似笑非笑看住她。一只黑色的耳钉。言夏也算是身不由己:"这么巧?"

"巧?"那人挑眉,"不是专门查我行踪?"

边上有人捂嘴直笑。

这个戏精!

言夏留意到副驾驶位上妆容精致的美人才二十出头。周朗也不介绍,只说:"来都来了,一起进去吧。"

言夏这才知道闭馆的原因。

布置得很用心,橘黄色暖光,恰到好处的温度,不反光玻璃装裱。偌大的展厅空荡荡,四下里都是足音,矜持而冷淡。

展区分六部分,周朗抬脚便往六区走。

"周先生……"美人犹豫,"我们,不从头看起吗?"

周朗说:"前头没什么可看的,精品就最后十张。"

"这可是毕加索啊！"美人仍在犹豫，"据说2017年达·芬奇的《救世主》被拍卖之前，毕加索的作品一直占据艺术品拍卖的最高纪录……"

周朗看了眼言夏。

言夏心里叹了口气："毕加索13岁学画，一生作画七十七年，光他亲自授权编纂的专辑中就收录了一万六千多件作品。尤其到晚年，差不多一天一张的手速，诚然他是大师，但并不是每件都有足够的价值。"

美人欲言又止。

"有些素描、涂鸦，以及部分早期习作，文献价值是有的，艺术价值不高。"言夏挑明了说，"早年国内藏家粗放，也有人利用国内外的信息差炒作，几千万上亿地买，但是到如今，市场也渐渐回过神来。"

美人倒也谦逊，赧然一笑道："我不知道这些。"

"慢慢来，"周朗出奇地好说话，又指着言夏笑道，"她也是现学现卖。"

但是这人肚子里是真有货。虽然话不多，但是切中要害。美人听没听懂言夏不知道，反正她受益匪浅。

总共就看了十件画，花去整整两个小时意犹未尽。美人手机响了，娇声道："现在想起我来了？"话音落，脚步声至，是个保养得当的中年男子，收了线，冲周朗道："这次真是多亏有你。"

周朗笑道："二哥和我客气什么。"

那中年男子便道："不和你客气——走，吃饭去！"他看了言夏一眼，似乎有点意外，不过他掩饰得很好，"这位小姐怎么称呼？"

言夏伸手道："言夏。"

那人与她握手："我记下了。"

美人嗔道："你记下个什么劲啊，没见人家有主了？"

言夏一怔。周朗倒是大大方方搂住她："明儿就要上班，这顿最后的晚餐，二哥就不要来打扰我们了。"

那人哈哈笑了两声，拉着美人去了。

等人走远，言夏便与周朗摊牌："戏演完了，加场要加钱。"周朗浑不在意，边走边说道："这么大件毕加索摆在这里，你和我谈钱？"

言夏被他的厚颜无耻惊呆了，愣了一下才跟上。周朗说："先去吃饭吧，都这点了，你不饿我也饿了。"

言夏踌躇片刻，拉开车门坐进去。她都请过他三次了，被回请一顿似乎也在情理之中。她心里怀疑方才那位是某个深藏不露的藏家或者新贵，可惜周朗防她也紧，因悻悻道："我要吃空中花园！"

周朗扑哧一笑："空中花园有什么好——我带你去的，不会亏了你的嘴。"

言夏便不响了，偏头往外看，暮色渐渐下来了。月亮远得蹊跷，灯色在城市里肆意流淌，大块大块的光和影。

十三

车开进古宅里，渐渐僻静，冷不丁的犬吠和昏黄色路灯，黛瓦白墙，总恍惚耳边有淙淙水声。

下车进门，宿鸟惊飞。

光色不甚明朗，以言夏的眼力，自然能看出一石一木皆有来历，难得搭配得当，繁花似锦又不流于俗。心里纳罕，这样的地方，便是周朗，恐怕不预订也抢不到座。但是他怎么能预知会碰到她？

转念又反应过来，多半原本是要请那位中年男子，倒便宜了她。

周朗看她眼珠子转来转去的，也不说破，只笑吟吟点了几样菜。这人心思灵巧，不过和她吃了两顿，便把她的饮食偏好摸了个一清二楚。言夏心里只管惊，夹了筷凉笋，酸甜可口。

树影婆娑，帘影疏落，隔墙的小夜曲格外温柔。周朗跟着哼了两个节拍，忽然就笑了。

言夏抬头看他。

"你不懂音乐是不是？"周朗问。

言夏阴阳怪气道："何止！我连毕加索都是现学现卖。"

周朗哈哈大笑："你别叫屈——我也没冤枉你。"

言夏不乐意："我当然不能和周总比。"

周朗丝毫没有谦虚的意思:"我大你几岁,家学渊源,涉猎比你广,知道得比你多是理所应当——节后莉莉调去燕京,总管华北市场。你什么时候过来永嘉?"

这大转弯不带喘气的,言夏倒吸了一口凉气:"你上次说——"

"上次莉莉还没给我打申请调离报告。"周朗一口截住,"她一走,我这个助理的位置就空出来了。你别犯傻,我看得出,你是个有野心的人,江华教不了你什么,起码没我能教的多。"

言夏不吭声。

周朗又说道:"韩慎进去之后,全靠你自己摸索,还有人给你挖坑。你没什么家底,人脉也没搭起来。你要是死了心只做瓷器,有张老这个背景,也马马虎虎能过,但是要往上走,这弯路可就多了。你来我这边做助理,我也只给你三年时间,莉莉如今怎么样,三年后你就怎么样。"

不好听,但都是大实话。

言夏心里挣扎得厉害。

周朗这次开出的条件明显比上次要高出一截,可能是她成功拍卖了沙沙那件涂鸦的缘故,也有可能就是他之前说过的,春拍之后,她身价上涨。永嘉虽然有诸多不利因素,但是——

谁不想有人照拂,谁不想有捷径可走?

她这里不说话,周朗也不催。

侍者拎了只食盒进来。

言夏无意识多看了眼。形制复古,漆底,仿莳绘描了些瓜果菜蔬,造型圆润可爱,染色也精致,当中铁画银钩一个泥金"飨"字分外夺目。言夏看了半晌,猛地想起来,脱口道:"陆师兄!"

"什么?"

"字……"

周朗眼皮跳了一下,就听她说道:"周总看重我,我很感激。"

灯色在周朗的瞳仁里染出一丝诧异,也还是笑道:"你别和我说你爱天历爱得深沉。"

言夏笑出声:"周总知道陆师兄吗?"

"我也想说不知道。"

言夏笑道："陆师兄家世好，但是他没架子，我们读书时候眼皮子忒浅，也没看出来。"

周朗略略诧异。他知道言夏和陆君迟的师门渊源，没想到还有这层。当然陆君迟这个人确实让人忌惮。他不动声色道："以陆总的本事，有没有家世也不重要。"

"重要的。"言夏叹了口气，"有人眼瘸，就吃了亏。如周总所说，我没什么家底，经不起折腾。过去永嘉两眼一抹黑，得罪了人也不知道。到时候永嘉站不住，想回天历也不可得，岂不是很惨。"

周朗微皱了眉。要说起来确实是永嘉成立时间更久，人事负担更重。他年纪轻，外头看着风光，坐这个位置也不容易。莉莉申调来得突然，都不等假期过完——也怪他下药过猛，自食其果。

他夹袋里虽然有几个选项，但是看来看去，竟都不如眼前人。但是有些事，说到底还是需要机缘。他沉吟半晌，也只吐槽："这时候胆子倒又小了。"

言夏顺坡下驴，拱手求饶道："我一向胆小。"

周朗哼道："这几个月的艺术品征集就很考验眼力和人脉。你要过不了这关，在天历也出不了头。"藏家追随艺术品，艺术品征集往往是拍卖公司的重中之重：只要有好东西，就不愁买家。

言夏认真应道："周总教诲我记下了。"

短暂的假期并不能彻底洗刷上班的疲倦，不过大伙儿多少会给周一一点面子，勉强撑出朝气蓬勃的假象。

等电梯碰到孙楚蓝，容光焕发。言夏猜是新的任命下来了。都说权力是男人的春药，其实女人也不遑多让。

孙楚蓝觉察到她的目光。言夏报以微笑。

孙楚蓝点点头，比上次友善得多，甚至透着一点慈祥，慈祥里又夹杂一丝威严："假期去哪儿玩了？"

言夏笑道："哪儿都没去，宅家里看剧呢。"

"年轻人啊，还是要多出去走走。"孙楚蓝态度忽然就亲热了，"日本去过吗？"

言夏心里一突："念书的时候跟导师去过京都。"

孙楚蓝拍拍她的肩："好！"

言夏心里不祥的预感很快得到应验：江华找她，除了例行的升职加薪之外，就是让她准备护照去日本。

"是孙总的意思？"

"怎么，"江华诧异道："不想去？想这个机会的人可不少。我还听人说你给孙总灌了什么迷汤，让她……这么看好你。"

言夏踌躇半晌，到底开口问："公司今年的海外征集主要方向还是日本？"

——虽然之前在书画场上露了一手，但是瓷器仍然是她的立身之本，她猜公司的谋划也是如此。国内民间所存高古瓷精品不多，所以一向征集以海外为主，尤其日本。

"不然呢。"

"公司就没有想过丝绸之路、海上丝绸之路？"

言夏这半年风头劲，但要说资历，也还是太浅。江华没想到她会考虑这个，因道："你详细说？"

"日本收藏我国文物量大，量多，珍稀精品多是事实。21世纪初开始国人赴日淘金，一直到现在，日本仍然是我国文物富矿毋庸置疑，特别高古瓷和书法作品。所以孙总让我去日本，是为我好。"

江华抬手道："场面话就不要说了。"

言夏点点头。

她知道他未必想听，但是她不能不说："……淘了这么多年，好东西总归是越来越少。更糟糕的是那边开始造假。不仅造假卖给国内，就是国际拍卖市场上，光瓷器的赝品出镜率都高达15%。"

至于年年编造的新故事、王维画、李白书、徽宗花鸟卷，绘声绘色说是遣唐使漂洋过海采购回国……言夏都懒得提。

"所以公司让你过去。"江华说。

"另一个严重的问题是高端藏家惜售、抬价。"言夏缓声道，"有时候溢价到了匪夷所思的地步。"

国内在争取国宝回归方面不遗余力的心态被日本摸透。2005年商代子龙鼎在大阪露面，国人闻风而去，对方开出上亿天价。当时力有不逮，只得放弃；后来辗转流入中国香港，方能以4800万的价格赎回。

江华"嗯"了声，这也还是老生常谈。

"当然我们不可能放弃日本这块阵地，那些东西，无论站在私人立场还是……总之能拿回一件是一件，国家也是支持的。"言夏话锋一转，"但要说自古以来，流落在外的文物，也不独欧美日本。"

江华听明白了她的意思：日本已经杀成了红海，她想另辟蓝海。

谈何容易。

"就怕精品少。"他说。

"丝绸之路上所藏元青花不乏天下重器，绝世孤品。"

"元青花是个例外。"江华好脾气地说。世存元青花整器四百件左右，有两百件散落海外，最大的元青花收藏博物馆在土耳其，其次伊朗，我国反居其三，但那有早年业内认识不足的缘故。

"就这样吧。"江华有意结束这个话题，又安抚她道，"你这次去日本，就算只按部就班谈下一批普品，也能为以后铺路；要是运气好拿下一两个大件，回来妥妥给你升高级拍卖师。小言你不要不知足，公司近十年都没你升这么快的。你还年轻，以后路长着呢，不要急。"

"但是——"

"这是公司的既定策略。"江华和蔼地说。

"除了贸易之外，明清皇帝赏赐周边藩国，光瓷器一项，就动辄十几万件起，"言夏使出撒手锏，"这是我在史料里找到的清单。"

江华看了眼，厚厚一沓，可见是下了功夫。

但是丝绸之路也好，海上丝绸之路也罢，毕竟不像日韩，在古代属于大中华文化圈，导致近现代收藏上普遍偏重。

历代皇帝对于藩国的赏赐虽多，次数毕竟有限，总还是以商贸外销瓷为主。外销瓷在国际市场上行情不错，尤其雍乾两代，很受西方欢迎，但是在国内市场一向叫不上价，精品少是其一，审美差异是其二。

要真能找到绝品也就罢了。

他又疑心这个小姑娘真受了周朗的蛊惑，因而兴致并不太高，随手接过，随手放下："我会看的，你也先准备好签证。"

十四

言夏有点失望。

不过人就是这样，失望的次数多了，也就习惯了。

等签证的功夫申请了探监。韩慎见到她很意外，也很激动。从前他不把这些东西流露出来，如今也顾不得。他喋喋不休地说话，她只是听着，最后把装着订婚戒指的戒盒推了过去。

"小夏？"

"我一直想不通你为什么会做这件事，"言夏说，"但是那天在法庭上，我忽然想通了。"

韩慎一怔，又打起精神："小夏——"

"你能和我说句实话吗？"

"我从来没有，我一直……小夏你信我，我和你说的一直都是实话，我——"

"在这个意外发生之前，你是不是在计划分手？"

"怎么会！"韩慎叫道，"我们都订婚了，我买了新房、新车，装修好了就等着它的女主人……"

"那和我无关，韩慎。车是你的，房也是你的，都和我无关；我没有所有权的东西，说女主人你不觉得可笑吗？"

"我——"

"当然我承认我没出钱，也没出力。北岸丹枫动辄三五千万的房价，就算你给我加名字我也高攀不起。"言夏心平气和地说，"不过我查到一个有意思的事，这几样东西，你都是全款入手。"

"我不想你背负房贷。"韩慎迅速给出回答。

"不，你是在向人展现实力，就好像孔雀开屏是为了求偶。不是对我……无须对我，"言夏有瞬间恍惚，她已经是掌中之物，犯不上费这个劲，而且，"我有自知之明，我没那么高的身价。"

人都是有价格的。就像再无价的艺术品，只要流入市场，就会有价格一样。

婚姻这个市场，一个正当妙龄的普通白领，价格是一套三室两厅，立足之地；15万代步车，方便出行。

高攀才需要别墅豪车。

韩慎怔了怔，他看住言夏。

他像是第一次这么认真打量她。她不再是初出校园，什么都不懂的雏鸟；也不再仰视他，等候他的指点。他第一次发现她瞳色很浅，浅得像是琉璃。在这个夏日午后的探监室里，一点凉意滋生。

他想起那天她坐在法庭里，旁听席上，没有表情的脸。

他失常地笑了起来，他胸口涌动着一百万句诅咒，他诅咒这个凉薄的女人："你是来看我笑话？你早就知道了是不是？

"你早就知道了，你勾搭上了……你勾搭上了姓周的？说我PUA，我PUA？你疯了吗？没有我，你是个什么东西？一屁股的债！除了我，还有谁会娶你？那个二世祖吗？他玩玩而已，你别做梦——"

"我来谢谢你。"言夏打断他。

"谢我？"

"谢你没拖我下水。"言夏苦笑。以他们之间的关系，她原本是最容易被怀疑、也最容易被拖下水的那个。总算他良心未泯。"PUA不PUA的无所谓了，你不用放在心上，反正我不吃这套。"

她站起身。

"言——"韩慎忽然疑心起来。

"你说得对，我欠一屁股的债，我一开始就不该痴心妄想，以为会有人肯和我结婚，所以戒指我还你，你自由了。希望你的小公主不介意我还得太迟。"言夏甚至笑了一下，她承认她刻薄，对那个素未谋面、她甚至刻意不去打听的某位名媛。

"是你、是你举报的对不对？"身后传来声音，咬牙切齿。

言夏没有回答。

没有必要。这个世界上很多事没必要问这么明白。就好像她从不问他有没有爱过。那个不重要，而且可笑。

她走了出去。

监狱总让人觉得阴森。

便是她极力压制，也还是忍不住走到太阳底下，狠跺了两下脚，仿佛能够驱散些什么。

她承认这个人教过她不少东西，也承认他说得有道理，以她背负的天价债务，没几个男人不会望风而逃——人有趋利避害的本能，人都想过得轻松，也人都想往高处走。只是她没想到他这么糊涂，拿前程讨白富美欢心。

她是双重劫后余生，所以说到底，她还真是来谢他。她反复这么想，仿佛足以冲淡她所受到的侮辱和伤害。

她以为她该哭一场，如果有宝马的话也许可以。但是她没有。就只在树荫底下站了片刻。

等大巴到了，情绪也就回去了。

从监狱返城半小时。窗外的路灰扑扑的，无始无终，路边的树叶子也灰扑扑的，没精打采。

整个世界都没精打采。

"这个世界是挺没劲的对吧，"她仿佛听到有个声音在耳边说，"特别被人踩在脚底下的时候。"

"你得、你得往上走。"

"走到哪里去？"她那时候小，不懂。

那人没有回答她。刺耳的喇叭声，言夏猛地惊醒，手机从膝上溜下去。她弯腰捡起，所有声音都烟消云散。

签证还没有下来，江华通知她行程推迟。

"有个时尚界发起的慈善拍卖……"

"为什么是我？"言夏疑惑。慈善拍卖没有最低价的压力，实在无人举牌，主办方也会安排自己人，所以很少有流拍，还能提高知名度，结交人脉——她没有争取过，这等好事，怎么轮得到她？

"你上次对沙沙那件作品的处理很出色，让人给惦记上了，"江华说，"而且这次拍卖所得是用于捐助家境困难、但是有心向学的女孩子，拍卖就叫'姐姐来了'——你不上谁上？"

言夏没作声，拍卖师中确实女性偏少。

时尚界在国内积累有限，大多数时候沦为娱乐圈附庸。国内明星虽然名利皆有，但是艺术修养和收藏见识并不出色，历年慈善捐赠以首饰、手袋和礼服居多，平均价格不过数万。有些东西对于粉丝来说可能意义非凡，但也仅限于粉丝了。言夏估计孙楚蓝是看不上，所以推给她。

图录到手才发现今年不同往日，有几件价值不低的，显然主办方准备大干一场，便也打起精神准备。

拍卖设在周末晚上。

时尚界的拍卖难免星光熠熠，红毯一直铺陈到脚下，镁光灯就没消停过。言夏自知不能与明星名媛争奇斗艳，老老实实穿了件经典款香奈儿，画的也是职业妆，灯光下不至于寡淡就好。

第一件拍品是只14厘米雾面纯白鳄鱼皮康康包。

这款最早发布于1969年的爱马仕经典款手袋被坊间戏称为空姐包，出了名的难买，据说比铂金包还难。

起拍15万。角逐激烈，最后以95万成交。斩获这件战利品的是个演小甜剧出头的富二代年轻女星，穿粉红色雾气弥漫的蓬蓬裙，即便是言夏，也不得不感慨："宝剑赠知己，红粉配佳人！"

女星欠身微笑，托包合影。

第二件当代油画。大面积的红色，像是玫瑰，也像是蔷薇。名字起得很大气，叫《江山》，起拍60万，90万成交。

第十七件拍品是个鸢尾钻冠。镶嵌以2174颗钻石，总重23克拉——以明星的标准，都是不值钱的碎钻，但是设计颇有独到之处。起价150万，不断有人举牌，言夏喊的数字渐渐被推高。

"230万……240万……270万……290万……"

"500万……550万一次，550万两次，550万三次——"

砰！槌落。

钻冠得主被司仪请起。过于频繁的"咔嚓"声中那人的脸被镁光灯打得惨白，以至于言夏完全看不清楚他的眉目，只能感觉到昂贵的西装和修长的身形，以及不容忽视的气质。

她像是远远见过这人，她想不起来在什么时候，什么地方。

他始终面目模糊，笑容模糊。他在所有人的注视下将钻冠戴在女伴的头顶。他说："愿我的妻子……"

"永远……"

"如今夜美丽。"

"愿我的妻子……永远……如今夜美丽。"这句话我听过，言夏心里想。

它是个诅咒。

她心里仿佛有团火在烧，烧得周遭面目全非。她仿佛置身于古老的教堂，高高的穹顶上天使在飞，她认得那个俊美的青年是阿波罗，手持弓箭的丘比特。巴赫的咏叹调在耳边回荡。

她说"I do"。

他亲吻她玫瑰色的面颊，他说："愿我的妻子永远如今日美丽。"

她说："人得往上走。"

"走到哪里去？"她那时候小，不懂。

她没有回答她。

她努力想要聚焦，但是怎么都做不到。她怎么都看不清楚那个男人的模样，就只能退而求其次，看向他身边的女伴，他的妻子。妻子接到她的目光，回报以甜蜜的微笑。言夏忽然发现她认识。

罗昕珠。

原来是她。

"言小姐、言小姐！"耳麦里传来助理焦急的声音。

这个声音将她从深渊里拉回来。

言夏很清楚她需要两句场面话圆过去，比如夸罗昕珠女士美貌与智慧共存，或者祝贺这对夫妻年年有今日岁岁如今朝……她有的是话，可她说不出来。也许是修为还不够——怎么都不够。

言夏牵动肌肉形成一个笑容，然后把它变成真的。

只要有足够大的愿力，所有假的都能变成真的，假笑可以变成真笑，假人可以变成真人……

言夏逼自己忘掉是谁说过这句话。她顺畅报出第十八件拍品："黄永玉画作……"

拍品不算多，但是由于晚会的性质，持续了整整三个小时。

言夏退下来在休息室里，主办方不住道谢：这晚慈善拍卖拍出了一亿出头的好成绩，固然有明星、名流捧场的因素，拍卖师也功不可没。言夏只摆手道："恐怕我要告辞了。"

"不参加晚宴吗？"主办方很惊讶，很少有人愿意错过与明星、名流结交的机会，"很多人想认识言小姐呢。"

言夏指着嗓子哑声道："心有余而力不足。"

主办方便表示了遗憾，又安慰几句，奉上礼物，一直送到门口。

言夏坐在安全楼梯上给周朗打电话，手机里空洞而绵长的回声，她希望手里有支烟，这时候。

"现在？"周朗吃惊道，"十点半了姐姐！"

言夏不与他调笑，只强调："现在。"

周朗听出她语气不对，收起嬉笑，问："地址？"

言夏给他报了地址。

周朗沉默了片刻，忽道："言小姐，你这个人情可欠得大了。"

"周总需要，我随时递辞呈。"

她知道她是在孤注一掷。她忽然明白韩慎在白富美面前的疯狂——也许人人血液里都有疯狂因子，如今轮到她。

十五

周朗没想到言夏有这么狠——但似乎也不该意外才对。他甚至起了好奇，到底什么事逼出了她的狠戾。

拍卖后的小型酒会，周朗刚出道也热衷过，效率不是太高。这几年就疏了。

拿杯鸡尾酒满场转了圈，该打听的都打听到了，什么都没有发生。拍卖很顺利——当然，慈善拍卖就少有不顺利的。

但是"无事生非"似乎也不是她的风格。

周朗找了个角落观望。衣光鬓影，活色生香。不断有人走动，有人眉眼官司热闹，有人长袖善舞得漂亮。惬意是浮在酒面上淡金色的光晕，是唇齿之间红白艳色，是言语温存，黛眉清目，伶俐俏皮。

渐渐骚动起来。有人仰头，有人指指点点。

周朗往上看，是在阁楼。有窗，风吹着宽袍大袖猎猎作响。月光冷浸浸的，脚下踩着纸醉金迷的人间暖色。

白衣如雪，形如鬼魅。

肩胛动，长袖起——她在跳舞。

人们议论纷纷，不知道是主办方安排的余兴节目还是——各个城市都有的都市传说，总有那么一些地方，旧楼、老宅、古村、末班车。言之凿凿，一晃而过的影子、红衣女子、老太太、鬼打墙。

"……能看见吗？"他们互相使眼色，没有声音的口型。

有人展现男友力；有人躲在朋友身后探出头，从指缝里往外看；有人手快，已经拍下数张足以上热搜的照片；也有看得细心，脚尖点地计算节拍，数息之后，他叫了出来："十面埋伏！"

那是一首未必人人听过，但绝对人人都知道典故的名曲，楚河汉界，霸王别姬。

也不知道是有意还是无意，四个字脱口，场中的旋律就换了，歌舞升平中陡然硝烟四起，兵临城下。

简直像恐怖电影里的情节！

有人几乎要夺门而出，也有人只是意外：竟然是《十面埋伏》——她是在下战书吗？

给谁？

目光在阁楼和场中穿梭。失态的人极多，看不出哪个特别。

人们渐渐镇定下来。虽然仍有人瑟瑟发抖，有人背脊僵直，但是也有人开始欣赏舞蹈，窃窃私语"她谁啊"，有人质问主办方，主办方一头雾水："不是我们！""没有安排！""我们这就——"

保安推开安全楼梯的门。

周朗仿佛能听见拾级而上的脚步声，啪嗒，啪嗒，啪嗒。

莫名阴森。

她会被保安带下来吧，他想。她应该……她当然打不过保安。她该怎么解释？他忽然疑心她摆下这个阵仗只是想哗众取宠一搏成名——但即便是如此，他也想不出来她想博的是谁的眼球。

总不会是他。

阁楼上舞者依依转身，猛地一束强光，正正打在眉心。

周朗长到这把年岁，也是头次体验什么叫心跳到嗓子眼——他甚至不能够仔细去看那张他还算熟悉的脸。

但是他立刻就发现——他没那么熟悉。

那不是他熟悉的小白领。她像——她像是只成精的狐狸，光影敷在她脸上，线条虚化，突出来全是颜色，唇红齿白，乌眉青目。和头次在酒吧见面时的清冽又不一样。她像是——绽放了。

绽放得流光溢彩，勾魂夺魄。

喉咙发紧的不止周朗一个。

无数人心里闪过同一个念头：她是谁？这人是谁？

古筝铮铮。阁楼上传下来唱腔清锐，响遏行云："大王意气尽，贱妾何聊生——"

舞者仰面，冷银色的刀光，然后是喷薄而出的鲜血，玉山倾倒——

有人捂住嘴，有人失声叫了出来。

周朗瞥见地上的血迹，顺着血迹往上，看见有人握住酒杯的手。他一定很紧张，以至于没有发现酒杯被他握碎，碎片扎进了手心里，鲜血和着酒水汩汩往外冒。他身边的女人也没有发现。

周朗迅速收回目光。

保安的身影出现在阁楼上，所有人都仰着面孔，屏气凝神，等候最后谜底揭晓。

周朗悄无声息地退了出去。

言夏松手，跌进茂密的灌木丛中。她爆了句粗口，不知道有没有骨折。

时间上是刚刚好：保安赶过去，只能看到地上的袍服。但是用不了多久就会发现系在窗栏上、她没有办法处理掉的长绫——她到底是个人，不是鬼，也不是小说影视剧里飞来飞去的高人。

她应该离开这里，尽快。

喘息未定。言夏按了按脚踝，伤得不算太重，可能有点肿。从包里摸出衣物和鞋。又看手机，手机没响。头顶有光柱扫过，也许是手电筒。灌木丛很厚，他应该看不到她，但多半能看到被压塌的灌木枝。

她必须离开这里，尽快！

言夏看着手机，心里默念："三、二、一——"

划开页面到最近对话，手指还没按下，响了。言夏松了口气。

"我打双闪，能看到吗？"

"能。"

手机里的声音又冷又硬，短促得像一口冰渣子。周朗莫名觉得她在发抖，那也许是真的。

言夏白着脸跌进车里，没等坐稳，周朗一脚油门踩到底。

橘黄色的路灯下高速像条银灰色的响尾蛇，也像不断出没她梦里的那条。狂跳的心脏过了许久才慢下来。

"你带了红酒上去？"

言夏愣了一下，随即摇头："番茄酱。"红酒黏稠度不够。

周朗呼出一口气。

言夏在后望镜里看到他唇角微微上扬，大约是觉得可笑。她意识到那之前他可能受了惊吓。

她比他想的惜命。

"很像……血吗？"

"很像。"

又同时收了声。言夏瞟了眼后望镜。她有话要问——她相信他也是。但是眼下不合适。低头看脚踝，肿得更厉害了。到这时候才知道后怕。也到这时候才想起来问自己，这是在做什么。

疯了！

车路平稳，但是不慢。开了半个多小时，往小区里一拐。

"这里最近。"周朗这样解释，"但是我挺久没有来过了。钟点工有没有按时打扫我也不知道。"

言夏"哦"了声。有钱人的狡兔三窟。

周朗看她的脚："还能走吗？"

"能。"

周朗便没有多话，熄了火下车。

言夏探出右脚，踩实了，再小心翼翼出左脚，咬牙踩下去，一阵钻心的疼，登时就站立不稳。有人扶住她。

"女孩子这么犟做什么，你就是说句走不了也不会少块肉。"

言夏清了清嗓子："真要少块肉倒又好了，权当减肥。"

这张嘴！

周朗被她气笑了："别动！"

一阵天旋地转，言夏举着两只手不知道该往哪里搁，睁眼就看到那人的眼睛，近在咫尺。言夏微微别过脸，耳根热过40度。

周朗欣赏了片刻她难得的手足无措，嗤笑道："倒是不轻。"

言夏深呼吸。

意识到胸口起伏，她控制住了徐徐吐气："周总这话和我说说也就罢了，张小姐李小姐王家千金跟前可千万管住自己的嘴。"

周朗抱她进电梯："我的事你倒是打听得清楚。"

"知己知彼百战不殆。"

周朗暗想：这人属鸭子的吗？

电梯停在八楼。八是个好数字，大多数人都喜欢，看来周朗也没能免俗。

三室两厅的格局，倒还干净，就是家具少，乍眼看去，雪洞似的。周朗将她放在沙发上，给她脱鞋。言夏忙道："我自己来。"

周朗笑了一下。

言夏补充说："脏。"

周朗起身："我去倒水。"

言夏心想这人体贴起来是真体贴。趁他背对着她，脱了鞋察看。肿得像只猪蹄。言夏盘算要是没有骨折，可以网购药油；问周朗借住几天；公司那头可以请假，得找个说得过去的借口。

"怎么样？"

抬头周朗已经走了回来，一杯水两支药："扶他林，止疼；这支云南白药，不用我介绍了吧？"

"谢谢。"言夏嗓子有点干，迟疑了片刻才又说道，"就怕骨折……"

周朗哼道："你还知道怕？"

言夏被噎住。在人情上，她这算是债多不愁了，过了片刻方才说道："辞呈我明儿早上就打——"

"可别！"周朗冷笑，"闹出这么大事，你当我还敢收你？"

言夏一愣，也是料不到这人翻脸如翻书，一时间心里也不知道是茫然还是恐惧。

"是唱给宋祁宁看吧？"

"嗯。"言夏眼睁睁看着修长一只手摸上她的脚踝，反复摩挲。她拿不准这是治病呢还是轻薄。关于这位的传说江湖上林林总总着实不少，并没有听过神医这个技能点。但是一只猪蹄——红烧还是清蒸尚有商榷的余地。

周朗手上用力，言夏皱了皱眉，强忍住没有叫出声。

"你别告诉我你不知道宋祁宁的身份。"

"知、知道得不多。"啪嗒摔碎的汗珠，勉强控制住的声音。

深夜里寂静，言语仿佛回音。剧痛一阵一阵。言夏咬住牙。

不知道过了多久，疼痛让时间漫长，迟迟没有尽头，让人想起那种叫滴漏的计时工具。

"知道得不多也敢——"周朗收了半口气，硬生生转换过来，"也不知道他是有妇之夫？"

"……知道。"她知道他误会了，但是她没有澄清。似乎无此必要。

"没骨折。"周朗起身去厨房洗手，"至少严重骨折是没有，有没有骨裂你回头自己去照CT。"

言夏把药油倒在手心里，低低应了声。

周朗拉开冰箱看存货，猛地反应过来："你说谎！"

言夏抬头看他。

"宋祁宁不可能是你的前前任！"宋祁宁这样的完美主义者，就算真和她有一段，那也是过去式，中间至少隔了一个韩慎。但是她对韩慎的反应也不过如此，没理由一个前前任让她这么疯魔。

言夏把药揉开，慢吞吞回了一句："我也没说他是。"

周朗也懊恼自己受惯性思维左右，把冰箱的可乐饮料来来回回看了几遍，方才心平气和拿了可乐和冰坐回沙发，递冰块给她敷伤。

言夏"咝咝"抽着凉气，但是脸上没什么表情。她专注于她的脚伤，就好像世间唯有这件事值得担心。

镇定得不可思议，周朗心里想。一个没背景的女孩儿敢得罪宋祁宁，还这样气定神闲，凭什么？他心里闪过一个念头："……你不会是他的私生子吧？"天底下唯有亲生的骨肉永远能得到原谅。

——如果言夏真是宋祁宁的私生女，那真是奇货可居。

言夏哭笑不得："周总这想象力，做CEO屈才了。他今年41，或者42？你觉得，他能生出我来？"

"这不好说。16、17岁闹出人命的也不是没有，你今年25还是26……"

"28。"

周朗无言。

"而且你看我，像吗？"言夏扬起脸。

灯色在她脸上流淌。

这灯色白，照得眉目光艳无匹。周朗和她见面次数不少，但委实没有这样惊艳过。她该是骨相极好，稍一上色便容光大盛，判若两人。周朗心里浮起"美人在骨不在皮"之类的大俗话，又忽然想：原来她素日里并不上妆。

言夏见他这样愣愣看住自己，不由得心里发毛，恨不得手边有面镜子，有张照片，可以一五一十地对照。

"周总？"

"确实不像。"

"当然不像了！"言夏犹豫片刻，决定坦白，"他是我姐夫。"

"前任？"周朗也知道是多此一问：宋祁宁要是她现任姐夫，最低限度她在南城可以横着走，哪里轮得到韩慎这样糟践。

言夏没作声，算是默认。

"所以，你闹这出，是为了……给你姐出气？"周朗不敢置信，乃至于渐渐变色。如果她是宋祁宁的旧情人，是想勾得宋祁宁回心转意，他虽然瞧不上，但是人各有志，何况她才受过韩慎这重打击，也算是情有可原。

或者她是宋祁宁的私生子，讨要说法，争取权益，那更是天经地义，理所当然。

结果都不是。

她图什么？她这么做能图到什么？

"你疯了？这都21世纪了，就为了这么点事——就现在这分手率、离婚率——你为了这点子事大庭广众之下给他唱十面埋伏、霸王别姬？"他声音渐渐拔高，几乎破口大骂，"言小姐，你还想在南城过下去吗？不，你还想在国内拍卖行做下去吗?"

"我知道错了。"

"是我错了!"周朗气得脸色发白。

他深吸了口气,总还是看在她是个女孩子的分上,看在她受了伤、这时辰也不早了的分上,看在……他没把这个理由想得太清楚,大步走了出去。

十六

门合上,悄无声息。

耳朵里还在嗡嗡嗡直响,她几乎听不清楚他说了些什么。不,她听清楚了,每个字都清楚,那些不必他说她也已经想明白了的事……到嗡嗡声褪去,房间就静了下来,静得麻木。

很远的地方传来练琴的声音,断断续续。旋律耳熟。她跟着哼了半句,发现是《铁血丹心》。

经典流行曲目。她这代孩子也大抵都听过,她姐那代甚至会唱。她不会唱,也不是每句都听得懂,来来回回响在节拍上总是"射雕引弓塞外奔驰";成年之后再听,就剩了"天苍苍野茫茫"。

她没有那种"哪惧雪霜扑面"的豪气。

言夏使劲推着药油。干了再推一层。周而复始。

她知道宋祁宁不简单,就仅此而已,她不知道更多,她姐没有告诉过她,父母也没有,那时候她小;后来是看穿了她不成气候,所有人都小心翼翼绕开这个话题,就好像所有一切不曾发生。

也许那是对的。刻意回避了这么多年,言夏甚至不知道宋祁宁在南城;早知道他会来南城,她当初到底为什么放着央美不报,报了天高皇帝远的S大?言夏苦笑,连她自己都想不到,能一眼认出人。

那就好像心上被插了一刀,那个瞬间的血,她咽不下去——这世间竟然还有她言夏咽不下去的,她心里也甚是诧异。但也许就是这样,人并不只受大脑支配,还有肾上腺荷尔蒙多巴胺。

一时之快，后患无穷。

她知道她错了，不怪周朗生气，她也生气；但是周朗能够拂袖而去，她不能。她得留在这里，收拾这个烂摊子——无论是肉体，还是精神上；无论是眼下，还是即将会发生。

她没想到周朗会这样忌惮宋祁宁，那意味着江华可能同样忌惮；周朗对她的兴趣到此为止，江华也不会庇护她。她必须给自己找一条生路。而幸运的也许是，宋祁宁未必记得她这号人。

毕竟只见过一面，十多年了。

地毯式的搜索她肯定跑不掉，到处都是摄像头，但那需要时间；即便成功把她揪出来，要找她麻烦，也还需要借口；如果她不在国内，他就找不到借口；如果她拿到业内无法拒绝的绝品——

她必须找件护身符。

日本不行。国内盯日本的人太多也太久了，能拿下的早拿下了，剩下的都是硬骨头。她得、她得说服江华让她去室利国，她想捡个大漏。

孙楚蓝也许可以帮到她？言夏很快否决了这个念头。她是江华的人，江华多少会看顾她一二，要再搭上孙楚蓝，就是两头不靠。她这个首席坐了才几天，位置可没那么牢靠，也保不住她。

言夏专心致志思考对策，琴声不知道什么时候停了，"咔嚓"一下轻响。言夏茫然抬头，面色煞白。

还好进来的不是剪径大盗。

一个五十上下的圆脸妇人捏着钥匙站在门口："周先生说夏小姐腿脚不便，让我过来照顾几天。"

言夏逼自己笑："有劳。"

妇人麻利地推进来一辆轮椅，轮椅上整齐叠着毛巾睡袍日用品。

卸妆沐浴过，在松软的大床上，想起气到离家出走的人，这人倒是当真看重她。江华也看重她，但是那又不一样。如果可以……半睡半醒之间，她恍恍惚惚地想，就不要连累人家了吧。

是她找死，不该拖人下水。

她在梦里往机场跑，似乎有人喊她，她回头。钟灵问："你往哪里去，一会儿还有课！"

像所有的梦中人一样，她张不了嘴；张嘴也出不了声。她们僵持在熙熙攘攘的人流中，太阳就要下去了，金色的阳光照得她满心焦灼；忽然就到了机场，路长得没完没了，登机口总也不到。

下飞机原该坐大巴到汽车站转车，但是那天她奢侈了一把。的士司机看她的眼神里充满了疑虑："这半夜三更，你一个女孩子，去那种地方做什么？"

"收尸。"

她忽然醒过来，天居然大亮了。

在晨光中默然坐了片刻，给周朗发短信："对不起。"她不该问他借那套兰陵王的表演服，她不该算计他接应她。

等了很久也没有回复，也许是时辰尚早。

低头检视，肿消了些，仍青紫密布，煞是可怕；拿手机下单订了两份早餐，摇着轮椅进厨房取冰。

虽然不抱希望，但是到下午没有收到回信，便知道他是不会再搭理她了，也对，她可是个麻烦人物。

言夏坐在阳台上，目送太阳慢慢沉下去。她想起小时候有次和姐姐游泳回来，下车看到对面的晚霞，在拥挤的建筑物之间，灿然夺目，像一段完完整整的织锦，她惊奇地指给姐姐看。

她不记得姐姐有没有看到了，她那时候太小，记忆都是碎片。

后来家里车没了。

她猜对于青春期的姐姐来说，无忧无虑的时光就像那段晚霞一样转瞬即逝；而她因为只拥有过一些记忆的碎片，反而并没有那种失去的痛苦。

她几乎想不起姐姐的样子——她以为她完全不记得，但是对着镜子勾脸的时候，她发现她根本从来没有忘记过。

天眼查查到宋祁宁名下公司，倒也不多，占股最多的是电商平台"木瓜网"——言夏算是知道周朗为什么忌惮他了。

木瓜网创建于五年前，名字据说取自《诗经》，"投我以木瓜，报之以琼瑶，匪报也，永以为好也。"

他们的理念是我国礼仪之邦，送礼是每个人一生中绕不过去的问题。传统佳节，舶来盛日，红白喜事，弄璋弄瓦；诞辰，乔迁，升职，庆功；送长辈领导，亲友故旧，情侣互赠，自我犒劳。平台不仅卖货，还普及赠礼方面的传统知识，有专业人士接受咨询，教人挑选。有一定比例的营销造势，但是东西好也是真的。

有人吐槽说像20世纪末城乡接合部流行过的精品店，但是无论如何，它确实把年轻人从"送礼只送脑白金"的难题中拉了出来，也解决了无数直男在节日氛围中在琳琅满目的口红色号面前的窘迫。

平台顺利获得多轮融资，三年之后上市敲钟。如今正是个鲜花着锦、烈火烹油的局面。

这样的声势，作为创始人和CEO，宋祁宁从未接受过任何采访——若非如此，言夏也不至于到这时候才知道木瓜网背后是他。

礼物这种东西，往往比日常消费高半个档次，人们乐于在社交上花更多的钱，因而艺术品和轻奢都是非常受欢迎的类型。

而拍卖行一直在寻求网络化的突破口，各路人士都在探路和尝试，有得有失，进展一直不是很大。2020年之后，这个需求变得迫切起来——这是整个拍卖行的共识。

言夏猜周朗是想从木瓜网打开局面。如果不是宋祁宁，没准她会拍案叫绝：这确实是个好主意。但是现在，她只能叹口气。

宋祁宁恨透了她姐姐，他不会赏她什么好果子吃。

她也恨他，但是蝼蚁怎么伸长腿也绊不倒大象。

蝼蚁首先得活着。

休养了两日，肿消了个八九成。言夏再给周朗写了条短信："谢谢招待。"收获到一枚鲜红的感叹号。

言夏意识到自己被拉黑了。

理当如此。

回到公司，径直去了江华的办公室，她和江华坦白："我不能去日本。"

江华皱眉。

"有个事，我没有和江总交代过。"她说，"我之前跟韩慎去过日本，那边的藏家和他关系不错。"

江华郑重起来，他明白言夏的言外之意：韩慎出事，就算日方暂时不知道，见了她，自然也会问起；就算她能砌词敷衍，永嘉也好，其余拍卖行也罢，都不会放过这个绝佳的攻击点。

韩慎是犯了行业大忌，但是她又和韩慎分手，以日方偏执的传统观念，一方面可能会认为她和韩慎一样不干净，一方面又可能唾弃她的"背德"——如此，确实不合适去日本。

"那……"

"我还是想去室利国。"她往声音里加了超分量的坚定和决心。

江华目视她："小言——"

"这也是……"言夏压低了声音，"之前韩慎的规划。"

江华没有再吭声。韩慎出事之前是首席拍卖师最有力的竞争人选。光论能力，比孙楚蓝、郑英恺都强，看他调教出来的这个女孩儿就知道。这个女孩儿是有点急功近利，也许她还瞒下了什么，让她去开拓这条线未尝不是个好主意。

他原本想说"让我再想想"，言夏又含混说道："永嘉那边……似乎也有这个意向，而且江总您知道的，近年政策，对于丝绸之路、海上丝绸之路上的商贸开拓，也是持鼓励态度。"

江华看了她一眼，孙楚蓝还担心小姑娘被爱情迷昏了头，如今看来，恐怕迷昏了头的另有其人。

他唇边卷起微微笑纹："我叫人给你订机票。"

第二卷 一代绝品

一

"男人年轻的时候千万不要轻许诺言。"登机前周朗对新助理小峰说。

"为什么？"

"女人会当真。"

周朗承认他对女人的眼泪毫无抵抗力，虽然他会觉得无聊。他甚至无聊地想过如果某个永远不肯让人猜中想法的女人肯示弱给他哭一场，没准他那晚会留下来帮她想条生路——当然她是不肯的。

"Jessica，"他无奈地看着面前的女人，"能歇会儿再哭吗？"

言夏回到酒店，先就喝了一大杯水。

来室利国两个月了，还是很难适应这边的天气。室利国没有四季，就只有旱季和雨季。听说雨季也就时不时来场雨，并不会降温，反而因为潮湿，蚊虫猖狂——旱季更是炎热。

她在酒店长住，包了个车。司机小孟是个年轻的华人，肤色略深，清秀腼腆。

征集公告投放出去，报纸、网站、灯牌。偶尔能接到电话，她会上门拜访，总还是失望居多。不奇怪。国内拍卖行在国外没法和苏富比、佳士得一较高下，也很难竞争得过人家本土拍卖行。

当然她原本也志不在此。

抵达室利国次日她就拜访了U大美院教授裴约。裴约和张允清神交已久，只恨隔山隔海难得一见，因而对言夏十分热情。听了她的来意之后，他却很为难："……当初我和委托人签过保密协议。"

话说绝了，就只能另辟蹊径。

这天言夏才从跳蚤市场回来，就接到电话，裴约的声音像是有一点点犹疑："你要是有空的话——"

裴约说："那件事我实在无能为力。不过既然你是来征集艺术品，我多少还是能帮上一点小忙。"

他给她数了几个本土藏家，末了递过来一张洒金贴："郑氏集团当家人郑磊意外过世，他夫人姓杨，可能是手头紧，打算出一批东西，似乎遭到了郑家人阻拦，所以办个酒会探探口风，看有没有人愿意入手。"

言夏猜这里头有一场豪门恶斗也未可知，只管连声道谢。

裴约摆手道："和我就不要这么客气了。总不能说，张老的学生千里迢迢过来，我还让你空手而归吧。"

言夏登时就笑道："那我回去谢老师！"

酒会布置得极具异国风情，拱门、石柱，外头就是海。暮色模糊了边界，一眼过去，天地苍茫。

来客不多。此地华人口条极好，字正腔圆。言夏想起来小孟和她说过，这边华语学校都是从中国台湾请的教师。间或也夹杂英文。

有个圆脸微胖的男子过来搭讪，自称姓林，林深。言夏便知道是闽地过来的华人，笑着哼了几句闽地小调以拉近距离。隐约听得"滋滋"声响，左顾右盼也没找到源头，忽然间灯火尽灭。

黑暗里此起彼伏的轻叫声。

林深趁机握住她的手："别怕。"言夏没作声，她想把手抽回来。忽有人叫道:"月亮!"一时人齐齐都往外看。

月亮不知道什么时候出来了,皎皎银辉,照得天地之间纤毫毕现,恍若透明。

明明并不是太罕见的风景,但是当此之际,不由人人心里都冒出一句"海上生明月,天涯共此时"。

偌大的厅里静得呼吸可闻,就只有潮汐一波一波上来,又一波一波下去。夜雾弥漫,月亮挂在天上,亘古至今;月亮浮在海上,随波逐流;月亮——人们终于意识到了:这里有三个月亮!

就在海天之间,似玉非玉,晶光四照。

它直奔众人而来,就仿佛流星划过海面,留下银河璀璨。

越来越近,越来越近了。

人们屏住呼吸:不、不是月亮。甚至不是月亮的投影。

不知道是谁率先舒了口气:"小时不识月,呼作白玉盘——我今儿个算是信了。"

"明永乐甜白釉宝月瓶。白如凝脂,素犹积雪,一代绝品名不虚传。"年轻女子声音清锐,如溪水叮咚。有人回头看她,有人交头接耳,问出声者何人。但似乎并没有人认识这个陌生的华裔女子。

宝月瓶进入厅中,人们围上去,方才看出其中端倪:原来是底下装了传送带,难得打光极妙,将甜白釉润、薄、透的特质发挥到极致,加之形状酷似,远远看去,可不就恍如明月双生?

便有人想起陌生女子的话:"果然是……一代绝品啊。"

有人爱不释手,有人沉思不语。都知道这么大张旗鼓地灭灯、拟月,自然是有所图,包括那个解说的神秘女子,都可能是主人安排。

"又来了!"

这次是有了心理准备,视觉上仍备受冲击:那就仿佛是一朵莲花,乘风破浪。夜色渺茫,月光与水光都是周身华彩。人们出不了声,就唯有叹息——想必古希腊的哲人看到海伦,也只能叹息。

"清雍正,胭脂水釉莲花盏。"神秘女子又说道,"是以黄金为着色剂的低温釉,因色如胭脂而得名。"

有人忍不住问:"你怎么知道是雍正?"

"胭脂釉最早是康熙时期施用在珐琅器上,但是康熙没有单色的胭脂釉器;乾隆时期釉色偏深偏红,而且釉面往往不够平整,有波浪釉或者橘皮纹;乾隆之后再烧胭脂釉的也有,但是颜色没这么正。"言夏娓娓道来,"康雍乾三朝胭脂釉都是官制,盏底应有落款,翻过来一看便可知。"

"你没看过吗?"又有人问。

言夏敏锐地感知到了为什么会有这个问题:"我和诸位一样是持帖前来的客人,不过是职业相关,献丑了。"

"你的职业是——"这个声音来得突兀,但是人们纷纷给她让道。言夏便知道是此间主人来了。

竟是个颇为年轻的女子,雪白一张小脸,精致的黑钻耳坠。言夏是见过美人的,但是这位杨小姐委实生得袅娜纤细。也许是新寡的缘故,眉目里略略憔悴,更增添了这种我见犹怜的气质。

她微微欠身:"杨小姐,我是名拍卖师。"

杨惠的表情忽然有点奇怪。

"我姓言。"

"那言小姐要不要给这件也断个代?"

这说话时候,一件青花瓷已经到了跟前。言夏不得不再次感叹这鬼斧神工的打光。送上来三件瓷器,不同窑不同温不同时代,却都恰到好处地呈现了最佳状态,对瓷器没有深刻理解做不到这个程度。

她收起炫技式的轻浮,说道:"这只康熙青花海水双龙纹瓶也很是难得。"

"康熙?"杨惠问。

言夏"嗯"了声:"从器型看的话……梅瓶这种东西始于北宋,每个时期都有细微的变化,到清康熙、雍正,肩部变宽,从溜肩过渡到平肩——但是雍正青花用色不及康熙浓艳,而线条更为柔和。"

"如果我说是宣德呢?"

"不可能。"言夏摇头道,"明永乐、宣德两朝的青花瓷和后来不一样，它用的苏麻离青。据说是郑和下西洋带回来的。苏麻离青虽然同样也有色泽浓艳的特征，但是因为含铁量高，往往会出现黑色斑点——"

杨惠转动梅瓶，灯光下，可以清清楚楚看到龙鳞龙须，甚至怒卷的海水中点点黑斑："言小姐？"

她声调上扬，有微微得意。

言夏仍是摇头："杨小姐你看，这只海水龙，它是正面朝人。明嘉靖之后才出现龙头的正面形象，宣德时期绝无可能——而且这深浅渲染，墨分五色也是康熙中期青花瓷的特征。"

"言小姐对自己的眼力很有信心。"杨惠声音里大有惋惜，"可惜了——"

她抱起梅瓶，转出底部给众人看，只见瓶底双圈，楷书六字："大明宣德年製"。

一时众皆哗然。

虽然碍于教养，并没有人直接说出来，但是目色之中，已经大有嘲笑。言夏深知不能放任——不然别说她的图谋，就连基本工作都没法开展了，因说道："杨小姐是只见其一，不知其二。"

"哦？"

"康雍乾三代都热衷于仿古，两宋名窑是重灾区。康熙时期则仿永乐、宣德居多。"

"但是黑斑和落款呢？尤其这个落款你看，双圈栏，布局满，'德'字心上无一，'製'字衣上无点，都是宣德款的铁证。"

"确实如此，杨小姐颇有造诣。"言夏夸了半句，话锋一转，"但是真宣德器，字要粗壮些，间距还要小，因为苏麻离青有晕散，字体不会这么清晰——"

"言小姐，这粗壮程度、间距大小、清晰与否，没有标准器作为比较，就都是空口无凭。"杨惠打断她，"姑且算你对，那黑斑呢，黑斑你怎么解释？"

言夏心中诧异：她过来这两月，并不曾和郑、杨两家打过交道，怎么这位杨小姐这样咄咄逼人？

她不知道这其中是不是有误会，却还尽职尽责说道："杨小姐上手摸摸看，如果是天然黑斑，该有高低不平之感。这件康熙仿宣德虽然仿得很精细，但用料是改不了的。康熙中晚期青花用的云南珠明料，要制作出类似苏麻离青的效果，必然是用了重料堆积，让它看上去像黑斑而已。"

　　杨惠将梅瓶摆回看台，瓶壁在光照下几近透明。唯有宝石蓝色重重描绘，是海水汹涌，龙鳞甲光，是张牙舞爪，就要破壁而出的龙，恍然君临天下之威。她伸手想要触摸，但是半晌，也没有落到实处。

　　众人见此，态度自然又是一变。不少人觉得拍卖师虽然年轻，但是见识不错，可以结交一二。林深更喜不自禁，殷勤道："言小姐好眼力。"

　　言夏只当是没听见，又说道："康熙青花胎釉精细，造型挺拔，色料艳而不俗，颇可赏玩，收藏价值并不低于明宣德。"算是把话圆回来。

　　杨惠面上并无喜色。言夏再三揣摩不得要领，只得作罢。她喝了不少酒，收了不少名片，虽然未必真立竿见影就有东西可收，但是从长远看，是个不错的开端，也就懒得纠结杨小姐柳小姐了。

　　几件瓷器赏玩毕，各自觥筹交错一番，酒会散席。林深自告奋勇要送言夏，言夏婉转拒绝："我有车。"

　　林深笑道："我手里有几件东西想要请教。"

　　言夏便不作声，给小孟发了条微信，让他开车在后头跟着。林深知道占不到便宜，倒也规矩，只聊了些言不及义的吃喝玩乐。到了酒店，言夏好不容易摆脱林公子纠缠，就觉察到有人在看她。

　　那人在芭蕉树的阴影里，不知道站了多久，指间的烟只剩了短短一截。

二

　　言夏有瞬间口干舌燥。

　　不知道是香槟的后劲还是归于他乡遇故知。

　　或者索性承认这个人的魅力。她被他看重的时候，即便明知道是因为工作，虚荣心还是得到了极大满足。

她不知道他为什么会在这里。酒店褪成缤纷的背景，无声无色，又觉得很吵，希望灯光能够安静一点。

"周总。"

周朗把烟头摁灭在树干上。他原是来兴师问罪，远远看到她下豪车更气不打一处来：在他这里就左一句"齐大非偶"，右一句"高攀不起"，转头异国他乡就敢随便上男人的车，还笑那么甜！

到她的目光终于落到他脸上——

人的表情是很奇怪的，一点点细微的变化都能够表达出来，能够被察觉。

他清清楚楚看到她眼睛里的喜悦，就仿佛星光闪烁。让他想起不知道什么电影里看过，一对情侣为彼此准备的礼物，金色的银色的烟花雨在夜空里不断地往下掉，那种亮晶晶、明晃晃的喜悦。

他被这喜悦感染，所有到嘴边的刻薄话都咽了回去。"上车！"他说。

"去哪里？"

周朗没有回答。

车在往海边开，言夏能感觉得到。越来越浓是海水的咸涩。

沙滩上没有人，海静得无边无际。

这样荒僻，恐怕就是在这里杀个人分个尸也不会被发现，言夏想。

风有点凉。高跟鞋一脚一个坑，言夏走得摇摇摆摆。"脱了吧，"周朗看她的脚，"这里没有人来。"

脱了鞋，身高差立刻就显著了。

周朗也觉得稀奇，他几乎想要伸手揉她的头发，看她风中凌乱的样子。"你多高？"话出口就很懊恼：跑题跑得有点远。

"一米七四。"做模特不太够，做普通人又高了点。

"从小就坐最后一排？"

"没，高中才长的。"对话毫无营养。但是海这样辽阔，夜这样荒凉，所有无穷无尽的东西都会让人生出失重的错觉，有什么横七竖八地往天上飘，像断线的气球，或者徘徊在夜空里的孔明灯。

周朗勉强把话题拖回来："你跑得真快，宋祁宁都没有反应过来。"

"没周总手速快。"言夏怼他。

周朗摸出手机操作。言夏凑过去看，果然她的名字还躺在黑名单里，不由唧唧咕咕地笑。周朗闻到她发间的温柔缱绻，和着酒气海水，让他想起阁楼上的舞，惊鸿一瞥，美人如玉剑如虹。

"删掉就真找不到了。黑名单的好处是还可以放出来。"他说。

"还能这样挽尊？"

"估计宋祁宁也想不到你能跑这边来——我都以为你会去日本。"

那你是查过航班所以找到这里来吗？言夏心里想，出口问的是："他找你了吗？"

"找了。"

"嗯？"

"我说衣服丢了。"

"哦。"真相不重要，重要的是态度。他这么一说，那边也就这么一信。周朗固然忌惮宋祁宁，宋祁宁要动他也不容易。他们能碾过的，不过是她这样的小人物罢了。

言夏深吸口气，荧火一样的欢喜消失得无影无踪，就剩了怅惘。她不想再走了，就地坐下，双足埋进沙里，细沙温软。

月光很柔和地覆过她的肌肤，周朗有些恍惚，眼前这一幕是在哪里见过，乔尔乔内还是提香？

"这件事，也不是完全没有办法。"他坐她身边，深碧色的裙摆像春水漫过他的手背。

言夏抬眼看他。

"你和他也不是真有什么深仇大恨，都什么年代了，你姐也不见得就想在他这一棵树上吊死。"

言夏没作声。月光和风一样凉，和水一样凉。

"你姐和他都没什么深仇大恨，何况是你。"他说，"你那天没点名道姓，没人知道是针对他，你给他打个电话，低个头也就过去了。要实在过不去，让你姐出个面——"

"我姐出不了面。"

"言夏！"周朗连名带姓喊她，声音里听得出恼怒。

言夏看着海面，月光滟滟，随波千万里。她有种不真实的感觉。月亮是不真实的，整个晚上都不真实，包括身边的人。室利国的真实也许是终日热辣辣的阳光，被汗糊掉的妆，迟迟打不开局面的焦灼。

她双颊发热，可能是真醉了。她问："永嘉是要倒闭了吗，周总这么闲？"

"我是为你好。"

言夏觉得更好笑了，这个没事都爱搅三分绯闻的坏人，这会儿倒来给她装正经。她半扬起面孔："你要在这里待多久？"

周朗猝不及防："……一周吧。"

"一周也挺久了。"他听见她含含糊糊地说。她的唇有点凉，热的是月光。他下意识伸手揽住她。

言夏醒来听见鸟在外头叫，头疼。她看到床头柜上的水，一口气都喝了，还是温的。坐起来发呆。

房间很陌生。

拉开衣柜，里头都是男装。言夏比了下身高，脸上又热起来。进浴室冲了个澡，挑挑拣拣拿了件墨绿色的真丝衬衫。

推门出去，原来门外就是海。有人在沙滩上。言夏动了动鼻翼，是烧烤的香气。

"周——"

那人抬头冲她笑，雪白一口牙。他眉眼过于秀致，穿花衬衫也不像土著，但到底冲淡了精英气，像个学生仔，阳光里都透着早春郁郁葱葱的轻翠色。言夏把个"总"字给吞了："……早！"

周朗递了盘烤虾给她。

言夏坐下来吃了两只，方才说道："我昨晚喝多了。"

"什么意思？"周朗挑眉。

"我——"言夏词穷，只得又吃了只虾。周朗开了只生蚝给她："怎么，不想负责？"

言夏深呼吸，决定吃完生蚝再说。

周朗被她这个张口结舌的模样取悦到，凑过去亲她。剃须水的味道。言夏往他嘴里塞了只虾，手指就被咬住。

言夏缩手瞪他："你狗啊？"周朗"汪"了声。言夏也撑不住笑了。周朗挨着她坐："再来一只？"

言夏不理他。

周朗抱怨道："有的人吧，吃我的穿我的，让分一点给我她就不肯！"

言夏也没见过他这么大型的作妖现场，犹豫要不要拿盘子砸人。周朗又亲她一下："衣服选得不错。"

言夏这时候只恨腿长，怎么都躲不开这人的目光。

"会不会潜水？"

"不会。"

"我教你？"

"我……"言夏清了清嗓子，"我今天还有事。"

"今天周末！"

"一早就约好的，不是周末人家也没空见我……"她在国内征集是给人做副手，顶着"天历"的金字招牌，闭门羹吃得少，人家也不至于怠慢；这次算是把从前没吃过的苦全都补上了。

周朗觑她脸色，不像是临时找借口跑路，打量半晌，又笑起来。

"笑什么？"

"你穿这个去？"

言夏打他："你还笑！"虽然她昨晚的小礼服也不合适日常出行。

周朗叫屈道："你好没道理！我叫人给你准备——"

"在哪？"

周朗信口道："船上。"

言夏目色逡巡，果然看到边上停了艘游艇。半信半疑上去找，鼻子都气歪了：里头叠放了两套泳装，女装还是粉色，荧光粉——审美呢？

周朗眼泪都笑出来了。

言夏要回酒店取衣物，周朗也不和她闹了，叫人送了套过来。

言夏拆开见是白色，不由为难，婉转说道："暖色亲和力比较强。"她是去征集艺术品，不是扮冰山美人。

周朗把她往屋里推。

言夏探手进衣袋，衣料轻盈柔软。犹犹豫豫上了身。尺寸倒是对的，小V领，收腰，A摆，到膝上五厘米，剪裁精巧，舒适度很高。在穿衣镜前转个身，干练大方之外似乎还有几分优雅。

似乎确实比香奈儿更合适。

言夏心情有点微妙，推门出去，门口一双黑底中跟鞋，应该是小羊皮，乍看粗粗笨笨，难得上脚舒适漂亮；尺码也是对的；茶几上一对翡翠耳坠，高冰满绿，言夏没作声，对着镜子戴上。

周朗吹了声口哨。

言夏不由自主又笑了一下，拿手袋翻手机找小孟。周朗说："我送你。"

言夏摸他的脸："有这么靓仔的司机？"

"不然呢，揾食啊靓女，"周朗阴阳怪气道，"等靓女发达了让我食软饭，就不用抛头露面了。"

言夏"呸"了声："不要脸！"

三

周朗没想到地方会这么偏。

K城作为室利国首都，人均不低，消费相当于国内二线，城建不差，摩天大楼比比皆是。要走到里头去才看得到污水横流的小巷子。言夏说："我小时候看电视，那里头室利国差不多就这样儿，过了这么多年……也不能说没发展，但是有些地方，就像是卡在这里了。"

周朗奇道："你还看过这边的电视？"

"我电视剧儿童。"

周朗总觉得有哪里不对，但是具体哪里也想不起来。导航说"目的地已经抵达"，言夏笑话他："你的导航怎么能这么一本正经。"

周朗立刻把问题抛开，"一本正经"回答："我哪里不一本正经了，啊？"

约言夏过来的是个单身母亲，华裔。看得出娟秀的底子，也看得出生活困苦。她局促地组织语言："……祖传的，金肯定是真金。"

她没说为什么要卖，言夏也不追问。她听过无数的理由，真的假的都有，心肠都听硬了。

东西拿出来，倒是金光闪闪，有一尺来长，像支金色的雪茄，錾满了联珠和忍冬花，繁复精美。言夏表情专注起来，上手掂了掂，中空；一头有盖，盖上有链相连，链子尽头是个小圆环。

单身母亲愁容满面，眼睛一直粘在东西上，很难说是不舍还是忐忑。

她拿到二手店去问过，人家就给两三千；金店也问过，说这样轻，融了也不值几个钱。她争辩说是老首饰，那头说得诚恳："可看不出是什么首饰，只能当老金收，老金纯度低，卖不起价。"

她未尝不知道对方压价，但是无计可施；浑浑噩噩往回走，就看到路边灯牌上"天历"两个字。

来的这一对倒是斯文漂亮，穿戴也阔气，她都不知道他们是怎么蹚过门口臭水沟进来的。眼看着女孩儿翻过来覆过去一言不发，她忍不住问："言……言小姐，你认得这件东西吗？"

言夏自来室利国，前前后后看了几百样东西，都不值什么。除了昨晚，这还是她见到的第一件真东西。

她看了看周朗，倒又后悔不该叫他跟过来。

周朗哪里猜不出她这点小心思，登时作色：你心里我就是这样的人？

言夏看了眼单身母亲，底下伸手过去，在他手心里挠了一挠，被反手握住，口中只道："确实是件有年代的东西。"

"什么年代？"女人没心思留意他们眉来眼去。

"金银器，忍冬纹，金珠焊缀工艺。"言夏数了这三件，"最流行的年代应该是南北朝到唐朝。"

女人茫然：她说的每个字她都能听懂，就是连起来不知道什么意思。

言夏也知道此地华语虽然得以推广，但是历史就没法强求了。唐朝和清朝或许还有人略知一二，南北朝完全是外星生物。也不解释，只暗自盘算价格。金银器在古代多为贵人所使，这件制作又精美，如果是名家传承，是能卖到大价钱，但是这个女人说是祖传——这话当然不能太当真。

她环视四周，环境显然不是太好，东西要么是墓里来的，要么家道中落。因露出踌躇的神气。

女人催问："那到底是个什么东西？"

这倒真真问住了言夏。她抚摸金器上繁复的錾花猜测："可能是——"

"针筒。"周朗突然出声，言夏吓了一跳。

"金针筒。"周朗补充道，"这个圆环可以系在腰带上。佩刀、刀子、砺石、契苾真、哕厥、针筒、火石袋，俗称蹀躞七事。"

言夏闻言脱口道："那不得了！"蹀躞带是源自北方游牧民族的腰带，魏晋传入中原，盛行于隋唐，后来五代到辽、宋、金也有零星存在。腰带上系的七件常用物件就叫蹀躞七事。金银打制首饰的传统源远流长，但是实用之物也用金，这种不计工本的奢华，恐怕是皇室所有。

"你先估个五十万到七十万吧，如果这位小姐不反对的话。"周朗指点道，"应该是中晚唐到五代，或者辽国，因为工艺风格偏北。多半是陪葬品。要是能知道是谁的墓，价格还能翻倍——"

他看往女人。

女人目中狂喜，她听不懂什么是"中晚唐"，更不知道"五代""辽国"，但是"五十万"和"翻倍"两个词她懂。她努力回想，但是最后还是摇头："我阿妈留给我的……"

"令堂有没有说过——"

"有人来卖，她收到的。我家以前开金店，她瞧着东西好看，就给我留下了。"她声音越来越小，也不提祖传了，面上露出难过的神色，过了好一阵子才又振奋起来，"真能卖到五十万？你们不骗我？你们——"

言夏赶紧调出手机页面给她看："您看，这是我们公司，您开手机，在浏览器里输入'天历'两个字就能查到，就在南城，市中心CBD，看到这只猪了吗？"

女人对光看了半晌，其实她也看不出来这个图像和猪有什么关系，但还是点了点头。

"这是我们公司标志，您再看我手里这份合同，这两个标志是不是一致？

"这是我们公司在国内工商局的备案；这是过往拍卖成绩，您可以搜搜看。

"这是我的工牌号、身份证，您要是担心上当受骗，可以打这个电话咨询。您看，咨询电话在这里——"

从巷子里出来，言夏松了口气。

周朗问她："每个人都要这么解释吗？"他也做过市场开拓，也做过征集，就没费过这样的口舌。

他很疑心她被当成骗子打出去过。

言夏假装没看见他眼睛里的怜意："还好啦。大多数都不用，因为大多数都是假货。"她"哈"地笑出声。

周朗没有笑。

言夏说："我们去吃东西吧！"

言夏下午的计划是去跳蚤市场。

"假货比较多，"她给他预警，"有假得很过分的，你要看不下去我就找小孟来接我。"

周朗哼哼道："长能耐了，敢当着我找别的男人。"

言夏哈哈大笑。

跳蚤市场当然不是什么高端大气上档次的场所，人流量却还不小。熊孩子审来窜去，十三四岁的皮小子乌黑的手印要往言夏后腰蹭，被周朗逮住顺手卸了关节，痛得哇哇大叫，放几句狠话溜了。

言夏不知道这些，她在专心看只胆式瓶。摊主是个四五十岁的大叔。瓶子制作得很精美。

"汝瓷？"言夏问。

"识货！"

言夏翻过来，玉璧底，外底缺釉，摸上去凹凸不平。

周朗等得久乐，也过来看一眼，嗤笑道："够夸张的，这地方还真能有汝窑不成？"

言夏屈指敲了敲瓶底，尚未说话，摊主已经跳起来："什么叫真能有？我这就是真的！你看看这棕眼，这胎，香、香灰胎，蟹爪纹，你看这釉水这开片——"

他说得颠三倒四，周朗都懒得反驳，直接拉言夏道："走吧走吧——再不走人家当你真要买。"

"买不买无所谓，你们不能污蔑我——这位小姐，我看您是个识货的，您要不信，咱们去做热释光！"

这人嘴里竟然能冒出"热释光"三个字，周朗吃惊不小。热释光测年虽然存在误差，起码不至于把上周当东周，于是看了看言夏。言夏摇头道："那倒不必。大叔，你要再看到这种瓶底，就打我电话。"

她从手袋里摸出名片留在摊位上。摊主还要说话，像是想到什么，闭了嘴。

周朗心里转了转，明白过来："底是真的？"

言夏点头。

那人敢大放厥词做热释光也源于此：做热释光会在厚处取材。

"用了胶？那也不至于张冠李戴成这样，"周朗觉得好笑，"定窑的底配个汝窑的身子，还能理直气壮一咕噜一咕噜往外倒词——"

"有些东西吧，"言夏说，"也不知道怎么回事，离了本土，就好像离了地气，作假都不讲究基本法了。我猜，可能就是偶然得到残底，拼凑了这东西。要真做得精细了，没准儿有些聪明人也会被打到眼。"

周朗拍她头："我有这么瞎？"

言夏笑而不语。

拐角有间冰室，言夏闹着要吃冰激凌，挑了半天口味。周朗点了椰子布丁。

忽然手机响，是个陌生来电。言夏没听几句脸色就古怪起来，转脸和周朗说："郑家找我——"

郑家大宅在半山——似乎海岛富豪都喜欢住山上。大片的草坪，花开得欣欣向荣。

客厅里等候她的是杨惠和郑家老太太。言夏猜老太太该有六十好几了，但是保养得当，看上去也就四十出头。

"……我和阿惠都觉得，言小姐是合适的人选。"郑家老太太话说得十分客气，"在酬劳方面，我们会尽量让言小姐满意。"

言夏心里想你室利国本土也不是没有出色的拍卖师，便真没有，苏富比佳士得还有一票顶尖人才乐意效劳，怎么都轮不到她这么个根基浅薄的外人——她今年春拍成绩再好，那也是在国内。

眉目里的犹疑一直到支票递到跟前方才落定，她仍矜持道："且容我考虑两天。"

郑家老太太颔首道："是该慎重。这样吧，言小姐想明白了就联系阿惠。她会帮你。"

言夏觉得她今天这运气也是绝了！简直把持不住，整个人都活泼泼地往外蹦，忽又疑心起来："周朗，不会是你在背后帮我吧？"

驾驶位上那人懒洋洋问："帮你什么——帮你吃冰激凌吗？"

言夏哑然失笑。她也知道是自个儿胡思乱想。郑家这个单子虽然来得突兀，细想也是有迹可循。虽然杨惠不是太友善，但是昨晚她确实出尽了风头。

她偏头看了一会儿沿路风景，又把支票取出来再看一遍，豪气冲天道："我们去吃大餐，我请！"

周朗从后望镜里看她，整个人快活得像是在发光，不知怎的也跟着高兴起来，就好像那真是笔什么了不得的大钱一样。

四

周朗找的餐厅，环境没得说。言夏看了菜单，先就喜滋滋要了份火焰山巧克力，眼巴巴等着送过来，没想到就是蛋糕，巧克力做的火焰山模型，不由大为失望："我还以为会烧起来呢。"

这样天真，周朗都忍不住笑了："大家都知道鱼香肉丝里没有鱼。"

言夏耍赖："我就不知道！"

"那你知不知道这个单子不好做？"

言夏舀了勺巧克力布丁，等它在口腔中融化，舌尖被丝绸一样顺滑的浓香包裹，方才含混应道："……知道。"

"好做也不会找我。"她耸了耸肩，"我听说郑家人不乐意。"

——以郑家财力，如果是怕逝者遗物流散，或者被人笑话，大可以整拍下，而不是出手阻难。

"总要先看过图册再做打算。"言夏想了想又说，"确实是有几件好东西，我前儿酒会看过，当时的布展和打光也是出类拔萃。我都觉得在场有好几个人心动了。"

"心动也未必肯行动。"周朗说，"室利国挺小的，不像国内，人多市场大。这边华人很抱团，还联姻——别笑，虽然是挺古老，但确实是保护财富最有效的手段之一。J……杨惠出手这批东西主要是为了筹钱，认购她亡夫的股票，保住董事会的席位——她和郑磊只有一个女儿。"

言夏秒懂：要是个儿子，还有商量的余地；既然只有女儿，就难以避免被边缘化。因说道："真封建！"

"没办法。"周朗叹了口气，"郑家亲友这么个态度，室利国敢出手、又有实力竞拍的藏家就不多，这地儿这么小，抬头不见低头见，谁也不想得罪了郑家，所以本土拍卖行没有肯接的。"

"那苏富比和佳士得——"

"言小姐，你不要小看华人的活动能力。"

言夏反应过来："你是不赞成我接这单活？"

周朗没作声。侍者送牛排上来，言夏看见他盘里的血丝，自言自语道:"总要试试。"

不知道为什么冷场了半分钟。

周朗说:"这件事我不能帮你做主。"

"嗯。"

"就算我说不让你做,你也不会听。"

言夏笑了:"我这不是怕你们永嘉抢单嘛。"

"永嘉暂时没有往这边发展的计划。"周朗难得坦诚,"我只是觉得,虽然郑家给你开的价码不低,但是你就是做了这单,也就只是这单;也斗不过宋祁宁。你总不至于真打算长期留在这里吧。"

"我没想那么远。"言夏说,"我们中国人有个很实用的人生态度。"

周朗挑眉。

言夏含含糊糊清唱了一句,周朗没听明白,叫她再唱她又不肯。刚好鹅肝上来,她笑吟吟大快朵颐。周朗摸手机出来,哼唱一遍,再一遍。到第三遍App识别出来,一看名字,"爱江山更爱美人"。

周朗后知后觉地发现自己被调戏了。

言夏并不是真不在意周朗的意见,他一向专业。但是她确实需要这个机会。她和周朗不同,他有余力考虑机会的性价比,她没有。她没有退路。在国内云家是这样,现在郑家这个单子也是这样。

她很花了几天时间研究图册清单。杨惠准备出手的除了瓷器还有书画、雕塑、首饰、手袋,甚至还有一批老家具。

言夏有种"她赌上了全部身家"的错觉。

周朗给她冲咖啡。室利国的咖啡非常有名,浓郁的香气冲得言夏精神一振。"我要加炼乳!"她说。

周朗给了个白眼:"算我给猪包了顿饺子。"话这么说,仍去取了鲜奶。咖啡杯略斜,鲜奶注入,不过片刻工夫,咖啡上浮起尖嘴眯眯眼的狐狸,两个耳朵,从毛茸茸的尾巴里探出来张望。

言夏爱不释手:"这叫我怎么舍得喝!"

周朗亲了她一下，到嘴边的"喜欢我以后每天给你做"不知道为什么出不了口，不是因为她不信——大多数女人都不会信这种鬼话——而是因为她不需要。他心知肚明，他这个二进制的女孩，他是她的猎物，而不是相反。

他狠狠揉了一把她的头发，发丝出奇的细软，像什么小兽的皮毛。

"看得怎么样了？"

"差不多看完了。"言夏小心翼翼舔了口狐狸尾巴，柔和轻盈的口感，"多且杂，中式的，西式的，日式俄式，东南亚的热丽奔放，连非洲都有一两件。不成系统。大概就是有钱人，看上什么直接收了，也没有伺候的心思，不过保养得倒是不错。必须给它们找个合适的名目……"

她停了一下，嘀咕道："我听说，营销最重要的是讲故事。"天历人才系统完备，分工细致，虽然作为拍卖师，是从征集、招商、预展到拍卖都有需要参与，但是以她的资历，也没有全程主持过。

毛茸茸的小狐狸慢慢融化，咖啡的味道盖过鲜奶，醇厚甜美，仿佛有很明亮的阳光，心情也跟着明亮起来。

她屈指敲了敲桌面，想到一个例子："……比如猫屎咖啡。"

虽然在动保人士的强烈反对下，"猫屎咖啡"逐渐淡出大多数人的视野，但是必须承认营销上的成功。

丛林中灵巧而机警的小动物，因为贪恋咖啡豆的香气，而使身体成为制造中最重要的一环。神秘，稀有，难以获得，使得它在很短的时间内脱颖而出，蜚声全球，一举登上"最贵咖啡"的宝座。

"这个切入点不好找。"周朗说。

"是，我还在想。"言夏说，"而且也要考虑针对的是东方买家还是西方买家。"

"东方怎么样，西方又怎么样？"

"对东方吹嘘高贵，对西方经营神秘。"言夏自己也觉得好笑，"如果针对室利国土著，就通通都用不上了。"如果确定室利国本土富豪藏家不出手的话，中产对这批藏品可能不会有太大热情。

周朗见她眉头又皱了起来，这个冥思苦想的样子实在像极了做不出数学题的小孩，但觉十分可爱。忽听她问："杨惠在资金上的缺口——她到底想把这批藏品卖个什么价？"

周朗给她报了个数。

言夏跳起来："她疯了？这怎么可能！"

周朗摊手："我一早就和你说过——"

言夏怔了半响，脑子里像是有算珠在噼里啪啦响，来回拨拉了三五次，最后颓然摇头道："不可能，做不到。"

周朗给她顺毛。

言夏往椅背上一靠："就没有讨价还价的余地吗？"

周朗说："我拿到的消息是这样，说是，郑家想让她们母女搬出大宅——"

"那她们住哪？"言夏惊道。

周朗笑而不语。

言夏也回过味来：郑家不缺房子，只不过大宅可能是主事人所居。杨氏母女陡失依恃，想必是悲愤交加，怎么肯离巢。这样一想，倒对那个娇怯怯的美人起了怜惜之意。但很快又给了自己一巴掌：她哪里有资格去同情别人。

"郑磊兄弟很多吗？"

"不多，一个姐姐，一个弟弟，上头两个叔叔。"

"标准的TVB宅斗格式。"言夏悻悻道，把图册合上，又重复道，"做不了，谁来都拿不到这个数——"

"那就——"

"肉都到嘴里了……"言夏哀叹。

周朗大笑。在他看来，这笔酬金也不算大。除非她是要以此向天历证明她在室利国并非全无所得，不然无此必要："要光只是心疼这笔钱的话……"

言夏转眸看住他。

周朗登时就说不下去了，改口道："你都几天没出门了，我们出去——我带你去钓鱼吧。"

言夏吃惊问:"这个点?"

"你没玩过夜钓吗?"

"我是乖仔。"

周朗"嘿"了声,去工具房取工具。言夏托着下巴看他组装,吐槽道:"我还以为只有老大爷才喜欢钓鱼。像小时候看的欧美剧里,老爸要和儿子谈心,就说,嘿,我们去钓鱼吧。"

周朗哭笑不得:"宋祁宁都生不出你——我?"

言夏扯了一截子鱼线绕手指:"我有个问题。"

"嗯?"

"你多大了?"

周朗握着铅坠停顿了几秒:"你几月生?"

"我?9月,怎么了?"

周朗:"好吧我10月。"

言夏脑子里炸了一下:"你说过你大我几岁?"

"我以为你25。"

"你眼瞎!"

周朗气得不行:"你不瞎,你不瞎你看我得有多老?"

言夏语塞。现代都市人看不出年龄。你说25可,说30也行,何况周朗这等花蝴蝶似的德性。但是行业地位摆在那里,原以为怎么着都过了而立,就算看起来年轻,那也只是皮囊保养得当——

两个人面面相觑。最后还是言夏说道:"你之前那么想挖我过去,就没找人做背调?"

"我看过你的履历。"

"然后呢?"

"年龄是最不重要的东西。"

"你直接说你疏忽得了。"言夏怼他。她原本觉得自个儿还行,名校名师大公司,没想到隔壁CEO和她同龄,还比她小!一时间从小到大所有"别人家的孩子"呼啸而来,压得她整个人都萎了。

周朗收拾好东西,回头看见人还站在那里,也不说话,眉目里大是沮丧，心里转了转，也能猜到缘故。

"我们走的不是同一个赛道。"他安抚她说，"就好比爬山，有人只能爬，有人能走，有人坐升降机。你呢，前半程坐手扶电梯，其实也不算慢了；后半程你想要坐升降机，也不是没有机会。"

言夏不知道他是不是话中有所指，只觉人生血淋淋的惨淡。她走过去，周朗牵住她的手。言夏问："你怎么会想到做拍卖师？"

"不然呢？"

"我也不知道。"言夏说，"一般你们这种人，不都是继承家业？何必和她这样苦哈哈的打工人抢工作。"

"言夏同学，嫉妒使人丑陋！"

言夏承认："很难不嫉妒。"

周朗大笑，拉她上船。言夏上次上来过，也没仔细看。这会儿看仔细了，收拾得挺干净。

就听周朗说："除了拍卖师，很少有人有机会近距离接触到这么多新的旧的、各式各样的艺术品，有意思的地方就在这里：不但可以自己欣赏，还可以推荐给别人——你呢，你为什么做拍卖？"

"揾食啊靓仔！"

"就这么糊弄我？"周朗不满，不过也没有追问。世上人朝九晚五，要么糊口，要么责任，要么兴趣。大多数是兼而有之，比例多少而已。

五

深夜的海面悄然划开，水痕脉脉。房屋、灯光和细沙的海岸都越来越远，就只剩下海呼吸的声音。

言夏不知道他会开到哪里去，也没有问。有种对命运放手的错觉。

深切的寂静和黑暗，让她想起小时候看过的武侠，似乎每个人都有过浪迹天涯的梦想，而最后，他们在雪山谷底，活死人墓，扬州丽春院。似乎也有一两个去了海岛。忘了是张无忌还是袁承志，给美人画眉，作为一个甜蜜的落幕。

停了船，周朗下好竿回来，她把头靠他肩上。周朗喂了片芒果给她："在想什么？"

"你猜。"

"想我？"

言夏哼了声："想得美！"

周朗笑道："那如果猜中了，怎么赏我？"

言夏懒洋洋看他一眼，银墨色起伏的海面像是荒野，人像是散落棋盘的棋子，有种身不由己的渺小。

"……要这时候起了风，翻了船，那咱们可算是对同命鸳鸯。回头媒体能给咱们吹成泰坦尼克号。"

言夏不作声。他猜对了。

那可能是深藏在基因片段里的远古记忆，在面对过于浩瀚的力量比如海洋、比如宇宙星空，人会不由自主想到那些生死之类的命题，她不由自主哼唱："Every night in my dreams, I see you, I feel you…"

周朗调整了一下坐姿："我刚入行的时候，上头让我去拜访福田夫人。人很好说话，就是喜欢找人陪她出海。我那会儿年轻没经验，没犹豫就上了快艇，没想到天气预报也有不测风云，她就给我放这首，我心里想夫人你不介意的话我想换《向天再借五百年》……"

言夏笑死："那后来呢？"

周朗哪里猜不到她这一肚子坏水，狠狠在她腰间掐了一把："福田夫人当年芳龄65，并没有收我为干儿子，你想问什么后来？"

言夏伏他胸口大笑。她知道他是在安慰她。

周朗抚她的背，女孩儿骨肉匀停，光洁的肌肤在晕开的月色里有种油画的质感："那你要不要猜猜我在想什么？"

言夏："想……今晚能钓到什么鱼？"

这样理直气壮地不动脑子，周朗气得又掐了她一把："再猜！"

"想……不干好事？"

女孩儿仰起面孔，朦朦胧胧的光打在她眼睛里，像是睡眼惺忪。周朗感觉到有个软体动物在好奇地碰触他的喉结，一下子全身的毛都竖了起来。他咕咚咽了口口水,嘀咕道:"这你自找的……"

有什么响了一下。怀里小兽别过头。

"别理它……"

"还在响……"女孩儿困惑的声音里一丝儿警惕,她推开他,"我去看看——"

周朗杀气腾腾提起那根该死的钓竿,扁扁的鱼被"啪"地摔在船板上,鳞片泛着乌银色的光。

"这什么鱼?"

"黄翅黑鲷。"人还气鼓鼓的。戴上手套,从案板下抽出刀,刀身狭长。

斫头刮鳞去内脏。言夏只觉眼前刀光乱闪,不过三五分钟,案板上就剩了光溜溜的鱼片,薄如蝉翼。取碗,一样一样往里头倒调料,姜蓉、蒜蓉、生抽、蚝油、辣椒油,还有几样言夏也认不出来。

腌好鱼又去生火。

炭火生了好一会儿才起来,暗红的光,渐渐有了烟。言夏伸手试了试温度,钓铃又响了。周朗斜睨她:"不去看看?"

言夏扑哧一下笑出声:"小气鬼!"

真起身过去看。

竿稍剧烈地抖动。试着抓竿身,但觉竿头一沉,她脱口叫道:"好重!"又加一只手,双手往上提,鱼老也不出水。竿弯成了桥。人不住往后退,鱼挣扎得越来越厉害,两边拉锯起来。

言夏有点吃不住,扭头一看,那人还在慢条斯理给鱼片刷料,言夏央求道:"周朗!"

周朗掀了下眼皮,没油没盐送她两个字:"加油。"

言夏:"鱼就要跑了!"

"跑不了!"

"我要被鱼拐跑了!"

"放心我会游泳!"

言夏:"周、周总救命!"

周朗还板着脸，眼睛里已经泛起笑纹。他放下调料刷，拿锡纸裹住搁铁丝网上，走过来抓住竿往后一拖。鱼出水。言夏头发和衣物都被溅湿，颇有些狼狈。周朗也不看她，只说："舱里有换的。"

言夏进舱只找到一套男装，也就马马虎虎换上，拿胸针扣好。出舱一看，鱼瘫在甲板上，足足有半人高，鱼鳞闪亮，鱼腹雪白，鱼嘴还吐着泡。周朗问："要不要过来合个影——有二十斤吧，至少。"

言夏犹豫："这光不好。"

周朗哼哼道："我说行就行，你拍不拍？"

言夏看了眼鱼，一面感慨"人家长这么大也怪不容易"，一面弯身想要把鱼拎起来，冷不防大鱼弹尾，被抽了个正着。当时"哎哟"一声。周朗丢下相机过来看，人倒没事，衣服薄，又湿透了。

周朗再撑不住，捧腹大笑。

虽然天气炎热，湿漉漉贴身上也不好受。周朗脑子转得快："毯子！里头还有件毯子……"

言夏也不知道说什么好，瞪了他一眼，委委屈屈进去拿毯子裹了自己，在火炉边坐下，抖开T恤放在膝上烤。

这厢周朗已经收拾好现场，把罪魁祸首丢进桶里："太大了，且容它多活一晚。"

言夏记仇："坏人！"

周朗不服气："撩完就跑的才是坏人！"

两个人都笑了。

鲷鱼的香气从锡纸包里飘出来。周朗串了给她。言夏顾不得烫，一口咬住，鲜滑焦嫩，喜得眼睛都眯了起来，早把之先的狼狈抛到了九霄云外。

这样容易满足，周朗不由感慨："我原先还想言小姐算是一等一难追的女孩儿了。"

话出口便觉不妥。

所幸言夏似乎并不在意，只慢悠悠回了句："你又没追过。"

周朗摸了摸鼻子，又吃了片鱼。就听言夏说："我知道你在想什么。"

"什么？"

"想……要郑家这单我拿不下来，怎么回国。"时已九月中，国内开始准备秋拍，留给她的时间不多了。

"其实拿下也没有太大用，"周朗说，这笔佣金对个人算是个不小的数目，但是对天历，那不算什么，天历不会因为这个单就顶住宋祁宁的压力保她，"但是异国他乡，总不是长久之计。"

言夏默默然吃鱼片，过了好一会儿方才含混说道："室利国有个传说，不知道周总有没有听过。"

"你说说看？"

"传说，在婆罗洲和苏门答腊之间的海域里藏了一座宝藏……"

周朗目瞪口呆："不是吧？"

"不是什么？"

"你是想玩阿里巴巴和四十大盗还是基度山伯爵？"

"如果我说……是真的呢？"

"求包养！"

言夏知他不信，便住了口。原本也是虚无缥缈之事，要不是走投无路，也不至于走这条路。周朗倒又收了戏谑，脑子里把婆罗门和苏门答腊海域细想了一会儿，仍然没有头绪，便只道："如果真有，那倒又好了。无论如何，我总想你能解决这件事。"

言夏莞尔，凑过来亲他。

周朗抱怨道："你又来——"

海风呜咽了一阵，鱼在水里不甘心地扑腾，而漫漫长夜，还远远没有到尽头。

醒来是次日清晨，枕边无人，楼下客厅里也没有，往窗外看，沙滩上和花园里也不见；最后去书房，笔记本荧荧的光，女孩儿一手翻图册，一手执笔，在写写算算，听到动静回头："早！"

周朗在门边站了片刻："还是不死心？"

言夏说:"我昨晚……突然有了个想法。"

周朗心思灵动,脱口问:"宝藏?"

言夏颔首道:"具体怎么弄还没想好,能不能做成现在也不知道;就算不做,也要把图册送回去,给个交代。"

周朗说:"吃完饭我送你。"

六

早上吃到生鱼粥,便知道昨晚那条大鱼已经寿终正寝,也不知道熬了多少时候,味道很是鲜美。言夏把想到的点归纳成一二三说给周朗听。周朗没说行也没说不行,倒是切实给了几条建议。

抵达郑宅是上午十点。

有人领他们进去,周朗被拦在会客室。言夏说:"他是我助手,必须同行!"

那人连连道歉,只是不松口:"夫人说见言小姐。"言夏要作色,周朗给她摆手。言夏想了想,也只得悻悻作罢:周朗过两天就要回国,要人问起,又要多费口舌。道理归道理,还是带了情绪。

进门的时候杨惠在教女儿认字。

四五岁的小姑娘,玫瑰粉纱衣,粉嘟嘟的可爱,见了人乖乖喊:"阿姨好。"难得字正腔圆。

言夏弯腰:"小朋友好。"

杨惠把女儿交给保姆,让带去外头玩。言夏说:"没想到能碰上令爱,没准备见面礼。"

杨惠淡淡地回答:"那倒也不必。"

言夏看得出杨惠对她没有好感。她这年余气受得多,脸皮也厚了,只当是没看见,也懒得客套寒暄,开门见山说道:"我想问杨小姐的心理价位。"

杨惠给她报了个数。

言夏直接摇头："杨小姐，合作是需要诚意的。"开玩笑，周朗报的数已经是离谱，这位还能再上浮三成。是真当拍卖能点石成金。

"言小姐，那是——"

"杨小姐请仔细斟酌。"言夏打断她，"如果确实没有商量的余地，就只能请杨小姐另请高明了。"

她把支票夹在图册里，往杨惠推过去，态度强硬得很明显。

杨惠也没想到她能一上来就把话说绝，完全没有那晚酒会上的圆滑，便猜是仗着老太太中意，给她下马威。她自丈夫过世，四方威逼，如今连个外来户都能欺到她头上，一时脸色难看异常。

杨惠好歹撑住了体面，问："言小姐能给估个什么价？"

言夏看她："杨小姐要听真话还是假话？"

"真话怎么样？"

"真话就是无论杨小姐给我报价多高，这活我都能接，顶了不起全场流拍，我佣金照拿，拍拍屁股回国，不损分毫。"

"那假话呢？"杨惠原本就生得白，这会儿全无血色，实在楚楚可怜。

言夏觉得这位杨小姐也是有趣，听完真话还要听假话，因笑了笑："拍卖场上一切皆有可能，杨小姐这个心理价位虽然高，但我们还是要相信，这个世界上是有奇迹的——毕竟也不至于概率为零。"

杨惠沉默了片刻："你凭什么觉得我报价不合理？"

"凭我专业。"言夏心里想，她想把这些天整理出来的同类拍品价格走向图拍在这张精致的脸上，但是她没有。她只笑吟吟说道："我这样回答可能比较冒犯——杨小姐，如果这座宅子不是有您和郑先生共同生活的痕迹，不是令爱的童年，它是不是还值得您付出这样大的代价去保住它？"

这个话问得很鸡贼。

她当然知道最重要的是财产与权力，但是东方女性的含蓄会让杨惠不愿意反驳，而她想说的已经说了。

东西的价值不仅仅在于东西本身。

"一只唐代的香囊有它的历史价值；一只唐代的贵族香囊可能同时具有艺术价值；一只主人身份确定的贵族香囊会有人愿意出更高的价——但如果它的主人是杨贵妃，它就同时还具备传奇价值。"

言下之意，郑氏收藏并没有给物品增值。

"我们会尽量为您选定合适的策略，让尽可能多的潜在买家看到。这个世界上确实有不在乎价格的顶级藏家，也确实可能热血上头，一掷千金，但是这种运气不可依恃，我们最好还是设定买家的理智。"

杨惠这回倒是安安静静听完了她的话，从暗屉里摸出一盒烟："言小姐不介意的话——"

"我介意。"

"那我出去——我会考虑言小姐的建议。"

杨惠这一去去了挺久。言夏又前后推敲她的拍卖策略。觉察到有人在看她，是乌溜溜一双眼睛。

"你好啊。"言夏和她打招呼。

"你好。"小姑娘被教得很好，被发现了也不畏缩，大大方方走进来，好奇地打量言夏，又看她手里的图册，"这是什么？"

"是件埃及的项链，埃及——你知道埃及在哪里吗？"

"知道。"小姑娘说。

言夏觉得可爱："在哪里？"

"很远……"小姑娘手指无意识划过照片，留下细细的痕，"妈妈说，坐船可以到。我有船。"她抬头看言夏，变戏法一样手里多了只小小模型船，大约是铜制，做得很精细。"阿爸的船。"

言夏一下子心酸起来。

"阿姨，"小姑娘把船放在册页上，"这个给你，你别让二叔赶妈妈走好不好？"

言夏心里想这孩子才几岁，也不知道是有人教了这话，还是天生敏感；她要圣母一点，没准儿能伸出小拇指和她拉个勾，答应她一定……但她也不是这样的人。

小姑娘等了一会儿没有等到回答——她一向知道自己总能被满足，

无论是多么任性无礼的要求，但是这个陌生的阿姨显然并不是她所认识的人、任何人。她愁眉苦脸叹了口气，溜了出去。

她不想被母亲发现。

言夏默默捡起书页上的铜船。

又过了一刻钟杨惠才回来。她朝她点头，说："好，就照你的意思来。你给我估个数。"

言夏也不知道是老太太的意思还是她自个儿想通了，把数字列给她看。杨惠长得娇怯，其实精明，提问都在点子上，言夏也不敢糊弄，一一和她解释，转眼一上午过去，杨惠邀她午饭。

言夏推辞："我朋友在会客室等，我——"

"不是助手？"

言夏被噎住，只得笑道："是我朋友。"

"男朋友？"

言夏随口应了，低头收拾东西。杨惠又说道："我刚经过，怕人久等，让他先回去了。"

言夏从未听过这么荒唐的事，不由脸色微变："杨小姐，这不太好吧？"

"我也知道言小姐是远道而来，需人接送，所以承诺了会让人送你回去。"杨惠浑然不觉，仍笑吟吟地说话。

言夏定定看了她片刻，走开几步给周朗打电话。

周朗倒是无所谓："她说要留你吃饭，下午还要继续，怕你上山下山的辛苦。你要是想我了呢，我这就过来……"

言夏收了线，正色说道："杨小姐，我需要你道歉。"

杨惠这会儿倒又光棍了，直接说道："我道歉。"

言夏听出她口不应心，脸色并没有缓和，总还是看在钱的分上，马马虎虎吃了个午饭。下午又与她解释了大致的拍卖策略，一个问得详细，一个讲得详细，一直到月亮上来，才得以脱身。

果然是找了人送她。

进门闻到肉骨茶的香气。

周朗上来抱抱她。言夏也没有诉苦。社畜的不如意，吃一顿就下去了。

晚上从手袋里取图册，带出个东西，"当"地掉在地上。周朗捡起："哪里来的模型船，做得不错。"

"郑家小姑娘的。"言夏说，大概是当时随手收了，也没有留意，"郑家不是零售业起家吗，怎么还有船？"

周朗笑道："这边的有钱人恐怕少有没船的。"

言夏想了想，也是这么个道理。四面环海，没有船寸步难行，恐怕多少都沾点航运。

周朗在灯下细看了一回，和她说："这东西给我怎么样？"

"就怕小姑娘回头问我要。"

"那倒是。"周朗说，"我拍个照，明天还你。"

次日又是和杨惠斗智斗勇的一天。到下班杨惠高高兴兴和她说："明儿早点过来。"

"明天我休息。"言夏说。

"言小姐，我们赶进度。"

"明天周末。"

"……好吧。"杨惠败下阵来。

七

在酒店门口看到周朗的那晚言夏还觉得七天是个很漫长的时间，就好像每个长假的开始。事实上周朗在室利国待了九天。言夏赶早送他。周朗倒是拒绝过的："你又不爱起早，何必呢。"言夏没说话，到点还是醒了。

早上人不多，一路飙车到机场，吃了个早饭。

周朗取票过安检。他总觉得言夏该和他说点什么作为告别，比如问他回国之后……或者别的。但是也没有。她在安检线外站了一会儿，低头看手机。周朗没忍住打了个电话："在做什么？"

"等小孟。"她说。

周朗没作声。他和她说过房和车都可以继续用，她也没接话。如今看来，应该是打算住回酒店。

这时候有电话进来，Jessica。

小孟来得很快，休了九天带薪假的小青年神清气爽。言夏在车上合了会儿眼就到了。

杨惠取笑她："换了助手？"

言夏只管和她谈工作。

杨惠说："既然你朋友回国了，你来回跑也费时间。不如我叫人给你收拾个屋子，你就在山上住下？"

言夏回答得很干脆："行！"

诚然就如杨惠所说，时间很紧。

方案细化之后选址。室利国一万多个岛。言夏和杨惠商议圈出来的选项就有上百个。言夏光踩点就花了七八天。踩点回来天色还早，抽空去银行兑现支票。除去公司抽成，这单她独得五十万。

转手把钱汇回国内，给家里去了个电话。母亲虽然知道她这半年里突飞猛进，听到这么大一笔还是吃了一惊。言夏也不敢给她太多希望，只说道："也是赶上了，不是每次都有这样的机会。"

母亲应道："知道了。一个人在那边好好保重身体，别贪凉。那边医疗不如国内，少去那些偏远的地方，我前些年看新闻看到有人在海边玩被什么虫咬了口，就没法治，连夜包机回的国……"

言夏"嗯嗯"应着坐进车里，又听母亲问："你在外头那么久，小韩不会有意见吧？"

"他能有什么意见。"

母亲听她口气不对，更担心起来："你们不会是吵架了吧。细妹我和你说，工作是要紧，婚姻大事也不能耽搁，你是个女孩子——"

言夏左耳进右耳出，脑子已经飞出去老远，猛地一看时间，脱口道："怎么还没到——"

"什么还没到？"

言夏拍驾驶位，司机回过头来，一张陌生人的脸。"小孟人呢？"

"小孟又是谁？"

言夏想要撂掉手机，手指都移到了按键上，想了想，还是先把声音频率降下来："是我的助理……妈，我这边有事，先挂了啊。"

如果说在司机回头之前，也许还有"上错车"的侥幸，现在是完全没有了；他们没有收走她的手机，算是个善意的信号，但是也有可能是肆无忌惮；司机选用可能语言不通的土著，则是更严厉的威胁。

言夏分别给杨惠和钟灵发了两条定时微信；她相信如果发给江华，他可能也会管，但是不会这么上心；她脑子里也闪过"如果周朗还在就好了"这样的念头，又悚然而惊：这才多久，她竟然就对他生出这么深的依赖来。

车跑了整整一个小时。

离海很近，能闻到新鲜的海风。绿植修剪得整齐，细碎石子地，鸟叫的声音，和大多数别墅一样荒无人烟。

"跟我来。"司机说很生硬的中文。

言夏默默跟上去。

电梯直上天台。

太阳很快就要下去了，余晖在海面上燃烧，遥远的地方能看到不太闪亮的星子。星光在暮风里，一阵一阵刮在人脸上。

男人三十出头，中等偏瘦身材，肤色干净，单眼皮，华人。"言小姐。"

"郑先生。"

"阿桑说你胆子很大，现在看来，果然是。"

言夏猜"阿桑"就是刚刚退下去的土著司机。她笑了一下："我相信郑先生是个文明人。"

"如果我不是呢？"

"如果不是，郑先生不会给我留下手机。"

郑森挑眉："那是言小姐误会了。手机留不留无所谓，言小姐又不敢跳车；我嫂子一时半会儿也追不到这里；你看这海——言小姐，在我们这里，失踪一个人太容易了，可能永远都找不到。"

言夏应道："郑先生说得对。"

郑森才要露出笑容，就听她话锋一转："不过我又不是贵国人。为我这样一个微不足道的小人物闹出国际纠纷，我都为郑先生不值。"

郑森哼了声："言小姐很擅长拉大旗作虎皮。"

"郑先生成语学得真好，"言夏微微一笑，"那就好像我知道郑先生不至于为了这么点小事犯法一样。郑先生，我们有话直说吧——这个世界上没有什么是没得谈的，何况你我无冤无仇。"

郑森很满意她识趣，仍傲慢道："言小姐既然能猜出我是谁，应该也能猜出我找你的目的。"

言夏算是摸出来了。这位二世祖狠话敢放，架子也摆得足，本事就不太好说。不过人矮屋檐下，低个头无妨，笑道："是为了令兄的遗物吗？"

郑森皱眉，露出厌恶的神色："我哥尸骨未寒，就有人要卖东西，言小姐，你说，有没有这个理儿？"

"情理不论，法律上是没什么问题。"言夏说道，"杨小姐就算不找我，也能找到别人。"

"国内不会有人接单。"

言夏叹了口气："郑先生，有个问题，我可能问得冒昧了。"

"你问。"

"杨小姐似乎曾经留学欧美。如果郑先生坚持反对，郑先生怎么就能保证她不把场子搬去欧美？在本土拍卖，多少还是郑先生能够掌控的，如果运去欧美——"言夏看他一眼，欲言又止。

郑森倒也不傻，问："你给她估了个什么价？"

言夏给他报了数。

"这么少？"郑森大为意外，这个数字也差太远了。

"虽然说拍卖场上一切皆有可能，"言夏耸耸肩，"但是我们不能总指望奇迹。这个世界上有人可以说谎，有的人不行。打仗的将军说谎赔命，我们做拍卖的说谎赔钱，赔钱的买卖没人做的，郑先生。"

"你没骗我？"

言夏再叹口气："郑先生，我是个外国人，这是我第一次来到贵国，我的主要目的是征集拍品；机缘巧合让我得到了这个主槌的机会，但也不过是拿钱办事，还没到肯赔上性命的地步。"

郑森略略低头，来回踱了几步：要是这个女孩儿没说谎，杨惠是怎么都凑不出钱，他完全可以坐等结果，但是不知怎的，总还有一点不安，也许就像这个女孩儿所说，拍卖场上一切皆有可能。

他抬头问："能全场流拍吗？"

言夏心里骂了句"草包"，面上只管挤出百分之二百的真诚："郑先生是想逼杨小姐去欧美？"

郑森有点气馁，他承认她说得对，最好的情况也许反而是成交。他脑子里转过三五七个方案，扣下这个女人，逼她低价成交，或者……他站住了，说道："我知道了。我让阿桑送你回去。"

车开到山脚，小孟被塞进驾驶位。言夏方才真真松了口气，背心不知道湿了几回。

小孟的脸白得没法看："言小姐——"

"开车吧。"言夏说。她开手机把还没发出的消息撤回来，又觉腹中饥饿，想这会儿上山也不好再惊动厨房要饭，因问："你吃过了吗？"

小孟摇头。

"那我们去吃点东西吧。"

室利国天气炎热，大排档几乎开到天亮，这时候才刚过九点，热热闹闹的，鼎沸的人声和嘈杂的灯光让人的心落到实处。小孟拿了菜单过来，言夏胡乱点了几样。等菜上桌，小孟不安地左顾右盼。

言夏说："没事了。"

"言小姐……"

"嗯？"

"他们为难你了吗？"

"没有。"

小孟仍耷拉着眉眼："言小姐……"

"嗯？"

"对不起。"

言夏反而笑了："该我说对不起才对。我请你做司机，又不是保镖。我请不起保镖，也犯不上。"

小孟没有再说话，海鲜送上来了，新鲜热辣香气腾腾。言夏把头埋了进去。

八

总要酒足饭饱才有力气伤春悲秋，真酒足饭饱了，心无旁骛写上两张字，冲过凉，吹干头发，困倦又上来了。

理智上言夏知道这不算什么大事，人家也就客客气气请她过去，说了几句话，又客客气气送回来，没准儿小孟受到的惊吓还更大一点，但是更深层次的潜意识显然不赞同，做了半宿噩梦。

醒来开手机看时间才三点，也睡不着，各种App一阵乱逛。开到微信，她社交有限，周朗还停在首页。

想过删除，又想起周朗说，拉黑名单比删除好，还能找回来。微信对话删掉就没有了。指腹擦来擦去，最后溜到头像上。周朗的头像是只矮矮胖胖的小动物，眼周深斑，跟戴个面罩似的。

她问过他，他说是貉，"一丘之貉的貉"。

"怎么用这个啊？"

"你不觉得一丘之貉听起来挺能呼朋引伴吗？应该是人缘很好吧。日本人就很喜欢它，给它编了很多故事。"

"比如——"

"顶片树叶就能变身……"

"什么树叶这么神奇？"

周朗宕机了足足两分钟："应该是……柿子叶吧。"

"为什么是柿子叶?"

"大多数漫画、日本漫画里都这么处理,带梗的长卵形叶。鉴于……成年貉身长40到65厘米……"

"这么短?"言夏捣乱。

"不算尾巴人家有50、60厘米不错了,算上尾巴没准儿比你这个两脚兽长——"

"去你的!"

周朗哈哈一笑,摸她头顶:"它脑袋,嗯,两个耳朵之间,大概就7到10厘米的样子。所以被顶在头上的叶子不能太大。日本常见的树木冷杉,柘树,樟树,柿子树……显然柿子树可能性最大。"

言夏推开他:"我哪有这么毛茸茸啊!"

这会儿想起来只觉得好笑,指尖一动,进了朋友圈。她自个儿不写朋友圈,除非有意察看谁的动向,平时看得并不多。周朗的朋友圈照例是热热闹闹的,酒会、画廊、高尔夫。往下拉,猝不及防看到沙滩。

居然拍了不少,日出、日落、小木屋、游艇。暗戳戳一角水碧色的裙子,耳坠,高跟鞋。

还有背影。

简直午夜惊魂!

言夏连呼吸都止住了:她看到了她和大鱼的合照!虽然是低着头,但如果是熟人,恐怕一眼就能认出来。

怒火噌噌噌往上冲,烧得整个人都在热锅上,头昏眼花的,按几次返回键都没按成,索性丢开想了片刻,直想得咬牙切齿,悔恨交加;又把手机捡回来,盘算好歹看清楚谁点过赞,谁留过言。

看了半晌才发现没有,一个都没有。

渐渐冷静下来,又从头拉一遍。大多数日志下都有留言,有赞,多的有几十条,有她认识的人,也有仅仅只听过名字的社会名流;唯独和她有关的这十几条日志干干净净,什么都没有。

一个简单的推理:如果所有人都能看到,那么不可能没有点赞和留言。

所以，她是在所有人都不在的那个组里；他是发了给她看。

那如果她不看朋友圈呢？言夏脑子里闪过这个念头。那也不过是白费功夫罢了。周朗那么个人……言夏慢慢把照片重看一遍，有些她能猜到，有些她也想不出来什么时候拍的。手滑点了个赞，又迅速抹去。

他拍得很好——当然周朗的审美没什么好质疑的。

有张是透过窗户。她想不出他人在哪里，也许是沙滩上。她在屋子里看图册。夕阳染过她的额发，眉眼特别温柔。好的摄影和绘画一样，动人的不是留下来的影像，而是曾经看见过的眼睛。

言夏说不出心里是个什么滋味。她想把照片保存下来，又很犹豫。不记得在哪里看过的人生经验，说不要给宠物取名字，一旦取了名字，就会视他们为伴侣，难以接受它们终有一日会先你而死的事实。

言夏觉得把这批照片保存下来会像给宠物取名一样，留下无穷后患。

但是她确实看了很久，眼皮渐渐就重了。这次她没有做噩梦，倒是梦见在游艇上，几支钓铃此起彼伏响个没完。有人眉眼懊恼："早知道就该找个没鱼的地方下竿！"她从梦里笑醒过来。

醒来洗漱过，花了半小时查朋友圈有没有可能留下浏览痕迹。

言夏找时间和杨惠说了郑森的绑架。

杨惠也吃惊，上赶着问："没吃亏吧？"

言夏摇头，把录音放给她听。

原本她是想过拨通杨惠电话，让杨惠听现场，那样效果更好。但是她没把握不弄出声音，到底性命要紧；而且隔着手袋，不一定听得清楚。能录这么清楚还是得感谢国内层出不穷的创意App。

杨惠反复听了三五次，松了口气："难为你了。"

言夏耸耸肩："温度、湿度和光度的数据我都采集好了，等效果图出来就可以选址，动工的话看杨小姐中意本土还是我国施工队，我国效率可能会高一点，你懂的，有需要的话我帮您联系江总。"

杨惠也生出几分敬意来："贵国女孩子都像你这么……"她找不到合适的措辞，停顿了几秒，"……能干吗？"

言夏笑道："贵国的女孩子都像您这么漂亮吗？"

杨惠被她逗笑了。必须承认年轻的拍卖师有讨人喜欢的一面，但是——她拨了个电话："这位言小姐真可靠吗？"

"你问什么方面？"

"比如说，我给她一百万佣金，如果有人给两倍、三倍，或者更多——"

那边敏锐地意识到发生了什么："有人出价，郑森？"

"我说如果——"

那人仿佛能看到一只小狐狸抓耳挠腮，哀哀叹气"肉都到嘴里了"，没忍住笑出声，又立刻收住："放心，她有她的职业道德。"

"也就是说，我能完全信任她？"

那边沉默了片刻："Jessica，我们中国有句古话叫用人不疑疑人不用，你太紧张了，你该去见见你的心理医生。"

"我只信任你，Chou。"她放软了声音，"那天你能过来吗？我需要你。"

杨惠坐在屋檐下，看着远处的海出了一会儿神。校园情侣多半不得善终，他们也不算特殊，但他始终是她最信任的人。这次重见，她自觉憔悴，他光彩照人，她是有想过复合，她猜他也未尝没有意动。

谁知道——

她撑住头。有时候人和人的缘分就是个时机问题，她眼睁睁看着它以毫厘之差从指尖滑落。要说完全不怨恨那不可能，手段她也不是没有，可惜小姑娘迟钝得很，暗示几次都没反应……

可能人的口味真的会变，毕竟也好些年了。

他那会儿年轻，喜欢娇弱系少女；如今风度还在，却看上这么个硬气的女孩子，也不嫌硌牙。杨惠微微一笑，金色的阳光落在雪白的手腕上，像一朵昔日的蝴蝶收起翅膀。

她叹了口气。

言夏找江华问施工的价格，尽职尽责帮杨惠讨价还价，气得江华骂她："你这是要当吕布！"

言夏嘻嘻笑道："那江总记得赏我个貂蝉。"

江华无言。

言夏又追问图录的制作进展。

江华私下里也替她高兴：她跑室利国一去近三个月，开头几乎没有进展；他在饭局上碰到宋祁宁，话里话外暗示她道德问题。宋祁宁在收藏上还算有限，来头实在不小，江华不想得罪他；但是以他对言夏的了解，应该不至于——但是他看韩慎也走过眼，便只庆幸她"刚好"不在国内。

怎么着都得等她回国再说。没准儿贵人事多，多几个月便不记得这茬了。

没想到那个丫头九月之后就转了运。

先是找到一只疑似辽宋时期陈国公主墓的金针筒，紧接着又接到郑家这个大单。江华怕她办事不方便，帮她申请了高级拍卖师，上头起先不同意，没想到得到孙楚蓝鼎力相助，竟然通过了。

孙楚蓝说："我原想她去日本，也是路径依赖。如今看来，人家佳士得苏富比能把分公司开得全世界都是，咱们未必不能。国力上去了，文化自然而然会往外扩张，前些年就有人戏称，说我国缺少一个反向的卢芹斋——"

江华闻言不由一笑。

卢芹斋是民国时候的文物贩子，一方面是挖掘国内文物贩卖到西方，被称为国贼，但是另外一方面，也是他的努力推销，让西方对我国文化有了初步认知，东亚艺术在国际上不再日本一家独大。

世易时移，孙楚蓝当然不是指望别国也来个文物贩子，而是指国内藏家审美过于狭窄，民众富足之后，审美能力应该有相应的提升，收藏方向也可以适当从传统艺术和西方艺术拓展到全世界。

不过江华照例是不信这等冠冕堂皇的话，后来打听来，才知道孙楚蓝也听到风声，她总疑心是言夏在慈善拍卖上得罪了人——那也算是代她受过了，因多少肯帮一把。江华也服了言夏这运气。

言夏不知道这些,她最近实在是太忙了。

到图录从国内寄过来,会场布置好,第一支短视频在国内外社交平台同步推进,已经是十二月初。

九

周朗接到电话问郑家这场拍卖是谁在做的时候不由失笑。他给的答案很狡猾:"你说呢?"

多半人会"恍然大悟":"我就猜是你!除了你谁还能布置得这么漂亮!"

周朗便笑道:"多多捧场!"

平心而论,周朗也觉得漂亮——比他之前想的还漂亮。

会场放在海岛上,整个布置都依海而设。

夜雾弥漫,少年悄然升起风帆,在礁石与海波之间,时隐时现,几个镜头切换的衣物,从千年以前迤逦至今。国外只能欣赏异域风情,国内识货的应该能看出来,服饰有闽地特色,从南北朝到明清。

这是郑氏的来历:荥阳郑氏中的一支自南北朝避战闽地,到明清时候出海。

日与夜交替,晴与雨轮换,平静的海面会在顷刻间风暴大作,浊浪滔天,有巨大不可窥见全貌的海兽出没。少年奋力搏杀,小船在风口浪尖一次次跌落,又一次次直冲上去。鲜血染红风帆。

到海面终于沉寂,少年衣衫褴褛,他睁开眼睛,看见被海水拥围的陆地,静谧得像沉睡中的婴儿。提一盏古色古香的灯,持一支短剑。山路崎岖,月光如银,照见警惕的面容和黑色的眼睛。

背景音乐吊着每个人的心。

啪嗒,啪嗒,啪嗒。

等候在前方的也许是巨大的怪兽,也许是绝色美人,也许是深不可测的陷阱。

到画面一转,是废弃的宫殿,在繁盛的枝叶间,不动声色的森冷,断壁残垣，是古今沧桑。被沙土掩埋的阶梯，少年逐级而下，烛光照亮长满苔绿的门，轻叩铜环，废墟中传来巨大的回音。

门缓缓打开——

不到两分钟的视频制作得美轮美奂，光影和声音把氛围烘托到了极致。

人人都在说经费燃烧，但周朗知道言夏其实是投机取巧——室利国的地形给了她这个便利。

寄出来的图录也是配合短视频，制作得神秘又迷人，没做预展。

拍卖时间定在27号。

十月之后室利国进入雨季。

寒冷的十二月室利国原本就是传统的度假地。因为这支由知名艺术家裴约首发、风靡网络的视频，更多的外国人被吸引过来度圣诞，以至于室利国旅游部部长因此额外接见了杨惠和郑森。

言夏在朋友圈里刷到周朗的机票，时间是平安夜。

底下很多点赞和评论，又不少人询问拍卖的具体地址，那人只管装神弄鬼，很明显在配合她争取藏家。

到24日下午，那人发了个带问号的苹果过来。

言夏知道他是问要不要共度平安夜，心里一动，又想到大拍在即，实在不敢乱来，回了句："我不吃美人计。"

她能想到看到这行字的人得意的嘴脸。

竞拍号牌已经发出去了，竞拍名单照例是要在她这里过目，除了传统热爱收藏全世界的欧美中东日俄富豪，还看到有几个眼熟的国内藏家——也不知道是视频的感染力，还是周朗有出手。

她抓紧时间为拍卖做最后的练习。她有点紧张，她没有主槌过国际场，她很担心误读外国人的反应，英文也可能不够用。她反复揣摩国际场的各种喊价频率、手势，观察竞拍人的微表情。

偶尔出房门也是一脸呆滞，生人勿近。

郑家在准备过圣诞节，上上下下都洋溢着欢乐和喜悦的氛围。

高大的枞树立在庭院里，挂满了闪闪发光的装饰物，喷了雪，底下堆着五光十色的糖果和礼物。听说会有派对，杨惠还问她参不参加。言夏说脑子抽不出来，又问："你在美国时圣诞也开派对？"

杨惠笑道："我这不是回国了嘛。"

言夏心里想东方人——无论东亚还是东南亚——过洋节都挺兼容并收。

到傍晚收到酒店电话，说有个快递。言夏拜托酒店代收，前台说快递员不同意："Expensive."停了片刻又补充道，"From China."

言夏就有点拿不准，倒不一定是圣诞礼物，毕竟国际快递不好预计时间。她放了小孟回家过节，这饭点也不方便麻烦郑家司机；山上不好喊车，幸好还能网约，折腾半天，抵达酒店都快七点了。

快递是个方方正正的小盒子，包装上看不出端倪。言夏开玩笑："不会是炸弹吧？"

前台立刻如临大敌，又摇头："From China！"

好吧就国内那个过地铁都要安检的劲，言夏也承认来自祖国的快递应该是安全的。问酒店借了裁纸刀，里头是只乌木雕漆嵌螺钿花卉方盒，制作相当漂亮，甫一露面，周遭就传来惊叹声。

这么精致的小东西，言夏知道是谁的手笔——骗子！什么"From China"，无非就是酒店陪他做戏罢了。

左顾右盼也不见人，不知道藏在哪里，多半是在等她拆礼物。言夏踌躇片刻，到底不忍拂逆人家好意，开了锁扣，方盒里五颜六色的长筒袜。

深呼吸，不能和这人一般见识。捏了捏袜子，硬硬的小东西，倒出来看，是枚银色的小狐狸胸针，狐狸尾巴蓬蓬的，叼了条鱼，鱼特别大，水花把小狐狸胸前的毛都打湿了。言夏喝了声："出来！"

没有人应，就更没有人出来。言夏举目四望，在哪里？桌子底下，不可能；推开行李房，没有人。似乎所有人都憋着笑。猛地转身，看见墙边上斜放一人多高的油画。油画中的牛仔眨了眨眼睛。

有人大声喝彩，有人呜里哇啦乱叫一通，口哨声此起彼伏。

言夏不知道拿这个人怎么办好,隔着画框抱住他。那人低声笑:"……全是油彩。"

"怎么这么早就到了?和飞机对不上……"

"搭了个顺风机。"

"饿不饿?"

"饿坏了。"

"我带你去吃饭。"

街上热闹极了。

虽然这座城市注定不可能有雪,但是暖黄色的灯光把街面照得晶灿灿的,橱窗里也像模像样地立着雪人,红袍的圣诞老人驾着鹿车从身边哒哒哒奔过去,所有人都在齐心协力把童话变成现实。

有人在路边卖玫瑰,红玫瑰白玫瑰;有人挥舞着荧光棒、冷焰火,兔耳朵一动一动,也有卖榴莲酥的。小情侣手拉手从他们身边过去。商场里永远灯火辉煌。八十多层的高楼距离夜空还是极远,但是足以俯瞰整座城市,远处的海,浮在水上大大小小的岛屿,近处的灯光,如镜花水月。

"就像是站在世界最高峰,对整个世界喊话——"

"雪崩啦!"

言夏哈哈大笑。

"你想喊什么?"

"我是世界之王!"

"好中二。"

言夏忽然想她不乐意参加派对也许并不是因为忙,而是异国他乡的漂泊感,在节日里实在凄凉。

"其实你不用跑这么远过来……"她不安地说,"我这几天忙死,根本没时间。"

周朗:"我公干。"

言夏刮他鼻子,被捉住手。言夏微微别过面孔。她相信以周朗这等人才,不至于不明白她的意思,但是心里到底生出恐惧来。就仿佛是她轻启战端,却发现结束权不在自己手里;他修为太高,她不是对手。

"我都没准备礼物……"她说。

"现在也还来得及。"

"……我是在和你客套。"

"所有客套我都当真。"

"木瓜网真是个好东西。"言夏悻悻地说。

周朗大笑。

大多数送礼中都充满了盘算与计较。即便是倾其所有,亦未必就能投人所好。何况有人囊中羞涩。

言夏开App搜索附近。"七楼有家陶艺馆。"她说。

陶艺馆里放着多年前的歌。

也许是平安夜的缘故,里头好几对情侣,有说有笑。言夏选靠窗的位置。周朗倒不奇怪她会陶艺,理论上烧瓷她应该也会。重逢的兴奋褪去,她眉目里明显有倦色,声音发哑。周朗便不逗她说话。

没上妆,看起来比平时更小;半新不旧的白衬衫有点皱,配的红裙,中规中矩;短发似乎才剪过,正层次分明的时候。他不知道她有没有留过长发,女孩儿长发总会温柔一点;Jessica说她收脏钱……

灯光下莹白的鼻尖有微微的汗珠,睫毛浓密且长;跟着音乐哼了两句又断掉。他能感觉到她的放松。

下刀谨慎,落刀果断,收刀利落,优美近乎指间舞蹈。

陶坯在慢慢成形。

冷不丁听她说:"今年秋拍似乎还是永嘉压了天历一头?"

周朗嘲笑她:"你还有空看这个?"

女孩儿便唉声叹气一回,想起来又问:"秋拍完了你们酒吧没有演出吗?"她有点心虚:他的演出服被她祸害完了。

那人漫不经心地回答:"有啊。"

"没去?"

"我想见你。"

四个字浓稠如蜜水，言夏有瞬间的毛骨悚然。

旧唱片陪着转轮缓缓滑动，"A long lonely time…"二十世纪的凄婉哀绝，似乎在陶艺馆里用得非常之多，言夏恍惚记得是有个经典影片，但是太久了，久到连闪亮的声音里铺满了尘埃。

次日吃过早饭，言夏就要回郑家。周朗说："叫人把你的笔记本送过来不就得了。"

言夏瞪他。

周朗举手道："我不是这个意思……"

"你什么意思？"

"你不就是担心英文嘛。你一个人闷房间里苦练，不想要个听众？别说我没提醒你，国际场我拿过白手套。"百分百成交，拍卖公司赠送拍卖师白手套。这对于拍卖师来说近乎大满贯的荣誉。

言夏觉得这人更可恨了。

言夏觉得以她和周朗的关系，他不至于真板着脸训她。事实证明她错了，周朗这个人狠起来六亲不认。

口音，速度，声调；仪态，表情，节奏。什么都挑。

言夏这会儿是真信了这人从前说过的能教她东西，她原以为拍卖师都是直接从拍卖场上磨出来的。

"你这么想也不算错。"大多数确实是。

言夏："你这么着居然没被前任套麻袋？"

周朗不由抱怨道："言小姐你到底听过我多少乱七八糟的传闻？"

"我有双八卦的眼睛和八卦的耳朵。"

周朗怅然道："总不能约过饭就算吧？"

见缝插针调笑几句也算是苦中作乐。

言夏觉察到周朗的尽心尽力，她不知道该惶恐还是受宠若惊，半真半假道："要我这次拍卖成功，周总要挖我，恐怕价钱得翻倍了。"

周朗摸她的脸："你不想吗？"

言夏犹豫了一下："怎么不想——但是杨惠要的那个价，我还是觉得很难达到。"

再怎么焦虑，三天也只是三天。
拍卖时间定在晚上。
言夏从早上开始寡言少语，保持状态。下午周朗弄了件纱笼给她试，柔软的深蓝色棉布，大枝玫瑰，配旧金色耳饰，像是个从时间迷雾里坠落的姑娘，随时能引领人们开启一场海上一千零一夜。
言夏亲了他一下，也还是坚持："你不要在场——你在场我紧张。"
周朗抱了抱她。

拿到号牌的竞拍人登船，海上起了风，茫茫夜雾之中隐约能看到岛上的光。
言夏在休息室里，资料在脑子里过最后一遍。她知道一切都在按部就班地进行，竞拍人会在船上听到意犹未尽的传说，到船靠岸，所有天然的、古老的、神秘的……在眼前展开，仿佛东方所罗门宝藏。
时间仿佛指间沙，又或者恐怖片里连环杀人犯的脚步，一声一声靠近。
言夏整了整衣物，抿了半口温水：该她上台了。
"言小姐——"有人叫住她。
言夏回头看到杨惠，她也穿纱笼，黑色，繁复精美的蜡染。她朝她走过来："你不用上场了。"
言夏脑子里有点蒙，以至于她问不出为什么。
"我国去年出台的规定，本土拍卖必须由本国人主槌。"杨惠匆匆解释，"刚才商务部来电话通知……"
也许是郑森的举报，言夏心里想。她看了眼杨惠的穿着。
"我上！"杨惠说。
"你——"
"我有国际拍卖师执照。"
"但是——"虽然言夏不明白她为什么会有拍卖执照，但是确认她没有过主槌经验。何况这样的大型拍卖，是很考验人的经验和反应，她确定她能——这时候她看到了杨惠身后的人。

可能是眼花,脑子直接炸成了烟花。

"回头和你解释。"那人从她身边过去。

拍卖如约开始。

十

休息室紧挨着拍卖场。言夏没有力气走过去。但是太近了,能清楚听到隔壁传来的声音。数字跳动得很快,有时候她能知道是哪件拍品,溢价了多少倍;有时候也不能。他似乎调换了部分次序。

不时能听到他说"恭喜",是有成交。

她恍惚听到人问:"……怎么不是言小姐?"

有人回答:"听说是找了中国首席拍卖师过来,言小姐虽然……"她当然不如他。

"那不是白忙一场?"

声音渐渐低下去。

也许一开始就不存在,是她幻听。所有人都在紧张的拍卖中,谁有空嚼这个舌根?也不知道有没有人暗戳戳投目光过来,好奇或者怜悯,或者幸灾乐祸。她不知道。逻辑和思维出走了很久才回来。

同时回来的还有行动能力。

她从工作人员通道里走进拍卖场。拍卖台上,杨惠手执拍卖槌,在成交价喊定的时候,周朗抓住她的手——"砰!"

落槌。

配合默契。

这应该不是他们第一次见面……言夏不知道自己为什么会有这个念头,也许是显而易见。

他周朗并不需要这场拍卖来扬名,或者渡过危机,或者别的。他满面春风,他目光冷静,声音稳定,间或开一两个玩笑,引来全场哄然。

这是一座岛，没有船她没法独自退场。

而且或者她应该听他解释，毕竟不是偶像剧，女孩子能捂住耳朵说"我不听我不听我不听"——她也没这么任性过。

气氛很热烈。

不同肤色的竞拍人眼睛里狂热的光，节节上升的数字。言夏不知道如果站在那里的是她，会不会有同样的效果。她一直没什么自信，她还央求他不要在场——也许是该他央求她不要在场。

当然那不是真的，他不在乎这个。他的目光从她脸上飞过去的时候，一秒都没有停顿。

外头传来潮汐的声音。

难怪他反对她接这单。

也许是更早……那场酒会，谁帮杨惠布置了三件瓷器的出场？也许是她打乱了他们的计划也未可知。

她机械地在搜索框里打字，一些遗忘已久的搜索技巧一个一个从脑子里往外蹦，搂都搂不住。他说他主槌过国际场，他说他拿到过白手套……在国际艺术拍卖场上拿到过白手套的中国人不会太多。

他说他们走的不是同一个赛道，关于他的背景传说很多，她从前也不在意。

……手指终于停住，在照片上。言夏猜不出是多少年前，阳光很充沛，头碰头合影的男女，也许是情侣，多半是。

所有的线索都串了起来，没有错，中意她的是郑家老太太。杨惠没法违抗老太太的意思，但她应该是一开始就没真打算用她，所以全程与她对接讨论方案的也许并不是杨惠，而是周朗。

内行的始终是周朗，而不是有钱人家的少奶奶。

他说他过来公干——也不算谎言。要细想起来，也许他根本没有说过谎，他也没有说他是过来找她，无论九月初还是平安夜。当然她甚至不算全无所得，佣金总是她拿了，快乐也是真的。

他对K城这样了如指掌，她也从来没有怀疑过。度假屋、私人海滩、游艇、游艇上荧光粉的泳衣……她并不想责怪自己，那两个月煎熬得心力交瘁。她允许自己软弱，亦允许自己接受这个结果。

　　反正不接受也发生了。

　　拍卖持续了四个小时，用官方语言报道就是高潮迭起，圆满落幕。竞拍人多半心满意足地退场。到言夏醒过神来，偌大的场地空荡荡，就剩了她一个。有负责收尾的工作人员过来问："言小姐——"

　　她起身往外走。

　　"言夏！"有人在背后喊她。

　　"恭喜！"她说。很难说是恭喜拍卖成绩还是破镜重圆，也许是兼而有之。

　　她比他想的镇定，周朗想，没有一走了之，也没有给他一耳光——他都准备好了。可能是四个小时足够让她想明白。

　　但或者这才是他最初认识的言夏，冷静到近乎冷血。现在她身上亲近他的意愿已经没有了，很神奇，人不用语言也可以表达，喜欢，愉快，排斥到厌恶，一个瞬间就可以，一个眼神就可以。

　　什么都不用也可以。

　　她甚至不问他要解释，只说："麻烦周总送我回酒店。"半夜里单身女人打车终究不是太安全。

　　再好的车空间也还是狭小，都是人的气味。言夏把窗户摇下来。

　　"她说你拿了郑森的钱，"周朗说，"她不信任你，没法协同拍卖。"他和杨惠的合作也不是太顺利，原本是约定他报完数，她落槌，但是她跟不上他的节奏。他别无选择只能抓住她的手。

　　"……她给我看了证据。"他试探过她，她表现出来对拍卖的信心不足，他也无法判断真假，证据太硬了，他只能委婉提醒，"你是不是查一下你的账户，会不会是有短信进来被你当成诈骗信息……"

　　女孩儿只管看着窗外，像是没听见。

　　"言夏！"周朗提高了声音。这是个很严重的问题，她不能当不知道——就算杨惠不追究,这次拍卖的大获成功,郑森会找她算账。她必须把钱退回去,尽早回国——不然郑森不会放过她。

女孩儿无谓地"哦"了声。

周朗看见后望镜里冷白的脸,也许是风太大,夜太凉。

他已经仁至义尽,他也知道酒店那晚是场误会。也许他当时不该心存侥幸,以为她在酒会上的表现只是个无关紧要的小插曲,以为一切能按计划来;又以为就由她主槌这场拍卖,也未尝不好。

可能终究是他忽视了韩慎对她的影响。

她得罪了宋祁宁没法回国,想在K城找个靠山也无可厚非——都说天历考虑在K城建立分公司。

她之前也不是没有过胆大妄为,铤而走险。

"……到了。"言夏说。

车还没有停稳,她已经推开车门,人几乎即时摔了出去。

"言夏!"周朗叫了一声。

那人没有回答,踉跄几步站稳了,头也不回进了酒店。

周朗一个人在车里坐了一会儿。他今晚也是疲倦极了,四个小时的大拍对体力是极大的消耗。他点了支烟。他想难道她是真把入账信息当成了诈骗?虽然不可思议,但是并不是没有发生过。

也许他该更信任她一点?

昨晚的缱绻近得仿佛触手可及。平安夜的灯光,她专心致志地下刀。一只穿西装的貉。胖胖的小家伙不知道为什么竟然能做到神形兼备。

他也想过直接问,他想她也许会狡辩——任谁都会狡辩,而且不能让郑森知道他们有所准备;或者他当时应该想办法争取她?即便她是真的拿了钱,三百万也不是太大的数目,他也给得起。

是他们之间顾忌太多。

一段露水情缘,是他们之间的共识。不能给承诺,她不要承诺;不能问从前,也没有以后;所谓的游戏规则,分寸,让他一次次止步。摸得到的天花板——或者干脆就是个玻璃屋,四面都是墙。

但他那晚说"我想见你"是真的。

一支烟渐渐到了尽头，火烧到手，周朗把烟蒂丢进垃圾桶。

杨惠的电话进来："她怎么说？"

"她会退回去。"他想她不至于那么糊涂，钱和命之间，当然命更要紧。

"要不要过来——"

"不了吧太晚了。"他抬头看酒店的灯，从不同的窗户里透出来，"我找个酒店住一晚，明天再找你。"

"那好，晚安。"

"晚安。"

言夏没有往下看，酒店隔音很好，她不知道隔壁住了人——当然知不知道没有区别。她洗了把脸，把国内的电话卡找出来；信息一拥而入，她看到了那条价值三百万的短信。她承认她低估了有钱人的不择手段，无论杨惠还是郑森，或者——

她再洗了把脸。

银行已经关门，明天周末。

她开电脑，给钟灵写邮件，该说的不该说的，花了足足一个多小时；然后斟词酌句给江华也发了一封。

这时候太晚了可能他们都不会看到。她不知道公司会怎么处理，可能是开除，最严重可能是刑事起诉。她对法律没那么熟，没法立刻找出相应的条款，但应该是有的——不然怎么说天网恢恢。

当时的录音也许可以作为证据，然后呢？然后……她困极了，终于睡了过去。

她再一次看到她姐姐，深灰色的囚衣，脸上没有什么表情。

"你害怕吗？"她想问。

但是所有在梦里的人都像是上了岸的小美人鱼，她开不了口，每一步都走在刀尖上。

十一

先给她回电话的是钟灵，声音还算稳："邮件我看完了，我这就出门咨询律师。你要不要尽快回国？"

"回国会不会进看守所？"经过韩慎，她算是知道了刑事案件从立案到审判需要等候多么漫长的时间。

那边沉默了片刻，最终回答她："我觉得不会。不过我觉得不算数。如果你在那边能保证人身安全的话，就先等等，不急。三百万不是什么大数目，而且也没有造成严重后果。应该不至于。"

言夏说："拍卖已经结束，郑森再怎么搞我也不可能改变这个结果。他应该没那么傻。"

"就怕他泄愤。"

"我会尽量不单独行动。"

"那行。"

言夏要挂断，听筒里又传来声音："你保重——不会有事的。我会找方总帮忙。无论如何，总有办法解决。你别胡思乱想。"

江华的电话在两个小时之后才打过来。言夏不知道他是不是咨询过法务。他声音沉痛："你先回国吧。"

"江总，"言夏说，"我想休年假。"

江华愣住。

"我在这边半年，没休过几个周末。十一也在忙。"言夏控制住音调，"回国之前，休完年假，刚好签证到期。"

江华想了想："那好吧。我给你批假。"

言夏进浴室冲了个凉。钟灵的电话进来："律师说事情可大可小，可能还是取决于你们公司的态度。"

言夏和她说了江华的回复。

钟灵明显松口气："这个事情总体上你们公司并没有受损，虽然上台的是周朗，他收获了最大的名声，但是佣金你们公司也收了；如果周朗同意宣布是联合拍卖，就和你们之前拍卖云家藏品一样……"

言夏不作声。

"去求他。"钟灵说，"面子没那么重要。他也就是误会你收了钱。你们之前不是合作得很愉快吗？"

言夏沉默了更久的时间："让我想想。"

"而且他也能帮你向杨惠求情，毕竟他昨晚拍出这么高的价……我给方总看他都说大大溢价了，杨惠应该承他这个情。只要杨惠不追究，你们公司抬抬手，钱你又退了……就当是吃亏记个教训……"

言夏挂断电话，冷静了三分钟才又打过去："我知道了，我——"

"我知道你不好受。"

"嗯。"

"等你回国。"

面子不重要，面子当然不重要，面子从来没有重要过——她又不是姐姐，她有什么面子可言。

她不能入狱——她甚至不能失业；她入狱，死的不是一个人，是一家人。她眼前晃过去熟悉的脸。她不知道她有没有求过宋祁宁——当然他们是夫妻，他们不一样。她和周朗没什么关系。

顺着通讯录往下找，二十六个字母里最后一个。盯住看了许久，眼睛都发花了也按不下去。她开了微信。无论如何，留言总比对话从容。

"我退了钱。"她附上银行回执。

"这场拍卖我知道你出了力，我也出了，能算作天历和永嘉联合拍卖吗？"

没有回复。不知道是没看见还是不同意。

言夏放下手机收拾行李，她总得找点事做，占住疯狂运转的大脑。

无论什么结果，酒店总是要退的，公事已毕，没必要住这么贵；车也退了；下单订了个旅游团。说来可笑，过来半年她都没有出去玩过。如果杨惠执意要追究，这可能是她最后的自由时光。

手机响了，是周朗的电话。

言夏给他微信："能微信吗？我不想录音。"

微信很快给了回答:"那就联合拍卖吧。"

言夏:"杨小姐怎么说?"

"我会尽量说服她不追究。"

言夏看住"尽量"两个字。她熟知的语言系统里这个状语有没有意义完全取决于当事人的意愿。

即便当事人真的尽力,也还有天不从人愿之说。

但是她也只能做到这一步了。不然呢,去郑家堵门?等人出来飞身上去抱大腿痛哭流涕?或者下跪求饶?即便她豁得出去,对于周朗这种人,苦情戏管不管用也很难说。换个女人还能试试美人计。

这个念头让她止不住自我厌弃——她认真考虑过她还有什么可以用来交换。

微信又响了:"我想和你谈谈。"

言夏:"我不想。"

太硬了,她把光标往回移,插了"暂时"两个字进去,"我暂时不想。"缓和了不少,反复看了几遍,还是一个字一个字删掉。

"你想怎么谈?"

周朗察觉到这行字背后的自暴自弃。所有的话都被堵了回去。钱她还了,拍卖她没有上台,前期策划、选址、宣传、招商都是她在跑,她要求"联合拍卖"的名头似乎也不过分。

——你还想怎么谈?

他叹了口气:"你留在郑家的衣物,我让人打包给你送过来?"

言夏回答说:"不用了。"说来尴尬,她原本衣物就不多,带进郑家的那些多半还是他给置办的。

周朗听到开门的声音,从猫眼里看见女孩儿拖着行李走过去。

她的行李似乎很少。

不知道有没有带走那只狐狸胸针。清洁工上来打扫,他找借口进去,看见就摆在茶几上。倒没有丢进垃圾桶。

室利国有很好的旅游资源，虽然说穿了无非靠山吃山，靠海吃海。集市也算旅游点。不过跳蚤市场言夏都去腻了。那个卖假汝瓷的人她后来找过几次都没找到——可能就是她没这个运气。

裴约打电话问她拍卖怎么回事，她只管砌词敷衍过去。

浑浑噩噩坐了好几天大巴。

大巴上不少国内游客，三五成群，有阖家出游，也有情侣双双对对。似她这等孤魂野鬼也不是没有。

游轮出海，海上风极大，水干净得仿佛能看到底——当然那不是真的。导游指给他们看一团一团巨大的黑影，都是海龟。

风浪来的时候一船人鬼哭狼嚎，窗户都关紧了还是冷得打战。沙滩细软。有孩子在沙滩上写字，烈日灼灼，也不知道能留多久。后来换了泳衣浮潜，导游叮嘱说："顺着游泳圈，别走远了。不要去船尾，船尾有螺旋桨，锋利得和刀子一样，挨一下就完了，从前有个人不听话……就被腰斩了。"

水底下很安静，五颜六色的鱼纷纷来吃她手里的面包，痒痒的，一大块很快就没有了。

她顺着救生圈往外走，越走越远。她想起来她小时候是会游泳的，就是太久了，她都快记不起来了。

有人抓住她的胳膊。

言夏惊地回头，看见小孟的脸。小孟拉她出水，大口大口喘气。言夏问："你怎么在这里？"

"我在旅行社看到你的名字。"

言夏"哦"了声，还是莫名其妙。

"对不起。"

"什么？"

"我听说你是拍卖师，但是后来看新闻又不是你，是不是因为、因为……"他吞吞吐吐，半天也没说出个所以然来。

言夏猜他是想问是不是因为那天她被郑森找去，丢掉了登台的资格，也懒得从头解释，就只温和地说："不是。"

139

小孟松了口气:"那你是要回国了吗?"

"是啊。"

"什么时候?"

"还有几天吧。"

"那这几天你要用车,就还找我吧。"年轻人有一双深黑色的眼睛,牢牢盯住她,"我、我不收你钱。"

言夏脑子里一团糨糊,横竖她这几天也是跟团,只随口应付道:"好。"

年轻人似乎很开心,一笑,露出洁白的牙齿,水珠在匀净的肌肤上闪闪发光。言夏很羡慕他能这么开心。

钟灵联系过她几次,她老板方晞答应帮忙斡旋,应该问题不大,"只要杨惠能放弃追究"。

方晞对钟灵倒是真不错,言夏心里想。有他出面,公司多少会给几分薄面。不过就算这关能过,她回国恐怕还得面对宋祁宁……真是四面楚歌。

还是自己作的。

言夏把这个想头压下去,人无远虑必有近忧——她得先解决近忧。

周朗说他尽量,到现在也没有回话,也不知道是尽量成了还是尽量没成。她和杨惠原本素不相识,好歹也算合作一场,虽然不是太愉快——之前是她傻,不知道为什么不愉快,现在知道了,确实是愉快不起来——但是也没什么深仇大恨。她只希望她不至于被爱情冲昏了头脑。

她和周朗已经完了——虽然认真说起来也没有开始过。她对她不是威胁。可恨她没法把这个意思传达给杨惠。

跟团到最后两天,因为小孟的加入,仿佛愉快了很多。他给她带饭盒,还有"正宗的K城特产",又邀她去家里做客。言夏也觉察到了,只笑着摇头:"我就要回国了。"

"以后还来吗?"

"不知道,多半——"

他目光热切,言夏只能勉强别过头,含含糊糊说道:"谁知道呢。这些天，谢谢你的照顾。"

这天大巴回城，忽然收到林深的电话。

他断断续续找过他几次，言夏之前忙拍卖，他又照片都舍不得给，总说"见面谈、见面谈"，言夏便也总推说"忙、没时间"，他这会儿倒是抖起来了："拍卖都完了，言小姐总该不忙了吧？"

言夏假装没听出他话里双关，只问："林先生有事？"

"有啊！"林深说，"不是一直都想请言小姐给掌个眼，没奈何言小姐忙成这样。"

"是件什么东西？"

"我发你了，你自个儿看看？"

言夏十分诧异：太阳从西边出来了？开了微信看，果然发过来两张照片，像素还算清晰，一只杯，一只筒，都是康熙五彩，竟然有几分真。言夏踌躇半晌，那头催问："怎么样，怎么样？"

言夏问："还有别的照片吗？"

"有的，就看言小姐赏不赏脸了。"林深给她报了个地址，是家吃过的餐厅。言夏心里一松："我准时到。"

十二

出门的时候言夏还有点犹豫，毕竟她就要回国，再跑这趟似乎也没有意义。不过转念一想，后续可以让同事过来跟进。她这半年在室利国看似单打独斗，其实还是得到了国内八方支援。

江华做上司是不够硬气，但也算是老好人，她没少利用他这一点，这次她嘴都没张他主动给她申请了高级拍卖师，现在还要给她收拾烂摊子。言夏心头多少有些歉疚，想着能做一单是一单。

她对林深印象不好，顺路买了块饼垫底。

正饭点，餐厅里人也不是太多。

言夏一张一张看照片。

杯是敞口，斜壁，深腹，圈足内隐，形制看得出轻薄，底有青花楷书"大明成化年制"，用色清润明快，有方桌，朱凳，仕女持卷，青衣士人提蟹作耍，又有山石腊梅为配；筒是玉璧底，腹径稍收，绿袍武将在阶上搭弓射箭，有三五人围观，被射的似乎是只飞禽，作势欲起，有翅栩栩。

　　林深问个没完，一时问这士人与仕女什么关系，螃蟹有什么好玩；一时又问武将为什么穿绿袍，射的是个什么鸟。

　　言夏一一都答了。

　　"你说这是孔雀？你从哪里看出来是孔雀啊？"

　　"说穿了就很简单，我国瓷画和西方中世纪的油画一样，都是有典故的，中世纪的油画取材圣经，我国瓷画则出自历史。这个戏蟹图出自《晋书》，是我魏晋时候一名高士，他说'右手持酒卮，左手持蟹螯，拍浮酒池中，便足了一生'，是劝人及时行乐的意思，在酒杯上，也算应景。"

　　"那孔雀呢？"

　　言夏见他眼睛根本不在照片上，看得很不是地方，便敷衍道："唐高祖雀屏中选的典故，在我们国内是人尽皆知的。"

　　"也就是说，东西是真的了？"

　　言夏说道："光照片我没法给出结论，不过我也没看出破绽，所以恭喜林先生，真的可能性超过七成。"

　　"那言小姐——"

　　"我就要回国，如果林先生有意委托敝公司的话，我会让同事与林先生接洽——"

　　"那可不行！"林深断然道，"除了言小姐，谁来我都不给！"

　　言夏这趟室利国之行已经足够糟心，实在不想再夹缠不清，因直接叠好照片还他："那我只能深表遗憾。"

　　林深抓住她的手摩挲："言小姐——"

　　言夏抽了几次没抽出来，脸色已经变了："林先生？"

　　"事情我听说了，"林深笑着说，"小周从前就有个怜香惜玉的毛病，和阿惠纠缠由来已久，言小姐也不要太伤心了——"

　　能闭嘴吗？言夏心里想。

但是那人喋喋不休，像只环绕立体声耳机，360度无死角攻击的苍蝇。言夏忍了又忍，到底没能忍住，抄起桌上汤碗泼了过去。

林深整个人都被泼傻了：他过去近三十年的人生经验里不包括这项。

言夏拿起手袋走人。

林深追上来抓住她的胳膊。

言夏没有回头，就势屈肘往后撞。林深不防吃痛，退了几步。这一下动静大，已经有侍者往这边过来，食客也纷纷往这边看。言夏越走越快，林深追不上，便指着她大声叫道："抓、抓贼！"

言夏也没想到法治社会还有这种玩法。

最早赶到的侍者拦住她的去向："这位小姐，请——"

"别动她！"

有个声音插进来，然后是人的影子，挨得很近，气息直逼过来。灯光太亮了，言夏不想回头看是谁。他怎么会在这里，是巧合还是……她觉得胃里在翻腾，有什么在不住往上顶，她捂住嘴。

"言夏——"

"阿朗……"

"周明朗！"

"这位先生……"

几个人一起开口，像是开了堂水陆道场，耳边只管嗡嗡嗡乱响，言夏都不知道他们在吵些什么，她已经快忍不住了，一张嘴，"哇"的一下吐了出来。

整个世界顿时安静了。

有人捂住鼻子，有人递水，有人找来纸巾，有人问："你还好吗？"有人扶她坐下。侍者匆匆过来打扫现场。

言夏漱了个口，又擦了把嘴，抬头直视林深："林先生，你说我是贼？"

"我……"林深的狗胆有点不够用了。

"如果我不是，林先生是否能为自己的言论负责？"

"你——"

"希望在座都能给我做个见证,现在,林先生说我是贼,我只想问林先生,我偷了什么东西?"

餐厅里空调温度已经是极低,林深额上还是冒出汗来。他有点懊悔这么冲动,他也没想到酒会上温顺得像个羊羔的女孩儿居然是个刺头,还有那个突然冒出来的男人——不是说已经甩了她吗?

他眼珠子滴溜溜转了圈,最终找了个放哪里都能说得过去的东西:"当然是钱。"

"钱——林先生的意思是现金?"言夏笑了,"这年头出门还带现金,真是难能可贵。"

"……方便给小费不行吗?"

"可以,林先生准备了多少小费?"

"有多少给多少吧,谁耐烦一张一张数。"

"一张一张……以林先生的身家,给小费总不至于五块十块二十块吧?"言夏问,"那是百元钞?"

林深心里有种不太妙的感觉,却还不肯塌台;又想她一个外国人,入境不可能不换现金,现金兑换自然是百元起,于是说道:"那是自然。"

"那好。"言夏把手袋递给赶过来的餐厅经理,"麻烦您过目,您要找得出一张百元钞算我输。"

"找不到,麻烦林先生给我道歉。"

林深原是盘算好了,他家在本地有头有脸,他在这家餐厅也是常客,他这一开口,便人人先信他三分,倒不需要什么证据,只要把人往警局一送,让她吃几天苦头,回头无罪释放也就完事儿了。

没想到是个硬茬。

要没人管倒也罢了,一个外国人,就算明摆了吃亏,也只能忍气吞声,但是姓周的这什么眼神……

他眼看着经理当着众人打开手袋,手袋里的东西一样一样拿出来,口脂、粉扑、防晒霜、餐巾纸、折叠伞,最后一管维C泡腾片,不由咬牙道:"夹袋!肯定有夹袋!我就不信你能一分钱都不带!"

夹袋里孤零零一张身份证。

经理抓住包抖了抖，一脸为难。他不想得罪林深，但是委实也找不到钱，勉强看住言夏说道："这位小姐——"

　　言夏冷笑："原来贵国有这个规矩，不带现金不准出街？"

　　"那倒不是——"

　　"那就是贵餐厅的规矩？进店为客，贵餐厅就是这样对待客人，不问青红皂白拦下盘问，疑罪从有？"

　　餐厅经理立刻一个头两个大，他被打到了要害：进店为客。他开门做生意，也不是靠一家一户撑起来。林生足够财大气粗把餐厅盘下来又另当别论，不然这名声传出去，谁还敢来这虎穴狼窝？

　　他不得不致歉："言小姐说得对，是我们冒犯了。很抱歉给言小姐带来不好的体验。我给言小姐免单，这里还有张代金券，期待言小姐下次光临能有好心情。"

　　言夏没有应，两个眼睛只管看住林深，意思很明白，没有林深道歉，她这里不肯罢休。

　　餐厅经理头皮直炸。他也不是真傻，这两人的关系不难猜，林深前襟上的污渍也完全能解释他为什么不依不饶。如果不是……他不介意配合林深，毕竟在显贵常客和异国游客之间，谁都会这么选。

　　他深吸了口气："言小姐要是不满意的话——"

　　"满意！"言夏挖苦他，"满意极了！谁说我不满意，从林先生追着我喊贼开始，就再满意没有了！不过我一个外国人，单身在贵地，不谨慎是不可能的。所以两位，对不住，我一直有录视频……

　　"我就要回国。我国内的朋友在机场接不到人，就会即刻上传。大使馆出不出面我不知道。我一个小人物，也无所谓上新闻上头条，林先生可能也无所谓，但愿林氏集团和林先生一样无所谓。

　　"不知道贵国懂不懂'血口喷人'四个字，不过诽谤这项罪名应该各国都有……"

　　她滔滔不绝。

　　别说餐厅经理，就是林深都面色发白。更有人在心里腹诽，不愧是拍卖师，这语速，这口齿，绝了！

这还不是她的母语。

就在林深都觉得这事儿他不低头过不去了的时候,忽然有掌声响起,言夏的冷嘲热讽登时被打断。美人笑吟吟走出来,说道:"今儿这事儿吧,就是个误会,我来做个和事佬吧,两位?"

"林先生是我的老同学,言小姐呢,这么巧,才和我有过合作,为人我再清楚不过。"她看住言夏,似笑非笑,"就看我的面子,咱们各退一步,怎么样?"

要换个人,言夏能追问一句"什么叫各退一步",但是如今她把柄在她手里捏着,也不敢过于强硬。

她别过脸。

林深也知道这是最好的台阶了,朝她伸手道:"也是言小姐走得慌慌张张的引人怀疑⋯⋯"

"我为什么走得慌慌张张林先生心里有数。"言夏拎过手袋,"杨小姐也是女人,非逼我说何必呢。"

她往外走,这次再没有人敢拦她。

言夏听到身后的脚步声。

"我送你。"那人说。

"谢了,不用。"

他紧几步追上她。言夏胃里又开始翻江倒海,她不得不扶住墙一阵干呕——之前已经呕过一次,这回光剩了酸水。整个人都在散发着酸臭气。好在她在他面前也不需要什么形象了。

周朗递手巾给她:"我车里有水——"

"不用了。"她没有接。

周朗原是想劝她,不是每个人都像他好性子由着她泼脸。这次他在,不至于真闹出事⋯⋯但是看她狼狈,这些话就都吞了回去,就只说:"⋯⋯不是让你尽早回国吗?又和那种人纠缠什么。"

"这就回。"女孩儿的回答总是很干脆,"你也快回去吧,杨小姐还等着你吃饭。"

"她——"

言夏一转头，又吐了次。

周朗也发现不对劲了："你不会是——"

"不是！"言夏飞快地回答。走开几步拦出租。也是见鬼，接连几辆都直接过去了。

周朗寻思总不至于是九月的事；如果是圣诞前后那未免也太快了；这时候要恶补生理常识显然也不合适。

"这个点很难打到车的，我送你——"

"你别过来！"

和商场的灯比起来，橘黄色的路灯弱得近乎温柔。周朗在这个瞬间看到她眼睛里的惊恐，她怕他。

"言夏……"

"你放心如果真有小孩我会问你要赡养费，至少也要求杨小姐撤诉。"言夏勉强想要笑一下，但是笑不出来，她还是想吐，"你别自己吓自己，狗血小说少看几本——就算真有也不一定是你的。"

她一面说一面往后退。

车还是不断地从身边过去，没有一辆有停下来的意思。

周朗似乎还想说什么。言夏摸出手机，冲手机里大喊："小孟！过来接我！"破音了，像是带了哭腔。

周朗一直以为言夏是没有眼泪的，有也是鳄鱼的眼泪。这晚他发现他错了。

小孟倒是来得很快。

周朗也不是第一次看到这个言夏雇用的司机。他很年轻。她奔向他的背影让他想起他在酒店外的芭蕉树下等她。她从林深的车上下来，转头就看见他，她不知道他是来兴师问罪，她朝他奔过来。

是谁多事种芭蕉，早也潇潇，晚也潇潇。

小孟递水给言夏。

言夏漱过口，人还在发抖。小孟不住地往后望镜里看，他有很多话要问，但是最后也没有问出口。

"我好像吃坏肚子了。"他听见她笑着说,很轻松的声音——她似乎很擅长控制声音。

"要去医院吗?"

"不用了我有药。"

她拒绝怜悯,他想。无论情况多么糟糕,她给自己软弱的时间也就只有这么一点。

十三

早上刷牙的时候看到镜子里人都走了样,言夏还是准点到达了机场。登机前看到周朗的微信,他说:"你的电话没人接。我有事找你,急事。见字回话。"言夏筋疲力尽,只当是没有看见。

毁灭吧,她想,这个该死的世界。

三个小时的飞机不算久,但是言夏实在一步也不想走了,就近开了个房,昏天暗地睡了一觉;醒来觉得整个世界安静极了,拉开窗帘往外看,原来是天已经黑透了。手机也很安静,没有电话。

转开微信才看到周朗的留言,简直在刷屏。过滤掉无效信息,简而言之就是两件事,一件是"一直在打你电话,没有人接";一件是一张照片,照片里小小一只模型船,像是在哪里看见过。

底下标注了三个字:打捞船。

言夏愣住。

过了许久方才听到黑暗里的呼吸。她想起来,是郑家小姑娘拿给她的模型船。小姑娘当时说:"这个给你,你别让二叔赶妈妈走好不好?"——她当时以为达不到的数字,周朗终究为杨惠做到了。

真是感天动地,人间真爱。言夏也不知道要不要唏嘘一下。她给周朗回了条微信:"我回国了,电话卡还没有换过来。"

周朗脑子里铮然响了声。他来不及打字,直接按下录音键:"不会你之前没收到银行短信也是因为这个吧?"

他像是等了足足一个世纪那么久才等到回话,就一个字:"嗯。"

"为什么不跟我解释？"

"没必要吧。那个船怎么回事？"

周朗深深觉得言夏这么个性子，能够不缺胳膊不少腿安然无恙长到这把年岁绝对是上天有好生之德。直到手机黑屏，玻璃上映出上翘的嘴角才发现自己在笑——而且笑了至少有五分钟。

重新解锁手机，对话框里还是空的，他打了一行字："传说，婆罗洲和苏门答腊之间的海域里藏了一座宝藏。"

"然后呢？"

"郑磊生前和亲族之间最大的矛盾在于他投资了一只打捞船队，有四五年了，从无到有，投进去天文数字，连个响声都没有。"

"很正常。"言夏回答说，"找上十年一无所获的也不在少数。"

"在跳蚤市场那个做假汝瓷的男人你还记得吗？"

"周朗你无耻！"

"他之前那个定瓷底是偷来的，他打算多偷几个卖给你，被抓入狱了。我花了点时间才找到他。"

对话框里沉默了片刻。

周朗又打出一行字："看，言夏，你也不是那么信任我。"

言夏还是不说话。

周朗又说道："我要真截和，就不找你了。"

"不找我你们找得到东西？"言夏打了几个字又删掉。

"你心里也清楚，这么大单生意，你一个人吞不下的，没有我，难道你打算直接和杨惠做生意？"

"那我不如去找郑森，没准儿他肯吃美人计。"

"别傻了你算什么美人。过来吧，我给你买了机票。剩下我们面谈。"

这个混蛋说她不算美人！言夏恨得牙痒痒，不过她这会儿也没心思气恼。她在屋子里转了几圈，最后倒在床上。这就是她去室利国的目的，原本以为没指望了，没想到还有这样的峰回路转。

想到还要再和周朗、杨惠这样的小人合作，言夏简直觉得日月无光。

但她还是笑了。

24小时之内坐了两次飞机，脚步都是虚的。远远看到出口，言夏低头发了条微信："帮我喊个车。"

周朗回了个问号。

"我不能坐你的车。我对你有点……"言夏考虑了一下措辞，"PTSD。"

"什么叫PTSD？"周朗当然知道创伤后应激障碍。

"就是……恶心想吐。生理上恶心想吐，我也不想。但这不是我能控制的。"

周朗不敢置信地抬头。那人扶着行李箱站在大厅里，距离他起码五十米。皱巴巴的T恤，头发干枯，面色无光。他想起来，她和林深吃饭的那个晚上，她第一次呕吐似乎确实是在他靠近之后。

她当时也确实一再冲他喊："你别过来！"

他倒吸了一口凉气，但还是迅速回复她："你胡扯——你对韩慎都没这么大反应。"

"你怎么知道没有。"

周朗发现她这个话完全无法反驳，不觉指尖僵硬："你的意思是，要保持距离？"

"嗯。"

"多远？"

"三米吧至少。别和我说话，我不想听你的声音。有事咱们打字就行。非要共处一室我会戴口罩。不过K城这天气你懂的，我们就不要彼此为难了。"

周朗给她订的酒店，还是之前那家。前台小姐看到她笑得可甜了："欢迎回来，言小姐！"

周朗坐在大厅里给她发微信："你先休息？"

"谢谢。"

嘴里有点苦，周朗决定去隔壁吃个泡芙。

这家泡芙很有名，他问过言夏要不要试，言夏当时就拒绝了："泡芙太甜了，腻。"他吃了一口，发现确实腻。

　　他坐在蛋糕店里发微信："这不公平。"

　　"什么叫公平？"

　　"你不要以为我不知道，你就是把我当成假期。"他找不到更合适的词。东亚人的人生容错率太低，日常谨慎；唯有假期有放飞的余地，如美梦一场，天高云远。是她想要度假，他被她的喜悦迷惑。

　　"我没以为你不知道。"

　　"你也没多信我。"

　　"你说得对。"

　　"但是你——"

　　"我说了我也不想！这不是我能控制的。不是有人说，这个世界上有三样东西无法掩饰，贫穷、咳嗽和恶心。"

　　贫穷、咳嗽和爱——"言夏你这张嘴还能更损一点吗？"

　　"我还能！"

　　周朗决定关机，免得被她气死。

　　杨惠的意思是让言夏上山，还住原来的地方，方便合作。言夏不肯："我对郑家PTSD。"

　　周朗觉得他都能对PTSD这个词PTSD了。

　　最后杨惠屈服，在酒店订了个会议室。她问周朗："你真确定她手里有线索？"

　　"我确定。"

　　杨惠不明白周朗对言夏的信心从哪里来，她这会儿觉得言夏像个江湖骗子。

　　周朗的理由简单粗暴："她师从于国内数一数二的古瓷专家。"

　　"那我们为什么不直接找她老师？"老学者老专家总不至于像这个女孩儿这么难搞。

　　周朗不吭声。

"你是不是对她……"

周朗叹了口气，他刚问她中午想吃什么，她说想吃霸王龙。

言夏开口要两成，杨惠不同意："言小姐这是空手套白狼。"

言夏清咳一声："海洋考古学家彼得坎贝尔说，海洋是世界上最大的博物馆。诚哉斯言。

"1985年，有个叫弗希尔的美国人在哈瓦那海域找到了1622年的西班牙沉船'阿卡托夫人号'，这艘船上有40吨财宝，其中黄金8吨、宝石500公斤，当年估价4亿美元，弗希尔一夕暴富。

"1988年，英国打捞公司奥德赛发现了1694年沉于直布罗陀海峡的'苏赛克斯号'，这艘在当年肩负用财宝拉拢意大利萨伏依公爵加入反法联盟任务的海军舰队估价24亿英镑，那是1998年。

"2014年，美国奥德赛海洋勘探公司在美南卡罗来纳海域打捞起沉没的蒸汽船'中美洲号'，找到100枚金币、45条金条，以及重达36公斤的金粉，光是金币都值100万美元一枚。

"……没我这双空手，杨小姐可以试试再找10年。"

杨惠沉默。她原本主修艺术史，没毕业就和郑磊结婚，多年全职太太；要说做太太她是绝对称职，社交场上没少帮丈夫。但是商业是商业。时代变化这么快，正经商场骄子打个盹都可能错过末班车。

她不明白为什么丈夫执意要找这艘传说中的沉船，打捞上来就能解决公司当前的各种问题吗？她不知道。郑森和两个叔叔，包括他母亲都认为这是个错误的决策。但是她的执念在于这是他的遗愿。

她对商业没那么在行。一艘航行了近半个世纪的巨轮上有多少沉疴她不知道，它最终会沉于哪个螺丝钉的断裂也没有人能够预见，她抓住这根稻草，仿佛它能生成她们母女安身立命的资本。

"我拿什么信你？我这里投下去几个亿，人工、设备、时间，言小姐，你没有任何可以给我看的东西。"

"我确实没有。在合同签订之前都不会有。杨小姐，你之前的投入与我无关，不是我让你投的，我现在立刻买机票回国不影响杨小姐的投入。"

"我和你签订合同，就能保证——"

"不能。"言夏爽快地回答她，"但是杨小姐也没有损失。除非杨小姐把机票、酒店算在损失范围之内。"

"我没那么小气，但是——"

"这不就得了。杨小姐可以理解为我手里有个藏宝图，如果找到东西，你分我钱；找不到，我不取分毫。我赔进去的是时间精力，杨小姐损失还不如我——反正打捞船每天停在那里也是亏。"

"3个点，不能再多了！你手里那张藏宝图也就半吊子，没有阿朗给的线索你拼不起来。"

"他手里的线索是我给的！"言夏心里也怄。信息在她和他面前是不对等的，她找线索如瞎子摸象，他能轻而易举拿到她找不到的东西，"10个点，不能再少了！再少我又白跑一趟。"

"我上次也没让言小姐白跑。"杨惠不客气地说。

价钱谈不拢，双方一致同意先转第二条；言夏要求天历拍卖，这条就算杨惠肯应，周朗也不肯；双方都心知肚明是用作缓冲——结果必然是天历和永嘉联合拍卖，言夏和周朗联合主槌。

"拍卖场地……"杨惠读出来，"公海？"

言夏冷笑："贵国规定，非本土拍卖师不得主槌。如果杨小姐同意移去我国，我没意见。"

周朗默默打一行字在公屏上："借用大使馆的场地怎么样？"大使馆属于国家租借，享有国家主权。

"可以。只要你能借到。"

一致通过。

第四条就很意外了：言夏要求定向拍卖。

杨惠没听说过："什么叫定向拍卖？"

十四

言夏看了周朗一眼。

周朗给杨惠解释："在我国，为了保护文物不至于流失，会要求部分拍卖指定买家为中华人民共和国国籍持有者。这是我国特有的情况，基于历史原因：过去百年里，我国被掠夺了太多的文物。"

"但是这艘船不在贵国境内……"话出口，杨惠也反应过来，"言小姐是说，这艘船是中国古船？"

"从我国港口出发的船，"言夏纠正她的说法，"船上商品皆为中国制造。"

"言小姐，这没道理！"杨惠抗议。

"这是我的条件——也是底线。"言夏说，"到午饭时间了，杨小姐可以好好想想。"

"我很难说服股东——"

"那是杨小姐的事。"

"如果东西是在室利国境内，"周朗打出一行字，"根据2001年国际公约，室利国可能会宣布对沉船的所有权。"

"如果东西在室利国领海，自然归于不可抗力。"言夏也不含糊。

杨惠还是觉得这条很混蛋。

虽然近年来中国发展很快，屡屡有来自中国的神秘藏家在国际艺术品拍卖市场上创纪录，在法国，薄薄两卷《永乐大典》就拍出五百万欧的天价，还是副本。但是——天知道这批东西值多少钱，有没有中国人肯接这个盘。

"我听说1998年还是哪年，有个德国人在勿里洞岛海域发现阿拉伯商船BatuHitam号，也就是黑石号，沉船时间大约在贵国唐代。当时打算四千万美元卖给贵国，被贵国拒绝。后来是被新加坡买下来。"

"那是二十多年前了。"言夏说。

"谁能保证——"

"周先生能保证。"言夏耸耸肩，"不然杨小姐——杨小姐不要告诉我周先生放着国内一摊子事不管跑这边来做雷锋。"

杨惠："谁是雷锋？"

周朗愤然在公屏上打出六个字："我们去吃饭吧。"

言夏不肯跟周朗同桌进餐，杨惠只得给她叫外卖。

杨惠觉得言夏这个人简直了！"你到底看上她哪一点？"

"是她看上我。"周朗嘴硬。

杨惠无言。

周朗劝她："价钱还可以谈，定向拍卖就别费劲了，她不会松口的；听她的口气，只怕东西在公海的可能性比较大，不然她也不会押这个宝。"如果室利国宣示所有权，虽然说不是全无所得，利益就小多了。

"她押了什么宝？"杨惠不服，"她空手套白狼！"

周朗打了个哈哈过去，他也没法和她解释言夏的困局，只说道："这个事情算下来你也不亏——国内不会让你吃亏。"

"什么叫国内不让我吃亏？"

周朗从头给她说："1998年那艘船国内不是不想要，是要不起。这个结果国内也很遗憾。这个事情在国内是一桩心病了，原本就有1986年的教训。"

"1986年？"

"1986年有个叫迈克·哈彻的英国人在我国南海找到乾隆时期的沉船南京号，他把船拖到公海……"周朗停了一会儿，"船上除了125块金锭之外还有80多万件瓷器，为了抬高单件价格，他砸掉了60多万件。"

"60多万件？"杨惠睁大了眼睛。即便豪富如郑家，也不可能对这样庞大的一笔财富无动于衷。

"当时有海外华人试图居中斡旋，没有成功……"周朗叹息。

"1998年我国尚且买不起4000万的BatuHitam，何况是1986年。当时无法阻止拍卖，文物局筹措了3万美元赶赴荷兰，试图买回部分；赶到拍卖现场才发现，像样一点的完整器单件都超过了3万美元。"

周朗分几次才把这些数字说完，杨惠心里也不好受。

"古沉船除了收藏价值之外还有考古价值。只要你同意定向拍卖，就可以共享国内技术——是的，即便郑家投进去这么多，也还是不够。技术就是个无底洞，光钱也堆不出来。迈克·哈彻砸掉1986年的南京号和1999年的泰兴号共计瓷器120万件，我国痛定思痛，开始大力发展水下考古。所以现在可以给你提供足够的人才和技术支持，减少打捞过程中的损失，这是其一。"

"其二？"

"其二就是虽然你成功回购了郑磊的股份，但是恕我直言，你没有足够的商场经验，如今这形势，用我们中国的古话说就是三岁小儿抱金过闹市，谁都能咬你一口。郑家叔侄更是能够轻而易举蚕食郑磊留下的势力——老太太保不住你的。"

杨惠明白周朗这话是给她留了面子。

这不是保得住保不住的问题。现在郑磊刚走，还有几分香火情。时间过得越久，人情只会越淡薄。何况她还年轻，她还可能再嫁，搞不好二十年后他们拿她的女儿去联姻，都没有她说话的余地。

她垂头叹了口气，软软问："那你说怎么办？"

"你要有自己的势力。"周朗说，"这就是最好的机会。这艘船一直都被攥在郑磊手里，这桩生意也不在室利国内，他们插不进手，都由你说了算，你大可以搭上国内的人脉，逐步建立起自己的团队。"

"……全世界都知道我国市场有多大。到时候你在价格上让步一二，国内自然会给你好处，他们也给得起。"

杨惠听得怦然心动：也许郑磊生前谋划的就是这个？

良久，她又质疑道："你不会是为了言小姐吧？"

周朗看了看她，这个女孩儿是他喜欢过的，当初那么灵秀的一个人，不过被圈养几年，也不是不精明，到底那股灵气下去了："Jessica你要明白，这件事存在三赢的可能性，我们不该辜负它。"

言夏收到周朗的微信："5个点？"

言夏不同意。

"杨惠答应给你出具书面证明，证明当时你受人胁迫，是出于稳住对方考虑，没有让你当即退回贿金。"

有时候谎言比现实有逻辑，也更能让人接受。

言夏把这行字反复看了三五遍，微舒了口气——她承认周朗确实最知道她的软肋，回复道："成交。"

合同两份。一份是给天历的委托合同，一份是和言夏的个人合同。言夏把个人合同发给钟灵，让她帮忙给律师过目；公司合同传真给江华。

江华眼睛都直了：一艘沉船打捞上来，保守估计10亿起跳。最骇人莫过于2015年哥伦比亚在卡塔赫纳港发现的西班牙沉船"圣何西"号，估价170亿美金——当然这艘可能不值这么多。

——难道言夏一开始要求去室利国，就是因为知道有这艘沉船的存在？

"确定在公海吗？"他问。

"不确定，不过据说有五成把握。"

"五成……"

"找不到公司也没损失。最多我白忙几个月，法务多看两份合同。"

她说得轻松，江华脑子还在炸。这不是大单的问题，这是文物归国的问题。这和云家那个单子完全不可同日而语。

他原本是气恼言夏色迷心窍，被周朗抢去郑家的单子——让孙楚蓝说中了。原本天历在国际艺术拍卖场上一鸣惊人的机会就这么没了。虽然后来周朗似乎答应弄个联合拍卖的名头，那也就是聊胜于无。

世人只会记得永嘉周朗。

她还惹上官非。要不是她说得可怜，几个月没休假，他也不会给她批年假。这几天正想她怎么还没回国来公司报道——总不至于为了逃避追究索性黑在国外了吧。没想到砸下来这么一天雷。

如果这单做成了——

"真到拍卖那天，我推你作首席。"他说。高级拍卖师撑不起这场面，她得代表天历，她得是天历的首席拍卖师。

言夏"嗯"了声："找到东西再说。"她的兴奋劲已经过了。她现在平静得很。

十五

三方协议签订，周朗就回了国。

回国之前他是想过再和言夏谈一次，推荐杨惠的心理医生给她什么的——总不能老这么着，打字也太辛苦了。但是言夏似乎并不打算给他机会，末了也只得问："需要我给你带点什么过来吗？"

"带点臭豆腐吧。"她说。

周朗暗想，够狠！

年底照例是很忙。

公司年会，客户维护，酒会一轮接一轮。所有人都跟千杯不醉似的。张莉莉回南城，他给她接风。她这半年做得不错。谁能想到呢，起初她被塞进公司，纯粹是家里想给她找份朝九晚五的工作。

张莉莉喝醉了，抱住他不肯撒手，反复问："她有什么好？"

"她有什么比我好？"

即便周朗从未想过这个问题，这时候也被逼得不得不想上一想。九月底他从K城回国，那还是浓情蜜意的时候，那个狼心狗肺的女人连句生日快乐都不和他说。他就不信她真的从来不看朋友圈！

想到这里一口气堵上来，翻出手机，噼里啪啦打了一堆字。最后看了半响，还是删掉了。

他承认有些话很怨妇——他至于吗。

那近三个月他也不是没有约会过，腰细腿长的女孩子满大街都是，不知道为什么都约了一两次就没了下文，兴味索然。他想起来第一次看到她，在墓园外的石阶上，脱了鞋，背后苍翠色的松枝。

她来酒吧见他，黑呢大衣，里头细条纹衬衫，是走错场的白领。

再来就学了乖，黑色抹胸，墨绿色九分裤，马丁靴，有点酷。她似乎是不能熬夜，酒吧那么吵，说睡也就睡了。脸埋在手肘里，就只能看到乌黑的头发。现在女孩儿头发很少黑得这么干净。

他努力不去想酒店——那其实是在杨惠的酒会上，他在场，他没有露面。他在观察来宾的反应。她那次也穿的泥金抹胸，她似乎很知道她的肩颈很美，又留的短发。深碧色的长裙像是一匹春水。

她在88层的高楼上张开双臂喊："我是世界之王！"

不知道为什么笑出声。

杨惠抱怨说:"你这个女朋友硬得像个刺猬——你现在牙口有这么好?"

哪有这么硬,他心里想,不是只顶柔软的小狐狸吗。

一直到——

拍卖的那个晚上,蓝色纱笼上大枝玫瑰开得狂野又艳丽,她坐在那里,像个迷路的小姑娘。他想过解释,没有时间;然后她自己想明白了。他后来想,这个想明白的过程也许并不那么容易。

她说:"你不要在场——你在场我紧张!"

她在场,他的目光一次次从她面上过去,一张近乎空白的脸,淹没在不断跳跃的数字里。

也许那天他应该抱抱她,但是他能感觉到她身体僵硬。他问:"为什么不和我解释?"她说:"没必要吧。"

有什么对她来说是必要的呢——次日早上她给他微信,说钱退了,"你出了力,我也出了,能算作天历和永嘉联合拍卖吗?"那时候他们只有一墙之隔,那时候他不知道她清白无辜。

也许他早该知道。

周朗开了瓶酒,给海的那头发微信:"对不起。"

没有人回答。对话框静得像死。

他看了许久,又发一条:"你是不是很恨我?"

还是没有回答。他想也许是太晚了,但是她一个人异国他乡,佳节将近。平安夜那晚她说一个人过节会很凄凉。

拍卖会之后他查过她的行踪。她很俗气地跟了个廉价的旅行团,一车一车昏昏欲睡的人,一个点一个点地打卡——总不像是她能做出来的事,但是她做了。他看到项目里有浮潜,不知道她穿什么颜色的泳衣。

他没忍住拨了电话,电话被挂断。然后微信有了回答:"那不至于。"

不至于什么——"你是不是很恨我?""那不至于。"

"那你为什么PTSD?"

"生理反应，我没法控制。"

"你回家过年吗？"

"不回。"

他想问为什么，又觉得她不会回答。他们之间隔了汪洋大海。

临过年的饭局，有人给他介绍"钟小姐"，四目一对，彼此心下了然——"钟小姐？"

钟灵笑吟吟与他碰杯。

"有件事想要请教钟小姐。"

"什么？"

"言夏喜欢什么样的礼物？"

言夏一直处在忙碌当中。

一个有趣的事实，当初她被张允清录取并不是因为良好的美术功底，而是她对数字的敏感。

"没有什么能够绕过数字。"张允清说，"虽然总有人说审美感性，数字纯理性，但是不是这样的。古代匠人就知道，一把剑、一口钟的炼制不是因为谁家女儿跳进了火里，而是温度到了。"

裴约寄瓷片到S大请张允清鉴定年代的时候，她就在老师身边。张允清只看一眼就下了结论：海捞瓷。

船的历史几乎等同于人类文明史。公元前10世纪腓尼基人就驾着狭长的船只踏遍地中海；而我国的海上贸易始于秦汉，繁盛于唐宋。最早的远航知名人士也许是带了五百童男童女的徐福。

"海上有风险，入市需谨慎。"

庞大的利益驱使人们劈波斩浪，但是传说中远方的财富有的永远留在了远方。千百年后，沉默的累累白骨中长出新的金币。

"这件瓷片有点奇怪。"张允清当时这样和自己的弟子说，"它过于精美了——你明白我的意思吗？"

"明白。"

现代外贸货被认为是质量好的代名词，无他，发达国家有更严格的检验标准；但是古代并不遵从这个规律。大多数外销瓷有其历史意义和考古意义，但是在艺术和收藏上，不能与本土相提并论。

"除非是纹章瓷。"纹章瓷又叫订烧瓷、徽章瓷，因印有贵族家徽而得名，是外销瓷中的精品，多为广彩。

"如果是纹章瓷，年代又早了点。"张允清说。公认纹章瓷始于明嘉靖。

张允清让言夏回信裴约，时代鉴定为南宋中期，窑口是定窑，上品——"如有完整器，盼再告知。"

言夏找到第二块拼图是在几年之后了。

相比东西方的贸易交流，中日之间显然要早得多，也频繁得多。在南宋时期，从官方到民间，航道都已经成熟，无论是明州港还是杭州港、温州港、泉州港，都有无数的船随时扬帆起航。

一个有趣的故事，发生在平清盛的时代。

鸟羽天皇父母早逝，由祖父白河法皇抚养成人，他迎娶了白河的养女璋子，六年之后，他们的长子崇德被立为天皇，鸟羽被迫退位为上皇，这是日本史上罕见的法皇、上皇和天皇并举的时代。

据传崇德不是鸟羽的骨肉，鸟羽厌恶他，称之为"叔父子"——昭然若揭。

因此在白河死后，鸟羽便迫不及待逼崇德让位于两岁的弟弟近卫天皇，若干年之后，近卫天皇无子早夭。

这时候鸟羽法皇又想起了被他流放的长子崇德，他有意复立崇德或者崇德之子，但是遭到了藤原忠通反对，最后立了第四子雅仁亲王，也就是后白河天皇——这时候已经走到了镰仓幕府的时代。

皇权之争，骨肉倾轧，史书里记载了足够多，言夏也不觉得稀奇。

直到去年春拍韩慎去日本，她作为助手随行，看到藏家尺牍，据说很有可能是藤原忠通写给妹妹藤原得子的信，是残笺："……无法预料的风暴，那批瓷器和丝绸，可能永远都抵达不了京都了。"

不知道为什么，言夏从这两行字迹里读出愉快来，当时心里"咯噔"

一响。

都说当时鸟羽法皇拟与崇德修好，曾写经文乞求他的原谅，承认"此乃吾子"；而藤原得子正是近卫天皇的生母，也是在她的一力支持下，才有后白河天皇的上位，后白河天皇因此视她为义母。

阴谋论一下，如果当时鸟羽法皇想赏点什么贵重之物给崇德这个倒霉的儿子作为补偿，恐怕也会被中途拦截——就好像后来他病重，崇德想见他最后一面，父子和解，却被无情阻拦一样。

而另外一个巧合是，镰仓幕府，正是日本家徽的起源时间。

言夏给张允清发邮件："日本有没有可能给我国下单，订烧纹章瓷？"

张允清很快给了回复："当然有。"

张允清认为在古代中日之间的贸易往来中，遇上风暴都不稀奇；但是日本的订烧瓷碰上风暴，沉于东南亚的海底，就有点匪夷所思了——"除非是从泉州港起航，那还得风向对得上。"

"不排除被逼得走投无路的可能性。"言夏说。

她未尝不知道这是异想天开。不过我国古代有着全世界最详尽的天气史。她在繁杂的地方志和笔记中找到可能的年头，最后锁定海域——但是仅靠资料推不出现场，她缺少最后一块拼图。

直到周朗把它找出来。

"……这就是郑先生的船队一直找不到它的原因。"言夏这样和杨惠说。

杨惠哑口无言：几乎所有人都预判是从广州出发开往西方，类似BatuHitam号的体量。当时大多数东西方贸易都会在室利国中转，所有理所当然的方位都勘探过了。没想到竟然是从泉州去日本。

"如果这样理所当然，那也不至于沉睡千年。"言夏露出轻松的笑容。

事实上并没有那么轻松。

大量的计算和探测，不断纠正的方位。言夏几乎是住在船上。但是到年尾,再苛刻的资本家也不能不给人放假。

为了不让人好奇她为什么不回家,言夏搬回了之前的酒店。

酒店里也都是新春佳节的空气——和圣诞节又不一样。东方人过圣诞纯属凑热闹,但是华人过年是认真的,祭灶、迎神、舞狮、吃年饭,热热闹闹的,十个人能捣鼓出一百个人的动静来。

言夏叼着饼在人群里看舞狮。

三狮并进,一只红,一只绿,一只银,铜铃眼,一身毛,踩着鼓点摇头晃脑,腾挪闪转,活泼非常。

喜庆是喜庆,闹腾也是真的。

言夏小时候不喜欢,嫌吵。到这会儿长了年岁,倒是能看出几分表情达意来。

卖力舞了十几分钟,红狮子绿狮子要往别处去,唯有银狮子依依不舍,一时凑到跟前来,一时又退开几步,一时给她作揖,一身皮毛抖得欢快。言夏会意,从口袋里摸了个红包,扬手丢出去。

狮子跳起来一口叼住。

叫好声四起。

狮子摘下头套,抹了把汗。

言夏嘴里的饼掉下去,一转头,吐了个昏天暗地。

狮子脸上的笑容僵住。

周朗抱着狮子头套不知所措地站在酒店门口,太阳热辣辣直晒下来,湿漉漉的头发贴在额上,眼睛似乎也是湿漉漉的。

言夏说:"你费这个劲干吗,大过年的……"

"想给你个惊喜。"

"怎么看都是惊吓……"

周朗:"难道你打算一辈子都这样离我远远的?"

"我又不是你的客户;我也不觉得我们以后还有合作的可能;这个世界上一辈子不相识不相见的人多了去了,周总何必耿耿于怀?"

周朗:"我当时确实不知道你不知道……"

言夏:"你说绕口令?"

周朗几个字打了又删,删了又打,发送又撤回,然后发了第二次:"如果我说我想追你呢?"

这次的回复等了很久,以至于周朗错觉她是在思考。但是回过来还是轻飘飘几个字:"你费这个劲干吗?"

十六

言夏转回房间刷了会儿手机,美美睡了一觉,下来没看到周朗,松了口气。在酒店门口买了袋糖炒栗子。

打车去夜市,是听说有庙会。

陌生的地方,所有人都是陌生人,熙熙攘攘,擦肩而过,有种万人如海一身藏的愉悦。什么都能藏起来,失意与恐惧,期待与恐惧。

夜市上无非吃吃喝喝,光怪陆离的灯,金灿灿的盆栽——金灿灿的佛手,金灿灿的金橘,金灿灿的迎春花;唯有桃枝光秃秃,都还在打苞。小姑娘会说话:"新年桃花开,小姐姐走桃花运。"

言夏咬着烤串认真思考了三分钟,还是走开了。

有人在击鼓。

夜市很热闹,鼓声也不算响,偏偏就勾住了一众人。言夏都觉得邪性:她原本是要走过去的,不知怎的又走了回来,默不作声找了个树下的位置。那人穿黑T恤,旁若无人的神采飞扬。

放慢脚步的人很多,什么肤色都有。音乐是世界通用语。

淳朴的华人往他面前的空地扔纸币和硬币。也有人小声问:"有二维码吗?"

言夏没忍住笑。

后来人渐渐多了,外围须踮起脚往里看,有人张望:"是有舞狮吗?是有舞狮吗?"被捂住嘴拖了出去。

调子急了又缓,缓了又急,像一根丝牵着,一口气不断。快得仿佛千军万马,慢的时候听出来,就只有一人一槌;有人被迷住了,有人带了笛子过来，试图想要给他伴奏，但是跟不上速度。

有人大声问："你敲的什么曲？"

那人充耳不闻。

有人低声回答："……十面埋伏。"

有人质疑："这怎么听出来的？"——《十面埋伏》是琵琶古曲。鼓是打击乐，不比管弦，它只有节奏，没有旋律。

言夏没有作声。她就是知道。

到一曲毕，周朗抬手抹了把汗；有年轻的女孩儿过来合影，他也难得好脾气没有推拒，只目光往树下飘。

那人站起来，慢悠悠走远了。她熟悉这支曲子，他知道。

言夏觉得周朗这个人还是有他的好处，即便是纠缠，也不至于闹出尾随的事情——不过他也犯不上。

让杨惠知道他这几天干了什么，能一高跟鞋戳死他。

次日看到门上斜插了枝光秃秃的树干，花苞儿还没有开。待要置之不理，又觉得可惜。想了半晌还是捡了回去，拿清水养着。

吃过早饭，提了几盒点心去打捞船。

留守人员看见她还算开心，拿更新的数据给她，进展不大。船长劝她不要急。他干这行二十年了，在这条船上也有四五年，深知水下摸查，设备再先进，也还是需要耐心和毅力。运气也很重要。

在他看来，杨惠能找到言夏，已经是祖上烧高香。

言夏把数字一个一个填进格子里。整面墙都贴着水下照片。这边工业污染少，水下能见度还是比较高。五颜六色的珊瑚，像小童话里美人鱼的花园；也有照片拍到悠然过去的鲨鱼白白的肚皮，像只巨大的潜水艇。

带上潜水设备，能下探到300多米，但是沉船——泰坦尼克号沉睡在4000米以下。

理智上知道要有耐心，但其实运气才是决定因素。就好像全世界都在等原子弹诞生，海森堡算错了铀235的质量——

言夏在甲板上发呆，思考哪里出了差错。太阳很好，不时有海鸥下来。不知道是觅食还是歇脚。好心的船员喂面包屑给它们。言夏无动于衷。有些人有运气无忧无虑,她知道自己孤注一掷。

吃过午饭,言夏对船长说:"我想下去看看。"

船长吃了一惊。倒不是言夏没有下过水——她这段时间里考了AOW(进阶潜水员),随同下去作业过三五次,操作相当规范,还是能够让人放心。但是正值年假,船上有些人手不够充裕。

"今天天气这么好……"言夏抬头,略眯起眼睛:阳光是纯金色。

船长拗不过她,召集人手,清点过,勉强能配备成一队。根据言夏的要求做好计划,架起水下喇叭,设定平台的开口位置。然后协助潜水员着装。最后检查一遍安全,设好供氧泵和下潜绳。

言夏下水的时候船长还是很不放心:"你的水下经验还是很不够,一旦觉察不对,要尽快求助……"

言夏点头。

下潜的速度不算快。随着深度增加,视线越来越模糊,能清晰地感知到下潜绳从手心里滑过去。

水底下比水上安静,安静得像个远古的梦。

言夏想起小时候跟着姐姐去游泳馆。她每次都会精心挑选出黄色的漂浮板,它让她觉得自己是只神气的小黄鸭。

比她大比她小的孩子都很快学会了游泳,她还矢志不渝背着漂浮板在50米泳道里扑腾。教练抱她去百米泳道,水深超过3米她就慌了,大声喊:"救命!"姐姐嫌她丢人,假装不认识她。

她偶尔也觉得自己丢人。

比如看到宋祁宁,她就忍不住想要吓他一吓;又得罪不起,连夜打包跑路;到了室利国四处碰壁,看到故人便一厢情愿;林深也就是个有贼心没贼胆的废货,她当时怎么就没忍住泼了他一脸?

言夏深吸一口气。到这里照明灯已经起不了作用,只能徒手摸。她能感觉到海底细软的泥和牡蛎的碎壳——这是一个坑。

必须从这里出去。

回手沿着入水绳往上，摸到潜伴的手。那人回握了一下，还算放松，说明情况不错。言夏把拇指移到他手心，往上转。那人迅速会意，带着她往上升。出了坑，再次下潜。她尽量舒展身体，通过触摸确定周边环境。墙面上的照片一张一张从脑子里过去——她抓住了她需要的那张。

有柔软的生物擦着她的身体过去，不知道是鱼还是海藻。她也没有分心去想，她要摸到石头，或者别的——

一个坚硬的东西，也许是珊瑚礁。

手里绳索动了动。这是岸上在提醒她，该回程了。她不知道下来多久了。人在水下总不能待太久，寒冷、压力，还有氧气。但是——她往回拉了拉表明态度，然后深吸一口气，再次往下。

往下，再下一点点——

她有种直觉，她在靠近。

周朗上船的时候潜水员正陆续上岸，一个一个筋疲力尽。有人过去帮他们脱掉潜水服。工作人员开始收引导绳。

忽然被叫停："……还有人！底下还有人！"氛围登时就紧张起来。一群人七嘴八舌："她不是上来了吗？"

"不是已经到减压点——"潜水超过40米往上浮的时候，有若干个减压点必须停留，以减少压差对肺部的损害。

"对对对，我感觉我也在减压点看到过人，所以应该是在回程了……"

"在哪个气压点？"

"反正现在人没上来！供氧、继续供氧！"船长几乎是在吼。手心湿透了。汗还在源源不断地冒出来。该死！他就不该放她下去！现在没有足够的备用人手——这批人才上来，没法再次下水。

会出人命的！"言小姐她——"

"言小姐？"周朗的脸色很不好看，"言夏？"

船长认出他，是个骚包的富家子弟，似乎和杨小姐形影不离，在船上的时间远不及言夏来得多。他指望不上他，就只随口打发："是，言小姐，她下水了！她还没有上来，现在我得找个人——"

"我下去吧。"

"你？"

"我有RD（救援潜水员）证书。"周朗开始脱衣服，"虽然还不是太够，来——帮帮我。而且很显然，您现在这里没有别的人了。我下去吧。"

"可是——"

船长狐疑地看他利索地穿上潜水服，通过安全监测，似乎有点急切。"好吧。"他也是真的没有别的选择了。

周朗觉得自己很冷静，冷静得出奇。他当然知道下水是有危险的，他知道下水是有可能死人的。

"你没玩过夜钓吗？"

"我是乖仔。"她说。

但是她下了水。

她总是一边说"我胆子很小"，一边疯狂展示她的赌性，就好像狐狸没法不露出她的尾巴。

水很冷，而且在越来越冷。

水流冲击她的身体。

人总会有那么一刻会渴望放手，渴望随波逐流，渴望把自己交给命运——

有人抓住她的手。

十七

言夏觉得自己做了一个漫长的梦。

通常梦不会这么长，这么乱。一时是在火里，像只没有施釉的素胎，高温让她生成坚硬而透明的釉质，这样就没有人知道她原本多么软弱和混沌；一时是在水里，冰冷的海水无孔不入，尖叫和痛哭声渐渐遥远，所有的人沉睡，船板里长出藻，长出鱼，长出奇奇怪怪的贝壳和珊瑚。

时间或者在电光火石之间，或者漫长到无始无终。

最后都变成疼痛。

连白色的天花板都过了许久方才从模糊进化到清晰。母亲和她说在外面要好好照顾自己，外头医疗不如国内，万一生病了没处就医——她清楚地知道这是在医院里，她闻到了福尔马林的气味。

她动了一下，身边人立刻就察觉到："言夏？"

言夏皱了皱眉："周——"

她张嘴想要吐，但是胃里什么都没有。周朗的脸色难看极了，他给她拿纸巾："吐吧吐吧，吐着吐着就习惯了。"

言夏僵硬着肢体翻转身，面对白色的墙壁。

周朗看那人缩在被子里，肩胛骨从宽大的病员服里凸出来。他忽然想，她这两个月似乎是瘦了不少，抱起来肯定硌手。

又可恶又可怜。

被水流冲得松了引导绳，可能是冷，也有可能体力不支。如果他迟来一步，都不知道她会被冲到哪里去。

就这么着，手里还死死攥了块瓷片。

最初的惊怕已经过去了。当时冰冷的海水，面罩底下青紫的脸，血从耳朵鼻子里涌出来。虽然知道是压差的缘故，但是有那么一个瞬间，确实惊悸到仿佛心跳停了一拍，连思维都是断的……

"你可千万——"

他想不出来"千万"背后该跟个什么词——"别死"？

无数念头在脑子里乱窜，人被推进病房的时候。他出门买了包烟，劣质的烟草呛进肺里，有种粗粝的痛感。

到这时候也都过去了。夜色沉沉压在睫毛上，过了半宿。他有时候想，她那天坐在拍卖场，心情是不是也这样。从最初的恐惧愤怒，到慢慢平静下来——人总要接受这些；人什么都能接受。

"醒来没找到牛头马面很失望?"

言夏心里也知道多半是他救了她,她迷迷糊糊像是听到他的声音,他说"别死"——那应该不是真的。水底下没有声音,水底下只有声波,超声波次声波。她睁着眼睛,墙壁雪白:"谢谢你。"

"还是谢阎王爷不收你吧。"那人还在阴阳怪气。

"那是意外——"

"意外?"周朗简直想把人直接扳过脸来,掐着她的脖子跟她吼,"言小姐,你居然和我说是意外?"

这口气直冲出来,周朗觉察自己到这会儿也还是块易燃易爆的白磷。他看了眼瑟瑟发抖的女孩儿,决定看在病号的分上出去冷静一下。他大步往门口走,就听背后那人喊他:"周、周朗——"

"我知道错了。"

"你知道错了?"周朗压着声音,也压着火气,"言夏,这不是你第一次和我说这句话。慈善拍卖那晚你也说你知道错了,然后呢?那次你拿前程开玩笑,这次你——"

"我是不该下水,但是这些天天气都很好,我以为不会有事,我不是故意的,我只是着急。这里快两个月了还没找到东西,我想不管怎么说,我比他们更熟——"

"你比他们更熟什么?你比他们更熟这水下的情况还是你比他们更熟这边的天气?你着急,人家找了四年都没着急——"

"我——"

"我也不只是着急,我是害怕。怕东西不在公海;怕海域这么大,明知道它在,就是找不到;怕沉船太深,找到了也捞不上来;怕……再被你和杨小姐反手一刀……周朗,我想回国,我想回家,我——"

她深吸口气,声音低下去,低得几乎听不见:"……我不想坐牢。"

周朗怔住,他没想到这个。他没想到这个事到现在还压着她,这还是再次合作杨惠给她出示过书面证明之后,在那之前——

"我不会让你坐牢。"他说。

那人没作声,动也不动。

"我不是一早就和你说过，"他回忆了一下，"我会说服她不追究。"

"你说你会尽量说服她不追究。"

重音压在"尽量"两个字上，周朗听出她的意思，一时恼羞成怒——他那还不是想逼她尽早回国："倒又来劲和我抠字眼了！"

言夏也有些心灰意冷："算了，说了你也不懂。"

周朗："……我不懂？"

他大步走回到床边，那人拉被子蒙住头，就只给他看鼓囊囊一个球，周朗没忍住冷笑，"言小姐和我是有文化隔离还是生殖隔离？现在想起来我不懂了——当初和我好的时候怎么不讲究这个？"

言夏觉得这人简直不讲武德："你是个男人……"

"是，我是个男人我不吃亏，我就没有感情，我就活该被你始乱终弃？言小姐，不是每个人都像你，脑子有个开关，一段感情说开就开，说关就关，对韩慎这样，对我也这样，是不是？"

言夏也没想到他能把个近乎仙人跳的局说得这么清新脱俗：明明是他伙同老情人算计她，骗她出方案，拿她作幌子，末了还能这样倒打一耙？她脑子里话多得直接栓塞，一个字都倒不出来，只能活生生指着门："出、出去！"

言夏痛定思痛，给未来的自己写了条备忘录：找情人不能找同行，太能说了。吵架她就是白给。

好在再怎么头痛，到出院也初九了，周朗再不回国就等着公司造反。

她那天带上来的瓷片上有九曜纹，虽然残缺，但是很清晰。经过鉴定，年代也对得上。这个发现惊动了杨惠。

杨惠听船长说了瓷片的来龙去脉，心情很复杂："没想到言小姐这么拼。"

言夏皮笑肉不笑："那还不是为了杨总和周总百年好合。"

三月中，周朗联系的水下打捞专家到位，他们带来了最新的载人潜航器；五月，水下考古专家陆续过来。张允清作为古瓷方面的权威随行。言夏去接机。有小一年没有见到亲友，远远看到人影，眼眶就热了起来。待人到面前，张口一句："长大了。"

言夏眼泪都要下来了。

后头有人咳了声。

张允清介绍说："这是小周，你陆师兄的朋友，这次一路，我们老胳膊老腿的，多亏了他照料。"

言夏深吸一口气："周总费心。"

张允清眼睛亮了："你们认识？"

好在周朗也怕她吐出来丢人，没坚持和她握手，推着行李车保持了距离。

言夏订的餐厅，周朗也识趣没来蹭饭，只推说有事就完了。

张允清狐疑道："小周有点奇怪，明明一路上都好好的，还说带我们去吃去玩，怎么到地儿就不算数了。"

言夏："周总这么日理万机的人——"

"不会你得罪他了吧？"

言夏："没有。"

张允清越想越真，倒又觉得可惜："小周挺讨人喜欢。"她这个小弟子卖相不错，人也聪明能干，就是运气不好。

言夏听得心惊肉跳，忙扯开话题，和老师介绍情况。张允清一面听一面问，迅速把"讨人喜欢"的小周给抛开了，赞许道："干得不错。"

又问："确定能带回国？"

言夏点头说："签了合同。"

张允清这才放了心："那就好。"

言夏陪着吃过饭，自有专业人员过来接手安置。言夏回酒店，不知怎的毛骨悚然，一转头，就看到有人站在阴影里。

十八

言夏也不知道说什么好。上次在医院里他摔门出去，有小半年了。

她这几个月没有年初忙：整体打捞她固然插不上手，水下考古她能做的也有限；估价倒是在行，专家中有早几届的师兄，嘲笑她说："好端端的小师妹，怎么就染了一身铜臭。"起哄叫她请客。

好在室利国消费不高。

要不是江华叫她在这边守着，她都想回去春拍；如今春拍正吃紧，她也不知道周朗过来做什么，于是站住，笑问："周总怎么有空过来？"

周朗回她微信："周末。"

言夏知道他胡扯：拍卖和展出很多都设在周末。

手机又响。

"我想见你。"

言夏想嘲他几句，想了想还是闭了嘴。说到底上次他救她一命；嘴仗她又打不过；而且这人极之不要脸，连"始乱终弃"这种词都能翻出来给她定罪，因此只含混客套道："晚安。"

她穿过酒店大堂往里走。

周朗跟上来，不敢逼太近，眼睁睁看着人进了电梯，便靠在电梯旁边给她发信："我送张老过来，你不谢我？"

言夏心里想这马马虎虎也能算在你的工作范围之内，也不是我求你……到底记得不与这人歪缠，就只敷衍道："谢谢你。"

"怎么谢？"

言夏："你别得寸进尺。"

回到房间，发现那人又发了信："我明早飞机回去。"

两个人都想起去年九月，他劝她多睡会儿，她坚持送机。其实也不过一起多吃了顿早饭。

言夏回了三个字："辛苦了。"

"我录了一段鼓乐。"周朗原想说"给你做起床闹钟"，又觉得她多半不会应，也就这么发了过去。

那边过了许久才回了两个字：晚安。

周朗照例开了她隔壁的房。也不知道她有没有听那段鼓乐，多半是没有，冲凉的时候都止不住沮丧。

回来忽然看到手机闪了一下，拿起来看，微信显示"对方撤回了一条消息"。

就仿佛楼上的房客掉下一只靴子。

周朗毫不怀疑，言夏不会给他一个痛快——他就是等到天明，也不会有第二只掉下来。

周朗很明白这是种不必要的执念：不必去猜她到底发了句什么话，又为什么撤回；甚至这个人都不必多想。

有句大俗话，天涯何处无芳草。

人和人之间的缘分，尽了就尽了，就好像他之于杨惠，言夏之于他。一段感情要开始，需要两个人同意，但是结束，一个人就能决定。如何忘掉一个人？找到下一个——找到更好的下一个。

他试过。

他失败了。

这个世界上根本无所谓好或者更好，只有放得下与放不下。他摸到床头柜上的手机，重新开机，慢慢把对话记录往上翻。对话集中在9月郑家酒会之后，到12月拍卖那晚为止。戛然而止。

大多数都是语音。和大多数人一样，她并不乐于打字。录音和真实的嗓音听起来有微妙的区别。周朗想起一个论坛求助：一个失恋的程序员问，我和女朋友三年的对话记录够不够生成一个AI？

他想起那天在海边，她问他会在室利国待多久。

"一周吧。"

"一周也挺久了。"她说。

如果一周足够，那么平安夜她怎么会开心成那个样子？

他往朋友圈里发了很多照片，只有她一个人能看到的照片，但是他总又疑心那些东西最终也没有被看到。

他加了很多打捞和考古人员的微信，有时候慢慢翻，能翻到一些她的消息。有时候是被作为背景拍进风景里，有时候是集体照，或者夹菜时候一只手；工作群偶尔能看到她说话。但是都很少。

她师兄说她不怎么参加集体活动。

"戒心很重。"他说。

周朗心里想，换个人经历这一切，戒心也轻不了。她说："怕……再被你和杨小姐反手一刀……"他意识到在她心里，他当日所为，是插了她一刀。这个"怕"字跟在怕沉船不在公海，找不到沉船，和找到了捞不上来之后，轻轻巧巧，她大约想含混过去。她说她想回国，想回家。

"我不想坐牢。"

她显而易见不喜欢杨惠，但是她只对他PTSD。说到底还是他伤她比较重。也许她确实信任过他。

周朗翻来覆去地想这些信与不信，到天亮才合眼。

登机前他发了条微信给言夏："你原本打算怎么结束我们的关系？"——如果没有那场拍卖？

落地之后他收到回复，非常诚恳："你回国，我回不去，需要什么打算？"

到七月，沉船全部起出。天历和永嘉包机飞往K城。

有不合时宜的玩笑说，要飞机失事，国内文博界能塌掉半壁江山。有人回复，恐怕不止文博界。

杨惠和言夏接机。言夏不得不忍受和杨惠共坐一车——这时候她没想到还有更让她没法忍受的人在飞机上。

预展是一早就准备好的。众人虽然之前就收到过图录，真看到东西还是啧啧称奇。

有人笑道："历来都是日本藏家手握我国国宝，国内痛心疾首。这批东西回国，让日本人知道了，能气剖腹几个。"

周朗笑道："普品的话，拍卖一批也未尝不可。"

几个老狐狸你看我，我看你，笑而不语。有人拍了拍周朗的肩，语重心长："小周啊，你还是太年轻。"

"咱们国内年年往奈良往正仓院送游客送钱，人家借展肯借个仿制品都是看在两国友好的份上……"

175

"国内文创发展得太慢了。"

言夏充当了半个解说。

在文案上下了大功夫，说起来跌宕起伏。郑磊当初如何从渔民手里买到瓷片，如何找人寄回国内咨询，如何大笔投入打捞却遭到亲族反对，英年早逝，如何吩咐妻儿保住股份，保住船队。

然后是一波三折的拍卖。

到她找到突破性的九曜纹瓷片一节，亲身经历，更绘声绘色。

来者终究以文博界为主，与她师承千丝万缕的联系。这时候听她娓娓道来，如何孤身万里，险象环生而又矢志不渝，多半又是骄傲又是怜惜，纷纷寻思回国是不是要找机会给她申请官方表彰。

虽然女孩儿只带着腼腆的微笑说："其实也没什么……本分而已。换个人也会这么做。"

唯有周朗知道她是在争分夺秒给自己抢功劳。

有时候必须如此。

有时候会做不如会说——何况这行。杨惠理所当然抢不过她。而他不想与她抢：这是她应得的。

言夏退下来喝水，不敢喝多，含半口润喉。就听到背后有人说："言小姐。"瞬间后颈的毛都竖了起来。

"言小姐不必紧张。"宋祁宁淡淡地说，"该紧张的可能是我。"

言夏含着水，没有咽下去。

"她没有提过你，以至于我并不知道她有个妹妹。她看起来像是她父母唯一的孩子。"

很正常，她做了很多年的唯一，我是个意外。言夏心里想。

"你很崇拜她？"

言夏摇头。

"那就奇怪了。听说年龄差很大的兄弟姐妹多少会有一点——那支舞你就跳得很像她。"他转到她面前，仔细看了片刻，"这么看倒又不像了。"

言夏把茶水咽下去。

很清晰地感受到温热的水流穿肠过肚，妥帖抚慰沿途五脏六腑，这种感知让她镇定，镇定到足以面对这个男人："宋先生找我费了不少功夫吧？"话出声，猫戏老鼠的氛围登时就破了。

宋祁宁并没有动怒，反而露出欣赏的表情："还好。"

"我还以为宋先生已经忘了她。"

"忘不了。"

言夏点点头。她知道她不该说这个话，但她还是说了；就好像那晚她知道她不该跳《十面埋伏》，但她还是跳了。"我也忘不了。"

"你很聪明。"宋祁宁的目光扫过周朗的背影。她应该知道这个男人保不住她，也不会保她，所以她给自己找了座更大的靠山。

"我只是比较有运气。"

"那你最好祈祷自己一直有运气。"宋祁宁饮尽杯中酒。

言夏收到周朗的微信："你还好吗？"

"他怎么会过来？"她还是没忍住问这句。

周朗："他和南博馆长交情不错，是受邀前来。"

言夏又喝了口水。

"他现在不敢动你了。你放心。"

言夏："我知道。"

她费这么大劲，不就是为了获得官方认可，不至于被他碾死得像一只蝼蚁吗。

十九

拍卖前一晚，言夏视察过拍卖地，熄灯下楼回酒店。

晕眩突如其来，以至于言夏根本不知道发生了什么。

醒来第一反应是黑，黑得就好像水下世界，一点光都没有。手和脚被绑住，封口的也许是胶带。言夏挣扎了一下，很快知道是徒劳，便安静下来。越危险，越需要保存体力。

恐惧和惊慌只会坏事，必须冷静才能弄清楚目前的处境。

视觉不起作用，其余感官开始自由发挥。

空气潮湿，沉闷，地方可能不大，但是脚下很稳，虽然不能确定，但或者应该庆幸不是在动荡的小船上。

有人……直觉是人。是醒的，很镇定，呼吸很浅。言夏睁大眼睛，但确实什么都看不见。用鼻腔"嗯嗯"发声，双腿蹬地弄出动静，试图引起对方注意。那人也很快给出反馈：他在朝她靠近。

是个男人。

言夏心里头有一闪而过的恐惧。但是她立刻意识到对方也许和自己处境相似，应该有同舟共济的机会。

那人费了点时间挪到她身边。坚硬的头骨首先碰到她的小腿，毛骖骖。那人似乎是抬了头，下巴擦到膝盖。言夏不知道他是在确定她身体的方向还是别的，肌肤摩擦让她寒毛直竖，不敢动，更不敢出声。

黑暗森林法则里第一条就是不要出声，不要出声，不要出声！——她到这时候才想起来似乎为时过晚。

也许是长期生活在安全社会的人对这个世界有天真的信任，她能想到最可怕的事也许还停留在失业失恋，最多是进看守所，而眼下的处境显然并不是一个遵纪守法的正常公民能造成的后果。

那人一点一点往上移，言夏心里的恐惧一点一点扩张。她快要控制不住了。

直到呼吸吹到她耳尖："……是我。"

言夏无法形容当时的心情，就仿佛是被人从悬崖上推下去，原本以为粉身碎骨必死无疑，结果落在距离悬崖一米高的平台上。

一身汗都凉了。

那人似乎能听到她心里的怒骂，他甚至笑了一下："我先帮你把胶带撕下来。"

怎么撕？言夏心里有无数问题：这是什么地方？你没有被胶带封嘴

吗？为什么不早出声，是外头有人看守吗？你怎么知道是我？你怎么到的这里，到多久了？是谁——为什么——都没法出口。

就还是"嗯"了声。

那人的脸贴上来。

原本就炙热的空气更升了好几度。言夏只能尽力屏住呼吸，把注意力集中在——在哪里都不合适。她能感觉到他脸上也有胶带，但是不知怎的被挣脱了部分……像只大狗在舔她的脸，痒痒的。

让她想起春节时候的狮子头，摘下狮子头套的人手足无措的脸。

有汗滴落在她脸上。

那人微微舒了口气，言夏猜他是找到了。果然，牙齿擦过她的肌肤，更像狗了……就该把他当只狗。言夏又想起来，似乎他的微信头像，那个委委屈屈的小东西虽然俗名狸猫，但其实属于犬科。

狮子也是犬科……这人就活该是只大狗！

胶带的边缘微微起卷。

"会有点疼……"他和她说。

言夏又"嗯"了声。横竖她也发不出别的声音。周朗像是犹豫了一下，飞快在她脸上亲了一下，汗津津的。

"我需要一点鼓励。"他说，然后又若无其事地咬起胶带边缘。

胶带粘着汗毛，撕裂的疼痛。言夏呼吸都重了——人类总以为脱了毛直立行走就是"万物之灵长，宇宙之精华"，到这时候才知道没脱干净；又想起古代女孩儿出阁开脸……大约也是这么疼。

周朗知道这时候不能停，也不能心疼。一鼓作气把封条给撕了。双方都松了口气，他甚至有点脱力。

人瘫在黑暗里大口喘气。

言夏想提醒他："你压到我了。"又觉得这会儿不合时宜。不说破还好，说破了更尴尬，只得尽力呼吸平稳："现在怎么办？"

"……不像是仓库，这么窄，又这么深，像集装箱。"周朗说，"要真是集装箱，就只能指望外头没锁。"

"锁了会怎么样？"

"锁了就出不去了。不过我想,应该不至于。"

"为什么不至于?"

"因为背后可能是郑森。"周朗说,"如果单纯绑你还有宋祁宁和林深两个选项的话,连我一起绑,就只剩郑森了。"

"还有杨惠。"言夏提醒他。

周朗被她气笑了:"言小姐可真是得罪人的小能手。"

言夏:"确定不是绑票你索要赎金?"

"那他绑你干吗,"周朗一个没忍住,"图你那套祖传香奈儿?"

言夏深呼吸。

周朗说:"如果是郑森,总不至于要了我们的命,毕竟钱你也退了;他大概就是想破坏明天的拍卖——"

言夏:"你的意思是,过了明天,他会放咱们出去?"

"可能会。"周朗说,"至少推测起来应该是这样,咱们在K城——至少我在K城没什么深仇大恨。"

"不过也有可能——"言夏还不想放弃。

这场拍卖不比之前拍卖郑磊遗物。那是广而告之,恨不得把全世界藏家的目光都吸引过来。这次从沉船定位、打捞到拍卖全程保密,图录更是精准投放。郑森那头一直没动静就让人担心。

如果真是郑森……如果明天她和周朗都不到场,错过时机,就怕会有别的变数。

"嗯。"

"那怎么办?"

周朗想嘲笑她这会儿就剩了这么点本能。到底不忍心,他歇到这会儿也缓过气来:"咱们得先把手脚上的胶带撕下来。"

言夏倒抽了口气:照常理推测,脸上的胶带定然是最薄的。她真有点担心牙口。

幸而周朗并没有这个意思:"你记不记得我戴的耳钉?"

言夏:记得。

她第一眼看到他就留意到了,像中学校园里的不良少年——永嘉居然也能容忍。

"是钻石，有一面很锋利，玻璃都能划开，划个胶带应该没问题。"

"你是从武侠小说里穿过来的吗？"居然会有这种东西，"为什么不是卫星电话？"

"我也不知道。"周朗说，"可能送我东西的那位长辈是武侠迷吧。"

"我以为和杨小姐的耳坠是一对？"

周朗："这么说也不算错。原本是她看了眼馋照样子打的——言小姐对我和别的女人的关系真是相当在意呢。"

"能不学日本人说话吗？"

"要求真多。"周朗嘀咕了一句，"你得帮我把耳钉弄出来……有个暗扣。"

"怎么弄？"

"你说怎么弄？"

言夏："你、你把头移过来……"

她这会儿算是知道方才周朗不容易了。人类的听觉系统定位相当不靠谱。她最先接触到硬茬茬的头发，然后沿着头颅一点一点找到耳朵——找错了一只，"你怎么不戴一对。"她抱怨说。

周朗没作声。

言夏也是无可奈何，只能从头来过。人类的耳朵软软的，耳钉有点凉。言夏不由自主舔了一下。

那人闷哼了声。

言夏觉察到异样："你——"

"我是个男人。"周朗迅速回答她，"有敏感区很奇怪？"

言夏恼羞成怒："你就不能想点别的？"

"就这地儿，就你和我，你让我想点别的什么？"

言夏原想说可以想想杨惠。但这终究是精诚合作的时候，她也不想激怒他，只得努力把精神集中在舌尖。她得先找到暗扣，用牙齿把它往里推。但是人类的舌头和牙齿远不如手指灵活。

K城晚上不如白天炎热，也有二十几度。这么折腾下来，难免汗湿重衣。衣裳薄，几乎能感觉到肌肤的纹理，热度高得惊人。周朗都忍不住叹口气："言夏你自己说……你是不是自欺欺人？"

言夏咬着耳钉出不了声，也不知道这人是不是故意乘人之危。

"你明明就中意我……"

"不然呢，就算我是适逢其时，但是换个人你不见得就乐意了。"

言夏气得吐掉耳钉："你给我闭嘴！"

"我在分散注意力！"周朗理直气壮。

"周总是真不怕损失一只耳朵！"言夏恨恨道。

周朗笑出声："一只没有耳朵，一只没有尾巴，真奇怪，真奇怪！"

有的人实在可恨得很。

周朗下巴搁在她肩上："总是你先撩我的没错吧……"

"你总说我和杨惠联手算计你，解释你又不听。我当时是应杨惠之邀，她死了老公要被扫地出门，孤儿寡母的，好歹我们同学一场……"

言夏冷哼：同学一场？

"是是是，不只是同学。"周朗认栽，"你脑子里塞满了我的风流史。你要真想听，回头一个一个问我也行……我都不知道你听过多少。其实也没那么多。杨惠……杨惠倒是真的。我们那会儿年纪小。她回国过节，被家里带去郑家晚宴，其实是相亲。当时被郑磊看上，就分了……"

十七八岁，也不是没有伤心过。杨惠长得漂亮，人又聪明。他考证，她跟着看几眼就过了。他自觉出色，但是郑磊也不差，他还在念书，人家已经运筹帷幄……他也算输得心服口服。

后来终究是过去太久了。

"我答应帮她谋划，但是价格也不一定做得到。老太太钦点你，我和她的关系也确实怕郑家人闹。就定了你。我不知道她怎么想……"他后来也猜可能杨惠始终信不过言夏，所谓"非本国人不得主槌"她可能一开始就知道。

他那天下午去给言夏取衣服。杨惠求他，"我跟她上台，只会把事情搞砸"，他回酒店言夏还在练习。

她一无所知。

周朗复盘到这个点，似乎有点明白言夏对他的应激了。

在她的角度，也许他当时就是在看她的笑话，看她那么快乐，那么努力，那么焦虑……像个笑话。

言夏原本嫌他聒噪，这会儿真闭了嘴，空气又沉闷得近乎尴尬。

也不知道什么时候了。她从拍卖场出来才八九点，但是这会儿困意一阵一阵，恐怕是过了零点。

可是毫无进展。

嘴巴发麻，舌尖也是，咸丝丝的，可能是出了血，她相信周朗也不好过，索性要放弃，又心有不甘：这该死的沉没成本！

又一次解锁失败，言夏退出来喘口气。那人亲了亲她。他们如今这个姿势，亲热得像鸳鸯交颈；言夏也没力气计较，她没那么矫情，就权当他是安慰她，又听他说："不如我直接咬胶带吧……"

周朗等了一会儿没有等到回答，便试着调整位置。

"周朗！"

"嗯？"

"我再试试。"

周朗感觉她原本要说的并不是这句，是临时改口，但是他也不会读心术。心理学完全派不上用场。一直以来，这个女孩儿都倔得太过。

"你想说什么就说吧。"她说。横竖过了这村也没店了。

"你想听什么？"

理所当然是得不到回答。

"我喜欢你，是真的。"

轻微的疼痛。他能感受到牙齿的形状。小小的，尖尖的，锋利。他曾经看见她撕碎鸡翅，但是在他的肌肤上，只留下浅浅印记。

"嗒。"

太静了。就这么一声响，两个人都吓了一跳。周朗再次感觉到柔软的舌卷过他的耳垂。然后她寻到他的唇。

一个冰凉凉的东西被渡进来。

二十

自由和健康一样,非要失去过才知道珍贵。

周朗双手获得自由的第一件事就是抱抱身边人。言夏挣扎了一下,到底还是不动了。

"先出去再说。"

密闭空间比他们想的要小,七八步就到了头。从尺寸上看,确定是集装箱无疑。

周朗伸手推门。

言夏感觉到不对:"……周朗?"

周朗没有应声。言夏也推了一下,纹丝不动——"……要真是集装箱,就只能指望外头没锁。"

"锁了会怎么样?"

"锁了就出不去了。"

就仿佛迎面一盆冰雪,但是汗从额上流下来——"周朗?"

"会——"只说了一个字就被卡住。

"不会。门应该是被扣住,应该不至于上锁,等过了时间,就会有人来开门。"周朗说。

他拉她背靠着门坐下,节约体力:"最迟明天早上,肯定会有人发现我们失踪;不可能不找,就算江华不找你,杨惠也不可能不找我。发现手机关机或者没人接听,再找不到人,他们会报警。"

"报警管用吗?"

"大使馆会施压。"

言夏微微出了口气。大使馆出面,那意味着全线曝光。无论沉船还是拍卖——他们原本并不想曝光在室利国官方面前。

"郑森会是第一嫌疑人……"她喃喃地说。

"他应该找好了替罪羊。"大不了说绑错了人。

"真是无法无天。"

周朗亲了亲她的头发："你又不是第一天和他打交道。"

"上次——"言夏才说了两个字又顿住。

"上次怎么样？"

"上次他也就是客客气气把我请过去……"言夏停了一下，"但是——"

"但是什么？"

"但是他当时指着海对我说，在我们这里，失踪一个人太容易了，可能永远都找不到……"这句话给她留下了深刻的心理阴影，她当时没有察觉，但是过了这么久，她还能一字不差记起来。

周朗的身体微微僵了一下。言夏立刻就察觉："周朗？"

"嗯？"

"我记得有个定律说，当事情出现两个以上可能的时候，无论概率多么小，坏的那个总会发生——"

"墨菲定律。"

两个人都闭了嘴，空气沉闷：这件事背后不一定是郑森；即便是郑森，也不一定不杀人；即便郑森不杀人，也不能保证手底下不疏忽，或者别的什么意外——他们如今就是砧板上的鱼肉。

"他可能对外说咱们私奔……"两个人同时失踪，一男一女。人们在男女关系上有异常发达的脑洞，很多谋杀案都曾经用过这个借口掩盖，何况他们之间的关系也没有瞒过人，很容易就能证实。

一旦接受这个设定，消失三五个月那就不算事儿，到三五个月之后——黄花菜都凉了。

到时候再说可能是幽会，可能是寻求刺激，误入歧途，死于非命——不过是世上又多一桩狗血事件。

"放屁！你我男未婚女未嫁，我这一年到头除了你连个绯闻对象都没有，光明正大就好，要什么私奔？即便是幽会，香格里拉它不香吗？我找集装箱？"

言夏："这个不好说，打捞船队里传你和杨小姐也不是一天两天，还有人说你被杨小姐包养……"

周朗:"……言夏你再说一遍?"

"不是我说的!"言夏也冤。

"你要气死我是不是?我不是和你说了吗,她是我前前前前前……不知道前多少任,清白得和蒸馏水一样!"

言夏被他这串气吞山河的"前"震住,冷场了片刻。周朗冷静下来:"那些下贱胚子还真可能做得出来。"

"如果真被锁了……"周朗闭上眼睛,侧耳听门,夜深人静,"言夏?"

"嗯?"

"你内衣上有没有钢圈。"

"没有——你问这个做什么?"

"集装箱过X光扫描的时候可以派上用场——没有就算了。我再想想。"

"……幸好不是冷冻箱。"

又静了一会儿。

"你困不困?"周朗问。

"不能睡是吗?"电影电视里都这么说,睡了就醒不过来了。

"不是。这天气这温度你睡多久都能醒来;集装里空气虽然不好,但是顶部有透气孔,不至于窒息——要窒息咱们俩早窒息完了。我的意思是你要困了就先睡会儿。这里有我。"

"你?"

"我得听着。有人经过我就大喊大叫;没有就没必要两个人一起熬。"他嘀咕道,"你又熬不得夜。"

他伸手揽过她,让她倒伏在他腿上。

言夏闭上眼睛,一会儿又睁开了,尽管暗夜里什么看不见。"我睡不着。"

"使劲睡!"

言夏:"周朗。"

"嗯？"

"你会吃了我吗？"

"这个字有歧义。"

言夏："我以前有个同学很爱晚上看恐怖片，又不敢一个人看，就拉我陪她……"

"男的还是女的？"

"女的——关你屁事！"言夏被打断，停了一会儿才把思路找回来，"好多恐怖片都这么设定，一男一女啊，或者一群人，在孤岛，或者雪山，没有补给，交通断绝，东西吃完了，就开始吃人……"

这个集装箱里似乎什么都没有。言夏不太记得没水的情况下人能够活几天。

那人没有回答，有一下没一下抚她的发，慢慢摸到她脸。

"如果一定要吃我……那也等我死了之后好不好？"她小声央求。她怕疼，也怕看到他沦落到青面獠牙，茹毛饮血。

"你该对我多一点信心。"

"这不是信心不信心的问题。"言夏想起不知道哪年看到新闻，一批偷渡客被冻死在集装箱里，"我小时候看过一个港剧，女主角被坏人关在集装箱里，靠发霉的罐头和雨水过日子，老鼠从罐头上窜过去……"

"你怎么什么乱七八糟的都看？"

"我家里有个……DVD？配音响的，听说那玩意儿早年可值钱。不过电器都那样，过几年就不值什么了，拿去抵押也没人要，又剩了好多光碟，都堆在那里，就都便宜了我……"

声音渐渐小下去。

周朗试着喊了声，没有应，该是睡着了。周朗微微舒了口气。她睡着了，他才能面对自己的恐惧。

外头安静得就好像死亡。

没有人想死，尤其他们还有大好前程。即便之前言夏贸然下水，那也只是意外——她说得对，那只是意外，她最多是想赌，她不会想死。只有在绝对安全的情况下人才有心思听《我心永恒》。

"我们不会死的。"他低声说,"我不会让你死。"

他想不出来如果真的被锁,如果出港,在海上漂泊个十天半月之后他们会是什么结局,那晚夜钓他还笑着说如果起了风翻了船,他们就是对同命鸳鸯,媒体会把他们吹成《泰坦尼克号》。

没想到一语成谶。

没人想一语成谶。

他想他可能没有Jack那么高尚,但是——"我不会吃了你。"他知道她害怕。

"我发誓。"

如果不是有性命之忧,陪在身边的人是她,未尝不是甜蜜。他低头,轻啄了一下她沉睡的面容。

言夏迷迷糊糊听到人声,虽然在极端困倦中,还是拼命睁开眼睛:"周朗?"

"我在这里。"

"有人!"

"是,有人。"

"我、我们——"言夏语无伦次,说不出来,索性直接要捶门。周朗抓住她的手:"别费这个劲,没用的,太远了,他们听不见——我试过了。"

言夏瞪着他。天已经亮了,有很少的光照进来。她能够看到他,嘴唇干得像要裂开,眼睛里全是血丝。

"整晚都没睡吗?"

周朗没作声。

"你眯会儿,我来听?或者是人来了我摇醒你也行……"

周朗摇头,神情专注:"一直都没有人来;到天亮机器轰隆隆地开进来,然后才听到人声;多半是个港口。只要不上船,不出港……"那么他们之前的推测还是有可能成立;当然拍卖是赶不上了。

"虽然现在还不知道郑森有什么后手,不过,总是兵来将挡水来土掩，咱们也不用怕他。"周朗想了想，发狠道，"我不会让宋祁宁动你！"

言夏吃了一惊，抬头看他，光线暗得很，以至于她有点恍惚。想起最初见面的那个下午，南城四月，他穿黑衣，冷着脸——她把目光放在他的耳钉上，却不由自主地想，这人长得可真好看啊。

人没有不好色的——最多是打动每个人的颜色不一样。

脚下剧烈晃动起来。

"地震了吗？"

"不是——是吊车！"周朗脱口道，"上船，他们要把这个集装箱装上船！"

上船之后就没有机会了！

二十一

在上升——言夏也感觉到了。

地板晃动。让她想起遥远的中学时代，英文课本里形容地震，"像一辆火车从脚底下轰隆隆过去"。

必须让外头知道里面有人！

现在这个箱子已经脱离了地面，脱离了无数和它一模一样的集装箱，进入到操作员的操作范畴，也就进入到他们的视野。但是他们只能看到箱子，密不透风的箱子——比如让它表现异常！

异常的声音——不行太远了也太吵了他们听不到。

异常的——晃动？

"共振！"

两个人几乎是同时叫出口：让它像钟摆一样，像秋千一样摇摆起来，然后通过同步摇晃加大摇摆的幅度。

周朗三步两步走到集装箱的尽头，言夏亦起身，撑住集装箱，脚下站稳，他冲她点头："一、二、三——开始！"

他们最多就有半分钟的机会被人看到。

有人盯住吊车监视屏："这个箱子怎么回事，晃动得也太厉害了吧？"

"里面装了什么东西？"

"不知道——看看？"

集装箱停止上升——集装箱仍在摇晃个不停，似乎幅度还有增大的趋势。

吊车操作集装箱缓缓下降，有人过来："铅封锁得挺好，让我看看是哪个公司的货——"

他听到了"救命"，是嘶喊声。

虽然被误装进集装箱在码头不算太罕见的事故，但是这一男一女的情况实在蹊跷：箱子里除了人没有别的货，他们连都市人寸步不离身的手机都没有带。即便是偷情，也少有这么离谱的。

也许困了一夜的缘故，两个人脸色都很不好看。男子的脸色尤其不好看。

"什么时间，什么时间了？"他一迭声地问。

"九点一刻。"

"借我个车！"

车开得飞快。所有人都说他们赶不上了，距离是没法变短的，就是把车开成飞机也赶不上。

"你睡。"他说。

"什么都不用管，你只管睡。"

言夏便真蜷在后座上安安静静睡着了。她做了个短暂的梦，梦里姐姐在梳妆台前化妆。她手法熟练，就仿佛《聊斋》里的画皮。她好奇地看着镜子里的美人——她姐姐如今可算是个美人了。

"宋家很有钱吗？"她问。

"那不是钱的问题……"她说。

"那是什么？"

姐姐拿起口红，在她衣领上画了颗心："你以后会知道的。"

"那如果他没钱，你还和他好吗？"

姐姐没有回答。她露出一个诡异的笑容，言夏顺着她的目光看过去——不由放声惊叫。

"言夏？"

"……我做噩梦了。"她说。她记不清楚梦见了什么，只记得镜子里——是她自己的脸。

车快得像风。

拍卖会场乱成一团：时间就要到了，预定的两位拍卖师一个都没有到。

手机关机。

所有人问遍，回答都是没有见过人。

昨晚开始就没有人见过他们，助理、前台、酒店服务人员、会场工作人员……最后出现的地点分别在停车场和大使馆。就这么无影无踪了，两个人，同时！杨惠心里忐忑得厉害：照理来说不至于此——言夏工作起来简直拼命，周朗也从未因私事耽误过工作……除非是不可抗力。

她当然最知道她亲爱的小叔子是怎么个人物。他上次能威胁言夏，这次未必就不能把威胁变成现实，哪怕这次站在他们后面的是一个超级大国的影子。又想，言夏也就罢了，周朗可千万别……

幸而电话响了。

江华觉得自己都快疯了！

上次是疏忽，这次是——又和周朗扯上关系！周朗是她的克星吗！他拽松领带，让呼吸顺畅一点。别人都可以乱，他这里不可以。他必须考虑最坏的结果，如果这两个人确实赶不回来——

"我上。"他说。

杨惠立刻表示反对："江总对于拍品了解有多少？"

"每次进展言夏都有给我书面汇报。"

"如果光看汇报材料就足以上台拿拍卖槌，那贵公司为什么还要额外养拍卖师——光说执照，我也有！"

江华盯住她："杨小姐先天条件不合适。"她嗓音太软，没有节奏感。

"我——"

"周总说延时。"周朗的助理插话进来，"延后半小时，他一定能赶回来。"

杨惠和江华交换过眼神：原定开拍九点半，预计两个小时到两个半小时，十一点半、十二点招待客人午餐，是比较合理的流程。延后半小时，时间可能不够用，当然那不是重点，重点是——

"半小时？"

别说江华质疑，就是杨惠心里也打鼓。

从码头到大使馆，半个小时绝对不够，何况路况陌生，限速，也不能保证不堵车，不出任何意外。

"即便赶回来，他还能上台？"

几乎所有人都被这个话问住。虽然自码头打回来的电话只仓促交代了一句，但是可想而知两人昨晚经历了什么。窒息的危险，死亡的威胁，正常人很难扛住这个压力休息好，何况他们还设法脱身。

这一路狂奔，即便不筋疲力尽，也疲惫不堪；何况拍卖两小时绝对是高强度的工作状态。

"就照阿朗说的做！"杨惠拍板。

"如果出了差错——"

"我负责！"

"你负得起这责吗！"江华气得要命。但室利国终究不是他的主场。这个女人打定主意是要偏袒老情人他也无可奈何。

杨惠换了身衣服去会客室里安抚来客："这是我们K城特产的咖啡，当然各位都是见多识广……"

客人有轻微的不解，如果是江华过来，他们早就直接问了。但是来这么个娇怯怯的美人，又正儿八经是郑氏集团如今的当家人，倒是不好冒昧，就只配合说了些风土人情，两国渊源。

时间一格一格过去。

"杨小姐,"终于有人耐不住问,"还不开始吗?"

"有个事情不得不抱歉地告诉大家,发生了一点小意外,但是两位拍卖师正在赶过来的路上……"

有人立刻反应过来:"昨天那位言小姐?"

"是,还有周总。"

"他们俩……"

"还要多久?"有人问得更直接,也更犀利。

"一个小时。"必须把时间打算得更宽裕一点,免得一延再延,降低说话的信誉度。

"但是我听说——"

"杨小姐!"

杨惠目光过去,那是个非常英俊的中年人。外貌过于出众。她见过他和言夏交谈,也记得当时周朗的脸色有点奇怪:"宋先生有话要说?"

"不是我,"宋祁宁微笑,"是似乎有人找你。"

杨惠回头,她的助理领进来两个制服:"杨小姐,请配合我们的工作。"

几乎所有人面色都有微微的变化:这次拍卖不比寻常,他们有责任把这批文物带回国。但是如果杨惠被调查,之前的合同是否还能如约执行就会成为问题,而之后这批东西会不会流入他国——

客人开始交头接耳,有人打电话。

江华当机立断:"拍卖现在开始,请各位入场!"一旦交易成立,藏家作为善意第三方,对于杨惠的调查不能损害他们的利益。

但显然对方是有备而来。

就在买家入场,一切准备就绪,江华握住拍卖槌的时候,郑森大步走向拍卖台:"江总,这不合适吧?"

"我们公司与中方合同上指定拍卖师是贵公司的言小姐和永嘉的周先生——退一步,任何一位都行。但是现在两位都没有到位,江总宣布拍卖开始,那就容我多问一句——是哪位主槌?"

几乎所有人心里都闪过这个念头：欺人太甚！

但合同是合同。

已经有人在问："为什么拍卖师迟迟不到？这么没有时间观念吗？"便有人回答："当然是……""听说……""也太大意了吧，这毕竟不是国内……""那还赶得上吗？""杨小姐应该会尽力——"

"江总？"郑森歪了歪嘴，意思很明白：下来吧。

他有点兴奋。

他很乐于见到这个场面：虽然并不是他一开始就想这样。他得到消息太迟：杨惠那个女人实在狡猾得很，竟然把所有人都瞒住了整整半年！他还以为那条该死的船就像之前几年一样毫无动静呢。

定向拍卖——开什么玩笑，他会容许这么贱卖东西吗？宋朝的瓷器，谁都知道宋朝的瓷器值钱，他们就该慢慢卖，一件一件地出，卖给日本人，一个亿两个亿的单件，够他们吃上十辈子。

如果让他早点得到消息……

当然现在也不晚。

而且更为戏剧化：他几乎是在所有她的人面前直接撕下了她的面皮。

他的好嫂子在中国的信誉算是完了；以后谁敢信她，谁还敢和她做生意？她注定就该滚一边去！原本就该如此，一个女人，逞什么能？他哥在的时候有她说话的地儿吗？别以为……就抖起来了！

江华额上滚滚落下汗来。

要更改合同已经来不及，何况杨惠也被带走，郑森当然不会允许。这时候也没法穿回去抱怨当时合同定得太死，在言夏和周朗的立场，他们下了这么多功夫，是绝不会把主槌的荣誉让给他人。

但是现在——

"任何一个就可以吗？"就在这个时候，从门口传来一个不大的声音。

女子气还没有喘匀，狼狈得很，也没有穿正装，就只是T恤半裙，皱巴巴的，妆都糊掉了，但是眼睛明亮极了。

不知道是谁带头，会场当中竟然响起掌声。

她在掌声中大步走上拍卖台，冲郑森微笑："怎么，郑先生也来竞拍吗？"

"抱歉哦，根据我和贵公司签订的合同，竞拍者国籍必须为中国呢。"

二十二

周朗自觉只是眯了会儿眼睛，但是天已经黑透了，黑得就好像还在集装箱中。他觉察到身边有人。

"言夏？"

那人像是被吵醒，过了好一会儿方才确认自己的处境。就要去开灯，周朗按住她。"我做了个梦……"他说。

"梦见什么？"

"梦见你在哭，你哭着说赶不上了。"

言夏作不得声。黑暗里触觉和嗅觉都格外灵敏。那人的气息环住她，无孔不入，像织了天罗地网。

像落在网里的虫。

又听他问："我闯了多少个红灯？"

"不知道。"言夏说，"我不会计分。他们说你这两年都不能再开车了。"

周朗："言夏同学，看看我为爱情都做了什么！"

言夏："这个话耳熟。"

"权力的游戏——"

言夏爆了句粗口。

——弑君者詹姆和王后瑟曦偷情，被攀岩爱好者、七岁的布兰看到，詹姆把布兰从城墙上推下去，回头和瑟曦说了这句话。

"你就不能想点别的？"

"就这地儿，就你和我，你让我想点别的什么？"

周朗在黑暗中寻到她的唇，柔软。她犹犹豫豫没有推开。这也不是他们第一次接吻，但是格外来势汹汹，像永不饕足的掠食者，恨不得将她所有据为己有。她想也许他是和她一样，想起了集装箱。

当时也恐惧过，但是还没有后来想起来恐惧——他们这样养尊处优的都市人，有生以来都不曾面对过这样的恐惧。只差一点点，就那么一点点，他们就会被装箱上船，从此再无生还机会。

干渴、饥饿、恐惧、绝望……不知道精神和肉体哪一样更早崩溃。到人们发现，也许是两具干尸，也许是一具。

也许当时害怕的就不止她——只是他没有说出来。

他抱紧她。

"我们也算是同生共死了一回……"

"嗯。"

"你现在该相信我不会故意伙同别人陷害你了吧？"

"我……"

"还是不信？"

"不是，周朗。"她伏在他心口，在黑暗里听他心跳的声音，所有猜测都是黑暗的，包括人生，包括人心，包括人性，"周朗，那天，你来酒店找我那天，你原本是要和我说什么？"

"想听真话还是假话？"

"假话。"

周朗扑哧一下笑出声："傻子。"

"那天来找你，是想和你说，这是我的案子，你别跳出来坏事……"

"咱们征集拍品，各凭本事，怎么就你的案子不许我坏事了？"言夏不服。

"现在是会说这个话了，当初去征集陈国公主那个金针筒的时候谁防我像防贼？"周朗捏她的脸，"坏姑娘，你自个儿算算，你这一年里，欠了我多少人情。"

言夏："……好吧。"算他有理，"那后来呢？"

"我车快，在酒店门口等了一会儿，你从林深车上下来，转头看见我。"她眼睛亮晶晶的，他至今都记得，那种被喜悦点亮的光彩，"你那么高兴地朝我跑过来，我一下子什么都忘掉了。"

"是真话。"他补充道。

"所以，如果当时不是我傻乎乎以为……就什么都不会发生了。"

"这不挺好嘛。"周朗说，"你也不是纠结这个的人。"

言夏不作声。人心隔肚皮，是真的。有时候懂得反而是疏离的开始，误会也未必就不能成全，谁知道呢。这是个不可理喻的世界，她忘了在哪里看过这句话，谁知道什么是因，什么是果。

"我就是觉得我傻。"她低声说。

"你才不傻！"他反驳，"你就是想今朝有酒今朝醉，刚好有个美人送上门来——"

"美人？"

周朗哼给她听："东边我的美人西边黄河流……"

言夏推他："你怎么还记得啊。"

"我要说你说过的我都记得那肯定是假话。"周朗说，换个人也就罢了，言夏那脑回路，天知道会拐哪里去，"不过上了心是真的。我知道当时我回国你就没打算继续……是我放不下回来找你。"

"你不是回来帮杨小姐拍卖吗？"

"拍卖我犯得上赶平安夜？我直接拍卖前一天飞过来不好吗？还是拍卖值得我扮狮子狗叼红包？"周朗越说越气。

有人低声笑："狮子狗？"

"汪！"有人应得斩钉截铁。

有人搂住他的脖子——明天会怎么样谁知道呢，以后的事以后再说吧。翻天覆地的变化可能落在每个人头上，芸芸众生也会一夜惊险。他们是死里逃生，就且顾了今宵。

言夏醒来天已经大亮了。她摸不准时辰，可能是早上，也可能中午。饿得有点慌，就是一个指头都不想动。

周朗从外头进来，有烤面包的香气。

"我没刷牙。"

"那你继续睡，我吃我的。"

这人真是相当可恶。

话这么说，还是抹了黄油分给她。

言夏咬着面包问："你真不打算问我昨天拍卖怎么样？"

"还能怎么样。"周朗专心致志只管吃，"没拿到白手套吗？"

"拿到了。"言夏也没想到自己职业生涯中的第一只白手套竟然是这样的情况。

"那要我问什么，价格？"周朗想了一下，"40还是50？"

"45。"言夏也佩服他的专业素养，杨惠开出的底价是40，45亿算是对各方都有交代。

这大概是她主槌最奇特的一场拍卖了。

"大伙儿都很默契，都压着最低价往上叫，差不多拍了四个小时才完，没人喊饿，也没人退场。"言夏也有点唏嘘，"很多人年纪都不小了。杨小姐也是好本事，足足把商务部来人拖了四个小时。"

"商务部？"周朗看她一眼。

"昨晚你没问。"言夏耸耸肩。昨晚两个人都稀里糊涂，说了一堆废话，正经事一件没提，"昨天我赶到拍卖场，郑森找了商务部的人来，似乎是想在合同里找出不当条款废止拍卖，被杨小姐死死拖住……你那会儿已经睡过去了。后来拍卖完了，自然也就不了了之。郑森脸都绿了。"

"他这不脑子进水吗？"

"杨小姐为了你也挺拼……"

"她的产业，怎么叫为了我挺拼。"

言夏笑而不语，没有和他说杨惠应付完商务部出来得知他昏睡不醒，以为他出事，当场给了郑森一耳光——她那么个八面玲珑、处处得体的女人，这算是失态的极致了。"绑架那件事，大使馆答应会出面追究，就看他们警方给不给力了。总之把郑森干下去，也算给杨小姐去掉一大劲敌。"

周朗说："君子之泽，五世而斩——郑磊倒是有本事，可惜死得早。"话锋一转又道，"我刚上来碰到江华，江华让我和你说——"

"等等，他怎么知道——"

"他又不瞎。"周朗下巴朝盘子点了点，"我就是头猪我也吃不了这么多。"

言夏默默。

"他让我和你说晚上有宴会。说是原本昨晚就要举行，因为我们俩——对了大使馆还送了我们一对手机。我那个……昨天小峰应该都给我挂失了，但是各种密码都要重设，我的天哪——你呢？"

"我还好。国内的SIM卡当时不在身上。我所有社交软件银行卡都是那个号注册的，这边电话卡直接废掉就好；至于社交——现在人都精了，在社交软件上借钱也不会有人信，所以也没有什么……"

两个人面面相觑。

言夏干笑："穷有穷的好处——"

周朗抓住她："不行，你得陪我弄密码！"

言夏觉得周朗这个人有时候真是讨嫌得很，设个密保问题都非得问她："我们第一次见面是几月？"

"你小学班主任的名字？"

"你生日——密码设成你的年月加上我的日期怎么样？"

言夏："周总你要不要考虑一下分手的问题？"

周朗："言小姐知道情趣两个字怎么写吗？"

"不知道！"

言小姐不在乎有没有情趣，周总显然也并不想现在就考虑日后再密码重设的麻烦。

两个人腻歪到华灯初上，有人送礼服过来。

二十三

杨惠不太记得起来上次参加宴会是什么情形了。她现在是个寡妇。

"寡妇"这个词想一次惊悚一次，这种早该扫去垃圾堆里的东西；又想起小时候看过的书，作者坐飞机，邻座与她攀谈，自称"未亡人"，作者心惊，觉得兆头不好，果然不久之后她的丈夫潜水意外。

那时候她还小，看过也就看过了。

她这时候想起郑磊，想起初见时候的舞会，想起那时候艳惊四座……小十年过去了。

如今舞池里最好看的一对是周朗和言夏。周朗中规中矩穿西装，出色的是人；言夏是酒红色露肩纱裙，轻薄得像是雾，哑金刺绣蜡梅花枝，同色海水珍珠耳坠，美得有点犯规——她知道言夏原本没有那么美。

无论是最初在酒会，还是后来应邀上山合作的拍卖师；或者拍卖之夜，穿蓝色纱笼的女孩儿。

她没那么美——

他们差不多的年岁。他们就好像还在挥霍春光，她被困在黑色的礼服里。总是黑色，因为她的丈夫过世了，因为她的丈夫过世还没有满一年——她也许会永远被困在这里。

金子打了一副黑色的枷锁，人人都说她自找的。杨惠喝一口酒，辛辣呛得她连声咳嗽。

有人递纸巾给她。

杨惠微微别转面孔，英俊的中年人冲她微笑："可以有幸请杨小姐跳一支舞吗？"

"我认识言小姐有些年头了，可能比小周还更久一点。"他漫不经心地说。

言夏总觉得有人在看她。

"你今晚这么漂亮，有人看是正常的。"这句听起来还是个人话，下一句就不是了，"不然难道让大家质疑我的审美？"

言夏："你可闭嘴吧！"帮她挑个裙子活像立了天大的功劳。

周朗吹了声口哨。

跳了两支舞退下来。

周朗拉言夏认人，和人喝酒。他喝得多，言夏沾沾唇就算过了，便有人笑话他:"小周是英雄难过美人关。"

周朗只管笑。

有晓事的撺掇:"小周你去和江总喝几杯,我瞧江总那样儿,怕是愁得不敢回国。"

江华闻言叹了口气:你说这都叫什么事儿!

天历永嘉这么多年斗了个旗鼓相当,突然平地暴雷,天历首席和永嘉CEO好上了!现在是还没传开,传开了你叫股东怎么想?——但真叫他下棒子打鸳鸯,开什么玩笑,都什么年代了!人家郎才女貌,轮得到……遗臭万年的法海谁爱当谁当。

又有人举杯:"言小姐这一手确实漂亮。"

周朗感受到身边人肩胛收紧。他伸手揽住她,笑问:"有多漂亮?"

四目相对。

有人抢先与宋祁宁碰杯:"周总喝多了,宋先生不要介意。"她扬手把酒喝尽了,酒杯放在桌上。

宋祁宁过了片刻方才慢悠悠说道:"言小姐总能给我惊喜,小周你说是不是?"

周朗没作声,勉强喝了酒。

言夏追了几步,拉住周朗。周朗说:"我喝多了……"

"他比你想的危险。"

"我气的是什么,你真不明白?"他脱掉外套,仅着衬衫,斜靠在栏杆上,背后是假山瀑布,衬得特别腰细腿长。

言夏凑上去亲他。

半晌,周朗推开人气急败坏:"这不管用!不是每次来这招都管用——至少也要等我们吵完你再来!"

言夏撑不住笑。周朗自觉颜面扫地:"我和你说正经的!"

"我还在生气!"

言夏为难道:"我不想连累你。"

"不,言夏我想听真话!"

"真话就是……就是这个。"言夏犹豫了一下,"我自己的事,我会想办法解决——"

"然后呢?"

"然后——然后什么?"

"要解决不了呢? 言夏在逃避你知道吗,"周朗说道,"你没那么傻,你也别跟我装傻。你明明知道我气的不是这个。我气的是你把我当成什么了? 还是像之前一样只把我当成偶尔的假期?"

言夏略略移开目光:"不是……"

"那是什么?"

那像是巨大的哥斯拉在步步逼近,或者小丑面对正义的蝙蝠侠,她被笼罩在巨大的阴影中,她已经退到墙根底下,她不敢看他的眼睛。或者她应该和他说"给我一点时间",但是她也说不出来。

周朗开始冷笑:"我需要冷静一会儿。"

言夏抓住栏杆。

宴会还没有结束,隐约能听到轻快的旋律。大概是有人在跳舞,有人在唱歌,有人在说话有人在笑。空调开得很冷,手臂上起了鸡皮疙瘩。她取下栏杆上的外套。他的衣服她穿了总有点大。

她是有自己的房间可回,但是她现在也不想进去。

脑子里乱糟糟地响。

前脚挨后脚走到长廊尽头,听见门响,回头看也不是那人。多少是有点失落。转回到宴厅,在角落里坐了一会儿。也不是滋味。侍者托盘过去,她问他要了支烟。侍者给她点上:"祝您好运。"

她问他要打火机。

周朗的打火机很精致,想必价格不菲。她坐在安全楼道的楼梯上,这里很安静。火苗蹿上来,松手慢慢就灭了。她试着抽了口烟,并没有被呛住,但是味道也不算好。可能他们也不追求味道。

门响,有人走进来:"言小姐。"

来得真是恰逢其时。

言夏的目光从烟灰色水晶鞋往上扫到旗袍上斜滚的绣球花:"杨小姐

有什么指教？"

杨惠凝眸看了她片刻："我知道你不喜欢我。"

言夏扑哧一下笑出声。

"你笑什么？"杨惠莫名其妙。

"杨小姐大概不怎么看中文小说，中文影视。"言夏玩着打火机，火光不断照亮她的面孔，"几乎所有心机女配或者圣母女主都会用这个开场白：我知道你不喜欢我，不过还是要说……巴拉巴拉地。"

"言小姐说话真是尖酸刻薄，不留余地。"

言夏点头："你说得对。"

"当然言小姐尖酸刻薄、不留余地也不关我的事，"杨惠尽量泰然自若，"我关心的是，言小姐，你什么时候和阿朗说实话。"

"我不知道你在说什么。"

"你当然知道！我们姑且做两个推断。一个是你确实打算和他好。那么言小姐，你认为周家会接受你的出身吗？"

言夏："大清都亡了。"

"那不意味着现在人就不讲究门当户对了。就算退一万步，'身家清白'四个字总是要讲的。"

"看来杨小姐和宋总在意见上达成了一致。"言夏漫不经心地说。

这个姿态似曾相识。杨惠想，宋祁宁没有说谎，他们确实是旧识。宋祁宁长相不差，谈吐见识不差，身家更不差，要和他比，周朗的优势大概是年轻未婚——她何苦祸害他。

"杨小姐不如再说说另外一个推测。"

杨惠说："你要不想害他，要断就早断，拖得越久，伤害越大。不管你信不信，作为他的老朋友，我确实不想他受到伤害。"

言夏吐了口烟，不够熟练，没有成圈："你又不是他妈。"

杨惠生平没有听过这么粗俗的话。

"我真跟他分手也轮不到你。"偏那人丝毫不觉，又补充道，"郑家能许你再嫁？还是周朗肯委屈自己给你做地下情人？如果都不是——杨小姐，我们国内有句话不知道你有没有听说过。"

"什么话？"

"小明的爷爷活到98。"

"什么意思？"

"他从不多管闲事。"

杨惠脸上火辣辣。

而女孩儿仰起面孔，笑吟吟地，三分讥讽，七分得意。安全楼道里灯不是太亮，照得匀净的肌肤皎然有光，但是细看还是能看到遮瑕霜下的痕迹。杨惠心里咯噔一响，她没法不承认她被刺痛。

"所以，言小姐打算拖到什么时候再和他说分手？"她问。

言夏没有回答，她再抽了口烟。

她忽然意识到让人着迷的也许是这个从吞到吐的过程，就仿佛把许多的愤恨郁闷和不甘一起吐了出去。

由远而近的脚步声，然后是推门声。

言夏看到鞋，也没有抬头。似乎理当如此。杨惠找她说这些话，自然是要有听众，只是不知道他听到多少。

"Jessica，我知道你是好意，但是——"

他看到杨惠水光盈盈的眼睛。他明白她的意思，在许多年前他确实被击中过。但是终究都过去了。

"这是我和她的事，我希望你不要插手。"他停了一下，他也不知道这句话会不会太重，"我们从前年纪小，边界意识薄弱，但是现在……你要是累了，就先回家休息，大使馆这边我帮你解释。"

二十四

言夏听到高跟鞋敲击地面的声音渐渐远去，仍然是铿锵的，像什么音乐的节奏。

一个人最后的体面是在退场的时候，不知道为什么想起这句。

那人坐到她身边："你不要怪她。她老公死了，郑家上上下下脑子都是从《红楼梦》里穿过来的。她处在对自己毫无信心的时候，所以老想抓一点过去的影子。"

言夏"嗯"了声。

那人又看她一眼："萨维尔街定制的西服你就这么糟蹋？"——哪里的安全楼道都说不上太干净。言夏扯了扯西服的袖子。他身量比她长，衣服下摆遮到大腿。她瞟一眼，因小声道："你不也——"

"我糟蹋自己，你糟蹋我，能一样吗？"

"还抽烟！"周朗把烟从她指间拿过去，吸一口，"坏嗓子。"

言夏把头靠他身上。

"见了我就哑巴。刚才我还想怎么就养出你这口铁齿钢牙，修为差点能被你直接气死！"

言夏还是不想说话，只拿脸蹭他。

周朗掰过她深吻。

他难得这么有耐心，吻得又霸道又温柔。言夏腰都软了。周朗放开人，还不忘嘲笑她："就这点出息……"

言夏伏他膝上，犹豫要不要建议他开个培训班普度众生，又怕他恼羞成怒杀人灭口。

"我没那么气了……不是，还是好气！"

言夏："再去冷静一下？"

"坏姑娘！"周朗掐了她一把。

言夏吃痛，彻底老实了。

"我也知道，如果不是你喜欢我，恐怕是巴不得来个冤大头给你挡箭。"他抚她的肩背，"反正你也不是什么好人。但是说到底……我也不说你的事就是我的事这种话，但是确实我很难置身事外。"

他们在一起，她苦苦挣扎，他独善其身——那算什么？朋友尚有援手之义，何况他们这种关系。

"他是财雄势大，天历也好，永嘉也好，是犯不上得罪他。但是你现在干成了这件事，没有天大的把柄，他也动不了你。咱们比他年轻十多岁，怎么熬也能熬死他。你不用怕成这样。"

"之前我就和你说——"

"你之前让我和他低个头……"言夏打断他。

周朗想起来："我是想，但是你又不肯，我也不能逼你。"

"我低头没有用。"

周朗诧异："你和他到底多大仇，不就是——"

"你那天不还说，要实在过不去，让我姐出个面吗。"言夏声音有点虚，周朗也不知道她是在走神还是回忆，或者是潜意识里抗拒提起，"……我当时回答你说，我姐出不了面。"

"你姐她——"

"她死了。"言夏的声音平静极了，平静得让周朗想起冬日下午的湖面，斜阳照在冰面上，干干净净像一面镜子。"她死了，所以要么我不出现，既然我出现了，我怎么低头，他都不会信。"

过了许久，周朗才听见自己干巴巴地问："怎么死的？"

"你没有听到刚才杨惠的话？"

"哪句？"

"她说我身家不清白。"

"你能有什么不清白？"

"我姐姐……"言夏叹了口气。杨惠咄咄逼人，苦口婆心，问她什么时候和他说实话。那对于她和她的家庭来说，像是个巨大的创口，谁都不敢提，不敢碰，遮得严严实实。因为一旦掀开——会发现它还在流血。

"判了七年。"作为直系家属，"身家清白"四个字，她确实没有。

"什么罪？"

"金融诈骗，侵占国资。"

"为了宋祁宁？"所以她才那么恨？

言夏摇头："算下来当时宋祁宁还没有开始创业。你知道他的背景，他们这种人创业比普通人容易，三五年就起来了。"

"那——"

"那时候他们结婚一年零七个月，没到两年。还算新婚宴尔，人人都说他们恩爱。"言夏闭了闭眼睛，"我姐那时候真是、真是容光焕发。我没见她那么美过——她原本也不是标准的美人。"

周朗没有作声。

言夏的履历上只有工作和学历背景。要查家庭背景必须找人——之前是无此必要，之后总觉得不够尊重。他相信有必要的话她会直接告诉他。

"我之前说他是我姐夫，估计你也就将信将疑。"言夏自嘲道，"最多是以为他们好过。其实我那时候小，也没什么感觉，大了见识多了，才知道……杨小姐有句话说得对，人都指望往上走，最低限度门当户对，谁都想保护自己的财产，不往下坠，所以我想当时宋祁宁大概是真喜欢过她。"

周朗想起从法院出来那天，她说韩慎"我们是同一类人"——他想他当时是理解错了。她说的不是人品。

他不安地说："我——"

"我小时候邻居家的姐姐长得很美，嫁给一个局级干部的儿子，那家让她和父母断绝往来。"

"至于嘛。"周朗骇然道，"Jessica家里也就中产，郑家豪富——"

他意识到这个比方不合适：要不是杨家和郑家地位相去太远，杨惠也不至于求救无门找上他。他及时住嘴，改口道："国内和这边不同，这边传统太多了，而且我也——"

"所以杨小姐才说身家清白。"言夏幽幽地说，"杨小姐已经算运气不错，我姐还没这运气。她出事，宋祁宁就没有救她。"

"我有个问题。"

"嗯？"

"你姐姐完全可以像Jessica一样做全职主妇——我并不是说全职主妇好。"他看了眼他的女孩儿，"反正你干不了。但至少不会被卷进这种事里去。你也知道，宋家不缺钱。"

言夏一怔："我不知道。"

"别跟我装傻。"

言夏苦笑："同样是贾家媳妇，王熙凤如鱼得水，秦可卿就不好过。我姐毕业就结婚，原生家庭又不能给她多少支持。"

周朗默然片刻："……有时候也不是说救就能救得了。"

"这不是杀人放火，是资金链断裂，把钱补上，项目做下去，钱迟早能还他——夫妻有帮扶之义，他这就叫见死不救！"

"她怎么死的？"

"她想争取缓刑……博表现，疲劳过度，猝死。才二十九，没满三十。"

周朗觉得这里似乎还有别的蹊跷。他估计言夏也不知道，便只安慰她："她是她，你是你。我家也不是什么豪门——"

但是我们不在同一条赛道上，言夏心里想。她看住他，灯光里眉目莹莹："还有件事……"

"嗯？"

"我去酒吧给你送玫瑰的时候问过你，为什么不直接拒绝张莉莉。你说不想伤她颜面。我那时候就知道你和传闻中不一样。"

周朗笑了："谁跟你说的传闻，韩慎吗？哪里不一样？"

言夏微微别过脸，她没法再看他："后来发现你和杨惠的关系，我心里想，这人应该是有很强的保护欲。"人年少时候的选择往往暴露审美倾向，何况他在多年之后仍然愿意为她两肋插刀。

周朗有种不妙的预感："言夏你别给我发好人卡。"

"一个人的口味是不会变的……"言夏突兀地笑了声，"我那天收到你的微信，关于沉船。我知道我必须找到它，可是我又不想见你。如果一定要合作，就该利益最大化，所以我上机前买了催吐药。"

周朗登时就想起来："PTSD？"他原以为是集装箱里的紧张和恐惧阻断了她的应激。

"骗你的。"她说，"除了和林深吃饭那天是急性肠胃炎呕吐之外，其他都是骗你的。我就是在卖惨，让你内疚，从你这里换得好处。所以，你可能也并没有你以为的那么喜欢我——是我投你所好。"

她虽然无法预料这之后种种意外，但是他确实把拍卖槌拱手相让，还有之后的人脉。

"言夏你知道你在说什么吗？"

"总还是要和你说清楚。"她已经想得很明白,原不需杨惠来教训。他们像是两个在沙滩上堆城堡的人。眼看着城堡越来越高,她完全可以想象它倒下时候的灭顶之灾——她甚至已经见过。

"你说真的?"

"真的。"大多数时候真相都比谎言伤人,"杨小姐让我和你说实话。"杨惠倒是真爱他,她想。

"这就是你的实话?"

"我原本是打算回国之后再和你说。"就好像人好不容易做到一个美梦,会迟迟不愿意醒来。

"你是打算回国之后再和我说,还是打算回国之后和我分手?"

言夏呼出一口气:"这其实没有什么区别。"

周朗的笑容终于消失,他起身走了出去。

言夏紧了紧身上的西服——"萨维尔街定制的西服你就这么糟蹋?"他说。

"我糟蹋自己,你糟蹋我,能一样吗?"

她捡起地上的烟头,已经烧完了。梦里姐姐用口红在她衣领上画一颗心:"你以后会知道的。"

会知道什么?

"玫瑰是我偷的,你爱的人是我杀的;不爱你是假的,想忘了你是真的。"

二十五

回国之后比之前忙太多。

疲倦能有效阻止人类伤春悲秋。

说到底发生的一切都太不真实:她哪里来的胆子跟人主动?她这样的普通人竟然会遭遇绑架——别说别人不信,就是自个儿想起来,都不像是真的。像梦,或者像那人说的,一个短暂的假期。

也许正因为不那么真,所以也能说服自己慢慢忘掉,回归正轨——正轨是朝九晚五。

社交也比从前多太多了。公司给配了车，配了司机，回去得晚也不需人送。

想起来有人在楼下打电话——那真是很久以前的事了。

有天应酬完，觉得地儿熟，多走了几步，拐个弯，就看见酒吧。在外头也能听到声音，鼓点紧一阵缓一阵，不知道为什么听了很久。到酒吧打烊，乐队出来，看见有人坐在树下的长凳上。

有人认出人："言小姐——你怎么在这里？"

"歇脚。"

"等小周吗？小周最近都没空出来，不知道在忙什么。"

"总有可忙的吧。"她疲倦地说。

一群人说说笑笑，热热闹闹走远了，隐约还有声音传过来，她也听不清他们说了什么。

但其实圈子就这么大。

她遇见过罗昕珠，也遇见过和她一起看毕加索的小美人。小美人大惊小怪："我还以为你是周总的助理呢！"唬得身边人连连道歉。她说不要紧。去年这个时候她未尝没有动过这个心，毕竟他开价高。

也碰到过钟灵——当然，毫不意外。钟灵吃了一惊："怎么瘦了这么多，在减肥吗？"

她说："好穿小码。"

"呸！"钟灵不给这个面子，"再瘦就骷髅了，抱起来都做噩梦，穿小码给鬼看！"

就仿佛有人在耳边嗤笑："倒是不轻！"她摇摇脑袋，把这些可恶的声音清除出去："我好像看到陆师兄在找你。"

"让他找去！"钟灵说。

所有人都有相遇的机会，同行更难以幸免。言夏碰到周朗，在一次业内的展会上，带了女伴，目测很年轻。

她转开视线，迟了点。他拿了酒过来："好久不见。"

"好久不见。"

他给她介绍女伴，似乎是个珠宝设计师，很年轻，棕金色长发蜷曲，细肩带亮片吊带裙银光闪闪，曲折到近乎紧张。她不甚热络地寒暄了几句就闹着要吃冰激凌。周朗亦十分纵容。相携而去，背影十分养眼。

言夏去阳台吹风，听到背后脚步声。周朗说："我抽烟。"

是抽烟区，言夏十分懊恼："是我站错地方。"

"耳环很漂亮。"

"谢谢。"

她往厅里走。身后人慢悠悠又添了一句："你躲我？"

"没有。"

"你知不知道你说谎的时候是什么样子？"

言夏看到玻璃门上自己的影子。那人走过来，影子重叠，那人恶意满满，往她肩窝里喷了口烟："你要不要试试长发？"

"我会考虑。"

周朗摇头："这个八风不动的样子就没意思了。"

言夏推门进去。她的存在原本也不是让谁觉得有意思或者没有。

到九月，沉船拍卖结算完毕，资金到账。

言夏跟公司请了年假回家。父亲和母亲都吓了一跳："怎么这个时间回来了？"都疑心是失业。

言夏给解释了许久方才相信不是在做梦；听说和韩慎分手又都觉得可惜，在他们看来，韩慎虽然年龄大了点，总还算是个可靠的人。无论如何，一家三口兴兴头头看了许久的房，下了定金。

但也要年后才住得进去。

为装修风格、家具样式吵吵闹闹好些天，总是一个想省钱，一个想省事儿。倒也算得上言夏这么些年来难得的烟火气。

转眼到言夏生日，母亲又开始愁："这都三十了。"她的长女二十五结婚，过世都十年了。当年那个气派！

小女儿胜在乖巧听话，其实订婚也就二十六七，都想二十八领证不晚，没承想还能分手！不知道年轻人怎么想的，不过如今也就剩了这根独苗。起大早给她下长寿面，忽然听到敲门声。

"谁？"言母有些惊。这些年每次听到敲门都惊，怕是讨债。事实上多半也是。虽然这次言夏回来，一笔一笔都还清了。但是恐惧烙在骨子里——万一漏了哪笔呢，那可对不住人。

"快递！"

小地方快递照例是不送上门，都在楼下电话，言母因此一面诧异，一面往门口走，开门就呆住："这、这是什么？"

"蓝色妖姬！"快递小哥心情不错，"您家女儿回来了吧，男朋友玫瑰都追上门了。"探头往里看，并没有年轻女孩的身影，倒有点遗憾。

"这、这得多少啊……"言母看着门外小小一方空地上挤满了，有点恍惚。长女青春期倒是常常收花，不过也没这么多；小女儿就更少些。她不及她姐出众，"……不会是，送错地儿了吧？"

"错不了！"快递小哥笑道，"这地址您看，收件人言小姐，九百九十九朵，您点个数，要没错，就签收吧。"

"点……数？"言母想喊救命。

言夏被客厅里动静吵醒，顶着横七竖八一头乱发问母亲："谁啊，这大清早的，还让不让人睡了？"

"有人给你送花。"母亲声音里迷惑不解，"你不是说和小韩分了吗？还是他想和好？花这冤枉钱，造孽哦。"

言夏宕机了两分钟："不可能！"

"那你来看，你自己看！哎哟面要糊了！"言母跳着脚往厨房里跑。

窄窄饭厅里堆满了花，连过道都堵了。言夏也有点蒙："这——"

又有敲门声。

"妈！"言夏急得直叫，"我过不去！"

言母手忙脚乱关了火，探头一看，是个英俊的年轻人，左耳上一只黑色耳钉："言夏是住这里吗？"

"你谁啊？"

"您是阿姨吧，我姓周，周朗。"

言母："言、夏！"

言夏发现这事儿说不清了！

这人不但知道她的生日，知道她的电话地址，还知道她爸爱喝什么酒，她妈爱吃什么酥——连她小学班主任都知道！

忧心忡忡的母亲笑成了一朵花，早把之先左一个可惜右一个可惜的"小韩"忘到了九霄云外，只顾着问："小周喜欢吃什么，阿姨这就给你买去！""言夏也是，也不和家里说，你看看，都没收拾！"

又说："人来就来了，带什么东西，还买花……"

又使唤言夏："去洗点葡萄来！"

言夏：今天还是她生日吧，是吧是吧？

父亲倒是想拿拿架子，也没拿住："和夏夏多久了？"

"一年了。"

"家里做什么的？"

"我妈是设计师，开了个店；我爸是个潜水员。"

"潜水员——潜水员好啊！夏夏一个人在外头，就是叫人不放心。有个人照顾，两个人互相照顾……"

那人便得意扬扬往她看。

言夏闷头搬玫瑰。这处她父母租住的房子，总共也才六七十平方米，客厅里放不下，就只能往卧室里堆。

卧室被堆得满满当当。

硬生生撑到晚饭后才以"消食"这个借口把人诓出去。

秋风才起，阳光还是金灿灿的，热度已经下去了。南方城市的斜屋顶，层层叠叠都是瓦，被各种线路割裂的天空。

言夏穿着旧T恤牛仔裤，脚下趿拉一双浅蓝色板鞋。穿校服的孩子在路上打打闹闹；小卖部里穿花衣的妇人面无表情地看着街面，有车过去，灰扬起来；超市外头摆着水果摊；炒饭的香气一阵一阵。

烧烤店里没有人，也没有开灯，空荡荡黑洞洞的。

213

再往前走就是河，倒也像模像样整了条林荫道，柳树的枝沉甸甸压下来。言夏站住："你这什么意思？"

"过来给你过生日啊。"

言夏："你要找麻烦就找我，别打扰我爸妈——祸不及父母，罪不及妻儿。"

周朗白她一眼："想象力真丰富。"

言夏看着脚下的路："那你让我怎么想？"

周朗："想休息。我这一路舟车劳顿，累坏了。"

二十六

酒店倒也不远，绕过河就到了。

周朗脱了鞋歪床上，看见女孩儿正襟危坐，不由好笑："你过来！"

言夏侧着身子看他。这人精心修饰过，连香水都用成熟款。这会儿脱了西装，松了领带，瞬间气场就歪了。

"连飞机带车坐了七个小时你信吗！"周朗抱怨，"好像车还被绕了弯路。"

言夏在"谁叫你来"和"你这不自找的吗"两个选项中犹豫片刻，最后用了最简洁的："活该！"

"言小姐真是一点都不怜香惜玉呢。"

周朗伸手拉她。言夏不防，被拉倒在床上。那人亲了亲她的面颊，宣布："我气消了！"

言夏挣扎了一下想要起来，但是被桎梏在手臂里，不由咬牙道："周朗我们之间不是你气消不气消的问题！"

"那是什么？"

"是——"语言组织能力被气息冲撞得七零八落。言夏忽然意识到所谓耳鬓厮磨，确实挺能消磨志气。怪不得古人说温柔乡是英雄冢，这比方真是绝了！

"是宋祁宁，还是你姐，还是你根本就没有构筑亲密关系的能力？"

周朗不紧不慢把问题一个一个抛出来,"言夏你好好想想,你爱过韩慎吗?你和他到谈婚论嫁的地步,你是怎么做到全身而退的?"

"我天生凉薄不行?"

"周黑鸭都没你黑!"那人下手掐到她的腰,"至少瘦了两个码。我和你才多久,你有脸说你天生凉薄?"

言夏:"再动手动脚我就回去了!"

"回哪里去?"周朗龇牙,"别傻了,你跟我出来,你爸你妈还能给你留门?你那屋里现在还下得去脚吗?"

她就想他没那么好心!

言夏气咻咻瞪他。

"承认吧,你就是对韩慎没有动情。对我动了。"那人得意扬扬,"言夏,人一生能有多少好日子,你错过我,你确定还能找到下一个?你确定下一个能比我好,能比我和你合拍,能——"

言夏被他的自信惊呆了:"这个星球上有60亿人!"

"就是600亿,我也不想错过你。"

"那你那个……"言夏认真思索了一下,发现脑子里完全没有存下人的名字,"你那个珠宝设计师呢?"

"你猜!"

"硬骨铮铮要分手的是你……"周朗把头搁她肩上,吹口气,连耳朵连脖子都红了,粉茸茸的可爱,"跑去酒吧门口听鼓的也是你。我在不在里头你听不出来吗?"

"我路过!"

"头发也真留长了……"

"还没来得及剪!"

"今年都三十了,不是三岁;三岁你看到狗害怕可以往后退,有老师父母挡你前头;三十了,你至少该学会正眼看它,就是条狗,不是狼,没准儿就是哈士奇或者萨摩耶,你是恐怖直立裸猿——"

言夏:"你才恐怖!"

"你和韩慎没机会了,在我这里就不要再逃。我不是宋祁宁,你也不是沈南音——"

言夏扭头看他。

"也没那么难找。"周朗耸耸肩,"宋祁宁可能销毁了一些资料,可但凡人存在过,总会留下蛛丝马迹,何况干咱们这行你懂的,抽丝剥茧找资料算基本功。她姓沈,你姓言——你跟你妈姓?"

"嗯。"

"也是因为这个缘故,宋祁宁才一直不知道你?"

"可能是。"

"你和她不一样。你是有野心,你们俩野心方向不一样,你压根就没想过靠婚姻——"

"也不好这么说。"言夏干干地说,"想过的。可能大多数女人,不,大多数人都想过。是我没这个能力。"

她不够美,她没那么柔顺,没那么讨人喜欢。

她目睹过的路都没有走通——新闻里是有的——就和新闻里有人中彩票一样。但是她所目睹,无论是她姐姐沈南音,还是邻居家的小姐姐,还是稀里糊涂的钟灵,或者更幸运一点的杨惠。

她不敢存这个侥幸。

"不,你要意识到自己的价值。"周朗亲吻她的眼睛。他知道她不知所措,她需要克服的,是过去十年里时时刻刻折磨她的心魔,"别说我不是豪门,即便我是,你也没什么配不上的。"

"我们做拍卖,难免碰上流拍,但是一样东西的价值,并不因此磨灭。它总在那里,它熠熠生辉,无论有没有人看到它。

"人也是这样。

"你的命运在你自己手里,不在我手里,不在任何人手里。你不是沈南音,你是言夏,独一无二的言夏。沈南音想要的,你未必想要;她得不到的,你未必得不到;她所不能承受的,言夏你看看你自己,你得告诉你自己,你能。

"你有这个能力。"

"我不知道……"言夏混乱地回答他。

"那就交给我，给我一点时间，也是给你自己时间，别动不动就想着分手——我不是宋祁宁，我不是豪门。"

"所以你妈是设计师，你爸是潜水员？"言夏安安静静地问。

"如果我说这是真的呢？"

"那你先说服杨小姐试试？"

"Jessica啊……"周朗叹了口气，"这是个误会。我那时候年轻，虚荣心重。人家猜我有来头，我也没有否认，所以后来你也看见了，被郑磊打得落花流水。后来我回国，同样有人猜我——"

言夏瞅他，眼睛里已经带了笑意："骗子？"

"哪里哪里，比较会装腔作势而已。"周朗十分谦虚，"和言小姐比起来，我还差得远。起码我没骗过枕边人。"

言夏默默。

"我没有家业可以继承，我的感情和婚姻也不受谁管束。"

"我怎么觉得你在忽悠我？"

"言小姐，你要正视你自己，你没那么省油——"

言夏依旧不语。

"答应我，如果不是我不合你的心意，就不要轻易说分手。重要的是我，是你和我，不是所有构成我们过往的背景。"

"我爱你。"他说。

青芒 著

首席拍卖师（全二册）下

江苏凤凰文艺出版社

图书在版编目（CIP）数据

首席拍卖师：全 2 册 / 青芒著 . -- 南京：江苏凤凰文艺出版社, 2022.3
ISBN 978-7-5594-5845-2

Ⅰ.①首… Ⅱ.①青… Ⅲ.①长篇小说 – 中国 – 当代 Ⅳ.① I247.5

中国版本图书馆 CIP 数据核字 (2021) 第 073716 号

首席拍卖师：全 2 册

青芒 著

策划编辑	钱　丽
责任编辑	白　涵
营销统筹	杨　迎　史志云
封面绘图	三　乖
封面设计	80 零・小贾
版式设计	段文婷
出版发行	江苏凤凰文艺出版社
	南京市中央路 165 号，邮编：210009
网　　址	http://www.jswenyi.com
印　　刷	北京中科印刷有限公司
开　　本	670 毫米 ×970 毫米 1/16
印　　张	30
字　　数	461 千字
版　　次	2022 年 3 月第 1 版
印　　次	2022 年 3 月第 1 次印刷
书　　号	ISBN 978-7-5594-5845-2
定　　价	72.00 元（全二册）

江苏凤凰文艺版图书凡印刷、装订错误，可向出版社调换，联系电话 025-83280257

CHIEF
AUCTIONEER

一样东西要得高价,
经营得当,传承有序,慧眼识珠三要素缺一不可。
其中又以"传承有序"最为要紧。

第三卷

千峰翠色

一

　　倒不是言夏不想置业，但是到十月中旬也没找到合意的。周朗笑话她矫情，和她说在星月园有处物业。星月园言夏知道，距离天历十五分钟路程，就奇怪："你在我们公司附近买什么房子？"

　　周朗只是笑。

　　言夏觉察到不对："什么时候买的？"

　　周朗扛不过，招认道："去年年底。"

　　"具体一点！"

　　"差不多也这时候吧。"那人略略别过脸，"你们公司地理位置不错，以后还有得涨。"

　　言夏有点啼笑皆非。她不排斥同居，就是对于这段感情能持续多久并无把握。

　　父母对周朗很满意——很难不满意。虽然大手笔送玫瑰多少让人觉得不靠谱，但是就这么巧，就刚刚好踩在青黄不接的点上。她父母还在为她搞丢了韩慎可惜，从天而降一个大好青年，简直急人之所急。

　　她当初和韩慎是直奔婚姻。韩慎大她一轮，话问得很含蓄："你看我这人怎么样？"

韩慎条件不差——和周朗比不公平，多少人二十八岁能干到永嘉CEO？她不傻，周朗背景没那么简单——韩慎也算青年才俊，身家卖相都拿得出手，话不多，为人大方，永远一丝不苟，衬衫领带西服三件套，衬衫扣到最上一颗，从不与女同事说笑；拿流行标签往脸上打，就是禁欲精英。

言夏有自知之明，她不如钟灵天分出众，也没有姐姐一腔孤勇。她安于做个普通人，找个看起来匹配的男人，像大多数的婚姻一样，也许平淡乏味，但是合适，而且稳定。天长日久，总能相依为命。

韩慎知道她欠债，她囫囵解释"家里做生意失败"，他便应道："和我在一起，家用总不用你操心。"

他们公布消息，也听人私下里嚼舌根，说"言夏还那么年轻，保不定哪天就变了"——真是始料未及。言夏甚至不知道他会种满园子的路易十四，那种冠以太阳王之名的玫瑰，暴露了他的野心。

言夏后知后觉地发现，在她眼里韩慎是个不错的婚姻对象；而对韩慎而言，她未尝不是经济适用。他未必就不曾热情似火，不能甜言蜜语，不想奋不顾身——总是她不配，她就配陪他庸常无趣地度过余生。但凡有渺茫的希望逃脱，哪怕如星星之火，他也会千山万水跋涉弃她而去。

细想来未尝不可悲。这样精打细算、小心翼翼，仍捉襟见肘的人生。

跟韩慎尚且如此，跟周朗就像开盲盒。言夏都觉得未必见得到他图穷匕见。

得过且过，未尝不愉快。周朗这个人精于享乐，还振振有词："艺术说到底是一种娱乐，几千年前在洞穴里留下涂鸦的原始人并不知道它对于历史的意义，也不在乎，他们只是在游戏。"

好在时近秋拍，工作繁忙，削减了他不少胡说八道的机会。

言夏也不清楚他在忙些什么，他们如今这个情况，只能约定互不过问，偶尔在社交场合不期而遇，能逮到机会就调笑几句，实在没有，换个眼神错身而过也是有的。言夏吐槽："跟拍谍战似的……"

周朗似笑非笑："不满意就说出来。"

言夏："满意——怎么能不满意，几个人日常能这么惊险刺激，恨不得来个人给你捉奸成双。"

周朗反手要拧她。

言夏扭头跑开。她心里很明白症结所在，要在她去室利国之前跳槽永嘉，怎么都容易；如今她到这个位置，周朗那里也没地儿安置她。天历这种双首席，不说空前绝后，也绝对是大大破例了。

她也不知道让公司知道她和周朗的关系会怎么处置——入职协议上似乎也没说不能。乐观一点想，法无禁止即可为；悲观的话，没准他们俩还好不到被发现的时候。

不过她还是低估了人类的敏锐度。江华和她说："你退回司机的时候我就想，大概是你和小周又和好了。"

江华如今很给她面子。因为拿下沉船这单，他得以跻身公司合伙人，他很知道投桃报李："……也不是不能理解。"

——周朗这样的攻势，别说小姑娘，就是他也未必顶得住。只是年轻人好起来地动山摇，分手也就是个一秒钟的事。周朗过往记录不佳。他和言夏不能说有多深交情，倚老卖老也算半个长辈。

到底还是偏心，他和言夏说："我这里给你睁只眼闭只眼，但是你要给我交个底。"

言夏说："我不会损害公司利益，他也不会。"

江华点点头，仍多说了半句："你也别老跟他耗，他是个男人，他耗得起。你要是能碰到更好的……"

他微微一笑，就此打住。

言夏也不知道说什么好。

女人年过三十，便人人往婚姻里推。很多人的人生自有标尺，叫"什么年龄做什么事"，生老病死安排得明明白白。她从前过得辛苦，到这里才喘口气，哪里舍得为难自己，也就装傻充愣糊弄过去。

但是周朗显然没这么好糊弄——早上打领带的时候装作漫不经心和她说："知不知道今天什么日子？"

"你升职加薪？"

周朗翻了个白眼："我拿分红。"

"……谈了个大单？"

"今年不可能有比沉船更大的单了。"

"那是——"

"别跟我装傻！"

"好吧……我们认识一周年？"

周朗脸都青了，回身扑倒她，咬牙切齿道："我要礼物！"

言夏亲他的眼睛："要长寿面还是生日蛋糕？"

"我不是小孩！"

"哟，是个大人了——"言夏的手指插进他的头发，不知道为什么词穷。她不能说她不知道他要的是什么。

周朗应付了一轮亲友，略略有些疲倦。

礼物是收了不少，堆在那里金光闪闪如一座小山。

有人神神秘秘说有惊喜，他也提不起劲。什么惊喜他猜得到。人生于世，无非声色犬马。人们对于一个没有明确固定伴侣的成年男性最大的善意莫过于送他一个——哪怕露水情缘，稍解寂寞也好。

果然，到晚宴开始，便有盛装少女被推出来。樱吹雪红振袖，腰间黑金流水纹束带，簪子垂苏，是金线红梅朵朵，素手盈雪，执一柄雪轮掐丝团扇，遮住半张脸，就只露出清水莹莹一双眼。

周朗认得是年前夸过几句的小艺伎，多半是日本藏家馈赠。倒不好推，因含笑饮了半口酒下场。

女子鞠躬，声线绵软："多多指教。"

手搭在他肩上，音乐响了起来。

周边人亦纷纷下场起舞。舞池里灯色流转，衣裙翩翩，各式各样的香氛织就出纸醉金迷。不知道是谁写，拟把疏狂图一醉。

"周君心不在焉呢。"小艺伎柔声问，"是夏子让周君不满意吗？"

周朗如梦初醒："你说什么？"

"或者周君是在等人？"

223

"不，前头那句——夏？"

"夏子让周君不满意吗？"小艺伎善解人意地微笑。

周朗轻轻舒出一口气："没有。"

"是周君等的人姓夏吗？"

周朗没有回答，只轻轻巧巧带着她转了个圈。空气里似乎多了一丝味道。他不知道自己何以如此敏锐，以至于立时就往门口看过去。进来的年轻女子，大袖摆印花长裙先声夺人，像是裁了整幅的油画，一眼过去，晴空万里，彩云追月，要仔细才能看清楚层峦叠嶂的颜色如何盛开。

不觉笑意如涟漪。

"周君……"小艺伎吃惊地看着他，就仿佛春色从眉眼里泼出来，溅了一身华彩。她转头，人人侧目，黑狐面具的女子像匕首直直插到眼前，向她伸手，客客气气地说："请容许我横刀夺爱。"

有人松开她的腰，她的手自他肩头滑落。

音乐变了调——也许是有所察觉。

"还以为你不来……"

"总要过来宣示一下主权。"

不少人窃窃私语，都好奇假面女郎什么来头；有人隐约知道周朗身边有人，只没见过，猜是哪家千金，或者当红明星，有不方便公开之处；也有人说急什么一会儿揭开面具不就真相大白。

真到曲终人散，假面女郎拉着周朗一鞠躬，所有人还在目瞪口呆，人已经退了场。

周朗都不知道该吐槽她穿6英寸高的跟跑这么快，还是该感慨："你这何止横刀夺爱，都赶得上婚礼抢亲了！"

言夏拉他上车。

1958年产的Dual-Ghia古董敞篷车，也不知道从哪里淘来。驾驶位上笔直坐了个红制服白手套的司机。周朗啧啧称奇："要零点的钟声响起，车子变成南瓜，轮子变成老鼠，王子变成你——"

言夏："等等，你想变什么？"

"卖水晶鞋的灰姑娘。"

言夏："嗯嗯，很有想法。"

二

车不快，初冬的风也不算凛冽。周朗脱了外套给她披上，也没问到哪里去。

那人依偎着他，面颊相贴的微温，就仿佛安徒生故事里小女孩的火柴，足以抵抗庞大的夜色。

到车停甚至有微微的失落，抬头看见S大校徽，不由好笑："还有约会约到学校里的——来好好学习天天向上吗？"

言夏不理他胡说八道，只管把人往屋里推。荧荧一点火光，通红。言夏开了灯，才看清楚是几个工业冰柜式样的大块头。周朗脑子里一转："瓷窑？"他对瓷器不陌生，瓷炉还是头次见。

言夏点头。

"你给我烧了东西？"他又猜。

言夏还是点头，过了一会儿方才说道："烧不烧得成我也不知道。有几年没烧了，手生。"

周朗陪她坐。

"老张的工作室。"言夏说，"老张挺喜欢你。"

周朗笑了一下，他看得出她紧张。

"南城找不到好的柴窑——好的都在景德镇。不过现在技术发达，气窑也可以。主要还是看选料和做工……"

窑炉上通红的点渐渐灰下去。言夏跳起来。

周朗说："我来！"

门慢慢被拉开，就如银瓶乍破，铁马冰河，泠泠玉碎声不绝于耳。周朗屏住呼吸。

他从前也听人说过汝窑开片、惊釉。如果说放置已久的瓷器偶然间"叮"的一响，仿佛来自宇宙深处，亿万年前星辰燃尽之后的投影；那么开窑瞬间，青瓷齐鸣就是一场预谋已久的流星雨。

光华璀璨，是横跨天地间的宏伟壮丽，又清澈空灵。

不知道响了多久，那种冰裂冷泉的天籁之声方才渐渐稀疏。

周朗微叹了口气，有种奇异的满足感。

看言夏默不作声把托架钩拉出来，他才要叩听，被一把拉住："你是真不怕死！"

周朗回过神："还热？"

"一百多度。"

件数不算多，摆在托架上错落有致。周朗数过，不多不少三十件。有杯，有盏，有托，有盒。从器型到釉色，都见功夫。周朗是见过好东西的，也还是觉得出色，因问："……烧了多久？"

"十二个小时。"

周朗意识到问错了，改口问："做了多久？"

"那就挺久……"言夏戴上手套，一只一只拿起来看，光色流转，如冰如玉，如秋水一泓，"原本想过青花和粉彩，那个活泼些，也方便作图、上色。不过想来想去，还是仿宋瓷比较好。"

——西方人喜欢热热闹闹的青花，流光溢彩的珐琅，唯有东亚人知道宋瓷的幽寂之美。

言夏抓起一只胆瓶，往里看，瓶口一抹红，像是篆刻，要看仔细了才看得出是只神气活现的貉。

"上次做得仓促……"她说。

"早上还给我装……"

她不肯说，他也猜得出这林林总总的物件，不是一时半会儿做得出来。

言夏嘻嘻只笑。

周朗脱了她的手套戴上，有点紧，触手微温。有只盒只婴儿拳头大小，玲珑可爱。他拿不准："戒盒？"

言夏指左耳。

周朗摘下耳钉放进去，严丝合缝，不由倒吸了口气："烧了几炉？"精细到这个地步，绝无可能一蹴而就。

"连这炉，九炉了。"言夏也有点唏嘘，开窑前实在怕这次也烧不好。

226

周朗一一品赏过，初看只道是随意而作，细想竟都用得上，不由叹道："这么整齐，跟给我下聘礼似的。"

"不是说以前有些地方结亲，下聘要定做一整套，从衣服到鞋子，还有首饰，以后就生是你的人死是你的鬼——"

言夏面不改色："……就当我聘了个狸猫。"

周朗眉目静下来："言夏。"

"嗯？"

"如果我说真的呢？"

言夏吃惊，抬眼看他；又略略别过目光。她想这个话她可不能太当真，有时候人被感动到，脑子一热，什么话都说得出口，要是火上浇油，可就没法收拾了。因只笑道："那我可捡了个大漏。"

周朗一下子高兴起来："前儿我妈就问你什么时候空——"

言夏哪里料到还有这句，又想到底是他生日，不忍扫兴，便又应道："秋拍前或者元旦后，看阿姨时间表。"

周朗喜不自禁，亲了亲她："是不是今天我问你要什么都答应？"

言夏想了想："要星星不行，我摘不下来。"

"那月亮呢？"

"这反复无常的月亮，你要它做什么。"

周朗大笑，咬她耳朵问："那要……呢？"

言夏："你这满脑子……就没一寸干净的。"

周朗嘲笑她："就你干净——呐呐呐，要不要手牵手在校园里散步到天亮呐？"

言夏竟无言以对。

周朗伸手捻她衣领："裹得挺严实。"——礼服少有这么一点不露的，她素日里休闲也贪凉爱穿吊带，便疑心是尚有惊喜未揭盅，低声问："酒店订在哪里？"言夏干干地回答："在湖对面。"

周朗便叹了口气："看来是真要做回纯洁的孩子了——来吧，就听你的，手牵手在校园里散个步。"

言夏也没指望周朗睡醒来就能忘掉，不过也没想到他这样雷厉风行：

"我妈问今晚怎么样?"

言夏:"今晚?我还没准备礼物!"

"我帮你准备了。"

言夏眨了眨眼睛:"现在预约做发型也来不及——"

"不用了这样就挺好。"

言夏被逼到死角,这时候再祭出工作似乎也不合适——该死!她到底为什么要找知根知底的同行!那人圈住她:"认了吧。伸头也是一刀,缩头也是一刀——而且这刀我先在你家挨过了。"

言夏词穷:"你真觉得——"

"我是认真在和你交往!"

言夏徐徐吐了口气:"别学日本人说话!"

两个人都笑了。

言夏青春期看过《小团圆》,开头写"大考的清晨,惨淡的心情大概只有作战前的黎明可以比拟,像《斯巴达克斯》里奴隶起义的叛军在晨雾中遥望罗马大军摆阵,是所有战争片中最恐怖的一幕"。

句子太长,以至于她一度以为是英译中;书没看完,也想不起女主大考到底有没有过。

要能堵个车也好,但是也没有。

周朗从后望镜里看她。他也疑心自己逼人太甚,但是言夏这个人,不逼一把,他都觉得她能在乌龟壳里安度余生,可看她这样又于心不忍:"……你第一次登台拍卖的时候不紧张吗?"

"紧张的。"

"那后来呢?"

"后来习惯了。"

周朗悻悻。

车开进古宅里。人烟渐渐少了,风光明媚起来,暮色里鸟声似水声。

言夏回国之后来过几次,知道是取其僻静。周朗等她熄火下车:"我妈很好说话的……"

言夏心里想周朗这么个聪明人也有傻的时候:天底下哪里有儿子面前

不好说话的妈。也不作声。

进到内厅，上了个水果和凉盘。言夏也没什么胃口，略尝了几样。周朗和她说："我妈姓姜，姜雁潮。"

言夏歪歪靠着他："一听就很有文化。"

周朗剥橘子喂她："人还没来呢，你别跟我吹啊。"

"那再多说点。"

"她做珠宝设计……"

言夏猛地记起来："那上次那个——"

"我妹？"

言夏："……你们俩长得一点都不像。"

"不同爸。"

言夏便瞪他：这人可真是能瞒就瞒，能骗就骗，坏透了！

远远有脚步声近来。

两个人都坐直了，闭了嘴。却听到笑声，言夏心里纳罕：难道他爸也来了？看周朗，周朗摇头。人进来，是个四十出头的女人，利落短发，青金色大领口束腰风衣，露出白皙漂亮的锁骨。

周朗拉言夏起身："妈！"言夏的目光落在她身边。周朗也奇道："——宋总怎么有空？"

宋祁宁笑吟吟地说："怎么，小周不欢迎我？"

"哪里哪里。"周朗实在怕言夏拂袖而去，余光不住往她扫。她脸上倒没什么表情，默不作声跟着他落座。

"妈，这是言夏。"他说。

言夏微微一笑："阿姨好。"

"小言好。"姜雁潮亦微笑，"刚小宋还和我说你呢。"

周朗才要开口，言夏已然笑道："宋总一定说我坏话了——之前在K城，多有得罪。"

"怎么会。"姜雁潮说，"小宋哪里舍得说你不好。他说你又聪明又能干，年纪轻轻的，前途无量。"

幸而侍者上盘，打断了他们。

229

三

车开得很稳。

周朗只觉得太阳穴突突突直跳:"之前说要见人的是你。我带人来见你,你又——"

"你就这么和妈说话?"

周朗推门道:"那你放我下去!"

"都不说你多久没回过家了,反正你总忙。"姜雁潮还是不紧不慢,脸上一丝愠色都没有。她知道她儿子,他不会跳车,"你爸那边也不去。要不是小宋说起,我都不知道我儿子差点死在外面。"

"这种事有什么好说的,舌头真长。"

"是没什么好说的。你全须全尾回来了,皆大欢喜;你要有个三长两短,我给你收尸?"

"那种意外,总不能怪言夏吧。宋祁宁和言夏有过节——"

"是过节吗?"

周朗猛地想起杨惠和言夏在安全楼道里的话,她说:"'身家清白'四个字总是要讲的……"话到嘴边,又默默咽了回去。

"你自己想想,宋祁宁这样的人物,有什么必要针对她?"

"妈你不知道——"

"那你说啊!"

周朗有种浓重的无力感。他不是妈宝,他不靠家里吃饭,他母亲也并不是传统的贤妻良母,她时髦,漂亮,有自己的事业,视野开阔。在这之前,他甚至想不到她有这么不讲理的时候。

窗外川流不息的车,变幻不定的红绿灯。夜色沉沉压在每个匆匆的行人眼睛里,不知道言夏有没有到家。母亲这一句一句地,他怎么拦都拦不住,再伶俐的口齿,在亲妈面前也不能不打折扣。他没法阴阳怪气地怼回去。

他的女孩儿默不作声,就好像听不懂。她专心致志地吃,一只虾连着一只虾,虾吃完了吃鱼,非得点名道姓问到头上,方才十分诧异地"啊"了声:"您说什么,我没听清,您再说一遍?"

——但凡问话，重复到第二次，气势也就下去了。

也没有泼酒走人。但是很难说她现在是不是在收拾行李。她行李始终不算多。搬进来的时候他都意外这么少，她当时回答："居无定所，断舍离是个好理念。"周朗心里一酸，不觉眼圈发热。

姜雁潮觉得不对，往后望镜里一看，不由吃惊："阿朗？"

周朗过了一会儿才回应她："嗯。"

姜雁潮放缓了语气："你年纪不小了，从前的不算数，现在收心不晚，所以让你带人回来。但是……我也没说要门当户对，但是……你找个干干净净、清清白白的不好吗。你看她从前那些人——"

"妈！"周朗叫了一句。

姜雁潮意识到自己说过了，又往回拉："是是是你们年轻人多交几个朋友就当体验生活了……你和莉莉不好吗？"

"人莉莉挺好的，你扯她做什么。"周朗不耐烦。他这会儿明白过来，八成他妈以为是张莉莉。

"莉莉当然好，起码不会把你当凯子。"姜雁潮没忍住，"你看看她从前那些人，头一个宋祁宁——"

"宋祁宁和她不是那种关系！"

"那是什么关系？"

"你去问宋祁宁呀，你不是和他熟吗？"周朗也是忍无可忍，宋祁宁是看准了他和言夏不想爆出沈南音才疯狂暗示，恨恨道，"他要敢说他包养过言夏，你信不信有人从地底下爬出来——"

"地底下？"姜雁潮敏锐地抓住这三个字，停了车要问个明白，"周朗？"

周朗推门下车。

姜雁潮探头出窗再叫了一句："周朗！"

"我改天再回家。"周朗匆匆说道，拦了辆出租扬长而去。

言夏在半夜里醒来，嗓子有点干，伸手捞到床头，闭着眼睛喝了半盏水。凉水入喉，人反而清醒了。

有很浓的烟草味——是她嗓子干涩的罪魁祸首。

没开灯，就只有月亮和路灯微弱的光从遮光帘的缝隙里透进来。走到客厅，影影绰绰一团黑影在沙发上。

言夏推他："怎么在这里睡了，也不怕着凉。"

那人反手抱住她，到体温传到掌心方才知道不是梦，下巴摩挲她的面颊，哑声道："做了个噩梦……"

言夏身子一僵。那人觉察，摸索到她的唇。两个人都不是太清醒，纠缠得肆无忌惮。烈火自舌尖滚下来，横冲直撞，摧枯拉朽。什么技巧，理智，脑子里最后一根弦，通通都烧了了个干净。

"我真怕我回来，你已经走了。"他说。

言夏无语："又不是古早狗血电视剧，两个人在同一条街上就是找不到人。我朝九晚五，跑得了和尚跑不了庙……"

"老实说你可能辞职。"

"我？"

"好吧你不会。"周朗也不知道该笑还是该叹，"从前你是需要这份工作。现在的话，就算休息一段也不是不可能。要是你决定离开南城出门散个心，再顺便找个人……我就怕我找到你也迟了。"

言夏但觉好笑："当初是谁说错过你，不一定能找到下一个？"

周朗的手收紧："理论上确实是——"

"脸大！"言夏刮他鼻子。

周朗抱紧她。两个人都不作声，就只有呼吸的声音，呼吸的温度。外头透进来细细的光，被淹没在暗夜里。言夏说："那不至于。"

"不至于什么？"

"只要你不逼我去见她、讨好她，就不至于。毕竟重要的是你和我，不是构成我们过往的背景。"

周朗亲了亲她。他当然知道这是他说过的话，她记住了。"我之前也没想到——"

"其实杨小姐说得对。"言夏打断他，"人总会把自己的孩子当成宝，希望他得到最好的。我爸妈不挑你也是你运气好，而且——"

"而且什么？"

"一些传统上的约定俗成。"言夏没有细说，细说起来"传统"对于女性就是个大坑。她绕了过去，"不过人养个猫养个狗都拦不住往外跑，养盆花养盆草也未必就能称心如意地长成风景……"

"你说我是狗？"

"周总耳朵真尖！"

两个人都笑了。

周朗这会儿横竖也再睡不着，略略和她说了些前事："我十一岁出国。那时候我妈怀孕了。我又不乖，我也不想要弟弟妹妹——本来爸就不是我的了，妈还要被分一半走，哪有这样的道理。"

言夏摸他脸："可怜。"

"其实出去了就还好。大家都住校，都离家远，都没爸妈。也有些有兄弟姐妹照应，不过大多数都没有。也欺生。我语言天赋还可以，混三个月就熟了，又学了咏春……在国外中国人都学。"

"你爸——你亲爸不管你？"

"他有他的家庭。"周朗不在意地说。

没开灯，言夏看不清楚他的表情，不知道他是真不在意还是装的，只感慨道："就这么着，你居然没长歪。"

"也不能说完全没有。"周朗沉吟片刻，"人和原生家庭疏远，作为代偿，就会往外寻求新的亲密关系。"

言夏："……你卖这么久的惨，就为了解释前任多？"

周朗笑而不语，过了一会儿才说道："也没传闻中那么多，总要经历过几个才知道什么样的合适。你要想知道，就直接问我。不要道听途说。"

言夏心里想他说这个话有缘由。

果然，过不得几日就接到姜雁潮的电话，电话里很客气地问："言小姐有没有空下来喝个咖啡？"

言夏原想回绝，犹豫了片刻，还是应道："仅此一次。"

姜雁潮没想到言夏这么刚，倒有些诧异。过了二十分钟人到，与前日打扮入时的乖乖女又不一样，白衬衫、黑色长裤，鲁布托平跟鞋，周身一点首饰都没有，就一只江诗丹顿，还是男款。

便是姜雁潮也不由喝了声彩："言小姐好气派！"

233

言夏微微一笑，拉开座椅："我只有半个小时，够不够？"

姜雁潮又意外了一下："你和阿朗约也这么争分夺秒？"

言夏笑道："工作时间，周总知道轻重。"

这皮里阳秋，姜雁潮几乎要拎包走人，又想起方才掷地有声的"仅此一次"，按住性子问："你叫他周总？"

"他叫我言小姐。"

姜雁潮一愣。

言夏说："我时间不多，姜小姐有话可以直说，我相信姜小姐是个爽快人。"

姜雁潮哭笑不得：这个前儿还一口一句"阿姨好"，鹌鹑似的小东西，如今满口獠牙森森。

言夏见她不说话，又问："姜小姐是不是要我离开周总？"

姜雁潮无奈道："言小姐这是铁了心不让我开口。"

"那我就直接回答吧，我是不会离开他的。如果姜小姐是这个意思，不如劝他离开我。我们没结婚，没有共同财产，也没有小孩，相信我，分手是个简单的事，只要周总开口，我没二话。"

姜雁潮定定神："言小姐确实特别，别说阿朗，就是我也很难不欣赏。但是言小姐，我是过来人，我知道人年轻时候怎么想。他现在是很喜欢你，那也就是荷尔蒙，荷尔蒙保质期十八个月，新鲜劲过去，他就会意识到你对他毫无帮助。男人都是要事业的，言小姐，恕我直言，你帮不到他——"

"但是他对我帮助很大。"

姜雁潮气得发昏："似乎言小姐的每个男人都对言小姐帮助很大。"

言夏笑了："那是我的运气。"

"我希望我儿子也有这样的运气。"

"姜小姐，"言夏困惑地说，"周朗不喜欢男人。"

姜雁潮脸色都变了。

言夏一笑："好了我开玩笑，姜小姐不要介意——很显然，周总没能长成姜小姐希望的样子。我见过他几个前任，似乎每个都从他这里得到过帮助。无论姜小姐欣赏不欣赏，反正我是很欣赏的。"

姜雁潮：……她能说她不欣赏吗？挣扎了一下："你现在说得大方，但是如果你们真打算结婚——"

"我暂时没有这个打算。相信姜小姐也看得出来，我在事业上升期。如果周总有计划，让他自己来和我说……"

姜雁潮忍无可忍："所以言小姐那天就是在装模作样吗？"

"是啊，周总的面子我不能不给。"言夏承认得很爽快，"我喜欢他，我希望姜小姐能够认可我们的交往。"

"如果我不认可呢？"

"那我也没办法。"言夏看了眼腕表，将杯中咖啡一饮而尽，"我还有工作，要是姜小姐没别的事的话——"

姜雁潮至少打了千字腹稿，怎么开场白，怎么下马威，怎么循循善诱，到这会儿发现全派不上用场。她也不知道言夏是嘴硬还是真这么想。她年轻时也前卫过，这个瞬间觉得自己老了，撒手锏根本杀不了人。

眼看女孩儿起身就走，她不由恨声说道："我也知道言小姐如今在天历风生水起，不过言小姐和阿朗的关系一旦曝光——"

言夏猛地回头："姜小姐想说什么？"

"那看言小姐要工作还是要男人了。"

言夏气急反笑："姜小姐这么不了解周朗吗？真弄丢了我的工作，周朗不和我结个婚很难收场。"

姜雁潮痛定思痛，就不能让儿子找同行。这行里的女孩子牙齿都是铁打的——可想而知，张莉莉也不行！

四

言夏心虚，给周朗留言："你妈来找我了。"刚好周朗得空，一眼看到："她和你说什么了？"

"我可能，大概……把她气到了。"

周朗："……好吧，你和她说什么了？"

"她应该是带了录音笔，你直接问她要吧，你亲生的妈，应该不至于剪辑……吧。"

周朗听了录音哈哈大笑。姜雁潮原本要气死了，看他乐成这样，也绷不住："你到底从哪里淘来这么个小怪物？"

周朗义正词严："她平时很乖的！"

姜雁潮这会儿也冷静下来："是挺能哄你开心是吧？"

周朗想了一下："气人的时候也有。不过……妈你还是不要去找她了，你这不是上赶着自讨苦吃吗？"

"你要真打算和她结婚，"姜雁潮清了清嗓子，"我总不能不管。"

"那也得她肯。"周朗说，"你要不喜欢，你们不见面不就得了。是我结婚，又不是你结婚——你结婚也没问过我意见啊。"

姜雁潮："你个死孩子——那你还带回来给我看？"

"流程总还是要走一遍。你要喜欢，皆大欢喜；你不喜欢，我也不能逼你喜欢不是？"

姜雁潮痛定思痛，当初就不该让儿子干这行！如今就是把他这满口钢牙一颗一颗敲掉也都太晚了。

言夏万万想不到事情会往这么个奇怪的方向发展——周朗回来问她："我们结婚怎么样？"

言夏反手探他额。

周朗："我没烧！"

言夏讪讪道："我还以为你问我明儿早上吃生煎怎么样。"

周朗："我不爱吃生煎。"发现又被她带跑，恼恨得咬她一口。

"离婚怪麻烦的。"

周朗挑眉。

"不是，你年纪轻轻——"

"不然呢，等到年老色衰，跟韩慎似的？"

言夏推他："你不提他就不会说话了是不是？"

"当然不是！你那堆鬼话骗骗我妈可以……你和我妈不也说让我自己来问你吗？好了我来问了，你又翻脸不认！"周朗亲她，"言小姐，我生平第一次和人求婚，你不要不给我这个面子。"

言夏："这是面子的问题嘛。"

周朗闷笑，只是不撒手。言夏也有些心动。只是她和周朗这段关系，开始得稀里糊涂，进展又全然不受控制，现在要落定得这么儿戏——说起来也是终身大事。她都觉得像是喝多了。

"我再想想。"

"不要想太久。"

"你妈真不反对？"

"偷个户口本有什么难的。"

言夏："你真不怕宋祁宁——"

"怕就不会追你家里去。"

"你不怕他卡你？"言夏虽然不过问，但是身在行内，不可能完全没有听到风声：永嘉和木瓜网的合作在洽谈中。

"在商言商，他不专业是他的损失！"周朗恶狠狠地说。

言夏知他嘴硬，沉默半响道："你给我一点时间——"

周朗心里不安："你别乱来。"

"……什么叫乱来？"言夏含住他耳珠，舌尖冰凉，是那枚黑钻耳钉。

周朗声音都哑了，就知道言夏不肯和他好好说话。

周朗记不确切最初见到宋祁宁在什么场合。

他思维敏捷，学识丰富，家世清贵，理想得不像真人。周朗看过他十年前的照片，即便去掉背景，沈南音爱上他也不奇怪。他甚至忍不住想，如果沈南音没有出事，如今他和言夏又是另外一番光景。

宋祁宁的小姨了，自然能够得到母亲的认可。这个世界的通行法则，他母亲并不比别人更势利。

他猜沈南音是规划过的。他看得出来，之前言夏虽然经济窘迫，但是出席场合落落大方，并不见怯——这不是韩慎教得出来的。

以沈家的境况，沈南音几乎赤手空拳，能够拿下宋祁宁，周朗多少有些佩服。宋祁宁是正经世家子弟。

沈南音的定罪，言夏说得含混，他下了功夫去查，也没找到原始资料。十年前各个部门的网络资料还没有这么完善，多半还是宋祁宁抹掉了。他能看到的就只鳞半爪。他之前问言夏沈南音为什么要出门工作，正确答案是没有。沈南音唯一的工作经历就是在宋氏家族企业。

他疑心沈南音犯法和宋家脱不了干系。也许宋祁宁并不仅仅是见死不救这么简单，甚至可能宋祁宁离开宋家创业也和沈南音有关——但是找不到证据。宋祁宁对言夏的恨意也让他迷惑。如果宋祁宁真爱过沈南音，即便不至于爱屋及乌，也不必这样赶尽杀绝。

照例合作条款又磨了整日。晚上宋祁宁请他吃饭。周朗笑道："该我请。"

临时约饭，又饥肠辘辘，顾不得太讲究。就近找了家，随意点上几样，倒也能入口。宋祁宁用得很矜持。

两个人吃了一轮。

宋祁宁递给他一份文件。周朗扫了眼，心里暗暗吃惊："宋总还有补充条款吗？"

宋祁宁摇头："你知道我想要什么。"

周朗倒吸了一口气，想不到宋祁宁会这样感情用事。原本永嘉与木瓜网合作可谓双赢。永嘉需要流量扩大影响力，宋祁宁倚仗永嘉提高格调。如今这个全世界市场下沉的趋势，木瓜网是主动方。

照宋祁宁这份合同，几乎是无偿将流量拱手送他。

"沉船只有一艘，言小姐也找不出第二艘来。"宋祁宁说，"但是你我合作可以长久。"

周朗不作声。

宋祁宁又说道："木瓜网我可以一言而决。小周你年纪太轻，恐怕没有这个威望。永嘉家大业大，掣肘也多。所谓开源节流，节流是没指望的，刀砍哪里都能反噬到你，开源的话——"

就要借助到木瓜网了。周朗很明白他这个潜台词。他清楚自己的处境，真是蛇打七寸。

"言小姐不用你也能过得很好。"灯光打在年轻人俊秀的眉目上，阴晴不定。宋祁宁没有再出声，他在等答案。

他偶尔会想起那个晚上，他给妻子拍下心仪的钻冠。台上的拍卖师似乎有片刻迟疑。他不知道她什么时候认出他，也许一早就……也许一直都……像暗夜里伺机而动的蛇。黑的眼睛，红的信子。

他确信他只见过她一次，在多年前的婚礼上。那个女人一笔带过说是她的弟弟妹妹。他没有留意，以为是哪个亲戚的女儿。她家亲戚不多，不然连这点印象都不会有——后来也确实忘得很彻底。

即便如此，他也没法回到过去，把这段发生过的事抹得干干净净。

她竟然还敢到他面前来！

她竟然还有脸在他面前出现！

那支阁楼上的舞，适时响起的古筝，戏曲里怎么唱：大王意气尽，贱妾何聊生。是四面楚歌，十面埋伏。

她死了，她早就死了。宋祁宁长长吐出一口气。

周朗举杯与他示意。

宋祁宁陪饮半杯。他反复咀嚼的那个瞬间让他意识到他并没有如愿忘掉那个女人。她就像是他心口的刺。它在那里，它总在那里。就算他把它连根拔起，它停留过的地方终究留下了印记。

时间没有能够修复它。

其实也许没有那么像，无论容貌还是身段，但是过去太久了。他也记不清楚她原本该是什么样子。

他也不想记清楚。

她面目全非，她仍然证明他曾经的愚蠢与轻信。

他知道这不可理喻。

她不是那个女人；她没有复仇的本事，可能连这个志气都没有；她说她忘不了，是色厉内荏。他看得足够清楚，慈善拍卖后她仓皇出国；在K城大使馆的晚宴上她慌乱地不想连累情郎。

他完全可以一笑了之，对于她的出现——周朗是个聪明人，不至于跟着她胡闹。

但是他控制不了。

他知道这可笑。他知道他面目狰狞，他知道一念成魔——但是他控制不了。

他如今的地位与实力也允许他这小小的任性。

周朗默默吃完面前整盘金吉鱼。这个静默的姿态也让宋祁宁想起前些天在古宅里的言夏。他想过如果坐在那里的是那个女人——

她没那么乖。

她不会忍气吞声,她会回击——回击得很得体。她远比她妹妹骄傲。恍惚面前的灯闪了一下。如果还是油灯的时代,也许会突兀地灭去,或者结一朵灯花,像聊斋或者故弄玄虚的恐怖电影。

当然他知道那是错觉。他甚至记不起她的模样。

也不想记起。

周朗终于放下碗:"必须承认这是个很诱人的建议。"

"宋总说得对,没有我言夏也能过得很好。"

宋祁宁含笑。

"但是没有她,我可能会失去很多乐趣。"周朗站起身,与他握手,"我不清楚宋总和她的恩怨——"

宋祁宁挑眉。

"好吧,我听说了一点,但是言夏自己都一知半解,就更别说我了。我不关心宋总的私事,我原本以为宋总也是个公私分明的人。我一直认为专业的人会做专业的事。"周朗笑了一下。

宋祁宁笑容凝固:"你可能并没有自己以为的那么了解她——"

"你说言夏吗?不要紧,我们还有时间。但是宋总的好意,我只能心领了。"周朗拿起外套,"抱歉。"

"你会后悔……"

"我尽量不。"

出了门,冷风一吹,人彻底清醒过来。周朗也有点意外,他竟然真的拒绝了宋祁宁。

又想不能白吃了这亏,他迫不及待拨电话表功,可巧言夏这天下班早,接到电话喜滋滋问:"回家吃饭吗?"明明已经吃了个肚儿圆,不知道怎的又欢喜起来，一口应道："好。"

五

言夏这个首席做得不算轻松。

首席拍卖师是拍卖行的灵魂，除去收藏家和艺术家方面的人脉之外，还需要极高的审美，不仅必须清楚过去的艺术家艺术品，还需要慧眼识珠，从层出不穷的新人新作品中选出潜力股。

江华给了两个选择。一个是虽然挂首席之名，也还是像普通拍卖师一样，一场一场地做，积累到了自然就到了。另一个是拔苗助长。

"我不跟你客气，"江华说，"你出身瓷器专业，对于传统美学的认识没得说。后来跟韩慎学了三年，也还是在那个范畴之内，他应该是把你往专项培养，在当时可能也不算错。但是这样一来，你在现代艺术方面恐怕就还存在比较大的欠缺。我给你个机会试手，不行咱们再一步一步来？"

他说得轻松，但是言夏知道自己不会有太多机会。她晋升太快，不可能不招人恨。沉船的红利能吃多久是个没有数的事，也许到下一年，最多两年就没人记得了。她必须成长……成长得足够快。

江华给她自主权，一场拍卖整个流程从拍品选择到最后现场都由她主导，他们要看效果。

"你也不用太紧张。"江华又笑道，"实在拿不准可以问小周。他是个中高手。"

言夏想，他是真不怕她把天历全卖了。

"我也会帮你选个好时间。"江华又说。

江华给的时间是元旦。

这两个月都在疯狂补课。即便等开窑手边也放着资料。到这天才选出拍品，做了个简单图录，难得按时下了个班。

言夏厨艺不错，归功于她对火候的把握。

周朗到家已经三菜两汤上齐。周朗一样尝了一口，但觉鲜美。言夏闻到他身上酒气："喝了酒？"

周朗"嗯"了声。

就知道是在外头吃过了，只陪她多少再用一点。言夏吃晚饭原本就是个样子货，有一搭没一搭说些琐事。周朗见她放松，便问："东西搞定了？"他也知道她要过的关卡，只是不便出手。

言夏笑笑不答。

周朗说："我今天……见了宋祁宁。"

女孩儿一双杏眼睁得滚圆。周朗一笑："也没什么。要天底下每个合作都能谈成，早就世界和平了。"言夏凑过来亲他。"油腻！"周朗笑着抱怨。

"他对你的恶意比我想的要大。我之前低估了。"周朗问，"你姐在婚姻存续期间有过什么大的过错吗？"

言夏拨拉着碗里的排骨："不就是——"

她看了看周朗："……不就是进去了。一般人家都不乐意，何况宋家。郭德纲早年有个段子，说有那么个孩子，打小娇生惯养，没人和他说过什么狠话，六十五岁走街上谁瞪他一眼，死了。"

周朗："你嘴这么损，还听郭德纲？"

言夏："哎哟你不损，你甜！"

周朗哈哈大笑。

言夏又说道："人和人不一样。当初我姐出事，我也觉得天塌了。但是后来想起来，只要人活着，哪怕在……里面，也是好的。宋祁宁不同。他穿白衣服，衣服上落只苍蝇，他能记恨一辈子。"

"你姐和你说的？"

言夏摇头："她怎么会和我说这个。她、她也没说过他不好。就是给我这么个感觉，从我姐对他的态度上。"

"所以慈善拍卖那晚你跳那支舞……"

"我当时脑子充血。"言夏苦笑，"和喝多了断片一样。我都不知道自己在做什么，真的。我这么说你可能不信，在那之前我一直本本分分过日子。我只能这么着，我姐她当初……借了好多钱，可能对你们不算什么，对他宋祁宁不算什么。但对我们普通人，可能是一辈子都还不上。"

"言夏——"

"钱是我姐借的,我爸妈打的欠条。但凡她还活着我也不背这锅,背不起。我猜她拼命争表现想早点出来也是这个意思。但是有时候人硬硬不过天。我也没她能干,也没她的胆识,只能想想还多少算多少,实在还不上我也不能把命赔了。就和有个日剧似的,《逃避可耻但是有用》——"

"言夏。"

"嗯?"

周朗想说"韩慎不帮你还钱你还不如找个人包养呢",也知道这话轻佻,好人家的女孩儿也确实走不了这步。沈南音再怎么着,当初跟宋祁宁也是明媒正娶。他只叹了口气:"你该早点遇见我。"

言夏瞟他一眼,扑哧笑出声,刚刚积累起来一点点自伤自怜都飞没了:"算了吧。我就剩了这么点自尊,周总还是给我留着吧——我当时也是拿下云家那单,有点膨胀了,觉得没准儿能还清账,没准儿还能挥霍几天。我都没想到我这辈子还能碰上宋祁宁,我都没想到我还能够认出他——"

"那支舞……对他有什么特殊意义吗?"

"没有。"

"那是——"

"我就会这个。当初我姐高考加了60分,就是跳的这支舞。家里打算往这个方向培养我,算是有备无患,是我吃不了这个苦。学来学去就这个跳得像样一点。"

周朗:"那你怎么能肯定他看到就能想起来——万一他根本没见过你姐跳舞呢?"

言夏划拉了一下眉眼:"我和我姐长得不像,但是上了妆就像了。不过她不上妆可能也不长这样儿。"

周朗也觉得棘手。和木瓜网合作谈得拢继续谈,谈不拢一拍两散,但是宋祁宁对言夏这么紧咬着不放——老话说只有千年做贼,哪有千年防贼,就怕防不住。因说道:"就怕他在别的地方为难你。"

言夏表情便有些微妙。

周朗:"有事?"

"我……我策划了一个拍卖场,选了罗昕珠的作品作为主打。"

"罗昕珠？"

"他现任老婆。"

周朗："……给我看看？"

"不了吧,我换掉她。"言夏匆匆说道。

周朗目视她："和我说实话——你该知道,你不给我也能看到。"他可不信他的女孩儿有这么"圣母白莲花"。

"她的作品有什么问题？"

"我不知道。"言夏说。

"嗯？"

言夏叹了口气："我真不知道。就只作品而言,选她作主打我有足够理由。"

"然后呢？"

"我去年春拍拍了她两件作品,当时还觉得不够成熟。这次画廊送过来的十几张进步就很大了,和我策划的主题也很贴。照这么下去,她迟早会大放光彩——就算我不推,也会有别人推。"

"所以问题出在哪里？"周朗没那么容易放过她。

言夏咬唇,过了一会儿才说道："我有没有和你提过钟灵？"

"你大学同学。"

"她说罗昕珠功底不足,我不知道是不是真的——"

她说得含混。周朗反复想了几回方才想明白,也知道她并无把握,可能还是想捧杀,也是被宋祁宁逼得急了,于是说道："……换掉吧。不管是不是。真有人推,就让人推。你不要沾手。"

"不要拿你的职业前程冒险。"周朗又说道,"宋祁宁搞我,是他不专业。他是资本,他有条件不专业。但是你不是。要在任何一个行业里长久干下去,专业是必须的。你要对你的竞买人负责。"

言夏没精打采地"嗯"了声。换下罗昕珠,就还得补充一批作品。

到周末,周朗和言夏说："有人请我吃饭,你开车送我？"

言夏为了罗昕珠这个缺口忙得脚不点地,不过周朗难得开口,也不好拒绝。目的地在离城三十里的景区，沿江风光。

开门是个平头年轻人，看见她大笑："言小姐！"言夏一脸蒙："您是——"

"破碎的——"年轻人凭空画了颗心。

言夏张大嘴："沙沙？"

打死她都想不到，桀骜不驯的涂鸦艺术家摘掉口罩帽子，竟然是这么个眉眼温和的年轻人。

"我当时就觉得小周和你——"沙沙嘻嘻一笑，露出整齐两排牙齿。

周朗："你可闭嘴吧——我带人过来吃烤肉，你别给我丢脸。"

言夏当然知道，他带她来不是为了吃烤肉。

六

这种野生艺术家的聚会言夏从前没有见识过，多少有些新鲜，也不敢乱说话。周朗一贯地如鱼得水，还能抽空给她刷调料烤肉。

做艺术的也和别的行业一样，什么品种都有。有人不修边幅，就有人精致到脚趾；有人谨小慎微，就有人吹起来没边没际；有人张狂，有人圆滑，有人中规中矩，也有人邪恶守序，开口挑衅："小周这回带的妞不够料啊。"

周朗应道："关你屁事！"

"还是上回带的那个——"不怀好意的目光从上到下刷人。

言夏面不改色，不闹，不问，不笑，也不委屈。

那人便泄了气："没劲。"

言夏凝神听他们聊天，有说工作，"画了两个小时，出去喝口水，回来一看，我画的什么垃圾……"，众人大笑；也有说日常，"再冷点咱们去弄个铜锅，煮一锅羊肉——""不够吃！"立刻有人反对。

"川蜡矾过的绢不好用……"这是画国画的。

"照古书复原了一个杵，被盗版得不要不要的。"有人叹气。

"有人玩过最近出来的那个AI吗？"

"我拍了个Vlog。"

"反响怎么样？"

言夏留意到有个一直默不作声的女人，三十来岁，瘦削清秀。月白上衣深蓝色裤子，麻料，朴实，但是不土——也许是她穿了才不土。觉察到目光，她微微一笑道："自己染的，方便，耐脏。"

"你住附近？"

女人点头，没问她怎么看出来的，却问："言小姐也做东西？"

"我烧瓷。"言夏说。

女人若有所思："我画水粉，有时候也做点别的。希望明年春天能够办个展。"

"一天画几个小时？"

"六个小时。"女人捋了一下头发，似乎有些不好意思，"我画得慢。但是有时候会觉得必须这么慢，太快了不行。另外就是花了太多时间在吃饭和打扫上了。我养了条狗，还有很多仙人掌。"

"……能带我去看看吗？"言夏问。

言夏觉得自己运气算不错——周朗也这么说，"我还以为至少要看过二三十个人的作品才能找到合心意的。"

"她用色犀利。"言夏说，"怎么没有成名？"

"成名是小概率事件。"

言夏不知道该怎么想这句话。

西方有比较严格的一级市场二级市场划分。拍卖行属于艺术品二级市场，到拍卖行的艺术品，本身已经经过市场和藏家筛选，具备相当的收藏价值和艺术价值——基本都是成名人物的作品。

国内固然没有这么严格，但是她的首席之路才刚刚开始，以后可能会见识到更多。她放下酒杯坐到秋千椅上，抬头看见漫天星斗，不由自主叹了口气。

周朗摸她的脸："欢迎来到残酷的现实世界！"

言夏笑着打开他的手："呸！"

"江华应该是和你建议过，如果没把握，就让我给你掌个眼吧？"周朗靠着栏杆，喝了一小口，月色真美。

言夏"咦"了声。

周朗哼道："有便宜不占,那不是老江的风格。"

"但是你根本没跟我开口。"周朗想了想,补充道,"暗示都没有。你要把图录放桌上或者沙发上,我多半会忍不住翻上一翻。"

"那不是泄露商业机密吗。"言夏嘀咕。

周朗扑哧笑了声。

言夏也知道这话迂腐。

"但是你没有,不是因为这个。"周朗说,"是不是?"

言夏"嗯"了声:"是,我想自己做主。"她当然知道她能得到他的建议。而且就目前他们俩段位差距之大,周朗犯不上算计她。

"所以江华推你做首席,虽然事出有因,也不能说不对。艺术这个行当就是这样。外头那些人,有一个算一个,好说话的不好说话的,正经不正经的,没有不独裁的。因为在那个世界里,没人能给他们建议,没人能代替他们决定,所有的路都得靠自己,披荆斩棘,一意孤行。"

"普通拍卖师工作是了解拍品,领会竞拍人的意愿。但是做到首席,职能就发生了根本性的变化。换句话说,你现在是个决策人,不再是个中介。虽然你资历还有欠缺,审美也需要淬炼,但是背靠天历,你就有了点石成金的能力。你,"周朗郑重说道,"将决定经你手拍出去的价值。"

言夏抓紧秋千椅上的藤蔓。

"有时候审美就和创造一样,需要独裁,有力排众议、唯我独尊的勇气。所以你不必问她为什么没有成名,甚至不必问我的意见,那都不重要。你之前不清楚这一点,但是你做到了。韩慎从前拿你当副手,是他见识不够,或者他小看了你。"周朗想了想,"可能你自己都没有意识到——"

"那你什么时候发现的?"言夏抬眸问。她很高兴这个结论。

"你泼我酒的那晚。"

言夏:"嗯嗯,和外头那些妖艳贱货很不一样是不是?"

周朗哈哈大笑。

"周总记仇也记得挺久——明明你先泼的我。"

"那时候行内就没有不想泼你的。"

言夏哈了口气:"有脸说!真当我红颜祸水了不是?周总你可千万别出事——不然我真能被当成妲己了。"

"呸呸呸你这什么乌鸦嘴!"周朗说道,"我虽然是受了些言论影响,不过主要还是……韩慎在瓷器上出事,你又是瓷器方面的专家,换你你怎么想?——当时还有人说韩慎给你顶罪。我到现在都想不明白你怎么会没发现,不但没发现那批赝品,连劈腿你都毫无察觉,这完全不科学!"

言夏:"因为那之前他说想结婚。"

"你不想?"

"我当时有点……"言夏纠结道,"婚前恐惧。"

周朗无言。

言夏选了未成诗的作品作主打。整场拍卖从宣传到预展都需要重新调整。

团队中有人不解:"罗昕珠不好吗?从作品、形象到配合度,年龄上也占优势。她才二十八,前途不可限量。"

未成诗年过三十,寂寂无闻,说明不是天赋选手。在传统认知中,她很快会走入婚姻,经历生子、育儿这些让大部分女性不得不暂时中断职业生涯的过程,后续作品可能跟不上。到再复出——多少人折戟沉沙。

便有人私下说言夏"不行",跟着她没前途;甚至有人直接申请调离,报告打到言夏跟前,言夏也痛痛快快给批了。

"我有个想法。"言夏和剩下的人商量,"你们看这件作品,画的是女性在各种被禁锢的情况下拼命生长,虽然扭曲但是依然生机勃勃的姿态——我想做个真人还原。"

这种做法在国内尚无先例,但国外是有的。

2009年,苏富比拍卖德加的铜塑《十四岁的芭蕾舞女》,就从皇家芭蕾学校找来一个货真价实的十四岁舞者,一真一假,相映成趣。在当时引起极大轰动,最终这件艺术品以1900万美元成交。

团队中大部分人都表示赞同,但是在人选上出现了不可调和的分歧:因为言夏提议女明星印真真,理由有二,一个是"她当红";第二个是

"她舞蹈出身，身段柔软，还原度会比较高"。

反对的理由就多了。

"当红，就贵，上面肯不肯批这个经费不好说。去舞蹈学院找个学生花不了几个钱，请明星——没必要。"

"当红明星流量大，粉丝多，闹起来不好看。言姐你想啊，有时候明星演个配角，或者人设不那么好的角色，都会被粉丝撕团队。未老师名气不够，就算印真真肯，她的粉丝也会嫌不够牌面。"

"换我是印真真我就不接。又不是艺术家为艺术献身，那么个扭曲的姿势也不美，还累——收益在哪里？现在流量明星活动分分钟几百万，哪里肯吃这个苦。"

言夏一一都记下来。

又有人说："而且请明星真是个投资大获益少的事，咱们又不是卖快消品，要那个流量。咱们要流量做什么？你就是请埃及艳后来坐大腿，不想买的人还是不会买。我记得莎朗·斯通出席过一个慈善拍卖，效果就很——"

"流量还是要的。"言夏说，"主要是影响力。未老师不同于成名大家，她的作品价格没到那份上。扩大影响力有助于被潜在买家看到——就这么说定了，经费和印真真那边我想想办法。"

七

天历拟邀当红女星印真真做艺术模特的消息不知道被谁泄露出去，登时引起娱乐版狂欢，纷纷都说"癞蛤蟆想吃天鹅肉"，当天热搜就上了三个。周朗在新闻里看到笑得打跌："言夏你这是捅了马蜂窝了！"

言夏委屈道："你都不站我！"

周朗反问："我凭什么站你？"

言夏："男友力，男友力！"

周朗："呸！——江华骂你没？"

"骂了。"言夏说，"他问我为什么不问过他——他之前也没让我问他呀。倒是孙姐和我说不要怂，哪里跌倒哪里站起来。"

周朗又笑："这便宜话说得！"叫言夏关了手机不要上网，免得真被气死；又抽时间下厨做了两个甜品。回客厅看见言夏还在刷，劈手夺过手机："过阵子就好了，又没真成。热闹两天也够了。"

言夏说："如果你是宋祁宁，会不会让它就这么过去？"

沸沸扬扬到第三天，便有些后力不继。

说到底言夏也只是透露有这个意向，粉丝也只是嫌弃未成诗年龄大名气又不够。艺术品不同于奢侈品般一目了然，大多数人都还处在"不明觉厉"的阶段。倒是不少艺术类科普就此展开。

渐渐有了偃旗息鼓的趋势。忽然有人跳出来带节奏，说印真真舔资源，"黑点一大堆，真当人家艺术家看得上？"

"谁癞蛤蟆谁天鹅还说不准呢。"

登时粉丝就怒了。

蜂拥而至未成诗的账号下，言夏的号也被搜了出来。言夏赶紧关掉评论和转发功能，也还是免不了每天被艾特成千上万条。网暴破圈，连姜雁潮都看到，颇为担心地打电话问周朗："你没事吧？"

周朗："我能有什么事？"

"言小姐——"

"她要真收拾不了场面，刚好辞职回家给我做饭，不是更好？"

姜雁潮更愁了："那还不如她接着干呢。"

周朗大笑。

声势最浩大的时候，转机也在悄然出现。

先是路人开始关注未成诗；有人去看她的作品；有人说看不懂；更多表达欲旺盛的人吐槽"怎么她画的女人都这么丑"；也有人因此觉得不能怪粉丝过激"谁不想自己喜欢的小姐姐漂漂亮亮的啊……"

这一下艺术科普号坐不住了："现代艺术早就不是为了呈现美了！"

"你当艺术是什么？是页游里的童颜巨乳，还是网红连连看戳死人的锥子脸？"

"真实！真实才是艺术家的表达！"

反驳方同样气势汹汹："真实就不能美了吗？是《蒙娜丽莎的微笑》不够美，还是《戴珍珠耳环的少女》不美？"

"你平时生活是有多苦，连个美人都看不到？"

"表达——谁要看她表达？商业行为、知道什么叫商业行为吗？要人真金白银掏钱出来买，还不跪下来叫爸爸？她要是打算留着自己裱墙我也不说什么了。"

这次坐不住的是艺术评论家。很多评论家都肯定了未成诗的价值。虽然大多数解读得到回复只有四个字"太长不看"，但终于还是有人看了。

有女权号为未成诗张目。

他们的翻译简单粗暴，但是更易于传播：那些从小到大由传统观念变成文字和语言，变成戏剧和音乐加诸女性身上的种种禁锢，艺术家用浓烈的色调表达出来，虽然疼痛，但是永不屈服！

"这样正能量的作品你们居然嫌她丑？"

"你们倒回去看百年前裹小脚的女性，她们解开裹脚布，跌跌撞撞走出第一步的时候，你就只会说丑吗？"

讨论朝着奇怪的方向发展。

就像滚绣球一样，一个点连着另一个点；有人离题万里，就有人拉回来；除了性别这个大筐之外，亲子教育下场，各大博物馆美术馆凑热闹，引发了更广泛的讨论——已经是全民话题了。

有媒体采访未成诗。未成诗在视频里就是个安静清秀的女子，甚至不太符合大多数人心中尖锐的艺术家形象。

"……我没想那么多。"她很平和。阳光充沛的下午，坐在深色的柚木地板上，oversize针织衫，长发柔顺，"我有个哥哥，但家里还是用心培养我，容我任性，学了这个投入高、产出低的专业。

"毕业工作三年，租了这个房子，连院子大概五六百平吧，连墙都是自己刷的，怎么样？画了六年了……孤独？不，不觉得。很忙的。养了条狗，两只鹦鹉。鹦鹉活不了那么久，就埋在仙人掌边上。

"我试着描述人在成长过程中所受到的种种，你说禁锢也可以，你说打压也行，或者伤害。不仅仅是女性。当然我们必须承认，女性在成长

251

过程中承受得更多。比如稍微活泼一点的女孩子小时候都会被说过'这么野，以后没人要'——小时候不很明白这些话里的意思，也能知道'没人要'是个很可怕的结果。但是生而为人，每个人都只需要被自己接受，不是吗？

"不不不我家里很支持我，这是我的运气。不是每个人都有这样的运气。我希望人在成长中所遭遇过的，都能被人看见。也许人能像这些仙人掌一样，张牙舞爪，自得其乐，青翠可喜。"

她声音柔和，没有丝毫戾气。

视频一出，立刻全方位扭转了形势。不知道多少人在网上乱喊："小姐姐太棒了！"

就连姜雁潮都即时打电话给周朗说："未小姐真是气质绝佳，又温柔又明事理——不如你和她好吧？"

言夏点评："你妈这是养鱼呢。"

距离拍卖只剩一周。言夏接到印真真经纪人的电话，说要洽谈合作。

经纪人开出的价格虚高。双方拉锯谈判了几次，才勉强压到江华不至于血压飙升猝死的范围之内。

到合作谈成，双方发力，整个互联网的眼球都被吸引过来。有不少人赞美印真真的勇气，有人甚至提到"好莱坞展现女性的力量，从伊丽莎白泰勒购入威尔士亲王纹章，而不依靠她的伴侣开始"。

而粉丝只能更通俗易懂地自嘲："总好过代言三无吧。"

也有人笑称："造这么大势，印真真都上了，不拍出一两个亿的价格你好意思吗？"

无论如何，关注度确实上来了，所有人都在期待这场娱乐圈与艺术的碰撞。

预展当日印真真要来捧场。言夏听说她带了八个助理，赶忙谢绝："预展是不收会费的，如果您的粉丝闻风而来，可容不下这么多人；要万一有个损失——逼您的粉丝赔偿又不合适，特别赶上未成年——"

言夏感觉到电话那头的不悦。

猜是多嘴了这句"未成年"，大约会被误会为她内涵她印真真的粉丝以未成年为主——虽然这是事实。

言夏也担心真有粉丝冲击，连夜叫人在玻璃柜外头加了价格和警示标志，又在展馆外竖了数排一人高的警示牌，申请多加保安。手下见她这么紧张，建议："不如再加一条，未成年人不许入内？"

言夏摇头说："这样不好。未成年人也有看艺术品的权力，就算他们是为了偶像而来。"又自嘲地笑一笑，"那也得亏是书画，要是瓷器我可真没这胆。"预展大多数拍品是允许上手的——当然要通过工作人员取递，虽然上了保险，国内还是闹过几次不慎摔碎打官司的案子。

又担心粉丝过多，干扰到专业人士品赏，降低竞拍意愿。便找人加入粉丝群中，呼吁人少的时候再来打卡，并且遵守场地规矩，不要给偶像抹黑。如此种种，总算保证了预展的顺利进行。

比起一年半前的春拍，言夏的眼力有了足够长进，能够轻而易举找出她的出价人。

一年里最后一天，言夏早早归家，养精蓄锐，准备次日拍卖。

周朗回来得也早。他这段时间是比较闲：秋拍已毕，拍卖行按部就班组织结算。

木瓜网和永嘉的合作在试水中。木瓜网开出了很优惠的条件，在秋拍尾声活生生走出一条大龙来。周朗明知道是坑，但是他不跳，背后人也推着他跳；他再多犹豫几天，没准儿天历就上了。

前有沉船，后有木瓜，永嘉今年的报表好看到不像话。周朗没想好怎么破局，倒也不提前发愁，只问言夏："明天要不要去给你捧场？"

"可别！你在我紧张。"

"要专业啊，言夏同学。"周朗但笑，"这是你主槌的第二场书画吧？"

"怎么会。"言夏回答说，"今年秋拍主槌了三场，不过都不大。江华说拍卖这个事情不能中断太久，太久了会找不到节奏。"

"这个倒是对的。"周朗给她冲牛奶，"年底有没有计划？"

言夏捧住杯子，热气冲得眉眼清润："计划什么？"

"度假什么的。"

"没想过。"

"塞舌尔怎么样,我有个朋友在那边有个岛,就我们俩——我教你冲浪。原本去年说要教你潜水,也不知道便宜了谁。"

手机在这时候响了,是印真真的经纪人:"言小姐,恐怕我不得不抱歉地通知您,明天的拍卖会,印小姐不能过去了。"

"原因是?"言夏听见自己声音冷静。

"腰伤,不可抗力。"

"我需要看医生的诊断证明。"言夏说,"我会派人跟进这件事。"

八

当晚网上就炸了,粉丝整整齐齐调转枪口,阴谋论不胫而走。

"是货不对板吧!"

"应该是我真真姐看出来这是个坑,说得好听是艺术家,不好听是三十好几没个正当职业叫无业游民,就是想借我姐炒一把呗。"

"我就说嘛,一开始就不该去做这个,费力不讨好。"

"拍卖啊——我来给你们科普一下这里头水有多深。一般呢是找个不出名的艺术家,几百上千买进来,然后造势,来个评论家说好,又来个社会学家解读一下对社会的重大影响,三下五除二,那价格就是蹭蹭的——几万?别傻了,百万起跳!人家这就叫三年不开张,开张吃三年!"

"……古代艺术好歹还经过时间筛选,现代艺术就厉害了,反正就蒙你个不懂!"

"所以我家真真到底为什么要蹚这趟浑水啊,干干净净做大明星不好吗!"

也有说印真真要大牌的;也有绘声绘色说天历临时加条款,苛刻无比,导致印真真愤而毁约的,鱼龙混杂。

到言夏早上开机,光未接电话就多达上百个,除了有限几个是公司问话之外大多都是陌生号码,言夏猜可能是被人肉了。

短信就更没法看了。

好在微信还有道申请手续拦截,一律无视也就罢了。操作还没完,又有新的骚扰电话进来，只得关机。拿周朗的手机给助理电话，让联系印真真确认她的腰伤——"去三甲医院开证明。"

周朗看她手忙脚乱一早上，笑着摇头："要不要我找人送你去公司？"

"不用了。"

那人便走过来亲了亲她："加油！"

所幸她的车并没有被人肉，拍卖会场保安给力，最多是工作人员和竞拍人集体享受了一把走红毯的万众瞩目；资深藏家上网冲浪有限，并不知道发生了什么，也不在意。

有人原本是冲着印真真来的，听说她不来了，扭头就走；也有人不依不饶要退入场保证金，幸而言夏早有准备，自有工作人员引人到侧边退款，没有造成哗然堵塞；也有人听了风言风语临时退场。

好在人多数人都还是抱着"来都来了"的传统心态。

虽然印真真毁约，直播还是安排上了。拍卖主题很温和，就叫"看见女性"。女性主义原本就是当今网络热点之一，又几轮造势，因此甫一开场，就破了10万——大多数都是看热闹的。

到言夏从容不迫登台，一双眼睛笑吟吟扫过台下，几句简短的开场白介绍，整个会场就都被带入氛围之中。

让直播观众大跌眼镜的是起拍价并不高，好几件起拍不过万。便有人嘀咕：果然不值钱，不值得我真真姐站台。但是更多的人跃跃欲试：原来传说中高大上的艺术品也就一只包包的价钱。

——大多数包包并不保值，哪怕是奢侈品；而众所周知，艺术品则有相当大的上涨空间，即便不上涨，装修、送礼也不失为彰显品位的选择。

又巧，这场拍卖是线上线下同时进行，只要缴纳保证金便可下场。

几番推波助澜，价钱渐渐就上去了。

"8000——1万——1万5——2万——2万一次，2万两次，2万3——2万3一次，2万3两次——2万3三次，成交！"

"5万——5万2——5万5——5万8——6万——6万5——7万——7万一次，还有没有再加一点的？好，7万5——7万8，来，咱们凑个整——8

万——8万一次，8万两次，8万三次——恭喜大吉大利！"

"10万——15万——20万——40万——60万——60万一次，60万两次，60万三次——砰！"落槌。

近一个小时过去，不少人都拍到了心仪之物，终于轮到重头戏未成诗。

直播平台登时被"印真真"三个字刷屏。有人说印真真不来是对的，这种廉价场子，最贵的作品也不过200万，还付不起印真真的出场费；也有人说印真真没眼力，这场拍卖中的艺术家虽然现在还寂寂无闻，但是上升空间极大，"你现在对我爱理不理，过几年可就高攀不起了。"

绝大多数还是看戏的心态：没有印真真，宣传上的噱头少了一半，要不能一鸣惊人，这场拍卖就算是废了。

万众期待中，年轻的拍卖师报出最后一件拍品："未成诗水粉长卷《自我》。"

大屏幕缓缓打开，红衣小姑娘怯怯抬头，好奇的目光，像小鹿一样轻灵自在——正是拍卖图录的封面。

虽然竞拍者手中大多都有图录，但是仍不及大屏幕细节丰富。因而人人仰面，屏气凝神。忽有人轻呼一声，接二连三，然后人人都看见了：屏幕之下，同款红衣女子正缓缓抬头，其神情、装扮与大屏幕上一般无二。

"印真真！"不知道多少人尖叫刷屏。但是很快，人们看仔细了，并不是印真真，而是个陌生女子，难得竟将长卷复原得惟妙惟肖。不少人在心里想，便是印真真亲来，也做不到这个程度。

有追过视频的认出来："这不是——"

"这不是未成诗吗？"

似乎也并不奇怪——还有谁，能比艺术家本人更了解作品的神髓呢。

更多的人被这一动一静的画面打动。有些画卷中一眼不能参透的感觉经真人演绎，仿佛胸口被击中。

"就是这样！"

"就是这个感觉！"

无处不在的规训，被束缚的是身体也是灵魂，有时候想要摆脱，有时候又有习以为常的舒适，日复一日中畸形地成长，也同样生机勃勃；有微弱渺茫的希望，那种向上的力量，像是光——

而创作者给它命名《自我》。

报价节节上升，而且是越升越快。起初直播上还不断有人跳出来质疑："值这么多吗？"

"开玩笑吧？"

随着数额越来越大，几乎所有人都被这场线上线下联动的狂欢震住，为之欢呼。电话不停地响，线上数字不时跳出来，再加上场中举牌，一直到大屏幕上长卷缓缓升完，屏下女子姿态定格。

"2100万。"言夏吐出最后一个数字。

"砰！"落下拍卖槌。

它证明了她的眼光。

也证明了她的实力。

所有抢拍到未成诗作品的藏家都喜不自禁：未来可期。

屏幕前有人开了香槟。

他原本并不看好未成诗——不然他早就挖掘了，她的作品过于温暾，冲击力不够；但是言夏选中她，他仍然愿意支持。无论是她身为女性的特殊触觉，还是因为她聪明，看中这个题材方便炒作。

他乐于看到她成功。

人们口口相传，都在说艺术家一夜成名。

未成诗接受了无数的采访，满面春风，一再表示"能遇见言小姐是我的运气"。孙楚蓝则说："你能找到未成诗，也算是运气了。"

言夏微微一笑："我运气一向不错——那也要谢谢孙姐教我不要厌。"

整个闹剧中最憋屈的非印真真莫属。人在江湖，少有没有对家的。乘着艺术家这股东风嘲笑她的人实在不少，有人说她"鼠目寸光""狗肉不上席""人家好心把饭喂她嘴里，她给吐了"。

又有人兢兢业业科普："娱乐圈上面有时尚圈，时尚圈上面才到艺术圈，你看印真真——"

有人嘘声："这个印真真到底有没有点契约精神？临门一脚说不干

了，这要不是艺术家临时顶上去，这场拍卖可就让人看笑话了。这不是能力问题，这是人品问题啊。以后谁还敢和她合作？"

粉丝辩解说："我家真真是有腰伤。"

但是哪里扛得住网友火眼金睛："前天录综艺的花絮出来还秀了下劈腿你说她腰伤？"

"不能下劈腿之后腰伤吗？"

"可以，可以！伤筋动骨一百天，有种她一百天不出来活动。"

"不能打封闭吗？"

"这就对了！活动可以打封闭上，这个就不行？她就那么乐意背这个违约的恶名？"

印真真啪地关了手机。她是有苦说不出来。那位言小姐看起来年纪轻轻，端的是个狠角色，一早就在合同里定下违约金，当天又找人押着她去三甲医院——腰伤自然是没有的，只能老老实实赔钱。

要不是——

"所以，你居然在这上面给你们公司赚了一笔？"周朗啼笑皆非，"江华该乐死了吧？"

"那她也没亏。"言夏说，"说到底都是薅宋祁宁的羊毛。"她根本没有想过用印真真，她无论形象还是价钱都不符合；只是需要她的名气，需要用她做挡箭牌，卖个破绽给宋祁宁。

"那要万一那个印真真咬牙拒绝了宋祁宁——"

"那我敬她是条汉子！原本确实也借了她的势，给点辛苦费也是应该，虽然有点肉疼。"言夏说，"未成诗是个备选，你想想就知道，她是创作者，但凡能抓到机会出头，她不会介意做备胎。"

"那可不一定，"周朗说，"你忘了沙沙？"

言夏："沙沙那是年少成名。人吧，就是贱。一样东西，到手容易，就不珍惜；得来艰难，就不会任性。"

周朗摸着下巴若有所思："我有个想法。"

"什么？"

"言小姐，我是不是让你太容易得到了，也偶尔应该调整到困难模式让你珍惜一下？"

言夏笑。

九

这场拍卖的成功极大地提升了言夏在业内的地位，对于她这个首席的质疑一时销声匿迹。但周朗还是和她说："你这次取巧了。"

言夏承认："是。"

选择社会热点来做一场拍卖，不能说她没用心机。"但是也算是大势。"艺术不可能脱离时代背景存在。

周朗说："可一不可再；以后别人对你的期待值会越来越高，而不会降低。而宋祁宁会一直盯着你，你要小心，不要因为急功近利而犯错——我们犯不起这个错。尤其不要玩弄舆论，舆论这个东西——"

言夏环抱住他的腰胡乱蹭："你就让我多高兴一会儿不行吗？"

周朗亲她的发丝："你要怎么高兴？"

元旦后春节前往往让人无心恋战。旧年似完未完，假期没过，新年要来不来，做什么都心神不定。言夏趁了这空当购置物业，拉周朗去看，是套二手房。周朗就奇怪："你买这个做什么？"

言夏说："过年啊！就要过年了，我想接我爸妈过来。"

周朗"唔"了声。

言夏哄他道："三十初一总要在家里过，初二出门也不晚，还有七八天假呢。"

周朗这才又开心起来，帮忙挑家具去了。

到种种安置好，言夏从星月园搬出来。年节底下周朗应酬多，回到家里黑灯瞎火的不得劲，便往言夏这边来。

言夏无语："让我爸妈看见你在这里怎么想？"

周朗嘲笑她："还能怎么想。"

真到二老莅临，这位倒是衣冠楚楚提了礼物上门，二老甚为喜欢。偶尔早上起来看见屋里多了个人也绝不多问，就笑眯眯多下把面。言夏挤对他蹭吃蹭喝还被训了一顿。周朗这人缘也是绝了。

言夏应邀去东山看了个展。出门被罗昕珠拦下："言小姐有没有空一起吃个饭？"

罗昕珠选的地儿，口碑环境都可圈可点。

言夏赞道："罗小姐真是蕙质兰心。"

罗昕珠说："言小姐只管拿好话哄我，其实瞧不上我——我知道。"

言夏装不明白："罗小姐这就冤枉我了。"话只半句，并不往下引申。

罗昕珠恨得牙痒痒，不得不挑明："我听说言小姐原是挑中了我的作品，不知道为什么后来又换成了未小姐？"

言夏略吃了一客冰激凌，寻思罗昕珠这兴师问罪，恐怕宋祁宁是没把他们的恩怨交代给她——也对，他怎么会容忍小娇妻知道自己还有过去，心里一动，只笑道："罗小姐的作品我是很欣赏的。"

"那为什么——"

"罗小姐，你还年轻，你可以多等几年，等作品更有厚度，有句老生常谈，叫厚积薄发。"言夏言辞恳切。

"就因为她未成诗年纪比我大，过得没我好，她就能得到这个机会吗？"罗昕珠愤然道，"言小姐，这对我不公平！"

言夏怅然道："这个世界上有什么公平可言。罗小姐年轻貌美，要风得风要雨得雨——"

"言姐以为我是生来的天之骄子吗？"

"难道不是？"言夏微笑。

"如果我说，我如今所有，都是我通过努力，双手博来呢？"

言夏也还是微笑。她想这句话她听过，在哪里听过呢，她没有细想，只说道："如果努力就有回报，那这个世界上就没有不努力的人了。"

"不，言姐你听我说，我出身普通，除了美术课本我并没有得到过更多熏陶，我家里也没有想过培养我。我有个弟弟，言姐大概并不知道有个弟弟意味着什么。"罗昕珠面上一闪而逝的涩然，"高考志愿是听从老师的建议，报一个好找工作、越老越吃香的专业——言姐你信吗，我学的是会计。"

"职业并无高低之分。"言夏说。

"但是有合适与否。"罗昕珠迅速回答她,"没有人问过我喜欢什么,也许我自己都不知道。后来进了大学,勤工俭学,攒了钱看展,学画,我基础不如人,我就永远都是画室里待得最久的那个。"

言夏作声不得。冰激凌在盒子里渐渐融化。她很难分辨心里是个什么滋味。她和罗昕珠没有深交,几面之缘也没有可能了解这些,但是如今罗昕珠说的这一切她可太了解了,了解得就如同亲眼看见。

——可笑得很,宋祁宁竟然找了一个和她姐一模一样的女人。

她还以为他会找个门当户对。

"……到后来实习遇见我先生,这种情况才有所好转。"罗昕珠说,"他支持我,支持我的梦想。你可以说我是幸运儿,但是不能说我天生幸运。我幸运是我努力的结果,我并不因此羞愧,也并不觉得因为别人没有这样的幸运,我就该把原本属于自己的机会拱手相让!"

言夏:"罗小姐说得很对。"

罗昕珠看住她。

"但是如果让我再选一次的话,也许我还是会选择未小姐。"

"为什么!"

"罗小姐,我有个问题,恕我冒昧,我希望罗小姐能够如实回答我。"

"您问。"

"诚然罗小姐过去吃过很多苦头,我也绝对相信罗小姐的坚韧。所以我很不解,罗小姐作品中大面积的压抑是从何而来?"

"你什么意思?"

"没什么意思。"言夏说,"我只是觉得,如今罗小姐也算是苦尽甘来,而且以罗小姐的自强不息,信仰努力就有回报,却与作品中的格调不甚相符……"

"所以言小姐是没有感觉吗,对于女性在这个社会中,在成长过程中所受到的结构性压迫?我想要表达的,从来就不只是我个人感受,而是全体——"

"也许这就是我和罗小姐之间的分歧了。"言夏打断她,"我认为艺术首先表达自己,而不是——我这样说也许有点过分,希望罗小姐不要介意——背负过于宏大的命题,没有这个必要。"

"我——"

"我相信罗小姐有一天能够有所表达,或者找到足够欣赏罗小姐的人——也许罗小姐已经找到了,比如宋先生。"言夏平和地说,"所以我还是想劝罗小姐不要急,日子还长,你有的是机会。"

言夏很清楚罗昕珠不满,但是该说的她已经说了。

整个事情就离谱:宋祁宁的老婆希望得到她的推荐?不让宋祁宁知道这场对话恐怕已经是她最大的善意了。

言夏不是不明白罗昕珠的心情,她甚至能够预料到后续:罗昕珠在她这里得不到认同绝不会气馁,她会迅速找到下一个。

会有人认可她——哪怕不认可她的作品也会认可这个人。

罗昕珠和她的姐姐一样,目标明确,永不放弃。她们足够聪明足够努力,也足够积极向上,所以她们总能够成为人生赢家。所以似乎也不能说宋祁宁没有眼光。他总能找到她,无论她叫沈南音,还是罗昕珠。

但是言夏还是忍不住叹了口气:有时候泡沫吹得越大,破灭的时候就会越疼。

当然她并没有过多的好心去怜悯。

时近年节,几家欢喜几家愁,但是商场永远和孩子一样喜气洋洋。言夏的父母因为欠债,近十年都被债主看住,没出过远门。十年间的日新月异,翻天覆地的变化,需要学的实在太多。

言夏得了空便教他们下App,怎么在网上约车,如何查看电子定位,怎么进行电子支付。老人家记性不好,往往才教过又忘了步骤;又不肯在女儿面前失了威严,少不得三天两头吵吵闹闹。言夏跟周朗吐槽:"这得亏我是亲生的……"

周朗鼓励她:"你就得拿出怼我妈的气势来——"

言夏："我认错、我认错还不行吗。"

周朗哈哈大笑。

难得周末，周朗准备酒吧演出，他缺席了太多场，乐队很希望他能回归，哪怕是大伙儿年底聚一聚。

言夏陪二老购置新衣。言母趁机拉住言夏问："小周家里就在南城，你说要不要请他家里人出来吃个饭？"

言夏不敢接这个话，只含混道："再说吧……"

言母心里便有些不安："细妹，你和他……都到这份上了，总不能双方家里都不碰个头吧？我和你爸过来也这么久，怎么就没听他提起，难道是他——"但是周朗那么个人，让人挑不出毛病。

"就你胡思乱想。"言父说，"那孩子和夏夏在一起的时候，咱家还没这光景呢，总不至于——"

"而且现在咱们夏夏都是首席了，也没什么配不起他。"

"他知道……"言母停了一下，看住言夏，"你姐吗？"

"知道。"

"你这孩子怎么这么实诚！"言母就急起来，"不是让你别跟人说吗！谁乐意——"

"他不介意。"言夏说道。

"他家里——"

言夏目色略略游移，猛地瞧见一对男女，一惊，忙拉了母亲进店："妈你看这件大衣怎么样？"

十

次日言母闹着要回家，理由很充分："这么多年了，咱们家也没有过这么松快的年，实在应该走走亲戚。"

"南城虽然好……是挺好的，我看细妹在这里过得也挺好。但是本地没有亲友，就冷清了些；而且我那天听小周说想带细妹出去玩，那咱们老两口在这里就更没意思了，还不如回家热闹。"又说，"细妹，我和你爸没过来的时候,你压根儿就不住这里是不是?"

言夏劝不住,只得找父亲下厨的时候单独问母亲。言母沉默良久,说了实话:"我看见……我看见你姐夫了。"

言夏心里咯噔一响:总是她手慢拉人迟了些。

"那我爸——"

"别让他知道。"言母低声说,"你爸眼睛不好,多半是没认出来。"女儿没有辩解,她便知道自己没有看错,是那个人没有错——这么多年了,没想到他就在南城。就在距离他们那么近的地方。

而她的小女儿——她定然是早就知道了。

没有人能够知道她看到那个人的瞬间是什么心情,连她自己都想不起来。她浑浑噩噩地被推进试衣间,她发现自己在发抖。她往回看,只记得长女第一次把人带到面前,仿佛有光芒万丈。

家境差距这么大,她未尝没有过疑虑,但是长女是个有主意的。丈夫一如既往地觉得天底下就没有他女儿配不上的人——到判决结果下来他都不信,他怎么都不信:"难道宋家不要面子吗?"

宋家不是不要面子,宋家只是不要她的南音。

这个冲击甚至比后来的死亡来得大。

这些年她也没敢问言夏恨不恨她姐姐,她和她姐姐不一样。南音……自多年前那场变故之后,南音就让她觉得陌生了。也许一直都这样,她当时没有足够的精力去留意,孩子都是悄无声息长大的,越长大越陌生。是她亲生的骨肉,她也走不进她的世界里去。南音心大,言夏要懒散一些。

她想过如果南音没有出事,言夏可能会一直懒散下去,无忧无虑过上很多年。但是有时候人就是这样,你不知道会被命运的哪个浪头击中。

她没想过言夏真能还清这笔债,虽然言夏总说她会想办法;她只想过欠条是他们夫妻打的,写的是他们夫妻的名字,哪天他们不在了,债也就不在了。

她没想过找宋家要个说法,他们是普通人家,他们惹不起。他们就只想平平安安过完剩下的日子。

但绝不是与那个人在同一片天空下——

言母从未想过，她不敢想，但恨意终究是有的。哪怕家里多年不提大女儿的名字，她偶尔也会以为自己已经把大女儿忘得干干净净，但是偶尔也还是会梦到，梦到她在冰冷冷的屋子里，说妈妈我饿。

她抓住小女儿："要不你也和我们一起走——"话出口也知道不成，言夏的事业在这里；就算她能走，周朗也不会走。但是要留她一个人在那个人的眼皮子底下，光想想都让她心惊肉跳。

言夏安抚母亲说："妈你别怕——这是法治社会，我不犯错，他也不能把我怎么样。"

这样天真……言母想，完全没有她姐姐的精明与机警。"这不是你犯错不犯错的问题，你姐就是你的错。他们是夫妻，后天结成的关系，说没就没了；你们是姐妹，天生骨血里带来的——"

言夏默然。她并不是真的不懂。

又听母亲问："小周当真不介意吗？"

言夏说："你不信你自个儿问他。"

言夏以为母亲并不会当真去问——她是个不惯与人正面的人。没想到当真了，还是单刀直入："小周你知道宋祁宁吗？"

周朗一惊，便往言夏看。然后他猜到了："阿姨……碰到他了？"

他说："阿姨不要担心，我会看住言夏。"

这句承诺让言母稍稍放心，答应年后再走。

言夏和周朗说："我妈看见宋祁宁倒没什么，我就怕宋祁宁也看见她了。"

周朗说："他还能对你爸妈怎么样？"

言夏久久不语，只说道："是我考虑不周。"留给那个人的把柄，应该是越少越好。

周朗也知道这么一来，塞舌尔之行是不可能了，未免沮丧。言夏哄了好久才哄好。

周朗对团圆没什么执念。不过人是氛围动物，到处都响"恭喜恭喜恭喜你"的时候，不团个圆简直对不起这热情劲。

姜雁潮年轻时瞧不上这些老掉牙的民俗，觉得从骨子里散发着焦黄的油烟味儿，如今年岁上来了，也兴兴头头操办起来，二五扫尘土、二六炖大肉、二七二八把面发、二九贴对联——

三十下午周朗就被塞了一叠纸，一把剪子。周朗道："外头窗纸十块钱一大把，要什么没有，就非得折腾我？"

"买的多俗气。"姜雁潮笑眯眯地说。

周朗委委屈屈坐下："我手也没这么巧——"他素日里讲究穿搭，这会儿难得在家，胡乱套件旧衫，连鬓角都毛毛的。

姜雁潮笑道："那有个手巧的，怎么不叫她来？"

周朗斜睨她："你怎么知道她手巧？"

姜雁潮朝桌上水杯努了努嘴："前儿看到就觉得器型特别，还寻思让你给我也淘一个。昨天给你倒水，上手试了试，轻是轻，不合手。刚看到你喝水才反应过来，是我手小。她照你手形烧的吧。"

周朗嗯了声，眉眼里得意就压不住："这么快就对她改观了？"

"那倒没有，就看了直播，还挺像模像样——那也还是没有未小姐恬静。"

周朗懒得理她，看了眼手机，也不知道那人在做什么，有没有想他。

吃过年夜饭便回房开视频电话。春晚主持照例热情洋溢地请全国人民吃饺子。女孩儿凑到镜头前，下巴上飘满了纸胡须。

"打牌呢？"

"嗯。"

"怎么输成这样？"

"手气不好。"

"给我看看牌。"

"不给！"

那头又传来言母的催促声："该你了该你了——哟，小周打电话呢？新年好啊小周，要不要过来玩？"

"妈！"言夏喊了声。

言母便又笑眯眯地说："帮我给小周发个红包。"

"知道了。"

老人家不能熬夜,到点就休息。言夏到阳台上给周朗打电话,没开灯,声响都挺远,零星有烟花炸开。

周朗说:"我想见你。"

"想和你一起跨年。"他补充说,"去年就想。"

"你在哪里?"

言夏以为会和影视小说里一样,人到了门外装模作样说"想见你"给她惊喜,没想到丢过来地址是东山,不由失笑。东山不算偏,开车半小时,那边的资深藏家不少——没想到原来周家就在那里。

年三十晚路上没什么人,就只有橘黄色的灯光雾气蒙蒙。花木渐稠,是独栋的小洋房。

有人从二楼直奔下来。

一开车门就被裹进大衣里。都是人的气息,干净的,温暖的,喜悦满满。她抬头,那人便吻住她。像是花香发酵酿就,月光的颜色沉淀在眼睛里,有种醉酒的微醺。心跳得扑通扑通的,像面鼓。

"我们上去。"他拉着她往上走。言夏稀里糊涂也不知道路,只知道是绕开了大厅正门。

房间是暖色调。

有很多的陈年遗迹,看得出这里曾经住过小孩。玩具和手办,落灰的台灯,二十年前的课本和相册。

"我以前路过,"言夏和他说,"看见蓝色的玫瑰花枝从墙上伸出来——你一直住这里吗?"

"很少。"周朗吃她带过来的油炸食品,"热量这么高,真是罪恶。"

言夏唧唧咕咕地笑,听见外头的声音:"你家里人是在守岁吗?"

"我妈瞎闹呢。"

"一会儿到零点……你要不要下去?"

"不要。"

话音才落,外头就有人敲门:"哥,妈叫你下去吃饺子!"

言夏伏他肩上闷笑。

"南方人吃什么饺子！"周朗恨恨道，"滚！"

"妈说包了硬币，包走一年好运！"

"谁包的谁吃！"

"妈说外头停了辆车，问是不是你的？"

"不是！"

"咱家来客了？"

"再多嘴压岁钱没了！"

外头那人哈哈大笑，心满意足走开了。

言夏笑出声："可真是个好哥哥！"

"我就是！"

言夏羞他。周朗抓住她的手："有没有什么想要的新年礼物？"

言夏呆了一下，环视四周。人的欲望无穷无尽，偏偏这会儿什么都想不起来。而那人的眼睛亮晶晶地在面前。

她亲了亲他："要什么都可以吗？"

"我有的就可以。"

"那我要你。"

周朗抵住她的额，低声笑道："我说错了，言小姐虽然难追了一点，还真不缺情趣。"

十一

姜雁潮次日晨起，门外的车已经不见了。

周朗拖拖拉拉到九点才下来，看见母亲瞪视他，不自在地咳了声："看我做什么？"

"人回去了？"

周朗从盘子里拿了块片面包往嘴里塞，含混道："她要回去陪她爸妈吃早饭。"

姜雁潮也不知道该气还是该笑。

周朗吃完面包，又喝了半杯牛奶，回房拿了只手袋下来："她给你带的新年礼。"

姜雁潮抬手就打："你当我傻？"

周朗抱头道："这次真是她——上次是我挑的，不是怕你不满意嘛……好吧结果你还是不满意。这次就真是她带来的了，不光你有，小霜和叔叔也都有。我不让她和你打照面，也是为你好……"

姜雁潮这才看了眼手袋，心里想这眼光果然是专业的好，又和周朗说："吃过中饭就去你爸那里吧。"

周朗嗯嗯应了声。

"你爸，"姜雁潮斟酌用词，"你爸的意思是，你玩了这么些年也够本了……"

"什么叫玩了这么些年！"

"反正你爸这么说。他年纪大了，想你过去接手——"

"我不去！"周朗继续吃面包，"叫他别想了，他老婆不会肯的。而且这都什么年代了，明雪不好吗？明雪不好还有明依嘛；要明依他也不满意，就再练个小号呗，他也没老到生不出来——"

姜雁潮吐了口气："你自己和他说去！"

周朗赶在晚餐前抵达周宅。

大多数时候他不明白为什么人要占这么大的地盘，不过想到父亲一家子兄弟，似乎小了也住不下。

挨个发了红包；进书房见过父亲，父亲照例是要训他几句，他横竖当耳边风。团圆饭这件事，小家还能吃个亲热，大家子吃的就是规矩——幸而他是个边缘人，大多数时候他们都对他客气得很。

他在周家住了三天——太短了不好，太长就是和自己过不去了。

相了两次亲。

都是世交，女孩子长得漂亮，也算聊得来。周朗惋惜道："可惜我女朋友醋劲大……"差点挨耳光。

周家和他关系最好的是他二叔，一辈子没工作过的投胎小能手，从前靠父母，如今靠兄弟。新收了批东西让他掌眼。东西倒是真不错，他就是替他爹肉疼。

日常联系言夏。她似乎在走亲访友，听起来还算愉快，说要开工才回来，承诺给他带土特产。

初五回到南城，休息一天；初六和乐队约定排演。照例是到很晚，勾肩搭背地去吃东西。周朗多喝了几杯，有些上头。

散场了问："谁捎我一程？"

愣是没人接话。周朗心里想真见鬼了！目光过去，小伙伴们一个一个都躲着，猛一回头，有人笑吟吟过来。街这样长，很晚了也没什么人，街边上的店都已经关门。灯色氤氲染在她眼睛里。

他恍惚想，没去成塞舌尔似乎也不是太遗憾了。

"怎么提前回来了？"

"想你了。"

周朗亲她："怎么知道我在这里？"

"在你身上装了跟踪器。"

"呸！"

言夏哈哈一笑："前天看到飞飞在朋友圈里说要排练——"飞飞是乐队里的琵琶少女。

周朗有种奇怪的感觉，她这次回来，似乎是对他多了许多依赖。以言夏的性格，便是来之不易的信任了，十分欣喜。

言夏逐渐适应新的职位。虽然要学的还是很多，总算不像开头那么窘迫了。

开年接了个慈善拍卖，成绩可观。

春拍征集也可圈可点，最可惜是丢了日本一个大单。团队做的策划不能说不精彩，但是碰上宿敌永嘉——还是老相识，张莉莉。藏家比不出高下，就把她和张莉莉叫到办公室："我有个主意。"

最后以言夏出剪刀，张莉莉出石子结束了这场较量。输家如言夏固然无言以对，赢者张莉莉似乎也只能尬笑。

言夏和周朗吐苦水："我都不知道首席拍卖师还要精通剪刀石子布。"

周朗得了便宜给她卖乖:"我听说情场得意难免赌场失意。"
言夏道:"周总是不是想知道花儿为什么这么红?"

这点小挫败并没有让言夏气馁。她是典型的中国人,相信运气守恒。算下来她这一年里运气好得让她几乎不安,有点小小的不如意不是坏事。

她一直担心孙楚蓝给她使绊子。但是孙楚蓝似乎也接受了这个双首席的形式,和她说:"你要说我多高兴那肯定没有。我当然不喜欢有人掣肘,但你能找到那条船,我还是佩服的。"

言夏与她碰杯:"我就知道孙姐格局不止于此。"

"共勉。"

孙楚蓝姿态是好看的,仍很难不唏嘘:"你还这样年轻,真让人羡慕。"

言夏认真地回答她:"我一直认为孙姐和我是同龄人。有的人年纪轻轻就老了,有的人至死都年轻。"

"小言你很会说话。"孙楚蓝说。她递给她一张邀请函,是罗昕珠的画展,在四月。

周朗和木瓜网的合作确实打开了艺术品网上拍卖的局面,但是周朗对于宋祁宁始终警惕,进行得相当谨慎。公司里隐隐有风言风语,认为过于保守。也是他这两年业绩实在太好才没出事。

二月底,周朗开始着手人事改革。

但凡公司有了年岁,上了规模,就难免权责不清晰,互相推诿导致效率低下。永嘉这样依赖人脉的公司问题尤其严重。三年前周朗上任之初就承诺解决问题,这三年按兵不动,董事会是有不满的。

周朗也有理由:"条件不成熟。"

——就如宋祁宁点出过的那样,他年纪太轻,压不住。刀往哪里砍都会反噬到自己。

他最终决定动这个手,也是沉船拍卖的成功和木瓜网的合作达成了他空前的威望。即便如此,仍十分艰难。

连续加班了两个月。言夏便是心疼,碍于身份,也没法大白天大摇大摆去永嘉。偶尔晚上过去陪他吃个夜宵。

周朗还挺盼着她来。

倒是言夏很后悔："早知道年后这么大摊子烦心事儿，春节就该听你的去浪上几天。"

周朗挑三拣四地吃着点心："后悔了吧，我就和你说——"

他皱了下眉。

言夏没留意，犹自问："说什么？"

周朗喝了口水，像是想把什么咽下去，但是没有成功，"哇"的一下全吐出来。他抓住言夏，眼神涣散。

言夏被吓到了，连声问："周朗，周朗？"

"我——"

"你怎么、你怎么了？"

"……停电了？"

救护车很快就到了，比她想得还快；胸口一直在猛跳，响得比她想的还厉害。

人被推进急救室。

"他眼睛怎么了？"她问。她知道他恐惧。

"要做过检查才知道。"

深夜的医院安静得很。走廊里灯色昏暗。

言夏捂住脸，早知道不该让他这么拼……也不知道严不严重；不知道怎么会影响到眼睛，眼睛这么重要的东西……也不知道要不要给姜雁潮电话。她没有她的电话。明天肯定是不能去公司了。

言夏给助理留了言。

护士一拨一拨从面前跑过去，血袋，药袋，人被推出来又推进去。看得人心惊肉跳。急诊室里出来人，赶忙上去问："怎么样？"

"现在还不知道。"

"他这么年轻，也没有什么大病，每年体检都是正常的；他有坚持运动，就这两个月加班多了点……"话说出来更像是自我安慰。

医生面无表情地看着她。

言夏歪在医院的长椅上睡着了,梦里都是医生疲倦和面无表情的脸。早上被护士推醒。

医生和她说:"暂时稳定了。"

"是什么问题?"

"中毒。"

言夏脑子里空白了一瞬:"我和他一起吃的……"

医生点点头:"不一定是夜宵的问题,你要是不放心你也去做个检查。他的饮食情况你和我详细说说?"

言夏打电话给周朗的助理小峰。

小峰很快就到了。他能提供的线索比她还多一点。周朗并不是个放纵的人,大多数时候他都吃得相当健康。

下午姜雁潮也来了,然后是警察。

十二

警察还算客气,做完笔录就让言夏回家。言夏腿发软,在门口坐了一会儿。给小峰打电话,小峰说一直没醒,说着说着声音就变了调。言夏听见自己说:"别哭,不会有事的。"

打车回家整理周朗的衣物和用物。整理是件琐碎但是管用的事,脑子像是浮在半空中,看着躯壳走过来走过去。

"他不会醒了,"它说,"就和姐姐一样。"

她不理它。

"你没照顾好他。"

"他对你那么好……你怎么不哭呢?"

"你就是个灾星,谁和你好谁倒霉,你姐姐是这样,钟灵是这样,韩慎是这样,现在是周朗。"

她咬紧牙关。她知道不是这样的。这不是事实。

一件一件把东西收纳好,塞进后备厢里去医院。小峰订了饭,姜雁潮实在没什么胃口,吃两口就放下。言夏默不作声,慢慢儿吃干净了。

无论什么时候,人都需要体力。

273

人安安静静地躺在那里。

周朗少有这么安静的时候,除非是睡着了。她一向醒得比他早,晨光覆着人的眉目,像画中人。

医院里消毒水的气味。

警察又来过几次,询问一次比一次详尽,但是下毒的人还没有找到;医院里没完没了的检查,医生说不清楚毒素很难针对性给药。

"那他什么时候会醒过来?"话涌到舌尖,还是吞了回去。

她很怕他说他醒不过来。

第四天开始回去上班。下班来医院姜雁潮的脸色就没法看。

"言小姐,"她客客气气地说,"你和阿朗其实没有什么关系,你要做什么大可以自便。不必装模作样。"

言夏说:"阿姨先休息一会儿吧——别把自己累病了,他醒来我没法和他交代。"

姜雁潮便别过脸去。

次日警察通知了两个消息,一个好消息一个坏消息,好消息是嫌疑人找到了,是永嘉旗下网络公司总监陈辉;坏消息是他不肯说。

"不肯说什么?"

"不肯说下了什么药。"

"他这是想拖!"小峰眼睛红了。

言夏没有应。她明白小峰的意思,周朗老这么昏迷不醒是拖不了多久的;多一天多一分危险,就算不死,人也废了。

姜雁潮眼泪都出来了:"早叫他别玩了回家他不肯——"

言夏托人拿到陈辉的资料。

陈辉,三十五岁,艺术设计专业,毕业之后在广告公司四年。广告公司式微,跳槽到永嘉,挂了若干头衔——拍卖行很多头衔都是虚的,为的是撑场面,免得和藏家、买家打交道的时候说不上话。

言夏是行内人,自然清楚其中门道。这人营销手腕是有的,成绩一般，可能没走对路子。去年秋被周朗提上来负责电子商务部，与木瓜网打交道，永嘉在木瓜网上做得不错，他也随之水涨船高。

看到这里，言夏的手有点发抖。有个念头从她脑子里蹿过去，但是立刻被她否决了，不、这不可能。

怎么可能这么丧心病狂，他和她有仇，和周朗有什么仇？

他再不是东西，也执掌这么大一家企业。

她一次一次把这些念头按下去，但它们一次一次顽强地长出来，和自己搏斗到筋疲力尽。言夏揉了揉眉心。她知道她没法消除这个怀疑，哪怕只有亿万分之一的可能——如果能让周朗醒过来。

她总要试试。

言夏跟警察申请旁听审讯。

陈辉心理素质极好，开口就要律师在场。问什么都能答出一堆官方措辞，或者无可奉告。

言夏问警察能不能上测谎仪。警察回答说可以，但是测谎仪的准确率不好说，而且无法作为呈堂证供被法官采纳。

言夏说："我不是法官，我只想救人。"

警察犹豫了一会儿，他也能够理解受害者家属的急迫。他在医院报警的时候和这个女孩儿见过面，她冷静得出奇，但是确实肉眼可见地憔悴了，因此叹了口气，自我安慰说法理无外乎人情。

言夏编了三条穿插在警方的测谎问题中。

"你嫉妒周总年少有为？"

——"我钦佩周总的成就。"

"木瓜网表示过不能与你继续合作十分遗憾？"

——"我不知道你在说什么。"

"周总在网拍方面的长期战略部署与你有根本上的利益冲突？"

——"我不清楚周总的长期战略部署。"

测试反应最强烈的是第二条。

警察不明白："言小姐是怀疑嫌疑人的动机，和周总的……长期战略部署有关？"

言夏说："我也不知道。"

宋祁宁的电话不难找。不过打过去都是秘书。秘书回答说："宋总说不认识言小姐，希望言小姐不要骚扰他。"

言夏从备忘录里翻出罗昕珠的画展地址，在南城最大的画廊。

展厅布置得别出心裁，有种银白色的科幻感。看客云集，又井然有序。言夏穿行其中，像一条游魂。

人人都有声音，她仿佛没有实体。

宋祁宁没有来捧场，在意料之外。她必须想别的法子。罗昕珠在这小半年里交了一批新作品，速度快得令人咂舌，而风格也越发浓烈，恍惚能看到向上的手，支离破碎，垂头沉默的眼眸。

有人给她希望，或者有人希望她迸发出希望，但是表达的本能，不甘在明亮的色调底下肆无忌惮地流淌。

艺术自有其直指人心的力量。

言夏在作品面前驻足良久，直到罗昕珠朝她走过来："言小姐要来怎么不和我说一声，我也好到门口迎你。"

言夏恍恍惚惚微笑道："罗小姐客气了。罗小姐这件作品很出色，比早先交给我的要出色很多。"

罗昕珠笑道："知耻而后勇。"

言夏说："那是我走眼了。"退开两步，朝她鞠了一躬，"我道歉。"

这样的低姿态博得了罗昕珠的欢心。罗昕珠挽住她的胳膊，笑吟吟道："言姐可别这么着，我受不起。"

有记者过来做采访，罗昕珠一歪头，十分俏皮。

言夏在画廊流连许久，罗昕珠请她一起晚饭。言夏犹豫道："就怕孙姐怀疑我抢单。"

罗昕珠笑道："言姐真是多心。"

觥筹交错自不必说，有说段子的，拍"彩虹屁"的。言夏话不多，喝得多，罗昕珠都疑心她借酒浇愁。江湖传闻她和永嘉CEO是有一段，不过想也都知道不可能，谁都不是肯赔上事业的傻子。

多少生出怜意来。

到散场醉得不行,拉都拉不起。罗昕珠原想喊个车送她,被抱住不撒手:"罗小姐——"

"嗯?"

"我好羡慕你……"

罗昕珠也不知道这算不算酒后吐真言,心里终究熨帖,想这么个铁骨铮铮的硬气人,原来也就是纸老虎。心里一软,索性问明了地址亲自送她。

偏这晚也是邪门,撞上交警查车,车里酒气冲天,罗昕珠少不得被叫下去吹气。交警夹缠不清,罗昕珠也只有耐着性子配合。

副驾驶位上醉糊涂了的人悄无声息睁开眼睛,拿过手机。她手有点抖,喉咙也干,但她还是很快就找到了号码。

"小珠吗?"

她熟悉的声音。

言夏不答,呼吸换算成频率,一下一下撞击过去。

宋祁宁开始觉得不对:"小珠?"

"你在哪里?是喝多了吗?要不要我来接你——"

终于得到回答,在很久之后。像是从很远的地方传过来,像是从很深的洞穴里传过来,带着时空的回音:"祁宁……"

宋祁宁一下子寒毛全竖了起来。他肢体僵硬。他想他不记得这个声音,但是也许潜意识告诉他不,他还记得。

"……言小姐?你不要和我装神弄鬼。"

"我……我想见你。"那个声音说。很平静,带了些许叹息。更像了,他想。

"言夏!"

电话里咯咯笑了声。

"言……言夏!"宋祁宁稍稍拿开手机,确认是罗昕珠的电话无疑。罗昕珠的手机落在她手里,那罗昕珠人呢?——"你要做什么?"

"我想见你。"

那声音仍然奇怪，宋祁宁想，竟然能这么像。但也许是错觉，也许是他们拍卖师确实很擅长控制声音。他听到自己喉咙里咕咚响了一下。他知道他不该接这个话。他心里有个声音说，没准儿罗昕珠落在了她手里，他必须——为她的安危着想。她就是个疯子，天知道她能做出什么来。

但是另外一个声音冷冷地说，不，你就是想见她。

"你在哪里？"他问。

罗昕珠通过检查回车，发现副驾驶位上已经没人了。

"言姐？"她打电话问。

"我助理到了。"言夏回答说，"今晚真是对不住，下次我请你，给你赔罪。"

"言姐和我客气什么。"罗昕珠愉快地回答她，"那下次再约吧，早点休息啊。"

十三

宋祁宁推门。

日式榻榻米，矮矮桌儿。桌色微沉，像是许久没有人来；通体碧绿的日本酒，瓶身上的汉字遒劲如亘古流传的咒。暖黄色横纹纸灯调节出似曾相识的氛围。"我喜欢日式，精致。"有人说。

他不记得是谁。

旋律很轻，像四月拂晓的光，樱花从树枝上落下来，浪花往海岸线上推，要很仔细才能听得出调子；价值不菲的浮世绘美人，粉白色的肩颈；香也很轻，像流水脉脉，金箔点点，顺流而下。

她审美出众，他想。他有点恍惚，甚至不能细想这个"她"是谁。

他坐下，便有人进来。赤足，雪白一截小腿，粉蓝色振袖。她给他倒酒，酒在琥珀色酒杯里春色荡漾。

"你找我做什么？"

女孩儿垂头不说话。浓黑一篷发，露出颈后洁白。无声在空气里发酵，让人喉头发紧。宋祁宁有淡淡的不耐烦，但是又很奇怪地希望这种暧昧的沉默继续，久一点……再久一点，不要出声。

出声就是幻灭之始。

酒入喉，像丝绸抚慰过肌肤。

他们蜜月旅行去的京都。地球上可去的地方就这么多。京都的小巧秀丽，悠长时光，能抚慰到都市人的眼睛和胃。

他那时候还年轻，天高地远。而现在，过去的每一天都是他余生最年轻的一天——那时候他还不知道。他听到祇园的钟声，桫椤双树的花失去颜色；鸭川流水滔滔，是擦肩而过的每一个人。

阳光照在她的脸上，白的肌肤，黑的眉眼。是冷和暖，是坚硬和柔软，像雪和琉璃。所有无常。他很中意她。他们志趣相投。她听他爱听的歌，他爱看的电影。她选出他喜欢的酒。他们的步调过分一致。

宋祁宁不知道自己为什么会想起这些，像空气里的浮尘，琐碎，无端，倏忽即逝，做着无法预测的布朗运动。

他心里有警铃在响，他知道不能沉溺其中，但是他抗拒太久了。十年如一日，到今时今日，他大获全胜。

——他并非真不知道她找他做什么。

逼一个人跪。

逼生来倔强的人低头……宋祁宁知道这是人类源自远古的兽性，有文明出现之前粗犷而浓烈的血腥味。

女孩儿跪坐在他面前，垂着头，眉目柔顺；她双手放在膝上，指甲是花瓣一样的樱粉色。

"言——"

"姐夫。"她忽然出声。

宋祁宁看着酒杯。杯面的弧度扭曲了人的脸。她喊他"姐夫"，挺可笑，她一直喊他"宋总""宋先生"，冷硬得像什么宁折不屈的金属，如今知道喊他"姐夫"了——"说吧，找我什么事？"

他要听她亲口说出来。

女孩儿却又沉默了。

良久，往他跟前挪动了两下。很近了。柔软的衣料就在他指尖，彼此呼吸可闻。她身上是干净的沐浴露的味道。

她抬起头。

不知道是不是灯光的作用。宋祁宁感觉到眉骨剧烈地跳了一下，就好像他控制不住的膝跳反应。自进屋以来，这才是他们的第一次正面交锋，仿佛能听到金属划破空气的风声，风声割裂他的眉。

这根本不是那个姓言的女人！

不是言夏！不可能是言夏！从哪个层面上都不是，无论外形还是表情——这个世界上不可能有这么像的人！

就好像童话山谷里春风过去，沉睡的万物在同一个时刻被惊醒，天空、大地、野花、绿草、蝴蝶、蚱蜢、树上的黄莺、池塘里的青蛙，每一根神经末梢都被牵动，记忆里每一颗纤细的微尘。

他早就忘掉的人。

——潜意识说你没有！你忘不掉！

他恨她！

但是他忘不掉！

他猛地推倒她。他知道他形容狰狞，他没有办法保持住冷静，就像是有只手——那必然是纤纤素手，有着樱花粉色的指甲，却尖利得像是刀——它撕裂他的胸膛，有什么从血肉之中突出来——

就像是星际电影里的异形。

牙齿咬在素白的肌肤上，淡青色的血管，咬破它，血是红的，热的，会冲上天花板，像一个凶案现场。

有坚硬的东西抵在背上，尖锐，冰凉。他感觉到威胁，一下子醒过来。他看到女孩儿眼睛里的恨意。

仿若实质。

"我在录视频，宋先生。它绝对能拍到你的脸，同步上传。"

"你最好不要轻举妄动——我手里的东西不认得你是我姐夫，互联网也未必认得你是宋家人。"

他看到她的牙齿，细碎的，像海滩上的沙砾，闪着锋利的光芒。它能撕碎任何在她面前的——无论是人还是东西，他想。

她果然……是那个女人的妹妹，她发狠的样子是很像的。

他小看了她。

他以为她是来求饶——她的姿态她的身体语言太像求饶。他甚至想好了他的条件，叫她滚，叫她永远不要出现在他目之所及的地方，无论名字还是人。叫她带着她那对骗子父母滚回她的贫民窟！

但他还是小看了她。

"你用了药？"他不信自己的自控能力如此不堪一击。

"没有。"她说。

但是她的表情分明在说"是，我用了，那又怎样"，"宋先生，我没有时间了，我要知道你下了什么药——不要告诉我你不知道，我不信宋先生这样的人能够忍得住不掌控全局。"

"什么药？"

"陈辉给周朗下的药。"

"你凭什么认为——"

"你说我凭直觉也可以。我要药的名字。"她推开他，"从现在开始，到我抵达医院为止。没有收到药物的名字，我朋友就会把视频传到网上。我知道你在想什么，视频传上去我身败名裂，我想过了，我接受这个结果——要死一起死！宋先生的名声，宋家的名声，可比我言夏值钱得多。"

宋祁宁生平第一次知道什么叫鱼死网破。他想过留下她，以他与她的体力悬殊，他毫无疑问能够做到。但是他也知道，这间屋子，这个氛围，这张脸，不是她一个人做得到的——她不是一个人。

"你拿什么保证你会删掉视频？"

"没有保证。但是你也没有选择。相信我，我也不想社会性死亡，不只你宋祁宁一个人想活，我也想。你不要逼我。"

"值得吗？"

言夏没理他。

"言小姐，我还真是被你感动到了呢。"宋祁宁歪靠着墙，"你也被自己感动坏了吧。你是不是觉得周朗也会感动啊，让他知道你这么晚单独来找我，给我下药，他会感动得立刻跟你求婚吧？"

"你真是太不了解男人了——比你姐姐差远了。"他歇了口气，"最妙的是，如果让他知道他这次差点死得不明不白就是拜你所赐，你猜他会怎么做？"

他放声大笑。

言夏没有作声，也没有回头，她一步一步走了出去。

上车车就发动了。

言夏把脸贴在玻璃窗上，玻璃冰凉，心脏还在狂跳。那个人的话像钉子钉进太阳穴里，像钉死在墙上的壁虎，它没有办法断尾求生。她知道他是不让她好过——她知道，她都知道！

人性固有的弱点，从生理到心理。她用他的弱点对付他，就不能怨他对付回来。没有人无坚不摧。各种纷杂的思绪在脑子里混战成春秋战国。

直到钟灵和她说："到了。"

到医院了。

医院的灯光明亮，衬得外头格外黑黢黢。手机还没有响。言夏推开门："要我陪你进去吗？"

"不用。"

钟灵犹豫了一下："那……确定要上传吗？"

"确定。我进医院就给你电话。"

钟灵便没有再问——钟灵是个好朋友，她从来不问发生了什么，为什么要这样做。她永远都只回答："好。"

只有言夏知道自己腿软，但是该走的路还是要走。

短短十余分钟的距离，心里一万次闪过回头，两万次上车，三万次抱住钟灵哭一场。钟灵会明白她的软弱和恐惧，明白她无能为力，她做不到，她不想身败名裂，她不想社会性死亡——她没那么厚的血，她还年轻，她不想深山老林里过完余生。

她拼命的结果，他不一定领情。

是她害了他——就算他完好醒来，他也会恨她，恨她让他吃这个苦。

这天底下不能善终的情侣实在太多，像宋祁宁和沈南音，靡不有初，鲜克有终。不少他们这一对。

但是她终于跨过了住院部的门槛，她找到钟灵的电话，按下去——

"叮。"

一条陌生人的短信。

十四

周朗像是做了一个漫长的梦，梦里他似乎是被外星人劫持，做了许多稀奇古怪的人体试验，各种疼痛在身体里轮番上演，偶尔有片刻他觉得不像是梦——但是如果不是梦，那就太可怕了吧，他想。

好在他终于醒来——疼痛和晕眩。然后是消毒水的气味。但凡进过医院的人不会不知道那是什么。再然后才是雪白的天花板，同色的被子和枕头。周朗觉得这大概是世界上最可怕的梦想成真。

手臂冰凉，还在吊着水。透明的胶管里一滴一滴往下掉。他忽然想起来，在此之前，他最后的记忆是停电。

他歪头，看见母亲的脸，她睡着了。她脸上满是疲倦和憔悴的痕迹，也没有化妆。苍白的皮肤失去弹性，年龄感一下子上来了。在此之前，他还以为她是不老的，她永远停在盛年，容光焕发。

"言夏人呢？"他想。

"她上班去了。"姜雁潮说。

周朗疑惑道："她没那么爱上班吧。"

姜雁潮被他气笑了。她也知道她儿子脑回路不是很正常。正常人也许会以为自己被放弃，他不会。他不缺爱，不缺安全感，他没那么患得患失——他早就不是二十年前激烈地不肯要妹妹的小男孩了。

又或者那个女孩儿是真的很爱他。

姜雁潮记得她冲进来的那个晚上，第一时间留意到她的浓妆。她拽住医生语无伦次，哆哆嗦嗦，怎么也说不清楚，最后把手机塞给医生："医生你看，是不是——他中的、他中的是不是这几种毒？"

到底带了哭腔。

姜雁潮不知道她去了哪里，那几天她没来医院，自尊支撑她没有打电话询问。她想过很多次，觉得儿子老亏了，贴心贴肺地对她，人家根本没当回事——到这时候才知道她去做了什么。

"你要想见她，就打电话叫她过来。"姜雁潮说。

周朗没有打这通电话，他想先弄清楚发生了什么事。

晚上言夏给他带了水果和晚饭，姜雁潮坐了一会儿便回家了。她这些天担惊受怕的累惨了，就不坐这里吃"狗粮"了。

周朗胃口不是太好，稍吃了几口也就罢了。言夏给他削苹果，周朗说："我不爱吃苹果。"

"医生说吃苹果好得快。"

"那你吃啊。"

"我不喜欢——"言夏意识到上当，气得要打人，没下得去手。周朗说："这会儿打我，就真是谋杀亲夫了。"

"呸！"

言夏伏他胸口，周朗伸手抚她的发："我妈吓坏了，你也吓坏了吧。"

"没有。"

"嘴硬！"他握了握她的手腕，"哪里买的减肥药这么管用。"

两个人都不说话，病房里就安静得很。过了许久，言夏方才轻轻地说："真可怕。"

"真没想到人会这么丧心病狂，他还是我一手提拔上来的。"周朗也忍不住感慨，"能力是有的……"

"人心不足吧。"

言夏想了想又说道："人过三十五，跳槽就没那么容易了。上有老下有小。他老婆全职主妇，两套房子房贷没还清，还养车……"这人多年蹉跎，不算得志，好不容易逮到木瓜网运营永嘉这个项目，难得顺风顺水，成绩漂亮，就在这一两年，上去了就另外一个阶层；一旦换人，即时打回原形。未必有运气等到下一个机会。

周朗不明白，反驳道："我又没打算裁员，就只是人事调整……真裁也裁不到他头上。"

言夏知道他不懂，也没有解释，只顺着他说："可能他以为会，谁知道呢。家里底子薄，经不起事，给人一挑唆就起了邪心——可能原本就心术不正。"

周朗看她："你倒是知道得清楚。"

言夏"嗯"了声："零口供，官司还有得打。"

周朗说："我是不会出具谅解书的，想都别想！"

"那当然！咱们又不是圣母。"言夏摸他的脸，眼圈发红，"小峰都给吓哭了。"

"你哭了没？"

言夏低声说："我不会让你有事……"

周朗底子不错，恢复得很快。到第三天就叫小峰把笔记本拿过来，大有把病房当办公室的架势。姜雁潮和他吵了起来，到点就没收笔记本不许加班。好在又过了两三天，医生就宣布可以出院了。

躺久了的人陡然起身，仿佛整个世界颠倒过来，看什么都有种新鲜感，包括马路两边的高楼大厦。周朗守着车窗看了足足十几分钟才意识到方向不对，和姜雁潮说："妈我要回星月园——"

"先回家吧。在医院这么久，回家拿柚子叶洗个澡，然后让红姐给你好好补补——"

"我是进医院，又不是进牢房——"

"呸呸呸童言无忌！"

"真没必要！而且我都好了，我也不想喝汤……"周朗垂死挣扎，"我也不是小孩……"

姜雁潮只当是没听见。

周朗晓之以理："而且明天我还要上班啊，家里离公司这么远……"

"星月园就不远了？"

"言夏会送我——"

姜雁潮又不吭声了。

周朗终于觉察到不对:"又怎么了?这几天不挺好嘛,她还给你削苹果呢。你不找她麻烦,她就不会怼你……"

姜雁潮一脚刹车等红灯,高高的显示屏上数字一个一个地跳,她也觉得措辞艰难:"我也觉得那孩子挺好……"

"那——"

"周朗你实话和我说,你这次中毒,是不是和她有关?"

"妈你想哪里去了,她——"

"我不是说她给你下毒,我是说——"

"说什么?"

姜雁潮深吸了口气:"我问警察,警察说她去旁听了审问。后来那天晚上,我不知道她打哪里回来,怎么弄到了毒药的名字和分量,阿朗我是真不知道……她从哪里弄到这些东西,肯定不是警局。

"她让我觉得危险。

"我能够允许你找一个不怎么样的女孩——是,你西化,也不在乎我允许不允许,不过我也知道你是个好孩子,你会希望得到我的……祝福。但是我没法接受我的儿子身边是那么个……危险人物。

"我不想你出事,阿朗你不会知道……我真的……"姜雁潮停了一会儿,"我真的没法想,上次我听说你在国外被绑架,那毕竟不在我跟前,我知道的时候已经过去了,那个心情是不一样的你知道吗?"

"我眼睁睁看着你……"

姜雁潮再说不下去,她闭了嘴。

周朗老老实实在家里住下,在家里办公,喝红姐煲的汤,接受妹妹的嘲笑和继父的慰问。

——他知道母亲是真受了惊。遵纪守法的公民很难想到会和刑事案扯上关系,他甚至想不明白为什么陈辉会这么恨他。同事之间有利益不一致,有小的摩擦,都不奇怪,但是他起了杀心。

就是张莉莉起个杀心都比陈辉说得过去。

幸而一开始就封锁了消息,也就没多少人知道他出了事,落得清静。

周朗把张莉莉调回来，分了很大一部分工作给她。她来探望的时候仍冷着脸："你说你活该不？"

周朗说你长得美你说什么都对。

张莉莉是恨死了他油嘴滑舌。

周朗也知道母亲暂时不可能接受言夏，倒也不急；只是不好叫言夏过来。电话、视频都很勤，但是言夏似乎很忙，每每说上两句就被打断；有几次没接到更索性回拨都没有，问她就说春拍。

周朗觉得有点不对劲，也没有深究。

休息过一周，有个和木瓜网有关的记者发布会需要出席。

周朗如今对木瓜网严重过敏，但是工作归工作，该同台还是得同台。宋祁宁说："好多天没看到周总，还以为周总出什么事了呢。"

周朗恨得牙痒："我都不知道宋总这么关心我。"

"小周见外了，"宋祁宁笑道，"你我世交，我自然要看顾你。"

周朗被恶心到，打了个哈哈要过去，被抓住手臂强迫听完。"……言小姐就不一样了。言小姐很会玩，也很热情。"

周朗脸色变了。

陈辉下药和木瓜网有关他知道，言夏轻描淡写说有人挑唆，母亲说不知道她从哪里拿到的消息——

宋祁宁的笑容格外刺眼。

他知道言夏急起来是什么都敢赌，她有不择手段的一面。

她说我不会让你有事。

十五

春拍的缘故，言夏这段时间下班都很晚。她这套房不比星月园距离公司近，到家九点了，人都有点站不住。

进屋觉得不对劲，开了灯，看见沙发上的人。

她怔了一下："什么时候来的——也不说一声，也不开灯。"

周朗朝她招手："你过来。"

言夏放下包："吃饭了没？"

"没。"

"我给你下碗面？"

他看起来很难过。言夏不知道发生了什么："工作不顺利吗？还是医生——医生不是一直说预后良好？"

"言夏，"他直勾勾看住她，"你是不是在躲着我？"

"说什么呢。"

"我问你是不是？"

"不是。"

"说谎！"

言夏静了片刻："你在胡想什么……"

他猛地发力拉她到跟前，扯开她的衣领。扣子啪嗒落在地上。他手速太快，她都来不及闪避。周朗手指擦过锁骨，有轻微的刺痛。言夏一下子说不出话来，她照过镜子，她当然知道那是什么。

一枚牙印。

她想起来今天永嘉和木瓜网的记者发布会。

"宋祁宁？"他问。

言夏愣了一会儿才意识到他在说什么，"嗯"了声。

周朗脸色难看得很，他推她在沙发上，急切到近乎粗暴。言夏推几次推不动，筋疲力尽叫道："周朗！"

她再叫了声。

那人终于止住了动作，伏在她身上，呼吸滚烫，全在她肩窝里。言夏说不出话来。他的头发湿漉漉的，她看不到他的眼睛，应该也是湿漉漉的。她的手沿着他的背脊下去，紧致的肌肤，纹理分明。

"别动。"那人哑着嗓子说。

"周朗我们分手吧。"她说。

周朗："你现在这个样子你和我说分手？"

"你介意的话……"

"言夏我和你说，我要说我完全不介意，要么我不是个人，要么我不爱你。"周朗闷声说道。都大半个月过去了，牙印还在，真是个畜生——"就该找把钳子把他的牙齿一颗一颗拔下来！"

"算了，都过去了。"言夏不想解释，也不想提。当时太害怕了不觉得，过去之后还是有点恶心，她又推周朗，"你起来。"

"我起不来。"

言夏："……那你想怎么样？"

"我想怎么样你不是很明白吗？现在是你不想怎么样！"

言夏说他不过，气得在他肩上咬了口。汗津津的，在唇齿之间，像血；眼泪也是这个滋味吧，她想。

"你看！每次都这样！就许你州官放火，不许我百姓点灯！"周朗也好气。言夏有种"这人已经气成了某种动物，不记得自个儿本体是人"的错觉，"不是，我和你说正经的，你心里有刺咱们也走不下去，好合好散不好吗？"

"不好。"

"周朗你别这么幼稚。"

"我不幼稚！"

言夏无计可施。

周朗寻到她的唇。几乎把唇咬破，后来渐渐温柔了。到两个人的肺活量都不足以支撑，他终于放开她。言夏又努力了次，但是这人仍然没有起来的意思："言夏你要不要去看看心理医生。"

言夏："……我觉得你比较需要。"

"我看过了。"

言夏默默不语。

"医生说我没问题……"

言夏：……这个医生有问题。

"他说你可能会比较难过，让我多和你……好。"

言夏勃然大怒："这个医生是不是你自己？"

周朗一下子破防。

言夏赶紧趁机哄他："你起来我就不难过了——我去给你下碗面。你才好，饿着对胃不好。"

这些天都没开火。冰箱里就只有鸡蛋，连葱蒜都无。幸好还有老干妈调色，才不至于太难看。言夏强迫自己把精神集中在沸腾的水面上，一个一个小气泡浮上来，热气模糊她的脸。

周朗冲过澡，神清气爽，靠在厨房门上："言夏。"她的名字音节很美，生于夏末，荼蘼燃尽的热烈。

"嗯？"

"如果我不问你，你是不是就不打算说？"

言夏磕了个鸡蛋："没什么好说的。"

"我以为你还住星月园。"结果发现人去楼空。

言夏沉默。

"你就是打算不接我电话，也不来看我，等时间久了，就淡了是不是？"

言夏把面盛出来，顺手取了筷子，拿去饭厅。周朗从厨房跟到饭厅。"试试咸淡。"她说。

"言夏！"

"你吃，我说。"

周朗抄起筷子。

言夏也知道这个面不好吃，果腹而已。不过周朗这晚乖得很，吃得很认真，汗都出来了。

言夏怔怔看着眼前人。像是在哪本书上看到过，说古代有个美男子，皮肤太白，总让人疑心是敷了粉，连皇帝都好奇，选了个大热天让他吃面，一面吃一面汗流不止，以袖拭面，面色皎然。

周朗把碗往她面前一推："我吃完了。"

言夏"哦"了声。有些话她前前后后想了很多次，但是临到出口还是觉得困难，恨不得拖得一时是一时。

到拖无可拖——周朗实在是个不容易被糊弄过去的人，言夏叹了口气。

"我知道宋祁宁很危险，但是我也没想到他能疯成这样——可能就是对我之前自作聪明的报复。"原本他就恨她。印真真这件事上又被她利用要了一把，新仇旧恨。但是她怎么也想不到——

"这是无妄之灾，你和他无冤无仇。"她说，"你离我远一点……"

话到这里，索然无味。

"你是这么想的？"

"嗯。"

"如果我不同意呢？"

"不是每次都有这样的运气。"言夏说。每种药都可能导致后遗症。如果她反应慢一点，如果他铁了心要给她教训，如果……人类的医学永远不够发达，活下来可能生不如死——她根本不敢去想。

"我不想多负担一个人，周朗。"

少时读张爱玲的《倾城之恋》，香港沦陷，白流苏和范柳原在浅水湾躲炮子儿，那种走投无路，听天由命。她说"一个人像是有两个身体，也就蒙了双重危险，一弹子打不中她，还可能打中他……就是死了，也没有孤身一个人死得干净爽利"；似乎末了还有一句"她料想范柳原也这么想"。

周朗看了她一会儿："那我们结婚吧。"

言夏有些无奈。

"气死他！"

言夏抚额道："别闹！"

周朗诚恳地说："我差点死了，你得给我点补偿。"

"那不是我的错！"言夏即时反驳，她不背这锅。周朗给她鼓掌："说得好——不是你的错，你为什么要惩罚自己？我不好吗？你是不记得答应过我什么了吗？除非是你不喜欢我了，不然不要说分手。"

言夏心里还有一堆道理，愣是被他噎住，倒不出来。周朗起身收拾碗筷："你都不知道我有多气——"

"要么你不是人，要么你不爱我，选一个。"

"我不是人。"周朗痛快承认。

他进厨房，言夏跟过去，水声哗哗的："你妈会很担心……让老人家担心，挺……不孝的。"

"我妈没那么老。"

"之前是我不对。"周朗又说道，"我老想息事宁人。就算知道他对你姐见死不救我也都觉得，有时候对人不能苛求太多。救人是情分，没救可能有苦衷。你老说他危险，我也没真当回事。"

言夏抓住门框，玻璃门上映出她面无表情的脸。

"这次陈辉狼心狗肺，我认真反思了一下，恐怕也是我操之过急，给出了错误的信号，让人误会……"

"不是的。"言夏干干地说。

"我妈说你拿到毒药的名字救了我的命，我还以为你去找了陈辉他老婆。他下了这么多种药，不是一朝一夕，应该有帮手。即便没有，也很难完全瞒过他老婆——我没想到是找了宋祁宁。"

言夏说："如果是陈辉他老婆，警察会比我快。"

"那倒是——我都不知道你怎么会想到宋祁宁。"

"因为——"言夏迅速看了他一眼。

"因为什么？"

"你上次问我，我姐在婚姻期间有没有过什么大的过错。"

周朗回头看她："嗯？"

"隐瞒出身算不算？"

周朗仔细回忆了片刻，并不觉得言夏的父母有什么异于常人："别告诉我你的真实身份是克美娜星的公主。"

"美国那边很多华裔名媛就这么玩，姓赵的说是赵宋皇室后裔，姓朱的说朱三太子，当然还是爱新觉罗最多你懂的。"

"没那么复杂。"言夏说。

"那是什么？"

"穷。"

周朗莫名其妙："这有什么好隐瞒的——我还以为你姐出轨，或者在外头养了俩娃呢。你要有私生子千万记得和我说。"

言夏心想：这人绝了……

"而且你家不就是一般人家吗——在你姐欠债之前。"

"和宋家比。"

"那我也挺穷。"周朗问，"你姐怎么和宋祁宁说的？"

"我也不知道。"言夏说，"我后来拼凑出来的。也未必就是钱的问题——他宋家还真不至于贪亲家的钱，罗昕珠出身也一般——多半是恨我姐骗他。我不是为我姐辩护，我姐人聪明，学东西快，又很拼，很会察言观色，待人接物。她小时候过得富足，见识过好东西，也撑得住场面。"

"所以——"

"所以可能是开头误会了，你知道的，但凡男女开始，都会竭力展现自己最好的一面，后来骑虎难下……"

周朗觉得言夏这话里合理猜测和为亲者讳一半一半吧，沈南音明显想钓金龟婿。不过他决定不戳穿她。

"宋家是有家族企业你该知道，那时候宋祁宁还在高校当老师，对经商没有兴趣，就让我姐——我姐学的工商管理正好对口——进了公司。"

"出了差错？"

"我猜是。不然不可能缺钱到那个地步。虽然有钱人家应酬往来开销大……她结婚的时候我爸妈似乎是凑了笔钱给她。"言夏沉默了一会儿，"我不知道具体数目。但是想来一年半载总撑得住。"

穷人和富人结亲，要脸面的其实沾不到什么光。

周朗也不知道说什么好。他和言夏也有这么久了，就是她的父母，他也有过不短时间的相处，再结合之前搜集到的资料，他很容易拼凑出来沈南音的形象，年轻、漂亮、聪明、野心勃勃。

不知底细的人以为是白富美。

欧美经常爆出这样的新闻，影视剧小说甚至以此题材形成流派，罗曼诺夫王朝的公主，富有的德国女继承人，真假伯爵，上流社会被骗得团团转——影视剧小说通常会给出皆大欢喜的结局，真爱战胜初衷，谎言都如蜜糖。

而沈南音似乎是给出了另外一个方向：如果她成功了呢？她成功通过审视，嫁入豪门，然后呢？

"我姐孤身空降，可能还不如古代大宅门里掌钥匙的丫头，她做不了什么主的。周朗你经营公司，应该知道这个道理。但是出了错，她肯定是要背锅。我很怀疑宋祁宁当时就已经知道了——"

"你怀疑进宋氏集团是宋祁宁给她挖的坑？"

"是。我姐高攀了他，如果用世俗的眼光来看。可能她也是用过一些心机和手段，但是除去财富，你也不能不说不是郎才女貌，她是想和他好好过日子的。她是骗了他，但是罪不至死。"

言夏苦笑："可能碰上我姐是宋祁宁的劫数，碰上宋祁宁就是我姐的报应吧。"她不是没看过类似的例子，有假装高学历、好家庭的女孩儿嫁给明星，婚后发现不对，一拍两散——那至少人还活着。

"我猜是这样：我姐手头吃紧，刚好宋家——不一定是宋祁宁——有人建议她进公司，从长远来看肯定是好事，所以她不会推辞。本身我姐要强……而且她当时可能也急于得到宋家人认可。"

精准打在七寸上。

"后来……就是后面那个坑死她的投资，我也反复想过，我姐怎么会那么傻，一把全压上去。我之前和宋祁宁打交道少，怎么也想不明白。去年年尾和你妈吃饭，忽然就明白了。"

周朗秒懂："宋祁宁很擅长心理诱导。"

对他妈暗示言夏被包养过；对陈辉暗示他过河拆桥；这次又暗示言夏和他上床换取药名，是看准了情侣之间的独占欲，赌他们不能坦诚——原本男女之间的情事就最难坦诚，何况他还——

他也确实气惨了。

言夏十分无可奈何地说："……我没有证据。"周朗中毒证实了她的猜测。

周朗走过来抱抱她："你爸妈知道吗？"

"我不知道。"言夏说，"我不知道他们知不知道，我们没有说起过——我希望他们不知道。"不知道，便没有仇恨，没有恐惧，就还能心安理得地过日子。不然呢？法律上是找不到宋祁宁的把柄。

有罪的是沈南音，是陈辉，他宋祁宁永远清清白白。

"我会小心。"周朗说。

言夏想说有时候小心也没有用，你不知道他的下一支箭藏在哪里，草丛还是屋顶。只是说不出来。

"其他我们慢慢想办法。他不会毫无破绽。就算法律制裁不了他，也还有别的手段。"

过了许久，才听到怀中轻轻"嗯"了声。

"他就指着我们分手,指着你害怕——怎么能让他如愿。"周朗亲吻她的发丝,有野蔷薇的香。她如今头发养长了,周朗福至心灵,猛地反应过来,"……你是又扮成你姐吓唬他?"

"嗯,多亏有钟灵,不然也搞不定。"

周朗啼笑皆非:"她们画国画的——画脸也行?"

"以假乱真是她吃饭的本事。"

"你找个时间,我们请她吃个饭吧。"

"嗯。"

十六

周朗没回家喝汤,收到姜雁潮后知后觉的电话追杀:"我明天就登报和你脱离母子关系!"

周朗回答说:"哪用这么麻烦,你发条朋友圈就全世界都知道了。"

周朗被母亲拉黑整整一个月。被放出来是因为妹妹二十"大寿",隔空呼唤做哥哥的回家上贡。

周朗:"还能不能讲点亲情了。"

言夏很疑心宋祁宁吃了这亏不肯善罢甘休,但是她有视频在手里,相信他不敢逼太紧。便是如此,仍较往年小心谨慎了许多。好在春拍顺利。唯一的意外——也不算太意外,孙楚蓝给罗昕珠做了专场。

言夏因为周朗的事无暇顾及,到知道已经晚了。去找孙楚蓝,孙楚蓝兴致勃勃:"说起来还是捡你的漏。"

言夏犹豫半响,仍说道:"孙姐你不觉得,罗昕珠这年余进步得太快了吗?"

孙楚蓝说:"有潜力的人就是这样。艺术这件事太吃天分了。我这么说你别生气,未成诗天分赶不上罗昕珠。"

话到这份上,言夏也不好再多说。

春拍结束,周朗计划旅行。

言夏有时候是真羡慕。中毒失明差点没命的是他，结果到这会儿还心有余悸的是她，他满血复活，完全没有心理阴影。

"不然呢，"周朗说，"我给你找个屋，我们俩每天抱头痛哭一场？"

"有些机会是制造出来的；有些是等出来的——最简单找个人给他一枪爆头，但是犯不上。咱们还有大把好日子要过，不能都赔给他。就等等，等他犯错。就等的这空档，咱们也得享受人生吧。"

言夏承认他说得有道理，就算下个月小行星撞击地球，这个月也要过日子。

言夏对海没什么执念，周朗倒是真喜欢。飞了九个小时过去，海水干净得像极品翡翠。

没有人，安静得像个异世界。

偶尔鸟叫的声音，艳丽的翅羽疾冲而下，又倏忽而去，最终小得像天与海之间一个越来越远的坐标；冲天而起的水花，有大头鱼一闪而没，吞噬海面上的幼鸟，就只剩下几根羽毛随波逐流。

"珍鲹。"周朗说，"我国南海也有。"

他执意要教言夏冲浪。言夏趴冲浪板上就不想起来。周朗气得要命："你去年怎么学会潜水的？"

言夏说："我跟团那会儿浮潜基本就是抱住教练没撒手……"

周朗面目狰狞："教练是谁？"

言夏哈哈大笑。

到第三天才颤巍巍敢站起，一个浪过来又趴下了。还落了几次水。周朗简直绝望，终于不再催她。言夏欢快地逃回沙滩吃椰子晒太阳。当地特产的海椰子长得十分流氓，味道倒是香醇可口。

到晚上做了冰激凌，海浪的声音异常温柔。

言夏有一搭没一搭地试水，在离岛之前还是勉强跟上了周朗，酸分分念："早知潮有信，嫁与弄潮儿。"被周朗瞪了眼，改口道："凌波微步，罗袜生尘。"

周朗气道："别当我不知道，姓段的头上绿油油！"

言夏"哎"了声："你们男人真是难于讨好。"

年假休完，各自黑了一圈，倒也精神奕奕。

没多久，周朗说要去趟宾夕法尼亚。言夏看他眼睛直发光，就知道是有东西，只是不好问。帮忙收拾行李送人去机场。

回来车座上少了一人，心里竟有些空荡荡。

她这近一年都和他在一起，相聚时多，分别时少。就是夫妻也不过如此。过年送父母回家的时候母亲和她说："小周挺好的，但是如果他家里不乐意，你不要勉强。"——她知道母亲是怕了。

她嘴上虽然应了，心里很舍不得。她有点明白当初钟灵和陆君迟了。

从前最听不得分分合合狗血个没完，如今似乎也接受度良好——可见狗血小说始终有市场也是正常。

九月中旬，言夏在热搜上看到香港利华航空公司有趟飞机下落不明，心里一动：她记得利华的老板是个藏家，手里好东西不少。这条线从前是韩慎在跑，后来空出来，似乎也没有人接手。

调了内部资料来看，果然是如此。利华的老板姓周，20世纪20年代航运起家，后来又做了航空。家传三代。长子周奕申继承家产，次子周奕辰吃花红玩收藏，小女儿周家英倒又服务于公司。

言夏和团队商议过，便带了助理晓冬直奔香港。

香港到九月还热。

言夏不是第一次来，晓冬倒是第一次，和言夏感慨："香港的街这么窄！"言夏笑道："就这么窄——你没看过TVB吗？"

晓冬说："现在谁还看TVB啊。"

言夏便有些惆怅。她青春期的精神食粮全都承包给了旧碟片时代，和同龄人脱节——别说晓冬了，就是周朗都很多没看过，便只道："……前几年有个《金宵大厦》还不错。"

晓冬没有接话。她去年才毕业，热衷于选秀综艺，言夏大她五岁，娱乐上的代沟深过马里亚纳海沟。

因是约定次日午饭，两个闲人就近逛商场。

晓冬的目光老往男装部瞟。言夏心里揣摩了一下周朗的穿衣风格，觉得她能给他挑的也就是白衬衫了——实在有点羞于出手，索性就当没这回事，给自己买了两件，心安理得回了酒店。

香港有名的酒楼都有点饱经风霜。

周奕辰带女儿周明娜来赴宴。香港有钱人精于保养，周奕辰看起来就四十几。周明娜妆容明艳。言夏和晓冬都是职业装，一下子被比了下去。周奕辰笑道："从前那位韩先生倒是很精神。"

言夏笑盈盈地说："周先生也很精神。"

简单寒暄过，言夏便说明来意："……残骸寻找期间，对于家属来说是非常难熬的。如果周先生在这时候出一批藏品，成立安抚基金，想必对于提升利华的形象，重振市民对利华的信心是有好处。"

周奕辰十分意外："我还以为言小姐是带了好东西过来给我过目呢。"

周明娜补充道："言小姐是有所不知，我家一向是进的多，出的少。怎么说呢，成立安抚基金是个好主意，不过也犯不上出东西吧。"

言夏查过，周奕申两个女儿，周奕辰三子一女，竟完全没有给儿女打算的意思，还给她摆排场，"进的多，出的少"——听听这话，薛宝钗也说过"咱们家从来只知买人，并不知卖人之说"。

言夏婉转劝道："现在是一家人齐心协力的时候……"

周奕辰笑道："言小姐这话和我哥说倒是管用，在我这里就别费劲了。不管怎么着，总不会少了我吃喝。"

言夏生平没见过这么毫无心肝的人。不过周奕辰没心肝归没心肝，人倒是豪爽大方，说是要尽地主之谊，鱼翅燕窝一样一样地上。热热闹闹吃完了，又请言夏去看藏品。言夏心里想来都来了。

上了车，觉察到周明娜看她，偏头笑问："周小姐？"

周明娜说："我之前听说言小姐是天历首席，以为是怎么个了不得的绝世美人。"

类似的话言夏听过不少，要么是恭维她实至名归，要么是暗讽她以色上位——结果色还不怎么样。这位周小姐的口气像是后者。言夏笑道：

"真绝色美人早做明星去了,还苦哈哈给人打工?"

周明娜便不说话。

车不紧不慢上了盘山道。一路豪宅,言夏无心欣赏。绞尽脑汁想怎么打动周奕辰——实在不行难道应该去找周奕申?

周奕辰问过言夏,知道她精于瓷,便带她去看瓷。瓷器虽然是杂项,但是品种众多,很多藏家专收一门。周奕辰收白瓷。白瓷最早出现在北朝,大部分时候都不如青瓷细腻。不过,拙有拙的好处。

言夏和周奕辰相谈甚欢。

周奕辰喜欢得不行,和她抱怨说:"我侄儿也是个爱玩的,不知怎的就看不上白瓷,非说影青最好。"

言夏说:"白如银,青如玉,各擅胜场。"

"就是就是!"周奕辰如遇知音,"他就是找了个会烧瓷的女朋友,就和我嘚瑟——还不如找言小姐你呢。"

言夏:……有这么乱点鸳鸯谱的吗。

周明娜也看不下去了:"爸,你又乱说话。有这空还不如让言小姐给找几件好的,也压得住人。"

周奕辰尚未开口,言夏已然笑道:"那是自然。周先生喜欢什么和我说说,我看到有,就给周先生电话。"

周奕辰又拉言夏看了些书画、木雕、金银件。末了一瞧天色就要留言夏和晓冬吃饭。言夏寻思有这个机会搭上周奕申也不错。可惜她想多了。周奕申显然还在为失事飞机焦头烂额,并没有出席晚饭。

周奕辰打发周明娜送言夏和晓冬下山。言夏一路提防,怕这个不好惹的大小姐又说出什么不中听的话,结果相反,周明娜一路都沉默,到了酒店门口方才和她说道:"其实我是赞同言小姐的……"

言夏扬眉。

"言小姐大约以为我们这样的人家就无忧无虑了。"周明娜说道。

言夏不接话。含金匙坠地的人诉个苦,听听就好,公主还苦恼于十九层鸭绒垫下的豌豆呢。

周明娜便叹了口气:"我爸玩心这么重你也看到了。他倒也不是不关心利华，但是你让他出手没玩腻的藏品，那就是割他心肝了。不过他有句话是不错的，这个建议，我大伯兴许听得进去。我爸也确实……需要这么个机会，免得上上下下都不把他这个二当家当回事。言小姐你说呢？"

言夏微笑道："周小姐的意思是？"

"言小姐有意的话，请多给我一点资料，我先在大伯面前透个口风？"

言夏说："那就有劳周小姐了。"

周明娜一走，晓冬就笑："二当家？"

言夏温和地说："理论上可能确实是。"——她估计周奕辰手里股份并不少，所以才活得这么有安全感。

"这位周小姐倒是不傻。"

"这天底下傻子原本就不多，"言夏说，"她年纪也不小了，总要为自己打算。"她没有靠自己双手打拼，也没有下嫁的意思，豪门联姻，也是看嫁妆的。周奕申的女儿就会比周奕辰的女儿好嫁。

十七

言夏把周奕辰的最新藏品添进公司的内部资料，和团队开了个远程会议。在原有的策划基础上删减一番。她当然知道周家完全有财力成立基金，但是拍卖藏品是一个诚意表达，以安抚人心。

几个人捣鼓了两天一夜，把策划书交给周明娜。周明娜给了她一个飞吻："等我好消息！"

言夏和晓冬在香港滞留了三天，因知事急，周明娜必然会尽快递交；而如果周奕申有意合作，也不会拖延。

但是非常奇怪，周明娜自那之后就仿佛凭空消失了。周奕辰的电话也打不通。要不是言夏再三确认过照片，也去过周宅，几乎要以为这对父女是骗子。晓冬就嘀咕："不会是骗我们的策划吧。"

言夏也觉得不可思议："她一个大小姐，拿我们的策划做什么。"

但是现实立刻给了她一巴掌——言夏搭上一些间接的人脉见到了周奕申。周奕申说："言小姐这个建议真是深得我心。"

言夏才要喜，就听周奕申说道："……就是来晚一步。"

言夏看住他。

"我收到佳士得的策划书。"周奕申微笑，"天历也是不错的，下次有机会合作。"

言夏承认在大部分人眼里天历确实没法和苏富比、佳士得这样的老牌国际大鳄相比。但她总觉得周奕申这个笑容有点奇怪。不过人行江湖，愿赌服输。言夏硬生生咽下这口气，和周奕申告辞。

她起身之际，猛地想起一事，说道："我之前受令弟拜托找一件定窑白瓷，已经有眉目了，却不知道什么缘故，再联络不上令弟……"

周奕申："都什么时候了，阿辰就是不肯亏着自己。"抱怨归抱怨，还是示意秘书拨电话。

周奕辰倒是十分高兴："南宋定瓷？太好了！——什么，我电话打不通，我看看，我一会儿给你打过来，你没换电话吧？"

"没有。"言夏说。

言夏很快得到了答案：她和晓冬的电话之所以打不通周奕辰，是因为她们俩的号码受了限制。"可能就是大师兄拿我的手机玩……"周奕辰解释说，"大师兄是明娜养的猴，成天在家里窜。"

言夏把手机还给周奕申。"谢谢您。"她说。

言夏吩咐晓冬收拾行李回南城。

晓冬完全不明白为什么："真是离谱！她一个集团大小姐和咱们打工人抢饭碗，闲得慌吗？"

言夏也只有安抚她："大多数案子都这样吧，做不做得成至少有一半是运气——"

"但这分明是——"

"佳士得出手，原本咱们胜算就不大。"话到这里，猛地打住。

"言姐？"

言夏摆手："别出声，让我想想，我有个主意——"

晓冬眼巴巴地看着她。

周家英有时候会记不清自己多少岁了。年轻的孩子一茬一茬地，见风就长。她还记得小时候被带去维修厂，密密麻麻都是零件。那是近半个世纪之前了。父亲新购置的飞机，她记得时速653公里/小时。

然后超声波，喷气式……各种型号发展起来。她和父亲说："我想开飞机！"

父亲大吃了一惊："哪有女仔开飞机的。"

到底没能拗过她。

后来学成毕业，顺理成章进自家公司。哥哥们都说"家英管空姐正好"，气得她哭了一场。她想飞，但最终还是被分配到市场部。环境如此，人也懈怠，结婚生子，一晃许多年过去了。

周家英不知道自己为什么会想起这些，也许是明娜交的策划书让她震动，连大哥都夸她不错。原以为二房一家子吃吃喝喝就完事了，没想到出了这么个异数。后生可畏，周家英一下子有了危机感。

下班的时候助理和她说："何遇先生寄了个包裹给您。"

何遇是本土艺术家。在清末民国那个国产瓷器全线溃败的年代里，"珠山八友"的瓷板画一枝独秀，传承至今。何家这么些年虽然没有大富大贵，也说得上社会名流。周家英和他有过几面之缘，问："什么东西？"

取过来看，是只瓷盘，色泽温润。盘面上珐琅拼出行花体字，周家英琢磨了片刻，便知道是个地址。

言夏被周明娜堵在了酒店门口："言小姐，你这就是不识抬举了。"

言夏莫名其妙："周小姐什么意思？"

"我被你烦死了！"周明娜尖叫，扬起手。言夏下意识偏头，风声擦着耳边过去，摔在酒店的柱子上。

苹果手机难得争气了一次，居然没有碎。

言夏偏头道："晓冬，录视频！"

"你——"

"我确实不知道周小姐什么意思。周小姐有话好好说，动手我拨三个九。我相信香港也是法治社会。"

周明娜又委屈又气愤。这个女人也太能装了，活生生把她衬成了个泼妇，站在那里进也不是退也不是。还是她的跟班一溜儿小跑过去捡起手机，和言夏说道："言小姐，不是我偏帮，这件事确实您不对。"

言夏也不为难打工人："对不对你先说什么事。"

那人察言观色，觉得她是真不知道，便说道："周小姐的手机被轰炸了，一天二十四小时，开机就炸！"

言夏心领神会：便有十七八支手机，日常用得最多也就一两支，一旦出事，未免不方便。也难怪周明娜气急攻心。大概就是做贼心虚，竟怀疑到她头上来了。言夏不想纠缠，直接说道："不是我干的。"

"不是你——"

"我说不是我就不是我。除非周小姐有证据，不然我告你诽谤——我这里在录视频，周小姐说话还是谨慎一点。"

周明娜发现自己又被堵上了。

要换个时间、换个地方，找人给她套麻袋打一顿也不难。但是现在……她也有点怯。她并不是真不知道家里发生了什么事。她敢在这当口闹出事，她大伯能直接逼她爹废了她的继承权。

"要没别的事的话，我先走一步。"言夏说。她是真没工夫和她闹。

眼看着人擦肩而过，周明娜也是急了："你站住！"

"你、你是真不知道我是谁？"

言夏诧异道："周小姐——"

"韩慎没有和你说分手吗？"周明娜抬起下巴，对于手下败将她原本就不须与她客气，她想。

言夏脸上的表情明显凝固了：原来那个女人是她。果然白富美。怪不得对她敌意满满。过去太久了，言夏也想不起来知道韩慎劈腿时候的心情了。滋味总不会太好，但是她当时也没空伤春悲秋。

又想她能请得动周朗帮她去法庭——搞不好也是周朗哪个前任。

周朗有时候也挺瞎。杨惠做老婆其实不错的，周明娜就任性过分了。韩慎入狱快两年了。她周明娜大小姐也不是没别的乐子，光八卦版上露过脸的男伴都一打有余——怎么还惦记韩慎呢。

团队算是受了她的无妄之灾。

她这里阴晴不定，周明娜又得意起来："想不想知道他怎么和我说你？"

言夏舒了口气，郑重说道："周小姐你放过我吧，我真丢不起这个人。"

她大步走了出去。

周明娜过了好一阵子方才醒悟过来她话里的意思，恨得心尖上都滋滋滋直响。

要说她对韩慎有多深的感情那不至于，但是一个玩具正好玩的时候被劈手夺走，多少心有不甘。

那可是个愿意为她赴汤蹈火的男人。

周明娜并不觉得自个儿做过小三。对她来说这个世界上的男人只分两种，她要的，她不要的。这原本就是大小姐的特权。偏偏周明朗说，那个男人在法庭上说，他做的那一切都是为了他的未婚妻——

不、这不可能！

他是为了她，他当然是为了她。必须是为了她——那时候周明娜也没有想到，她这辈子还能有机会见到他那个微不足道的未婚妻。她似乎比照片上漂亮太多了，这越发激起了她的好胜心。

言夏也没想到周明娜算计她竟然是出于这样一个可笑的理由。

晓冬就更不知道了。她悄悄摸摸在手机上查"汉森""韩深"，半天也没个对得上。她偷偷看言夏的脸色，觉得还是不要把她一时气愤给周明娜的手机买"呼死你"的操作说出来比较好。

十八

言夏见到周家英的时候已经调整好心态，毕竟韩慎是翻过去的一页了。

从知道被骗走方案，言夏就没想过找周明娜要个说法，就好像她没想过问韩慎要说法一样。疏不间亲，周奕辰和周明娜是利益共同体，她不想失去这个客户；周奕申不会在乎谁做的方案，他只要效果。

周家唯一可能在乎的那个人就只有周家英。

周明娜说她爹是利华二当家，这话不对。如果利华真有个二当家的话，那也该是周家英，而不是周奕辰。

虽然有条件做一辈子名媛，但是周家英没有走这条路。她很年轻就进公司，兢兢业业三十年，但是三兄妹中，周家英的股份是最少的，有时代原因。言夏不信她甘心，一旦她感受到压力——

周家英看住眼前的女孩儿，年轻，漂亮，锋利。那种淬炼过的锋利，有简单干净的线条。她觉得她的耳钉似曾相识。

言夏，她确定自己没听过这个名字。

"所以你的意思，是让我和我二哥作对？"她问。

言夏笑道："那要看周小姐如何理解'作对'这个词了。我相信'不谋而合''一家人齐心协力'更合适。"

"言小姐真会说话。"周家英喝了一小口咖啡，香醇细腻，不比秘书平日里给她冲的差，"你们做拍卖的，没理由不先去找我二哥而来找我；这么看来，明娜交的那份策划书……有点意思了。"

言夏笑而不语。

"言小姐真不打算过问这件事？"

言夏说："我小时候看金庸武侠，有句话说，天下武功，唯快不破。"只要她足够快，周明娜就只能拾她牙慧。

周家英扑哧一下笑了："这句话出自古龙——言小姐这个年龄的女孩子，看武侠的很少了吧。"

言夏"啊"了声，瞟一眼身边如听天书的晓冬，有点不好意思："我记混了。现在看武侠的男孩子也少。娱乐方式多元化，年轻人也是拼了命和这个世界争分夺秒，生怕一走神就被时代甩下去。"

"其实也不用那么急……"周家英幽幽地说，"这个世界迟早是你们的。"

言夏心里想我要有您这样的身家我也不急，却还是笑道："多情应笑我，早生华发。"

周家英觉得这个女孩子有点意思，可惜年纪轻轻就身居高位，挖不过来了，便叹了口气，言归正传："言小姐这个建议我很赞赏，但是我的问题在于，利华的主要客户是本港人士，拍卖在本地举行，影响力也大，就如言小姐所说，也能够安抚这次出事家属的焦虑。如果搬去南城——"

言夏犹豫了一下："我有句话，希望周小姐不要觉得冒犯。"

"你说。"

"利华航空成立于20世纪70年代，之所以越来越多的人坐飞机，不仅仅是成本下来了，安全系数上去了，还因为坐得起飞机的人越来越多了。同样，现在内地坐得起飞机的人也越来越多，这是很大的市场，而且会越来越大。我觉得周小姐不至于对这么大一个市场毫无兴趣。"

"内地有高铁。"

"两个小时以内我选高铁，三个小时以上飞机更划算。"言夏说，"高铁的好处是准时，价格稳定，坏处是比较贵。"

"我明白了。"周家英赞许道，"言小姐做足了功课。"她并不认为言夏会是为了省钱在机票和车票之间比较来比较去的人，那只能说明她为了说服她做了详尽的市场调查——就态度来讲，实在值得合作。

言夏并不知道这其间的误会，不过对于夸奖，她一向笑纳。

言夏和周家英都很知道事不宜迟，次日便敲定了合作方案。言夏留下晓冬在香港，独自回了南城。

下飞机就她收到周朗的电话："我拿下了！"他的声音这样雀跃，以至于言夏忍不住问："到底是个什么东西，让我们周总兴奋成这样？"

周朗说了几个字，言夏直接被噎住：竟然是这件东西！

堪称国宝了。

1917年前后被文物贩子带出国，一个世纪过去，似乎中间听说过有回国的机会，但是种种原因失之交臂。

没想到能被周朗说动出售。

这是会载入国内拍卖史上的重大事件。言夏眼红得无以复加，最后悻悻吐出一个字："哼！"

周朗哈哈大笑收了线。

张莉莉白了他一眼："至于嘛！"他们刚从藏家办公室出来，签下的合同还是热的。

周朗说:"好消息当然要第一时间和好朋友分享。"
"好朋友?"
周朗嬉笑。
"别幼稚了。她是天历首席,你拿下这么大个单她会高兴?"
"我们打个赌,要她今晚回去不开香槟,"周朗想了一下,"你要什么都行。"
张莉莉哼了声:"我要你给我画眉。"
周朗回应得很轻快:"行!"
言夏不知道这个赌。她请了全组吃饭。开香槟的时候周朗要求视频,被她拒绝了。到晚上才发视频给他。
周朗埋怨她说:"你看你,差点害我贞操不保。"
言夏给了他个白眼。

因为要抢时间,图录制作和宣传几乎是前后脚。到佳士得反应过来,利华慈善拍卖会"你我同在"已经开始。
无论周明娜怎样震惊、气愤和委屈,都不得不承认言夏厉害——她居然能搞定自己那个从不给人好脸色的姑姑。当然言夏并不在乎她怎么想,有时候做事的人在乎不了那么多。
拍卖进行得很顺利。
周家英的藏品虽然不及其兄,但是周家富贵三代,眼力还是有的。因为要和香港佳士得打擂台,制作得尤为用心,拍品介绍采用了最新的全息投影技术。言夏在喊价的同时,台下竞拍人可以尽情欣赏。
拍卖过半,言夏喊到一件粉彩奔巴瓶。
奔巴瓶也叫贲巴瓶。乾隆年间,清政府对于活佛转世实行金瓶掣签制度,即将转世灵童的名字写在签上,置于布达拉宫的金瓶之内——仿此金瓶而作的瓷器就叫奔巴瓷瓶。因寓意吉祥,起拍就破了百万。
价格一路飙升,以700万成交。
言夏落槌的时候看了眼全息投影,略略一怔。职业素养让她及时收回目光,报出下一件:"……粉彩描金无量寿佛坐像,乾隆。"这件起拍价高达500万,经过近百轮的报价,以2000万成交。

言夏念出最后一个数字，三轮，说道："恭喜！"

目光又落在全息投影上，拍品正正转过去，拍品正面对着竞拍人，让言夏得以看到背面红色袈裟上半片残损。

言夏心里一动，喊了声"停！"投影停住。言夏说道："这是绝无仅有给大家最后的欣赏机会了。这件瓷塑法相庄严，是乾隆期间炉火纯青的制作工艺与藏传佛教奇幻瑰丽的完美结合，甚为稀有……"

这短暂的介绍时间里，她终于看清楚了半片残损上的字，脸色登时变得十分奇怪。

耳机里传来助拍的催促声："言姐？"

言夏浑浑噩噩往她的方向看了一眼，几乎是本能地报出："下一件——不！"

"言姐？"

"我……"言夏犹豫了一下，她知道她可以闭着眼糊弄过去，海关不也没有看出来吗？之前鉴定拍品和制作图录的同事不也没看出来吗？时间这样紧，拍卖台上一件作品亮相的时间不会超过五分钟，而且谁能像她这么近呢？除了她，没有第二个人有时间、有能力看清楚这个东西……

她可以糊弄过去。

像往常一样，顺利地喊"下一件"。

但是她做不到。老张怎么说的，她不记得了。六年里她说了太多的话，做学生的大多数都当了耳边风。她总说做人要凭良心；她总是很难过好的东西被毁掉，被偷盗，被不知所踪，难以追回。

"那是不对的。"她总这么说。

多天真呐，她的老师。在这个时代，对与不对没那么分明。

她知道这很有可能毁掉她的职业生涯——她走到这一步不容易，她坐稳这个位置不容易，今年年底开始她可以拿到股权分红……她完全可以做到，相信从前有人这么做过……她不可能是第一个。

她就该装不知道，没看见。

这是她争取来的单子，她不能——

她闭了闭眼睛，但是出口还是变成了一声叹息："我要和大家说句对不起，这场拍卖，不能再进行下去了。"

"言姐！"

"这件拍品——请帮忙把拍品转个身，给大家看看拍品背面的'古物馆号签15/54'。古物陈列所成立于1914年，是故宫博物院前身，15是序号，54是1954年，所以这件是1954年故宫博物院清点过的文物。

"没猜错的话，它应该是2004年承德外八庙文物库房失窃案中的赃物之一。该案破于2004年，事主已经执行死刑。但是当时流落在外的288件文物，至今仍有未被追回者，各位如果看到类似签号，请记得报警。

"我没想到会在我的拍卖会上看到它。这是我的失误。我将接受公司的处理。

"我相信我的委托人是无意中得到，未曾深究，以为是曾经的藏主所留，作为传承的证据，她没有贸然去除，感谢她没有贸然去除。

"全部拍品就地封存，等待警察和官方机构鉴别。如果鉴别来源没有问题，已经成交的拍品将正常交割。对于来源有问题不能交付的拍品，我只能代表公司对各位表达我最诚挚的致歉——"

言夏深深鞠躬。

十九

江华脑子要炸了："言夏你——你怎么想的！"

打个马虎眼就能过去的事！这场拍卖保守估计能到4000万，既开拓了香港那边的业务，又能和佳士得掰掰手腕。

现在全完了！

这个女孩儿真是能做事也能闯祸！江华看她低着头不说话，千言万语变成叹了口气："我也知道——"

言夏"嗯"了声。

"但是——"江华觉得自己太难了，叹了口气，又叹了口气，过了许久方才说道，"你先回去吧。"

"嗯。"

"先停职，其他我再想想办法。这么大的事……你哪怕叫人进去和你打配合让它流拍呢？"江华真是恨铁不成钢。

"之前那件粉彩奔巴瓶已经拍出去了,我就是看到那件上面才……我当时都不敢想之前有多少件是……"言夏小声说,"周小姐那里……"

"我去赔罪。"江华又叹了口气。

"真是对不住她。"

"你也别多想。"江华想来想去,反过来安慰她,"这点东西对他周家伤不了筋动不了骨;被佳士得压一头也不丢人。周家英不专业,没看出来很正常……本来也就是慈善拍卖,拍多少算多少,意思到了就行。你这里停上半年,明年回来,正好春拍。"

"我觉得……"

"什么?"

"江总你觉不觉得,这里头有蹊跷。"言夏犹犹豫豫地说,"因为时间紧,我这里确实跳过了很多复检步骤。但是鉴定和图录的制作您是知道的,哪里就刚刚好一张签子都没有拍到呢。"

江华沉默了一会儿:"你是说有内鬼……"

"周家英小姐不是专业收藏,不明白那个签的意思,但是咱们公司的鉴定没理由不明白;这种标志性的特征是需要被拍进图录里的,摄影也应该明白——偏偏这么巧,这两个关卡都跳过了。"

她并不是想推卸责任,作为团队负责人,这么大锅,她跑不掉的。但是这个内鬼,她不能不揪出来。

江华还要追问,有人叩门。

"进来。"

进来的是江华的助理。她看了看言夏,又看了看江华,欲言又止。江华脸色更阴了一层:"小言又不是外人,有什么事你说就是。"

"江总,网上爆了热搜。"

言夏心里一沉。江华也头痛:"知道了。"

"还有……"

"还有?"

"他们说……"助理吞吞吐吐,看了看言夏,又把目光移开,"说言姐和永嘉的周总……"

言夏心里一沉。

"你们……"江华脱口道，"还没分呢？"

言夏讷讷。

"该死！怎么在这当口爆出来了！"江华也是愁。

助理一脸"吃到新瓜"的表情："他们还说言姐之所以力排众议坚持要办这场拍卖，是为了讨好周总……"

言夏奇道："这和他有什么关系？"

江华心里咯噔一响："不会吧。"

助理回答说："不知道是不是真的，他们说利华周家周奕申就是周总的父亲。"

言夏脑子里嗡嗡嗡直响，怎么都停不下来。她想立刻拨电话问是不是，又想多半是真的。

拍卖出事到现在不过两个小时，能上热搜——不可能是自然热搜。有人在操盘。他不会无故丢出这个信息。

多半——

多半是真的。

周奕申是周朗的父亲——虽然听起来确实不可思议。但是她这时候想周家人的眉眼……她恨自己迟钝。

"我侄儿也是个爱玩的，不知怎的就看不上白瓷，非说影青最好。"周奕辰说。

"他就是找了个会烧瓷的女朋友，就和我嘚瑟。"

周明娜说："你是真不知道我是谁？"

"言夏、言夏！"

像是有人在喊她的名字，言夏过了许久方才反应过来，如同回魂："江总？"

江华觉得他这辈子的气都在今天叹完了："你别告诉我你不知道。"

"我不知道。"言夏听见自己的声音有点飘，飘得像是心虚。

"他怎么和你说的？"

"他说……他说他母亲是个设计师，父亲是潜水员，继父，他还有个妹妹。他没有家业可以继承……"

他说他爱她。

"这都什么乱七八糟！"江华脑子又炸了一次。他怎么就没看出言夏这么糊涂呢！交往都一年多了！

他不知道周朗的详细背景无关紧要，她怎么可以不知道！万一他是杀人犯怎么办，他是间谍怎么办，她……江华恨不得自抽两个嘴巴，打住这些旁逸斜出的联想——"你去香港没和他打招呼吗？"

"公司的事我都不会和他说。"

换个时间爆出来也就罢了，这节骨眼，是要言夏的命啊！江华形同困兽，忍无可忍："你给他打电话——现在就打——你不打我打！你们两个人的事，不能你一个人担着，他要是男人他就——"

言夏拿起手机，指纹解了几次才解开锁。一条通知跳出来。言夏凝神看了片刻："现在美国什么时间？"

"都什么时候了你还问美国时间！"

"他现在在美国……"

江华说："你还担心他失眠不成？"

"不是！"言夏说，"不是，是今天……今天有个拍卖，他主槌。"她走近江华，低声耳语了几个字。

江华又叹了口气，他觉得自己现在有点心律不齐。当然，他知道她是对的，国宝归国是大事，不能像上次一样出现意外。

"江总……"

"嗯？"

"对不起。"

江华没作声。言夏又说道："事情到这个地步，我愿意接受董事会的调查。等调查完毕，我会引咎辞职。"

江华看住她，她看起来已经镇定了。

这个女孩儿总能很快镇定下来，想明白利害关系，找到可走的……也许是唯一可走的路。她和周朗的关系就是个不定时炸弹，运气好无伤无损，运气中等还能抢救，最差就是眼下这种情况了。

所谓百口莫辩。

他踌躇了片刻："这个……不忙。我肯定是放你回家休息一段时间的。在此之前，我们这里先做个简短的调查。"

他吩咐助理："录视频。"

"言夏，现在我问你的问题，都希望能得到你的如实回答。"

"我会的，江总。"

"你坚持要征集周家英小姐手里这批藏品举行拍卖的理由是？"

"我看到利华飞机失事的消息，考虑到寻找残骸和理赔之间的这段时间，无论对于利华还是家属都极为难熬，特别是家属，利华得做点什么，证明他们没有放弃，他们是和家属在一起的，所以策划了这次拍卖。"

"我原本去香港征集的并不是周家英小姐的藏品，而是她的兄长周奕辰先生，周奕辰先生是我公司记录在册的优质藏家；但是策划案泄露，被佳士得捷足先登，我不得不转而考虑周家英小姐。"

"策划案是谁泄露的？"

"是我。是我轻信，被周明娜骗走方案。我可以追究此事，但是无此必要。"

"在这之前，你知道利华周家和永嘉周总的关系吗？"

"我不知道。即便到现在我也不知道周朗和利华周家的关系。我查到周家三兄妹，周奕申只有两个女儿，并没有儿子。"

"周家人也完全没有提起过永嘉周总？"

"没有。"

"你和周朗是在交往中吗？"

"是。"

"多久了？"

"去年十一长假确定的关系。"

"你曾经泄露过公司的业务吗？"

"从未。我愿意接受调查；如有，我愿意赔偿公司损失。"

"所以周朗并不知道你去找了利华周家？"

"他不知道。"

"你保证？"

"我保证。"

"你在什么时候发现拍品中有故宫失窃物的?"

"在拍卖过程中。最先发现的是乾隆粉彩奔巴瓶,瓶底有个残签,刚好看到了。"

"之前没有看到吗?"

"因为这场拍卖要和佳士得抢时间,所以制作得很仓促。鉴定和图录上都看不出问题,图录中没有拍下签文;我看到的资料中也没有;我去了预展现场……"言夏回忆了一下,"我没有印象了。"

"发现之后你怎么做的?"

"终止拍卖,报警。"

"为什么这么做?"

"我想任何一个守法公民都会这么做。我错在之前疏忽,对拍品没有严格筛选。但是终止拍卖,是对委托人,也是对我的竞拍者负责;因为我当时并不知道后续还有多少件贼赃,我不敢冒险。"

"你确定你的委托人周家英小姐不知道这是贼赃?"

"我不确定。但是从周家英小姐的工作履历来看,她并不精通收藏;其次是这批赃物流入市场已经近二十年,可能几经转手,价格趋于正常,也会让周家英小姐错以为是正常流通的文物。"

"你认为出现这个事故的原因是什么?"

"最大的原因是时间紧,流程没有走完全,我负主要的责任;其二鉴定;其三摄影,摄影没有将拍品标志性的特征摄入图录,以至于无法直观认识到问题所在。但是,我个人认为,无论是鉴定还是摄影,理论上都不该出现这个问题。"

"你保证以上所说属实,可以作为法庭呈堂证供。"

"我保证我以上所说属实,可以作为法庭呈堂证供。"

"好了你先回去吧。"

"江总。"

"嗯?"

"你先让人封了我的办公室。如果一定要清点私人物品……"

"我会看着,我不会让人冤枉了你。"

言夏起身给他鞠躬："谢谢江总。"

江华看她挺直背脊，走过他的办公室外墙。想起前年四月，他下定决心要开掉她，她也是这么个姿态。

他想这次他可能是真留不住她了。他不傻。拍卖行不是娱乐圈，拍卖师也不是明星，热搜上这么快，后续一波一波，摆明了有人在搞她。过于年轻且资历浅薄的首席，也没有足够的背景支撑。

他会尽力……不放过那个人，他想。

二十

周家英总算想起来为什么她会觉得那位言小姐的耳钉眼熟了。周明朗那个崽子虽然回家的时候不多，每年还是会见上几面。薛宝钗说邢岫烟人没过来，东西先过来了——没想到应在自家。

拍卖终止，天历第一时间派人与她交涉，然后警方跟进。她好奇地问："言小姐人呢？"

"言小姐已经被停职。"

到次日看到八卦，已经联系不上了。

周奕申的反应就比她大多了。

当时就拨周朗的电话，接电话的是助理。转头打给姜雁潮。姜雁潮在北海道度假，压根不知道发生了什么，听到言夏给利华做了场拍卖，不由得哈哈大笑："原来你周家也有卖东西的时候啊。"

到听说发现贼赃，"哦"了声，给他出主意说："反正你也不是真指着这笔钱成立基金，索性让家英捐了不好吗，还能给……留个好印象。什么时候过来做生意也方便。

"不是，不可能！你是没见过那个女仔……哦不你见过了，脾气那个硬邦邦的，像冻羊腿成了精，不是我说，你儿子眼光是真不行……

"你要见她？你给她电话啊，别告诉我你没她电话。

"我打？我不打。谁爱受这气谁受去——

"阿朗啊？阿朗去哪里了？这我怎么知道。我又没把他拴裤腰带上。

他都三十了！"

周奕申又开始抱怨周朗不肯进利华。这种老生常谈姜雁潮只当是背景音。周奕申幽怨道："你都不听我说话……"

"乐意听周总说话的人又不缺我一个，没别的事我先挂了。"

周奕申无语。

这个世界不会再好了。

周奕申觉得周朗应该主动给他解释，不过显然周朗并没有这个意思。

他刚刚完成拍卖。

这不仅仅是一场拍卖，他把它做成了现场直播。是一千五百年前的历史，十六岁贵族少年的英姿，在他之前，是近四百年的分裂；在他之后，是煌煌大唐。

直播权转播权赚了个盆满钵满，就更别说拍卖成交的三个亿了。这个价不算高，难得各方都满意。

拍卖结束，藏家过来与他合影，说："非常荣幸。"周朗回答说："如果您知道唐朝对于我国的意义，您会更加骄傲。"

周朗和众人一起收拾拍卖现场。所有人都很兴奋：只要再过上一个月，钱货两讫，就是国宝完璧归赵。

"流浪了一百年，终于可以回家了……"

"怎么着都能上个热搜。"有人说，"上次颜真卿的祭侄文稿在日本展就上了。"

"那是有人煽动……"

"怎么滴，我大唐皇帝不值一个热搜啊？"

"值值值！故宫得排出三个月的特展吧至少——给少了我大唐没排面。"

"是故宫特展还是国博还说不定，没准陕博胜出呢，毕竟昭陵地面上的……"

"终于——"

"就能回家了。好想去吃个火锅……这天气！"

几个人说说笑笑，小峰进来和周朗说："周总电话！"

"谁啊？"

"他说他是你爸。"小峰表情有点微妙，他不确定这是一个事实描述还是伦理梗。

周朗也发现他打不通言夏的电话了。

最近他们都没有通话，都忙。时差太长。他们也不是十六七岁，要等到对方的"晚安"才睡得着觉。

父亲说她停职；网上传得邪乎，有说开除的，也有说封杀，还有说吊销拍卖执照的；周朗在业内问过，估计还是辞职。他闭着眼睛都能猜到现在是谁在搞鬼。

网上都猜说言夏年纪轻轻，要不是攀上他，也没机会升到这个位置。"知道的知道利华周家是卖飞机票，不知道的还当他家背地里跟马斯克有一腿卖火箭呢……"刻薄的机灵话满坑满谷。

印真真的粉丝可算是逮到机会了。这个说："我一早就看她不对劲，不像是个正正经经做拍卖的。你看她那站姿、面相……相由心生呐。"那个说："我姐就是被她坑了，还以为她是什么好人吗！"

也有各种自相矛盾的攻击。

有人说："周家哪里看得上她！人家玩玩罢了。"有人猜："不是，周奕申就俩女儿，这哪里来的野鸡儿子，别是冒充的吧——傍都傍不到个真货！""真的诶，不会是私生子吧？"

周明娜给他电话，声音比平时更高八度："你你你……你什么眼光！"

周朗眼明手快，没容她说第二句就拉黑了。真是的，逼他对女士不绅士。

张莉莉进来的时候，周朗仰卧在椅子上。张莉莉问他："……怎么样了？"网络上的瓜她也吃完了。

"还是关机。"周朗说。

"那——"

"我想回去！"

317

"你疯了？"张莉莉不客气地说，"这里一堆文件等着你签字，你走了——"

周朗出了会儿神："你联系得上方老吗？"

钟灵收到周朗的钥匙和地址。这是钟灵的新居，她还没有来过。

问路的时候保安的脸色有点奇怪，终于找到地方，她也就明白了奇怪的源头——有人在屋子外头刷红漆，"欠债还钱！！！"，还有"杀人偿命"，挺触目惊心，似乎还泼了血，不知道是鸡血还是什么，腥臭难闻。

不知道为什么物业没有来收拾。也许是已经收拾过了，不知道有没有报警。

钟灵叩门，没有人应。

钥匙插进锁孔，咔嚓。似乎是很远的地方有花坠落的声音。

言夏醒来，人有点木，等晕眩过去，意识慢慢回来，是在医院里。她微微别过脸，看到蹲在一旁刷手机的钟灵。

"几点了？"她问。

钟灵"唔"了声起身："醒了？要不要吃点什么。面包、香蕉，还是牛奶——空腹不能喝牛奶，那就还是面包吧。"

"几点了？"言夏又问。

钟灵回头看手机："十点了。"

"上午？"

"你觉得像晚上？"

言夏："我生病了，对我好点。"

钟灵哼道："知道的知道你生病，不知道的还以为你自杀了呢。手机也不开——"

"我开过机。"言夏就着钟灵的手喝了半杯水，太渴了，咕噜咕噜又喝了半杯。

"少喝点，不然一会儿要上洗手间。"

言夏偏头看了眼药水瓶，还有不少。"嗯——我开过机，可能电话太多了，或者短信什么的，发热，自己关机了。我那会儿没力气，就想再睡会儿吧——醒来就在这里了。"

"说得挺轻松,你家周总都快疯了。电话都打到方晞他老子那里去了。方晞吓死了,还以为他老子要抓他回家……"

"怎么搞成这样?"钟灵问,"要我不来,你是打算就这么躺下去?"

"怎么会。"言夏说,"发烧而已,人体免疫系统工作的自然反应,过几天自己就好了。"

"你这么说,我还不该来了。"

言夏扑哧一笑:"钟灵你现在扮刁蛮女友倒是越来越得心应手。"

还笑得出来!钟灵恨不得掐死她。

言夏看她嘴唇抿得紧紧的,也知道是动了气,自觉收了笑。她嘴硬,但是心里很清楚,发烧到昏迷不好受,她不是没有求救的机会,饿着肚子任免疫系统孤军奋战无非是心生倦怠,斗志全无。

理智上都知道不该惩罚自己,尤其不该惩罚身体。但是人会忍不住暴饮暴食,更严重的会自残自虐。她还好,她只是想睡一觉,最好像童话故事里的睡美人,一觉醒来,沧海桑田,地老天荒。

一切成为过去。

一切如云烟散尽。

病房里就只剩下吃面包的声音。

"我顶讨厌进医院……"钟灵说。

言夏抽空回了句:"对不起。"

"我朋友挺少的。"

"嗯。"言夏微微叹了口气。她知道她是占钟灵便宜。她知道钟灵朋友少,所以每次都不遗余力地帮她。"这次是意外。我开始就想睡一会儿,不理那些……网上也不是说道理的地方,你懂的。"

"后来事情闹大了。"言夏想了想,"得亏我爸妈不会上网。"

钟灵也不由自主后怕:"也得亏他们人肉到的是你的手机、你的车和你的住址……"

言夏又吃了片面包:"可能……"

"可能什么?"

"是有人故意泄露。"

钟灵看了看她："上次那个人？"

言夏没作声。

钟灵便知道她是不想说，也不追问，只道："言夏你这人是挺能拉仇恨……"她想得气愤，剥好的橘子自己吃了。又说道："对了，你家小周在网上发了条声明给你表忠心——你真不知道他是谁的儿子？"

言夏回道："赵钱孙李，周吴郑王——陆姓还没这么常见呢，你搞清楚陆师兄是谁的儿子了吗？"

钟灵有点蔫："那是十年前了！十年前你还穿阿依莲呢！"

言夏无言。

"好了好了，你生病我不和你计较。"钟灵清了清嗓子开手机，热搜第四，"周总说，'第一，言夏言小姐存在工作上的失误，她会独立承担这个失误。'"

言夏悻悻。

"第二，我和言夏言小姐确实在交往中，这是私事，我和言小姐都不是公众人物，没有公开的义务；到现在为止我都没有联系上言小姐，不确定她是否有公开的意愿。但是为了避免网上对她的诋毁，我愿意冒着她不开心的风险公开。是，我们在交往，我们从去年九月开始交往。"

"挺尊重你的。"钟灵点评说。

言夏喝了口牛奶："他到底写了几条？"

"五条。"

"他是五条人的粉丝吗？"

钟灵道："第三，我与周奕申先生是父子关系。我开始存在的时候周奕申先生尚未进入婚姻，我母亲不是小三；但我确实不是婚生子。利华周家这一代取名以'明'行，从我去掉'明'字开始，我相信他们有这个心理准备，我不会继承周家家业；言小姐作为天历首席，与我交往，不算高攀。"

"他不是婚生子，怪不得他不乐意和你说。"钟灵自言自语道。

言夏道："他给你多少钱你这么偏帮他。"——他说，你要有私生子千万记得和我说。原来如此。

钟灵白她一眼。

"第四,我没在周家生活过,所以我给言小姐介绍我的家人,是介绍我母亲的家庭,所以言小姐并不知道我和周奕申先生的关系。周是大姓,因为我的刻意隐瞒,言小姐没有联想到是很正常的事。"

"第五,从现在开始,凡是关于言小姐的言论我都会保存取证,对攻击、诽谤和造谣我保留追究的权力,并且绝不接受调解与协商。"

钟灵觉得言夏表情有点不对,一回头,有人站在她背后,风尘仆仆。钟灵抓住手机,悄无声息从他眼皮子底下溜了,又觉得完全没有必要这么蹑手蹑脚——这两个人现在是怎么都看不见她。

言夏咽下最后一口牛奶:"你怎么回来了?"他有点狼狈,从零下几度的宾夕法尼亚回到温暖的南城,几重汗湿,头发都油了。

周朗不答,俯身亲她。微温从肌肤相接处传来方才得以确认不是在梦中。

周朗手机响了,钟灵的声音:"……不是我想打扰你们。不过周总,该换药了。"

二十一

言夏咳了声:"快中午了,吃饭没?"

"没。"

"叫个盒饭吧。"

周朗"嗯"了声,又看了她一眼。言夏说:"我没生气。"成年人的崩溃,崩溃完了也就完了,睁开眼睛生活继续。

周朗拿手机下单,问:"想吃什么?"

"我才吃过。"

"陪我吃点。"

"辣子鸡丁吧。"

"生病了要吃清淡一点。"

"那你还问我!"

周朗无声息地笑了:"我也没想到……"

"别说了！"言夏简直不知道怎么说这件事，千言万语汇成三个字，"我眼瞎。"

周朗对于她的勇于"认错"十分欣慰："我已经公开说了我不会回去，他们不会来骚扰你，不过我二叔挺喜欢你，问我什么时候带你过去喝茶……"

"周明娜会杀了你！"

"算了吧，我都不信她能在你这里占到便宜。"

"还真占到了。"言夏给他说了骗方案的事，"那会儿她还只恨我是韩慎的前任，要那会儿她知道我和你的关系，能直接灭了我。"

周朗算是知道言夏为什么会出现这样的失误了。他沉默了片刻。

反倒是言夏安抚他："算了，大小姐任性，咱们也不能把她怎么样——和韩慎比起来，我起码没被她坑进去。"

周朗抚她的发。大概这几天都没有好好打理，干枯无光，让他想起前年，她刚回国又被他喊回室利国的时候。成年人就这点不好，真碰上事儿只能自我安慰，自己找台阶，不然呢？真套麻袋把人打一顿？

"我找机会和我爸说，让二叔管管她……"

言夏冷笑："然后呢，扣她零花钱，还是削减她的继承权？说真的没什么用。真要……就该不管她，纵容她，使劲捧她，让她任性下去，总有天碰上硬茬，不像我么好欺负……那才叫自食其果。"

她当然知道这是气话。周朗再不认周家，也为周明娜出席过法庭。

周朗哑口无言。

"算了。"言夏重复，"也不能全怪她。说到底是我自己疏忽大意。"她是犯不起错的人，偏偏她犯了，"应该我们公司内部有人。我不知道是怎么做到的，总不至于连鉴定连摄影都买通了……"

周朗说："摄影很好对付，诱导拍摄，或者发给你处理过的照片，好几十件拍品，他不会每件都记那么清楚；鉴定也不难，我听说你们是先做了无损鉴定，如果鉴定到的时候结果已经出来……"

工作有流程，但是做熟了的人知道哪些地方可以省力。比如高古瓷鉴定，有机构出示年代，鉴定人员心里有了底，看一眼就过去了。毕竟不是每个人都像言夏，背后有个宋祁宁死死盯着。

言夏捋清楚线条，心里一沉。

周朗问："知道是谁了？"

言夏说："我不知道为什么。"

周朗说："你猜不出，多半是被买通了。"你没法知道一个人的困境，哪怕他就在你身边，日日见面，每天说无数的话。

"但是宋祁宁怎么会知道——"

"不一定是宋祁宁。"周朗说，"后来跟进的是宋祁宁，最开头那一拨应该不是。"

言夏奇道："什么叫……最开头那一拨？"

周朗立刻意识到她不知道。想是在第二拨风暴之前就已经昏迷。钟灵没来得及和她说。那也许是件好事，他不知道要不要庆幸。可能对他来讲，最困难的是，她总会知道。他不告诉她，她也会知道。

"周朗？"言夏看他反应奇怪，"是……发生了什么？"

周朗说："我饿了。"

"我这里还有香蕉。"

"空腹不能吃香蕉……我想等盒饭。"

"吃过饭我慢慢和你说。"他说。

言夏这个瓜起于文物盗窃，当时围观的人其实不多，就文史类号给大伙儿科普什么叫金瓶掣签，什么叫奔巴瓶；科学风水号则教人如果得了这种瓶该怎么供奉；又有蹭热点说稗官野史的。

后来扯到豪门婚嫁，爱搭一嘴的才渐渐多起来。

但是周家毕竟不像有的豪门一样瓜瓞绵绵。这家子也没有混娱乐圈，大家吃了一阵也就散了。当晚又一个大瓜崛起：买房、烂尾。事关民生，牵动了所有人的神经：哪家哪户不买房？

一篇大特稿。苦主是个急诊室医生，有一儿一女，婚姻幸福，是一路走来十分顺畅的那类人。直到长子到了入学年龄，为了能进个好点的学校，她做主卖掉了家里两套小房，交了四季园的定金。

那时候她每次路过工地，都会满怀憧憬地畅想搬进去的那天。她的小女儿说想养只小黄狗她也答应了。

交房期早就过了。

她算是比较后知后觉，毕竟工作忙——听说断断续续停工了好几次。谁也说不清到底什么时候开始彻底不动了。

业主建群，互相询问是怎么回事；他们也想过维权，但是鸡贼的开发商早在合同上做了手脚；后来业主自救，筹集了一笔款项，希望能够监督继续动工——他们还是想要房子，而不是退款。

但是最终也成为泡影。

一些普通人读不懂的金融术语，被挪用的资金。最后法院并没有就此事判决，罪犯之一沈南音入狱的原因和烂尾楼毫无关系，是不知所云的"金融诈骗，侵占国资"——而房子还烂在那里，遥遥无期。

有人在底下疾呼："买现房，买现房，买现房！"有人反驳："你傻吗？买得到现房谁买期房啊。"也有人庆幸："买国字头的开发商，出了事好歹有个说法。"也有人心有余悸："我差点就买了……"

有小道消息说，前儿企图嫁入豪门的言夏就是沈南音的妹妹。

经过前两天的铺垫，众人的愤怒一下子有了目标。

有人骂："挪用人房款也就罢了；人家筹款自救，连这点救命钱都要，是拿了去买棺材吗？"也有理智一点的人说："不对吧，这位言小姐看起来好年轻，四季园暴雷我记得有小十年了……"

马上被骂了回去："她敢说她没得好处？没得好处她能有今天？没她姐她敢想豪门？"

有时尚博主跟进，开扒衣橱。言夏公开亮相不多，拍卖场一向中规中矩少修饰。前年还是黑色香奈儿，去年换了布鲁奈罗，出席艺术展偶尔也穿艾绰，暗绿底色，绚丽腰果纹也驾驭得很好。

鞋子以平跟居多，似乎很讲究舒适度，也有绚如玛格丽特款，轻盈如蝴蝶。

常用的包是芬迪咖啡色经典款，挺大，能装，也有只亮片罗莎出席过晚宴，拿在手里如一封信。

价格都说不上便宜。

"那都是人家的血汗钱！"

"咱们普通人一辈子就图个房……"

有细心的发现"穿搭似乎是去年开始起飞的",有人回答说:"你觉得香奈儿很便宜吗?算下来毕业也没几年吧",也有行内人为之辩护:"拍卖师确实不能穿太便宜……"但是很快淹没在口水中。

有人再添了一把火:"有人知道这个所谓的首席拍卖师的前任吗?我知道!叫韩慎,人原本也是一大好青年,首席拍卖师的有力竞争者,你猜怎么着,进去了。"

有人好奇地问:"进哪里去了?"

"进……里去了。"

网友心领神会,又追问为什么会进去。说话的人顾左右而言他,不说死了,就是把事情一件一件摆出来:"买了北岸丹枫的房,听说是婚房,那边毛坯房都四千万起!"

"劳斯莱斯,也不贵,几百万吧。"

"我也不知道为什么,不过这位首席拍卖师出身瓷器专业,擅长高古瓷鉴定这个我可以打包票。"

"反正韩慎进去,也就一年多吧,和这位言小姐并为天历首席的孙小姐今年四十五。"

"你说潜规则?那我怎么知道,我又没躲人家床底下听,是吧?"

"不过话说回来,韩慎固然是青年才俊,家世怎么和周总比?人家正宗高富帅,你一个小镇做题家……"

男婚女嫁,网上又一大热点。引导话术与前年圈里流传的差不多。那时候行内人都信,何况网上这么多行外人。普通人以普通人的人生经验,得出朴素的结论:这位言小姐,就是当代妲己。

愤怒就像是乌云,到终于落下来,形成暴雨决堤之势。

"我当时想,你关机也好……"周朗说。这不是普通人能够承受的暴力,他实在很怕言夏承受不了。他已经尽量捡能听的话,他希望她不要问他要手机。过上一周,最多半个月,没有什么过不去的。

天大的事,网上也就热上三天。三天之后,热度下去,只要不再出新瓜、再上热搜,漫骂就会少下去,变成网民的集体回忆之一。

但言夏的表情只是很诧异:"他把我姐爆出来了?他就不怕——"

"怕什么？"

"我姐犯事，在婚姻存续期间——"

"你姐很有可能是单独举债，没有用于夫妻共同生活，这样的话，只要他没有继承你姐的遗产，就不必继承债务。"

"不是，难道他就不怕有人猜，我姐挪用的钱其实是挪到了他的账户之下吗？"

"是这样吗？"

"我不知道，但是应该会有人这么想吧。这是个可以反击的点。没错，他没有继承我姐的遗产，但是我也没有啊，我爸妈也没有啊。"

"言夏。"

"嗯？"

"我觉得，"周朗说，"最好还是不要往这方面想。无论有没有，都不会有人信的。以他宋家的财力，即便真有，也该洗干净了，更何况还可能没有。他创业在你姐过世两年之后，理论上——"

言夏叹了口气。

"这可能是他故意留的破绽。就像之前你怕他搞你，假装要请女明星——"周朗也知道这个话不好听，但是不好听的话还是要说的，"婚姻是一种可以解除的关系，血缘不能。即便法律上解除，也堵不住一个人一张嘴。你这个把柄他一直拿在手里，到这时候才爆出来，也是算准了——"

"算准什么？"

周朗看她的脸，没上妆，略略有点苍白，眼睛里有种透明的天真。她其实一直是有点天真的，他想。

他狠心道："……算准你破不了局。"

能想的办法这一路他都想过了。

就听言夏问："破不了局会怎样？"

周朗知道这是道送命题。但是他自认识言夏以来，她还真不是拿"你妈和我同时掉水里你救谁"这种问题为难人的女孩儿；相反，她不认为人性经得起考验，哪怕是亲密如他俩之间。

这时候看见人目光莹莹地看着他，周朗有种上断头台的觉悟——

言夏笑了："别又和我说结婚，活像结婚包治百病。从前你妈就不喜欢我，现在一看，吓，这个女孩子不但丢了工作，还有个法制咖姐姐，这可是胎里毒，没治——我可得拦着我儿跳火坑！"

周朗气道："话都被你说完了，还让不让我说话！"

言夏："你说你说！"

"结婚不包治百病，不过刚好你可以休息一阵子，"周朗目光往下坠，"你要是不反对的话，我们可以要个小孩……多几年，就没人记得了。"

"又结婚又要小孩的，你养我？"

"我养你。"

言夏觉得周朗十分有趣，就这么几句话，叹了七八口气，简直江华异父异母的亲兄弟："别这么勉强……"

"我不勉强，但是我为你难过。"周朗说。她是有疏忽，可能是被人算计，这个错不算大，换个人挨几句训也就过去了。但是偏偏被翻出他的背景，他和她的关系，然后沈南音、韩慎，层层加码。

天历回不去了，永嘉也不可能；即便不提竞业协议，也没哪个公司不介意公众形象，无论拍卖行还是博物馆。

言夏柔声问："你想我工作？"

"我想你快乐。"周朗也知道这个话矫情。但是这个世界上总会有那么几个人——不会太多，你会真心希望他快乐。他记得她工作时候的疲惫和气恼，听过她抱怨，但是也记得她眼睛里的光。

"那，如果我说我能破局呢？"言夏忽然又笑了，狡黠轻快得像只得逞的小狐狸。

二十二

言夏看着满桌的菜，觉得而自己眼下状态就很全职主妇——除了还是不很方便出门之外。

宋祁宁没那么容易放过她。

幸而被人肉的地址是她那套二手房。周朗放了声明之后，人肉和电话都停止了。星月园还是安全的。

当然星月园本身安保力量也比较强。

门响。

言夏也好奇周朗会带谁回来。到门口露出身形，言夏轻轻"啊"了声。是在意料之外，也在情理之中。

她起身："陆师兄。"

"言夏。"陆君迟冲她点头。

他们同校不同系。如果不是因为钟灵，这么多学弟学妹，陆君迟实在没有太多印象。少年时候的言夏似乎比现在更瘦，竹竿似的。艺术系的女孩子都很会穿衣服，比钟灵会。现在似乎更会了。

周朗说："我下去拿支酒。"

都知道他不是去拿酒。

陆君迟落座。

言夏有好些年没有见过他，他带过她的课，昔日的师道威严还有残存的束缚力。言夏有点拘谨："陆师兄风采依旧。"

陆君迟不和她客套，径直说道："你的事情我听说了。"

言夏"嗯"了声。

"这件事你做得不错，张老师很高兴。"陆君迟说。

有些弯弯道道行外人看不出来。他们半个同门，没有不懂的。言夏当机立断终止拍卖，说到底也是为了保住东西。有时候委托人未必愿意手里的东西变成贼赃，拍卖公司也不愿意得罪客户。

言夏没吭声。

"但是那个位置，你要不到。"陆君迟看了她一眼，她脸上没什么表情，很沉得住气。

还是多年前那个样子，想诈她点什么不容易。

陆君迟也就不卖关子了："你姐这件事翻出来，政审你通不过。我有个建议，你要不要听？"

"陆师兄你说吧。"

"让周朗去。"陆君迟说。

言夏微微吃惊："周朗——周朗在永嘉，不好兼职吧？"

陆君迟比她还吃惊。他印象里他这个学妹可不是什么天真的人："他和你的关系爆出来，因为是你这边出了问题，当然你的压力比较大。但是你想也知道，他不可能不受影响。"

言夏垂下眼帘。她竟然没有想到。也许她早该想到。

"你和他说了吗？"

陆君迟点点头。

想是周朗也同意了。言夏不知道心里是个什么滋味，过了一会儿才问："那陆师兄你……有什么条件？"

陆君迟笑了一下。

言夏有点慌："陆师兄你得看在老张的分上……"

"你怎么不说看在钟灵的分上？"

言夏蔫蔫儿地。

陆君迟盯住她，良久，发出意味不明的冷笑："我们复合了。"

"恭喜陆师兄！"

"言不由衷！"

言夏觉得几年不见，陆君迟真是比周朗还难搞。钟灵不容易。

"好了，你该知道我想问什么。"

言夏哀求道："你都和她复合了，你直接问她不好吗？何必要我做小人……"

"不好。"陆君迟淡淡地说，"她不想提，我不想逼她。"

言夏心想不想逼她就来逼我，这也太欺负人了，天人交战一阵，勉强说道："她没有和我说过。"

"那是自然。"陆君迟说，"她要是肯说，我至于费这劲？"

"我猜，就，我们毕业那年，有人去找过钟灵，让她离陆师兄你远一点，钟灵心气儿高……"

陆君迟起身往外走。言夏叫道："陆师兄，钟灵是个傻子，你别骗她。"

陆君迟停住脚步，看了她片刻，似笑非笑道："小周还是有点本事，言师妹从前可没这人味儿。"

言夏讷讷。

"同学一场，给你个忠告。"

"嗯。"

"不管搞你的人是谁，逼他把牌打完。"

宋祁宁小时候玩过一种叫"跑得快"的游戏，他很喜欢最后一把四张带三张，所有牌脱手，哪怕你手里有王炸也都没辙了。

成年之后他更喜欢玩围棋，黑白纵横。他棋力不强，也不在乎输赢。他总能在和人下三五盘棋之后摸清楚人的性格。有的人风格明显，有的人比较模糊。言夏这种人完全没有棋路，走到哪算到哪。

人看不到长远，才会见招拆招。就这么个人，宋祁宁实在没想到她能在自己手底下走过三招——是他老了吗？他有瞬间闪过这样的念头，但是立刻就灰飞烟灭了。他还年轻，他知道。

言夏不足以成为他的对手，最多算茶余饭后消遣。而她要全力以赴才能勉强活着。

倒是没想到利华周家养了个痴情种出来——当初他老子可是一秒钟都没犹豫就回港联姻；他妈也不是什么哭哭啼啼的苦情白莲，那年头的艺术家野着呢。没想到他年纪轻轻就打算找棵树吊死了。

宋祁宁和AI下了盘棋，结束的时候看了眼墙上的电子屏，几个指数居高不下。有他操作的原因，也有学生寒假闲极无聊的缘故。有时候舆论就像是随着洋流运动的鱼群，并不知道前方等候他们的是什么。

原本宋祁宁以为言夏会打自杀牌，传统嘛，人死为大；但是时效已经快过了，看来她没有这个意思。

骨头倒是硬的，这点也很像——

他等着她回应。

她不可能真装死不回应。互联网上的热度很快会平息，谩骂会减少，公众形象会固定下来——再没有人关注，就再难挽回。没有人完全不需要形象，除非她死，或者老老实实滚回她的贫民窟。

就算周朗真是个罗曼蒂克的傻子，不要利华千亿家产，也不可能不要他妈。

言夏没有让他等太久。

次日上午，言夏和周朗接受了采访。

采访是直播形式。互联网时代，没有比这更快捷的了。

言夏穿得休闲，米色羊绒毛衣，洗水男友牛仔裤，象牙白鹿皮球鞋。周朗配着她穿，清清爽爽像一对校园情侣。

原本憎恨她、恶毒诅咒过她的人看到真人亮相，竟然是个乖乖的女孩，先自怯了三分。骂的人还有，但是气势下去了。很多人都说："先听她怎么说。"也有人直接倒戈："钱又不是她欠的……"

主持人姓柳。言夏说："柳小姐随便问，我没什么禁忌。"

主持人："言小姐怎么看待网上的言论？"

言夏回答说："我相信大多数人都会希望有个比较和谐友善的环境；如果牵涉到我个人，我会希望大家有耐心听我把话说完，听完再骂也不算太迟。"

主持人："那我们看看，关于言小姐的各种话题中，大家最关心的是——"

网民最关心的竟然是言夏和韩慎的关系。言夏看了眼周朗。周朗摊手："所以根本没有人在乎我的感受是不是？"

立刻有很多"哈哈哈哈哈哈哈哈"浮上来，像鲤鱼吐泡泡。

有人说："傻孩子，我们这是救你啊。"也有人说："确实不合适哦，人家正牌男友坐这里，你们抓着前任不放……"

言夏给了段外交辞令："我和韩先生确实有过一段美好的时光，但是在那之前我们就已经分手，只是还没来得及广而告之；他确实准备了豪宅、豪车、路易十四，那也是为他心目中的公主。"

她隐瞒韩慎劈腿的事实，算是看在他悉心栽培过、教导过她的分上，也是看在周明娜姓周的分上。

"所以作为高古瓷专家，言小姐为什么没有察觉韩先生的行为呢？"

"我们拍卖行准备一场拍卖，是有一个团队，做征集的、做鉴定的、做图录的、做策划的、做场地布置的，还有拍卖师。我是学高古瓷出身，不敢称专家，但是那场拍卖，我刚好没有参与。"

有人打字："没有参与就能够推卸责任了吗？"

言夏回答说:"确实能。这个案子警察前后调查过许多次,如果有参与,我不可能毫发无伤坐在这里。"

又有人说:"你确定你没有逼韩先生买豪宅豪车吗?"

言夏:"第一我已经说过他心目中的公主另有其人;第二韩先生是个成年人,做出这个错误决定的时候他三十九岁,如果你觉得当年二十七岁的我能够逼他买豪宅豪车,那他那些年都干什么去了呀。"

底下纷纷问:"她二十七了?""不是,她几年前就二十七了。我的妈,姐姐出本保养秘籍吧皮肤好好!"

没有什么楼是网友不能歪的。

好在还有主持人掌控节奏。终于问到第二个重头戏:"言小姐对于四季园这个楼盘有什么看法?"

言夏:"我没有去过燕京,我不清楚这个楼好或者不好。"

主持人:"据说这个楼盘被沈南音沈小姐挪用了近两个亿的房款,是业主们的自救款项。据说沈南音沈小姐是言小姐您的姐姐?"

言夏道:"是。"

底下有人质问:"'是'是什么意思?都认了吗?"有人一秒钟路转黑:"不要脸了吧这就!"

冒出一排格式统一的评论:"还我血汗钱!"

"还我血汗钱!"

"还我血汗钱!"

瞬间刷屏。暗红色字号,看起来便像是泼了血。记者脸色有点不好看。周朗握住言夏的手。

言夏说:"钱不是我挪用的。"

主持人:"可是——"

"我没有继承我姐的遗产。"

立刻有人跳出来说:"那你父母呢?"

"你父母继承你姐姐的遗产,然后转给你,就清清白白了?"

"洗钱洗得高兴?"

言夏说出第三句话:"我姐姐名下所有财产都优先用于还债。"

网友在片刻之后打出四个字:"财产转移?"

言夏回答说:"没有可能。警方彻查过。她投资失误,血本无归。她遗产为负。无论是我还是我的父亲母亲,都没有从她那里得到过一分钱。我这句话,有银行账户往来明细作为证据。"

到这份上,大部分人已经意识到这个女孩也就是个可怜的受害者。她没有拿到钱,她得到了网暴。

但是仍有人不依不饶:"那你也不是什么好东西!你姐姐法制咖,这个怎么都洗不白。"

"说得对!两个亿呢!拿人家的买房钱去投资,钱没了,还有脸哭?"

"要我说最可怜还是那些买房人,背上十几年的债务,房子现在还烂着,钱还得还……"

"可不!"

"反正我是同情不起言小姐这一身布鲁奈罗·库奇内利。"

"这什么牌子,求链接!"

言夏又开口道:"我姐姐已经过世了。"

"过世了就说不得了?""过世了也是法制咖!""她倒好,说死就死了,可怜活着的人还是没房,还是欠债……"

"死得好!"

言夏盯住这三个字看了一会儿,直到它彻底消失不见。言夏说:"我有件东西,想请柳小姐过目。"

"什么东西?"

言夏看周朗,周朗递给她一份文件。主持人数了半晌的零,小声说道:"言小姐这是?"

"这是今年五月我给四季园施工方的转账记录,因为停工很多年了,很多东西需要重新规划,所以有的业主还不知道——"

主持人整个人都呆住:"言小姐、言小姐的意思是?"

"我已经把我姐欠的债连本带利还了。"

整个直播间都震惊了。他们是彩排过,不过彩排没有这一出。两个多亿!这位言小姐可不是什么富贵出身。

333

她是印钞机转世吗？

还是那个口口声声说不会继承家业的利华周家私生子——那是真爱了。

同样震惊的还有在线围观的网友，屏幕上一时空白，过了半分钟才浮上来许多惊叹号。

言夏微微吐出一口气："我知道是有点迟，十年了。我相信那些业主过得比我煎熬。我姐姐做错了事，我相信如果她还活着，她会想办法弥补。我知道法律上与我无关，如果我没有这个能力，我也会忍下那些说'死得好'的话，但是既然我有这个机会，我希望这种话能够被收回。

"我是个唯物主义者，我知道这个世界上没有什么神仙救世主。但是我们还是会每年清明扫墓，年尾祭祖，就好像确实有那样一个世界，容纳逝者。我有时候会想，如果确实有这样一个世界的话，我希望我姐姐在那边可以释然，对于、对于所有猝不及防出现在她生命里的意外……"

"什么意外？"

"比如我。"言夏回答说，"她才进入青春叛逆期就多了一个意料之外的妹妹。她不乐意我与她同姓，所以她姓沈，我姓言。"

"再比如，"言夏直直看着摄像机，"她金玉其外、败絮其中的婚姻。"

二十三

"再比如……她金玉其外、败絮其中的婚姻。"

宋祁宁瞳孔猛地放大：她终于还是说出来了。仿佛闪闪剑芒，从这一个字一个字里透出来。

网友不知道这么多，倒是"恍然大悟"："原来沈南音已经结婚了吗？"

"我就说有哪里不对……怎么言小姐被推出来。十年前，言小姐还在读书吧，原来是还有个老公。"

"她老公也死了吗？"

"反正吧，凡事都怪女人就对了。纣王当然是被妲己坑了，安史之乱自然是贵妃的锅。沈南音犯罪，要十年前未成年的妹妹背锅，她老公完美隐身。"

言夏尽情欣赏了片刻网友的"口吐芬芳"，她相信宋祁宁肯定不好过。他没"享受"过网络暴力。

她知道他在看。

他不可能错过这场好戏。

她不动声色地回答询问的网友："事关另外一户家庭——是的，他再婚了——我无法透露。无论我姐姐做过什么，做错过什么，她始终是我姐姐，是我沈家的女儿，但不一定非得是谁的妻子。"

她一句一句戳着他。

她等他发牌。

宋祁宁也有点意外。

言夏的家底他是知道的。去年在沉船上赚了一笔，在他也就是个头寸，但是对于普通人，确实是天文数字了。

这个敢一把全压上的赌性——

算算时间，是在周朗中毒之后。兴许是以为能够破财消灾，之前可能还舍不得。之前还以为拿沉船给自己在官方买了个金刚罩。

……那他现在，他想，就破了她这个金刚罩。

直播间里评论由"男人什么时候都找女人背锅"转向"言小姐在哪里发的财带带我"的时候，言夏就知道宋祁宁出手了。

言夏："说了大家可能不信，我找到了一张藏宝图。"

网友："年度锦鲤非你莫属！"

"锦鲤受我一拜！"

"转起来沾沾喜气啊！"

这个走向，别说言夏，就是宋祁宁都蒙了。只有周朗觉得有趣，频频笑场。

好不容易来了个正楼的，在直播间里刷了一两百遍："我知道，她把一艘南宋沉船卖给了国家，这是薅我社会主义的羊毛啊！"

总算有人反应过来:"薅谁的羊毛?"

"薅国家的羊毛,不就是薅咱们的羊毛,有些人吧,被卖了还给人数钱。"

"老铁懂行老铁多说点!"

"反正当时白发苍苍的老专家指着言小姐鼻子问:'既然发现了沉船,为什么不上报国家,反而让资本入场?'可怜老专家,还不知道吧,沉船卖了45个亿,言小姐抽成抽了两三个亿,就为这两三个亿——"

这话直指要害。

大部分人在网上也就凑个热闹,肯动脑筋的少,有专业知识的就更少了,而爱国热情是天生的。

眼看着直播间里沸腾起来,这峰回路转,记者也只能问:"言小姐有什么解释?"

底下便有人愤然道:"还能有什么解释,说得比唱得还好听,'让我姐姐释然'——你姐是个什么货色你不知道吗?"

"我就说嘛,一夜暴富的行当都在刑法里。"

"这张藏宝图,啊不,沉船图是从哪里得来的也该好好查一下……"

"这是挖了我家的宝贝卖给我,我还夸你锦鲤——小丑原来是我自己。"

"这瓜突然不香了。"有人说。

言夏说道:"我是在室利国找到一艘沉船没有错。也确实有专家问过我这个问题,我当时做了回答,也得到了对方的认可。"

"那你回答啊!"

宋祁宁几乎希望这行字是自己打上去的——有种她回答呀!东西就是在公海,公海就是谁都能捞。是,郑家花了四五年在这上头,投入几个亿,但是网友在乎吗?他们就在乎自个儿被薅了羊毛。

人心啊——

就更别说牵涉到领海公海各种公约,没万把字解释不清,就算解释清楚了,大部分网友早就跑了。没多少人有这个耐心,又不像明星八卦、男女绯闻通俗易懂——"我上网是来玩的,也不是来听课的。要听课我不会去上学吗?"

只要把"卖国贼"三个字打在她脑门上,她这辈子也别想出街了。

这可比姐已严重多了。

言夏很清楚这个坑,她只简单回答:"不方便透露。"

话音才落,直播屏上就蹦出一行金色的特效字:"不在公海!"特别大,特别亮,连主持人连嘉宾的脸都被遮住。

然后就像是烟花一样四散开来。

时间掐得奇准无比。

几乎所有人都被震住,想骂的想问的都把手指缩了回去。好一会儿才有人问:"什么叫不在公海?"

宋祁宁几乎要破口大骂:"无耻!"

东西当然在公海!

她就不怕引起国际纠纷吗?

但是他很快意识到,她确实不怕,话不是她说的,她怕什么。谁说的?不知名的网友。哪怕他把这个"不知名网友"揪出来也没用,人家就写了没头没尾四个字——而且这个人势必不那么好揪。

而这几个字扎扎实实击中了看客最喜欢的阴谋论心理。

果然,只静了片刻,已经有人百度,有人回答"言小姐不方便说的应该是沉船不在公海,所以咱们国家没法开打捞船过去,只能由当地的郑家打捞吧";立刻有人"嘘"声:"别说那么透好吗!"

"言小姐哪怕被误会也必须保密可能是怕某国出面讨要吧——开玩笑,东西都到手了,还想叫咱们吐出来?"

"那要当时……是不是可能就真拿不回来了?"

"可不,有过前车之鉴的……"

"这是我国的国宝啊——"

"郑家也是华人。"

"而且如果真像她说的,她手里有藏宝图,那就是她该得的。不然呢,你要有那个图你无偿捐献啊?反正我觉得可以!"

"就是就是。人家两个亿也拿出来了,就为了赔偿她姐……那个不关她的事，她可以不赔的，两个亿，够下半辈子舒舒服服了，你们爱骂就骂！反正现在钱到位，业主也能拿到房子了。"

"她是穿得好，她穿得好怎么了？人漂亮你嫉妒啊？要我老公是利华周家的公子我也香奈儿古驰普拉达穿起来！"

调子慢慢歪向了历年海外华人心系母国，郑家对国内的投资与合作。有人恍然大悟："那艘船就是郑家给国内的投名状吧。"

"我有一说一，言小姐只出了一张图的话，别说不在公海，就算在公海，她也做不了主。你看看地图就知道，那地儿离我国有多远……除非是民间商业机构过去。人郑家都打捞好几年了，谁许你去？"

屏幕上持续了几分钟的讨论，言夏看了看周朗。周朗点头："我来说几句吧——有个喜事要和大家分享。"

"要官宣吗？"

周朗咳了声："我很想，但是这个要问言小姐。"

言夏推了他一下："你快说吧！"

屏上一片"姨母笑""躺住了"，连主持人都忍不住笑："原本今天大家都是来听言小姐怎么狡辩，没想到吃了一嘴狗粮。"——到这时候大家都已经从两个亿的震惊中恢复了神志：她是曾经拿到过两个亿，但是现在又没了。只要澄清了不是敲诈国家，大多数人心理还是能够平衡的。

"言小姐工作失误，导致公司利益受损，继而有心人引导，引发了比较大的风暴。原本我该第一时间就陪她处理，之所以没有，是因为她不想打扰我，我当时在宾夕法尼亚主持一件文物拍卖。"

他停了停，继续道："可能有的人有关注，但是这不是大众娱乐向事件，知道的人不是太多，我趁这个机会，是想和大家分享这个喜悦：流落在外百年的国宝，将在下周回到祖国。"他拉住言夏，十指交叉握紧，"言小姐已经辞职，我也将在国宝回国之后结束我在永嘉的工作。"

"我即将接任纹章号沉船博物馆馆长，请大家多多过来打卡。那艘差点让言小姐丧命的沉船，记录了我国古代最高的瓷器制造工艺，也承载了日本平清盛时代的文明。与《源氏物语》齐名的《平家物语》开篇说：祇园精舍之钟声，响诸行无常之道理；桫椤双树之花色，显盛者必衰之真谛。"

"……世事如此。祝大家玩得高兴。"

宋祁宁但觉血气翻腾，有什么在往上涌，腥。

如果说之前那四个字是引发网友阴谋论联想的话，周朗辞职永嘉改任沉船博物馆馆长就是给事情定调，再无可疑之处：周朗能坐那个位置就是上头的认可——也是对言夏贡献的认可。

都说善守者藏于九地之下，宋祁宁承认，他的牌打完了。

这天晚上他接到一个陌生电话，电话里的声音并不太陌生，她说："姐夫，轮到我出牌了。"

第四卷 影落寒江

一

　　冬天难得这么好太阳,言夏拉开窗帘把它们放进来,尘埃飞舞,林林总总的旧物摊在地上,像摆了个杂货摊。

　　周朗洗了碗车厘子过来问她要不要吃。言夏给他看她的手。周朗喂了颗给她。言夏把核压在舌底,抱怨说:"车厘子也就颜值高了……"

　　周朗好笑:"那你还买?"

　　"入乡随俗。"

　　双双辞职之后,两个人去冰岛自驾玩了一个多月。言夏成年以后就没有过这么漫长的假期,旅途时间也安排得松弛。冰川与瀑布,火山熔岩。宁静的湖水像开出来的赌石,奔腾又仿佛远古怪兽咆哮。深黑色的玄武柱,当夕阳落下,水面燃成一片,像传说中的黄泉路、彼岸花。

　　言夏说:"北欧总让人有种与世隔绝的感觉,不像美国那么闹腾。"

　　"可能是因为冷,闹不起来。"周朗说,"你看看俄罗斯、西伯利亚,美国蒙大拿州也安静。不过人是社交动物,越压抑,反弹越厉害。去酒吧转转就知道。什么地方都一样,酒精都冷,血都热。"

　　"远方都岁月静好,身边总是一地鸡毛。"言夏笑道,"听说这里拍过《冰与火之歌》……"

"是有取景，绝境长城在瓦特纳冰川，辛格韦德利公园是龙晶荒野，还有米湖，就雪诺和他的红发美人……"

言夏水汪汪地瞟他一眼。周朗失笑。言夏问："你喜欢谁？"

"冰火？"

"嗯。"

周朗仔细想了一会儿："不记得了。"

"似乎每个人都有可恶之处，但是每个人也都情有可原。"他看言夏，"你呢？"

"我喜欢那个使缝衣针的小姑娘，虽然被无面人搞得阴阳怪气，但是割喉那一下好爽。"

周朗："你真暴力！"

言夏把脸埋他怀里唧唧咕咕乱笑，周朗被她笑得心都痒了。寻思暴力就暴力吧，就一鸡都不敢杀的小姑娘，菜锅里鱼起蹦也能白了脸，只有对付虾的时候胆子最大——"虾没血。"她这样解释。

从欧洲回来时近年节，言夏照例是要回家。周朗初四打飞的过来。言夏去机场接他，来回足足开了六个小时。言父想不通："人家都男的接送女的，我家怎么反过来了？"

言夏说："他驾照被吊销了。"

言父吃了一惊："酒驾吗？那可得管着他，你接送就你接送吧。"

周朗听了这笑话，恨不得按住人狠揍一顿："你就不能给我解释一下？"

言夏嬉笑，想起来问："你家里没说什么吧？"

"我家里？"

"你爸、你姑姑，还有……周明娜。"

"我姑姑把东西捐了，故宫那边还挺开心。我爸——我爸气我不去利华给我脸色看，年年都看的，真不新鲜了；明娜你不要管她，她哪场恋爱不惊天动地狗血淋漓，但是她也没几天空窗期——"

言夏："我就该一眼看出你们是亲生的姐弟！"

周朗："……倒是问了我为什么不带你回家过年。"

"谁？"

"我爸。"

言夏看他。

"他家里规矩大，我也不知道你乐不乐意，就没应。反正我小时候是不怎么乐意……"

言夏想了想，感慨说："好多钱……"

周朗扑哧笑出声："肉疼了？"

言夏想起念书时候大群聊天，有人找她私聊，大约想追她。时近春节，她为车票发愁。男生说："我家在本地。"她羡慕地说："本地人真好。"抬脚就能回家。男生一下子生气了，再没理过她。

她那时候不懂，后来懂了——有的人"眼皮子浅"是生而天真；有的人"眼皮子浅"是过早油腻，以为全世界都贪图他本地户口有房有车。

幸而周朗不是这样的人。她感慨"好多钱"，他也知道她就只是感慨。言夏说："我怕你后悔。"

——利华周家他不想回去也就罢了；永嘉是他自己选的路，如今也走不下去。沉船博物馆还在建设当中，做几年馆长算是权宜之计，在官方挂个号，但是长久来看，未必就是周朗愿意的。

周朗诧异道："你陆师兄没和你说？"

言夏唉声道："你不知道！为了钟灵，他可把我恨死了。云老出殡那会儿我上你车，你开口就提他，我心里真是慌得不行。"

周朗大笑："陆总说，小周你给永嘉卖命六年，够了。"

言夏："什么叫够了？"

周朗说："永嘉我能毫无负担地辞职，你也看到了，莉莉接手挺好。家族企业这种东西就沾不得，沾上了一辈子枷锁，做好了人不说你好，说'祖辈余荫'，做差了就是'二世祖''对不住几代人心血'——活像谁想接这个摊子似的，付出不比创业小，又远没有创业的成就感。"

言夏"嗯"了声。

"而且现在你也知道了，回利华，我就是一辈子'私生子'，私生子不私生子的无所谓，虽然是不好听。但是现在他们对我还挺客气，是因为没有利益纠葛,一旦我真……一家子闹得乌鸡眼似的斗,何必呢。"

言夏心里猜他继母不乐意——当然不会乐意。

"我户口都落在南城,"周朗说,"可见当初我妈就没这打算。我两三岁就知道那边有个爸,他也老来看我,给我带东西,给我寄东西……"

言夏由衷地说:"你妈真是个奇女子。"

周朗:"奇女子听说你赔了两个亿,在家里骂了半个月傻女……"

言夏打个哈哈。

初五沈家走亲戚,周朗活生生接受了一次惨无人道的围观。到麻将开场,言夏就把人拉走了:"他不会!"

走出去老远听见背后人嬉笑:"挺大个人,麻将都不会!"

周朗认真和言夏澄清:"我会!"

言夏:"知道了知道了,地主家的傻儿子。"

周朗抓狂。

周朗都不知道言夏从哪里翻出来这一堆旧物。花花绿绿的塑料壳,日记本,书信,小衣服小鞋子,旧到发黄,但是干净,材质做工也不坏。周朗拿了件对着言夏比画:"你——你那时候得有多小?"

言夏:"回家问你妈去!"

周朗歪沙发上笑:"你不是说搬过很多次家?"

"是啊。"

周朗忽然有点感动:"你爸妈是真爱你。"

"这不废话嘛。"言夏不在意地说,"谁家小孩不是宝贝啊。"

"你姐呢?"

"我姐那才叫无法无天无良少女——看过《神雕侠侣》吧,郭襄可不算受宠,受宠的是桃花岛小公主郭芙。"言夏说,"那时候我爸妈真把她看得眼珠子似的,亲戚都说,钱堆出来的……"

"那后来呢?"

"后来……那也二十年前了。我家这块儿,你可能不熟,产煤。我爸之前是经商赚了点辛苦钱,不能和你周家比,也有……百来万吧听说,就寻思靠山吃山靠水吃水，走关系投资了煤矿——"

周朗"肃然起敬"："原来是煤老板的女儿！"

"行外人看来行业兴衰就只是一个瞬间的事，没留意行业起来了，人人兴旺发达，没留意这个行业下去了，人人垂头丧气。只有业内人知道之前挨了多少苦，能坐上风口当猪是何等的运气。"

言夏停了一会儿："……我爸当时看好煤价会涨。这个判断也不算错，就是早了几年——没等到煤涨价，煤矿就出了事，钱罚没了，矿也被人抄了底。那是20世纪90年代。到21世纪初，就人人都知道煤老板有钱了……当然到现在，大家都知道，有钱人换成了房地产和电商。"

言夏微微舒口气："……真是沧海桑田。"

周朗也觉得颇为惊心动魄。类似的故事他听得不少，但是发生在别人身上和发生在他喜欢的女孩儿身上，那是不一样的。

言夏又说道："那一年我姐读高二。我读高中的时候，班主任对我特别好，给我开小灶辅导功课。有次说漏了嘴，我才知道他和我姐是中学同学，后来又断断续续听到一些……我姐姐的事。"

周朗道："他暗恋你姐？"

"算是我姐前任……之一吧。进大学就分了。"言夏说，"他说我姐从前功课可不怎么样，不过仗着家里有钱，瞎混。当时都以为她会出国，没想到……又都以为她会退学，毕竟都高二了。"

"没想到我姐是真硬气。"言夏看了眼周朗，解释道，"我省是高考大省。当然高考面前硬气不管用。我姐也不是天才，老师给她补课，有提升，但是有限；后来还是靠舞蹈加分。她原本可以报一个省内211，她没有，她报了燕京一个二本——这是个很聪明的选择，对于她要走的路来说。"

周朗便知道沈南音这个"前任"是怎么回事了。分手之后还能对言夏照顾有加，沈南音眼力还是有的，或者是运气。

"现在网络普及，获得消息的渠道比那时候多太多了，那时候电脑都还是稀罕玩意儿，更别说智能手机，那还是诺基亚的时代。我爸妈也没有读过大学，所以她能有这样的判断力和决断力——"

言夏叹了口气。

世人以成败论英雄。

"成也萧何败也萧何。可能也就是因为她之前每次判断都对，所以才……"

"……借钱加了十倍杠杆投资的四季园，进场发现是坑。其他人早就跑了。她也想跑，刚好业主自救筹了一笔，所以她转走的其实是她之前投入的——也算是受害者吧，从某种程度上说。那时候狗急跳墙，别人等得起她等不起，又转手投了一个芯片制造项目……"言夏苦笑。

不必额外解释，国内芯片项目有多少雷周朗也该有所耳闻。

"不懂不投，"周朗说，"你姐胆子也太大了——"

"但凡不懂还投的，至少有一半是听信了所谓的'内部消息'……"

周朗看了看地上："所以你是在找什么？"

"我也不知道，先找找看。"言夏说。

周朗觉得言夏有点异想天开，不过也就当是陪她游戏。

二

过完初八，周朗回南城开工。言夏元宵之后才回来。

沉船博物馆原本由古博馆长兼任。馆长年岁上去了，颇有些力不从心。沉船上起出来的瓷器一直在研究中，展览还没有办过。原是想从学生中挑一个出来历练，谁想空降了周朗，倒也满意。

展期定在四月下旬。消息传出去，国内还没怎么样，日本先炸了。甚至有人主张天皇对于这批瓷器的所有权。

周朗回来当笑话说给言夏听。

言夏离职时封存在办公室的私人物品由孙楚蓝押送过来。言夏受宠若惊："随便叫个人送来就行，哪里值得孙姐专门跑一趟。"

孙楚蓝说："我自己要求的。"

言夏请她进屋，给她冲咖啡："也不知道合不合孙姐口味。"

孙楚蓝环视四周，不算奢华，但是赏心悦目，随性舒适，不由道："真没想到……"也没细说没想到什么，转问，"你有什么打算？"

言夏说："暂时还没想好。"

"是没想好还是不想说？"

言夏笑了一下。

"你是不是怀疑我？"

言夏立刻意识到她的来意，说道："有两个人我是不怀疑的，一个江总，一个就是孙姐您了。"

"当真？"

"当真。"

孙楚蓝也觉得言夏有点意思，明明她嫌疑最重，言夏离职之后，连亲近同事都和她说："言夏当首席是嫩了点，但是嫩有嫩的好处——"言下之意，总好过上来一个生猛老辣与她并驾齐驱。

她也懒得解释双首席并非常设。

倒是有点明白当初韩慎出事之后言夏的处境了。言夏那时候更年轻，背负那么多，想必也更艰难。没有人向她伸手，除了周朗。于是诚心诚意说道："想不到周朗肯为了你辞职。"

言夏一笑。

孙楚蓝又说："不是我。所以你走后，就轮到我了。"

言夏点头。

"是谁？"

言夏说："没证据的事我也不能乱说……不过嫌疑最大的那个人当时是在我身边，孙姐不必太担心。倒是要防备风言风语，别让人拿我当枪。"

孙楚蓝心领神会。

言夏又说道："年后罗昕珠连办了几个展，这是要起飞啊。"

孙楚蓝说："你这么留意她——当初怎么不推？"

言夏喝了口茶。

孙楚蓝再追问了几次，也没问出来，便知道言夏谨慎，不肯多说；她也有分寸，留下礼物就走了。言夏拆了礼盒，是件金环镶珠镯，金质无瑕，珍珠圆润，做工雅致秀丽，甚为不俗。

言夏穿梭在各大画廊、不同级别的画展，各种工作室。有人知道她，有人不知道。做艺术有孤傲的，也有随和的，有八面玲珑的，也有社恐的。言夏喜欢和不同的人聊天，照片和笔记存了厚厚一沓。

也去沉船博物馆，带时令水果很受欢迎。连之前吐槽过她铜臭的师兄都说："小师妹跟了周总，咱们也跟着沾光。"

周朗私下里说："难怪你师兄打光棍儿至今——估计还能再打五百年。"

言夏哈哈大笑。

到四月，沉船博物馆附近日本游客渐渐多起来。言夏提醒周朗防盗，周朗都觉得好笑，没想到有天晚上还真响了警报。

闹腾几回，沉船博物馆的名气倒是越来越大了。

张莉莉上门拜访。

言夏扮了两回贤惠，周朗嘲笑她："何必呢，莉莉也不是外人。"

张莉莉觉得自个儿可能真没戏了，酸酸地说道："我周哥这种桃花精，确实只有言小姐压得住。"

周朗："……你给我说清楚什么叫桃花精！"

言夏拜访一家以教学为主的工作室。

约好的人没来，就只有一帮学生在。距离联考还有大半年，十几岁的孩子们还有闲心打打闹闹。有专心致志只管画的，也有好奇地问"你找谁"的，还有人问："小姐姐能给我当模特吗？"

言夏赶紧摇头，开玩笑，一坐几个小时不动，那不是老胳膊老腿的社畜能够胜任的工作。

那孩子便很失望，一双漂亮的大眼睛眨啊眨的："小姐姐肌肉很漂亮。"

言夏在成人世界里太久，碰上荤素不忌的少年人有点害怕，走开几步。两个玩闹的男生像脱轨的火车头一样开过来，躲闪不及，被撞得后退，趔趄要跌倒，手本能地在空中乱抓，就听到撕拉一声——

太响了，所有人都往这边看过来。

糟糕！

言夏回头，撕开的幕布背后露出一张画，不知道多久了，满是灰尘，但是乍眼看去，言夏还是愣住。

闯了祸的男孩也被吓住了，连声叫道："小姐，小姐？"

言夏回过神："这是谁的作品？"

孩子们一个一个摇头："不知道。""看上去挺久了……""可能是哪个师兄师姐或者……"也有人凑近来看，表情有点奇怪："这画的什么呀？"

言夏摸出手机打了个电话。她今天约的人姓刘。刘枫吃了一惊："言小姐这么早就到了？不好意思，我这就来——"

人到得还挺快。是个中等身材的男子，白白胖胖的脸看得出生活滋润。听言夏问旧油画，也是愣了许久，方才一拍脑门："那张……还在啊。"

"怎么？"

"是我老同学的画，说起来得有……三四年了吧。"刘枫有些唏嘘，"他的风格，就不是太好卖——言小姐有兴趣？"

言夏问："人还联系得上吗？"

"这个没问题。"刘枫笑道，"不过价钱的话，言小姐先和我谈也是一样。倒不是我……是我这个老同学脾气……言小姐有兴趣呢，就咱们先谈妥了，反正这件版权也在我这里。人我回头给你找——"

言夏看了看他："什么价？"

刘枫比了个大拇指和食指——"八万？"言夏问。

刘枫大喜：他原本想说八千。没想到这个言小姐这么大方。正要点头，言夏又否定道："不值。"

刘枫："千金难买心头好啊言小姐。"

言夏笑道："两万到头了。"

刘枫知道她是行家，也不敢真狮子大开口，又寻思这件她收了去，没准儿来日老同学价钱就上去了，应道："成交！"

言夏划了账："我要见人。"

刘枫请她去会客室，煮了壶工夫茶。自嘲这年头学画不如教画："就外头那些孩子的东西，我估计言小姐也看不上。我也看不上。不过没办法，大家都这么过来的，过不了联考，就什么都免谈。"

言夏笑道："基本功这关，本来就是人人都要过的，虽然是套路了些……"

"阿泉的画就难卖。国内没有成熟的艺术品市场。装饰画好卖一点，但是他的画作装饰也不行；游戏市场大，我劝过他，朝九晚五好歹是个生计。他也不是不听劝，实在是适应不了。做朋友的……"

他苦恼地捋了把所剩不多的头发。

言夏心有戚戚："全世界都差不多。有鉴赏能力的始终是少数，有鉴赏能力还有消费欲望消费能力的凤毛麟角。大多数买的还是名气和升值，或者赏心悦目。哪怕是莫奈，静物画和肖像画也没睡莲好卖。"

刘枫给她斟茶。

言夏又说："不过往好处想，受教育水平在上升，被埋没的好东西终究会少一点。"

两个人以茶代酒喝了杯，又聊了些联考、师承之类的闲话。

有人敲门。

是个身材高大的胖子，络腮胡，脸上冒着汗和油光。脚下倒是穿了双皮鞋，看得出擦过，没擦干净。T恤皱巴巴地贴在身上。视线在房间里跳来跳去，最终轻车熟路落回到刘枫脸上，表情也自在了。

他清了清嗓子："枫子？"

刘枫起身道："阿泉你过来，言小姐很喜欢你这件旧作——言小姐，石生泉。"

言夏与他握手，笑道："石先生名字取得真好。"

"就是姓坏了。"石生泉苦笑，"石头上怎么生得出泉。"

刘枫瞪他一眼，责备道："阿泉你会不会聊天啊！言小姐你别介意，我兄弟就这样……"

言夏赶紧调转话题："我想见石先生，主要是想问石先生近作——刘先生说，这是石先生多年前的作品了。"

"近作……"石生泉面上的喜色一闪而过，继而露出局促的表情。

刘枫急道："阿泉你这是怎么了？你不一直都在画画画的，怎么人家问你近作，你还拿上乔了？"

"不是！"

"那是什么？"

"是都……不好，"石生泉说，"要言小姐真喜欢，就等等。最好是，最好是——"

刘枫快被气死了："最好是言小姐能下笔定金！这样阿泉也能安心创作——这有什么难出口的？言小姐是内行，又不是那些搞装修的！"

石生泉"嗯"了声。

还是不敢往那位言小姐看。过于光鲜亮丽了，亮得近乎发光，那是不属于他的另外一个世界——一个成名之后才有机会享受的世界。"主要是颜料和笔，笔用久了该换了……"他解释道。

"应该的。"言夏回答得很爽快，"石先生想要多少？"

"言小姐能给、给多少？"石生泉恨不得立刻回家里去，躲在手机里打字。但是谈到钱，躲手机里情况也好不了多少。

他求助式地看向刘枫。刘枫一时也拿不准。他是听说过这位言小姐，她上次给个无名画家拍出了两千万的天价。但是那时候她背靠天历，而且拍卖和拿货是两个概念，她多半出不到那个价——于是问："言小姐不打算做拍卖了吗？"

"打算的。"

"那为什么不——"他也知道艺术品得到赏识需要天时地利人和，石生泉未必就有未成诗的运气，但是有机会总要博一博。

"我现在不在天历了。"言夏回答说，"筹备新公司还需要时间，而且新公司肯定没法和天历、永嘉比规模。但是我是真心欣赏石先生，如果石先生暂时还没有主意，可以想好了再联系我。"

三

周朗进门就听到钟灵的声音："……不行你就还是拿过来让我处理吧，别把画弄坏了。你那里工具也不全。"

周朗问："什么画？"

言夏看见他心里欢喜，冲视频说了句"我明儿联系你"，被钟灵啐一口也顾不得，挂了电话。

周朗看桌上，片刻："找到了？"

言夏大喜："你也觉得是？"

周朗点头："言小姐，对自己的眼力有点信心——咱们开支酒？"

"好！"

言夏给他说了石生泉："我真没想到……"

"没想到什么？"

"没想到罗昕珠没给他什么钱。"言夏说，"他似乎也对自己失去了信心。刘枫也是。开头给他比的八千——八千，现在美院的应届生都能叫到这个数了吧。他看起来得有三十好几了。"

"搞艺术很容易这样……特别是长期得不到认可，而一些根本瞧不上的东西青云直上，广受欢迎，那真得非常强大才能熬过去，有的根本熬不到头。"周朗说，"某种意义上，艺术和科研一样，都是屠龙技，多少要点运气；没运气的可以试试杀猪……金玉满堂，花开富贵，什么时候都不难卖。"

言夏也知道这等话在网上能被杠精杠上一万遍，"难不成还是顾客的错，不配欣赏他的艺术？"或者是"真要能画成毕加索、达·芬奇我也不说什么了——但是他是吗？""不是为什么不先搬砖养活自己？"

但是真正身处其中的人会知道难处。

"有的人杀不了猪——杀猪也是需要技巧的。"言夏说，"而且猪是刚需，龙不是。"

"所以古今中外，能坚持下来的，要么家里有矿，要么找金主，要么有运气——小金主也是金主，像维米尔。"维米尔的代表作之一是《戴珍珠耳环的少女》，"画得慢，又要用最好的颜料，金主还不够有钱……"

言夏听得心情低落，多喝了几杯。周朗问她："你打算怎么处理？"

"洗干净了寄给孙姐。"她都能一眼看出，孙楚蓝没理由看不出来。

周朗笑了一下。

"笑什么？"

"笑你心慈手软。"周朗说，"要我就寄给莉莉。罗昕珠是孙楚蓝看中的人，已经投入了这么多，怎么舍得处理。别罗昕珠没处理，把石生泉处理了。"

言夏没作声，过了一会儿说："先寄照片给孙姐，看她反应。"

周朗摸摸她的脸。

"我还跟石生泉下了单。毕竟这都四年前的作品了，比对起来还要看近期。"言夏说。

言夏第二次见石生泉在石生泉住所附近的星巴克。他状态看起来比上次好，虽然前后只隔了几天。但是衣服和鞋都换过了，看得出打理过外形。这时候言夏并不知道这是他们最后一次见面。

石生泉叫了杯美式，问言夏，言夏说摩卡。

石生泉还是有些紧绷，言夏知道这是长期不与人社交的缘故，于是说道："有时间就出去走走，见见太阳也好。"

石生泉"嗯嗯"应了："有时候赶活。"

"活很多吗？"

"不多，是我慢。"

言夏说："这几天你大概看过我的资料……"

石生泉又"嗯嗯"道："是看过了。"他有点不好意思。他总疑心是个骗子，虽然到手两万块不是假的。

"我手头钱也不是太多……"

"我不会要太多。"

言夏看他转来转去就是不肯直接报数，也就不绕了，直接说道："60万怎么样？十分之一的定金。"

石生泉惊讶地抬头。

他没想到有这么多。虽然刘枫说他运气来了。但是之前也碰到过好多次"运气来了"，都没有下文。总有意外，这样那样的意外，翻脸的时候闹得也不好看。还有人说他画得不好，不如某某、某某某。

有人要教他什么叫市场，他不是没有尝试过，效果还不如某某、某某某。

他想过不画了，剩下的画布、颜料、笔刷，堆起来浇上汽油……最后还是觉得自己傻，不要了挂上咸鱼也能换笔钱。但是人运气不好，挂上咸鱼也没能出手，还受了些气，问东问西的，一怒之下又撤了。

他没有别的技能。有人能录作画视频赚大钱，但那得人好看，还得手快，还得有装备。

人走投无路的时候到处都是墙。

没想到他的人生还能有这样的峰回路转。他并不觉得四年前那件作品有多好，在当时当然是得意之作，但毕竟时过境迁，而且一直也没有卖出去。但他忽然又疑心自己并不能达到她的要求。

"言小姐有什么要求吗？"他问。

"什么要求？"

"主题、内容，或者风格什么的。"

"没有。"言夏说，"石先生尽管画自己想画的。"过了一会儿又补充道："我想石先生这些年里应该一直都有进步。"

石生泉沉默了片刻。他有时候觉得过去的作品粗制滥造，如果有机会重来，有很大的修改空间；但是有时候又觉得，尽管粗制滥造，热情和灵气还是从颜色里迸发出来——那却是他现在所欠缺的。

无论如何，技巧总是在进步，他这样自我安慰，尽力撑出信心满满的口气："那当然！"

送走言夏，石生泉去江边走了走。四月里南城的风已经很湿热，到处开了红的花，高大的木棉树，三角梅；南江穿城而过，江景房贵得惊人，他从前并不关注，反正多个零少个零一样买不起。

但是如果能……如果每个月画一张，一年下来……他心里盘算，又觉得异想天开，哪里能这么快；就算他这么快，言小姐也不见得每张都买，她自己说手头紧，尽管她有个有钱的男朋友。

"一个月是不可能了，两个月三个月还差不多。余生那边的活可以停了，他给钱给那么少。时间空出来可以画想画的……寄给绯艺廊或者香格纳，不要急。"他自言自语，"不能把自己逼死了。"

他低头，一只白色的鸟从他头顶飞过去。

风吹着他的脸，天地一时都朗阔起来。

四月下旬，沉船博物馆开展。

大概是半年前那场风波和三位天皇加持的缘故，沉船博物馆的第一次开展迎来了异乎寻常多的游客，连周边旅游业、酒店业、饮食业都被带动起来，更别说文创产品了，加急制作了十多次还是供不应求。

高涨的热情足足持续了两个多月才稍稍降温。

言夏安慰周朗说："你想想故宫、陕历博，人一年四季都这样……"

周朗把脸埋她肩上呜咽："我要休息！"

言夏："好歹挺过粽子节。"

周朗觉得人生实在太悲惨了："我妈问你会不会包粽子。"

言夏："我会买。"

周朗"哗"的一下笑出声："我妈说你不会的话给我们送些过来，她做多了。"

"以前天历定制的粽子就挺好吃。"言夏遗憾地说，"不过以前我爸妈过得省，怕他们舍不得买，每次都叫公司直接寄回家；也有同事直接挂咸鱼上卖，还有单独卖盒子的，比五芳斋卖得贵。"

周朗像是睡着了。言夏便亲了亲他："晚安。"她轻声说。

"言夏！"

言夏吓了一跳："还没睡呢。"

周朗闭着眼睛说："端午那天你来博物馆，带你去吃粽子。"

节日食品中粽子是言夏比较爱吃的，可甜可咸——当然甜粽子是异端，毫无疑问；也有什么都不加的碱水粽，能吃出粽叶的清香和糯米的紧实感，比有些油汪汪的又强很多。

就当是约会。穿了交领襦裙，上裳大红飞鹤刺绣，藕色下摆，绣花鞋，轻罗小扇，发型也特意做过。

到博物馆，便有游客咔嚓咔嚓冲她拍照。

周朗迎出来，眉开眼笑："这也太招摇了。"

言夏说："你就该配我穿个儒士袍。"

"算了吧。"周朗说，"我穿那个不合适。真要玩，我穿绸缎唐装扮土豪劣绅；你呢，梳两条辫子扮女学生——"

言夏结结巴巴地说："雅、雅螺蝶！"

周朗大笑。

上了车，周朗输入导航地址，老区，偏巷。言夏都不知道周朗从哪里翻出来。进到里头却还不错，粉墙黛瓦，满目葱翠。屏与窗都设得恰到好处。隐隐听到越剧的调子，太远了，也不很分明。

先上的茶，茶色红——"普洱？"

周朗点头。言夏看杯子，仿的康熙十二花神杯，是五月石榴，不由赞道："很用心了。"

然后是粽子，只小儿巴掌大，狭长，一一斜卧在青花釉里红花鸟盘中，粽叶青翠，恍然有花有鸟，花色鲜妍，鸟喙鲜红，茸茸可爱，看得人豪气顿生："我能一口气吃三个！——都什么芯啊？"

周朗看了眼菜单："鲜肉、火腿、香肠、蛋黄、豆沙、满天星。"

"想每个都咬一口。"

周朗拿剪子剪了棉线，又一一切开："来，先每个咬一口！"

言夏也是被家里宠大的，但是从来没有被这样纵容过。她心里想这厮说错过他未必就能找到下一个虽然有吹牛的成分，但那也许是真的。

周朗要再叫一轮，说还有其他口味，言夏舌头倒是愿意的，胃不肯答应，只得作罢。

酒足饭饱起身要走，忽然接到石生泉的电话，却是个陌生人的声音："请问是言小姐吗？"

四

言夏并不是不知道生死无常，但是收到病危通知书的时候还是愣了三秒。以她和石生泉的关系，怎么都轮不到她来签这个字。

中年女子十分抱歉地说："在他手机最近通话里找到您……"她看出来，这位绝不可能是里头那位的女朋友。

言夏说："没关系，我是他朋友。"

中年女子说道："他突然冒出来……我有行车记录仪为证，交警一会儿会来做笔录，但是我想，还是先送来医院里，毕竟——"

言夏点头："我相信交警会有判断。如果不是您的责任……您是不是垫了钱？"

女子松了口气，碰到个通情达理的——不管是家属还是朋友，总好过碰上个胡搅蛮缠的。

言夏走开几步给刘枫电话。刘枫来得有点迟，交警已经走了；中年女子也要走，刘枫不许，两个人口角几句。言夏说："她留了电话地址，总能找到人——你那里有没有他家人的联系方式？"

刘枫怒起来："你当然无所谓，你就当他是摇钱树——"

言夏看了他一眼。

他忽然醒过来，大手抹了把脸，低声道："对不起。"眼睛直直往地上落，"我没有……"

"你去找找看。"言夏说。

刘枫很难形容这时候的心情。他知道自己失态了，成年人不该有的失态。也许是恐惧让人惊慌，哪怕有个人吵一架也是好的——那让他觉得有事可做。而这个女孩子精准地发现了这一点。

他开始翻微信、QQ，各种社交软件，问不同的人。他想，不知道要花多少钱，也不知道那个傻子有没有给自己上社保，那个女人能赔多少……多少要赔点吧。如果不够，言夏能不能……

医院里忙忙碌碌，行色匆匆的白大褂。愁眉苦脸的病人和强颜欢笑的家属，也有倒转过来病人安抚家属的。远一点能听到孩子嘹亮的哭声。

成人多半哭不出来。

言夏接到周朗的电话。言夏说："人还没出来，不知道什么情况。"

周朗问："要不要我过来？"

"不用了。"言夏说，"你忙你的吧。"

一直等到晚上，ICU的灯熄了，医生出来，摘下口罩，和他们说："节哀。"

都想过这个结果。等的时间越长想得越多。有时候人类会自欺欺人地想先预料到最坏的，哪怕只好一点点，心理上也会好过很多——但是真出来，还是像胸口被猛击了一锤。

刘枫脸上一片空白，就只能全程听言夏安排，签署各种文件，拿死亡证明。护士问他们要不要进去看最后一眼，他忽然胆怯起来："言小姐……"

言夏进去了，很快就出来："……还好。"她说。

晚上十点周朗到了，让他一旁歇着。刘枫也是头次见到这个传奇人物，要换个时间也许就凑上去套近乎了，这时候没什么心情，不断听见两人低声交谈，但似乎周朗也不如言夏经验丰富。

言夏和周朗说："我这辈子最害怕的时候就是你在ICU里我在外头。"

周朗抱紧她，人在死亡面前无能为力。哪怕他母亲吐槽说："别的女孩子都是水做的，你找回来的那个就是水泥做的。"不、不是这样的，他想，他的女孩儿只是比平常人更怯于表达爱与恐惧。

她不是个怪物。

言夏在户籍警察那里查到石生泉父母的联系方式。石父问："……有赔偿吗？"

刘枫说："他父母离婚了。"

"离婚也有把孩子当宝贝的。"言夏说。

转而联系石母。那边犹豫了很久，找了很多借口，成年人总有借口，新的家庭新的孩子，走不开的工作。言夏听不下去要挂断，那边又喊住她："要是他账上还有钱，能……给我买张车票吗？"

刘枫气得直接把一次性纸杯捏扁了："是不是还要给她误工费啊？"

房东叹息了一阵，又隐隐庆幸。她很痛快答应了言夏续租的要求。"两按一租，结算完水电退剩下的给你。"又说，"那孩子挺好的。交租很准时，不拖不欠。"她与他的来往也仅止于此。

等了一周才等到石母。言夏问刘枫有没有空。刘枫握住手机说："言小姐，我知道你是可以相信的人……"

他没有勇气面对亡友的遗物。

石生泉的住所并不太偏，距离CBD也就七八个公交站，附近有商场、菜市场、医院、学校，肯走一站路的话还有地铁。房子是有些年头了，保守估计得三十年，没有电梯，高层价格就上不去。

石母体力还不错，反倒言夏爬楼梯少，中间停歇了两三次。石母才到的时候问过："你是阿泉的对象？"

言夏回答说："您可以认为我是他的经纪人。"

石母糊涂了一阵，她并不知道经纪人是什么人，"您可以认为"又是什么意思。不过她也不想深究，只苦笑："我就说……这孩子没出息，他还问我要钱呢，哪里养得起这么漂亮的……"

"他小时候很乖……"她说。

蓝色的铁皮门很薄。言夏忍不住想住这里可能不安全——幸而石生泉是男生。两室一厅。一周没有住人，到处都积了尘，地上、桌上、沙发上；客厅里用遮光帘隔出小的空间。言夏猜里头是画。

到处都是颜料，用了一半的，没开封的，用完了的；阳台上堆满了可乐瓶和快递纸盒。

两间卧室都很宽敞。靠门那间只有一扇小窗，大白天都要开灯。没有床，全是画。多半是半成品，也有草图，各式各样的。里间倒是有两个窗，很明亮，有电脑和简易衣柜，显然是起居之处。

石母捋起袖子要收拾东西。

言夏问："要带回老家吗？"石母犹豫了一下："我也不知道。"这些零零碎碎的，都是便宜货，如果她说是，这个女孩会觉得可笑吧。她可笑不要紧，阿泉已经死了，她不想他被人笑话。

言夏说："您不介意的话我想拍个Vlog。"

"什么是……"她发不出那个奇怪的音节。

"就是小视频，您要以后想看了，点开就可以看。"

石母同意了。

她干干地站在屋子中间，看言夏调试相机，想过来看又不敢。风吹起轻飘飘的窗帘。

中午喊了盒饭。楼层太高外卖不送。言夏下楼取上来。两个人默默吃了。石母问多少钱，言夏说："您别急，石先生是有遗产的——我不是说账户上，只不过还没有算出来，我约了人过来估值——"

石母半信半疑。

言夏又说："您最好与石先生的父亲通个气，因为可能还有文件需要签署。"

钟灵到下午才来。

石母觉得眼睛都不够看了，她们说的话也更难懂了。不过两个女孩子都有耐心，和她说："阿姨要是累了就去休息，我主要是看画，不到这边来。"她于是隐约知道值钱的是画，不是这些日用品。

她看不懂那些东西，它们不像年画那么好懂；她也不明白如果那些东西值钱，为什么她儿子还这样潦倒。

不过总好过欠债，她原本做好了准备。她想孩子他爸也这么想，怕被骗过来支付天价医药费。她比他聪明，她问过了，账上还有余额——或者是她比他更想她的孩子，总是她身上掉下来的肉。

钟灵先看卧室里的画，不由叹气："……都没画完。"——这世上没有值钱的半成品，哪怕是《红楼梦》，所以高鹗被夸有功。

"中间缺失了一段，从你给我看的那件到这些半成品之间。如果补上罗昕珠前年的作品，脉络就通了。"

"这确实可以解释为什么罗昕珠前年拍的那两件作品这么奇怪了。构思肯定是用了这位石先生的，她可能是买下了石先生的画作，眼力还是有的，知道什么是好东西，但是笔力跟不上。"

"这两年之所以突飞猛进，应该是想开了，或者说胆子大了，直接拿了人家的作品。"

"罗昕珠应该是给了他一些明确的要求，这些要求限制了他。这让他的作品看起来像盆栽，有种不得已的扭曲。往好处想就是表面的明亮与阴暗的底色形成极大的张力，往坏处想就是畸形。"

"也不能说不好，就是……可惜了。"

"罗昕珠应该是希望有个统一的主题，或者是迎合主流的审视，方便人推——"

"看得出他极力想要摆脱，所以这么多半成品。但是哪有这么容易，就好像一些习惯了夸张表演的影视剧演员，被要求去演比较细腻的文艺片的时候，他没法回到那个自然、松弛的状态。"

"可怕的还不是束缚，是潜意识里受限，是不由自主地迎合。"

"你看这几件成品，可能就是没有通过验收被退货。这种退货的打击肯定会对他精神上造成伤害……"

言夏有点明白为什么她给石生泉下订单的时候他这么没把握了。做拍卖的都知道，通常艺术家不会亲临拍卖现场，就是受不了流拍的打击——石生泉是创作者，他自然知道问题所在。

"但是光凭这些指证罗昕珠是很困难的，抄袭的官司很难打，你也没有直接的盗用证据。"钟灵说，"罗昕珠不会蠢到留下直接证据，不信的话，如果石先生的母亲同意，我们可以检查电脑和手机。你要有钱有闲确实可以天长地久地和她打官司，但是你没有。言夏，我和你说实话，不值得。"

言夏不作声。

"打官司未必能赢是其一；就算赢了也未必能打击到宋祁宁是其二，事情是罗昕珠做下的，顶了不起宋祁宁可以离婚……"

"他不会离婚。"言夏说。

钟灵不知道她凭什么得出这个结论，但还是说道："舆论也不会站你这边。它不是漫画那么大众化的东西；哪怕是漫画那么大众化，创作者也是少数，被剽窃的痛苦很难得到大众共鸣。"

言夏"嗯"了一声："我再想想。"

钟灵拍拍她，不想她这么沮丧，说："我们去看看客厅里那件吧。"她们俩都认为客厅里那件便是言夏下单，石生泉的最新作品。

五

即便早有准备，遮光帘拉开的瞬间两个人还是倒吸了一口气。房间里静得很，就只有风在窗帘里扑腾。

金色的阳光喧嚣不止。

"……真好。"长时间的静默之后，钟灵最终只给出了两个字。她看向言夏："它叫什么名字？"

"我不知道。"

"你没有给出——"

"我没有。我就说，你画你想画的……我没想到他能画这么好。"言夏几乎要伸手抚摸那些流淌的颜色。她不知道该怎么形容，她没法具体说出他画了个什么东西，只知道震撼是真实的。她最初找上石生泉并不是被他的作品打动，她是顶级拍卖公司的首席拍卖师，她见过太多好东西。

钟灵沉默了一会儿，忽然愤愤道："罗昕珠该死！"

这不是一个天才，但他是有天分的。他原本有机会创造出更多更好的东西，但是现在已经没有可能了。

有人剥夺了他的机会。

言夏带石母去见律师，按照她与石生泉生前的合同支付了余款。对于石生泉剩下的作品，言夏给了两个选择，一个是打包买断，一口价四十万；一个是五五分成。石母不知所措，她没见过这么多钱。

她没想到老问她要钱的儿子能有这么大一笔遗产。她以她在市井中练就的智慧又总疑心自己会吃亏。她不明白为什么一张比其余三十张还值钱；就更不明白为什么分成这位好说话的言小姐要拿走一半。

言夏在石生泉手机的联系人里找到刘枫的电话号码："这是石先生的大学同学，阿姨可以咨询他。"

"石先生的房子我续租了半年，您尽可以放心住。"

"如果您实在拿不定主意，可以让刘先生带您去见石先生在美院的老师。"言夏很知道老一辈相信什么。

半个月后，石父抵达南城。三方在公证处签订合同。石母带着石生泉的骨灰离开了南城。

周朗看过石生泉的遗作也觉得可惜。

他倒不认为那批旧作和半成品有多少价值，不过好在收过来不贵，脱手不难。行内旧例，过世艺术家的价格通常比在世的高，因为具备稀缺性。他忽然疑心起来，问言夏："车祸到底怎么回事？"

"我看了监控和行车记录仪，他看起来有点精神恍惚——你以为是什么？"

周朗笑道："我阴谋论了。"

"嗯？"

"石生泉拿到你的定金之后，很有可能会拒绝罗昕珠的单子——"

"她不至于有这样的胆子。有天分但是没有机会的人虽然不是太多，慢慢找也还是找得到。之前石生泉交的作品也足够吃上几年，回头说想尝试新的风格甚至新的艺术形式……都行，反正名气有了，做什么都事半功倍。"

周朗觉察到言夏对罗昕珠的厌恶——但是这厌恶里似乎又有些别的。他不知道是不是和沈南音有关。

他问言夏："你上次寄给孙楚蓝的照片有没有下文？"

言夏说："春拍孙姐又给她做了专场，成绩很好，应该就是对我的回复了。"人总要做出取舍。

周朗揉了揉她的发。孙楚蓝选择罗昕珠，宋祁宁似乎在获取永嘉的资源方面取得大的进展。与大流量的平台合作虽然是各取所需，但是很容易沦为与虎谋皮。莉莉不如他谨慎，但那是莉莉的功课了。

周朗问言夏："名字你想好没？"

"画？"

"公司。"他知道言夏筹备公司，写字楼和库房、展厅都已经租好了。

言夏高兴起来："也没什么好想的，一开始就定好了叫'朗夏'，晴朗的夏天，意头很好。"

周朗："你当我傻？"是各取一字，偏偏要和他说意头。

言夏乔张做致道："朗的读音和英文里long相同，是长长久久的意思……"

"想和我长长久久就直说，绕这么大弯子，怎么，还怕我不肯？"周朗亲她，又问，"注册多少？"

"200万。"

"文物艺术品拍卖最低需要1000万资本注册。"

言夏说:"暂时不考虑——"不考虑文物拍卖,最低资本就只需要100万。

周朗看了看她:"你是不是把你那套房抵押了?"

言夏嘴硬:"反正也没过去住。"

周朗叹了口气:"以后公司做大了,非得找个专业的CFO不可。"

他估计言夏还清沈南音两笔账就所剩无几。在石生泉那里一次就花掉了。之前也是,两个亿,拖个几年,能生出多少钱来,她也不管,急匆匆把钱还了。但想到那是他中毒之后,心里一软。

至少这一年他是不可能抽出时间。

"这样吧,"周朗说,"我不白占你这一个字,算咱们俩一人一半,凑个整。你要过不去,打个欠条,从盈利里扣。"

"那万一——"

"投资有赚有亏是正常的,相信我,300万对你也不会是大数字。"

宋祁宁知道朗夏拍卖公司的存在已经是一个月以后。他觉得很可笑。当然最可笑的还是言夏那晚的电话,就好像一只蚂蚁拿了个喇叭冲大象喊:"看好了!我要伸出腿来绊你一跤!"

周朗倒是把沉船博物馆搞得红红火火。文创和仿制品都卖疯了,据说这个免费参观的博物馆竟然有望在一年之内实现盈利。但那也是没用的——就算是周朗,也没有实力绊倒他,何况她言夏。

他知道她这大半年里干了什么,她去过的画廊画展,她联系过的工作室。他闭着眼睛都能分析出她资金人脉不足,很难在高端市场上与天历、永嘉竞争。她的指向性很明显,想做低一级的市场。

就这么巧,狭路相逢——这也是他今年打算开拓的目标市场。

他几乎签下所有有潜力的新人。就和大多数电商平台一样,宋祁宁信奉市场份额。哪怕他心里知道有些人不值得,但是不要紧,先签下来,东西到手。他走完所有的路,别人就无路可走。

言夏在公司成立的那个下午,至少收到三十个拒绝电话:"对不起言小姐——"

也有根本不接电话的。

未成诗不知怎的辗转听说了,特意带了礼物上门。但是她和天历签了五年约,也帮不到她,反而言夏安慰她说:"我这里主打价格八千到十万,你的作品暂时也不合适。"

连续打了一周的电话,倒是接到两个委托,一个想要赵无极的画,一个想要两把明代黄花梨四出头官帽椅。这两样都堪称艺术领域的硬通货。好在言夏毕竟出身天历,这方面宋祁宁也卡不住她。

到成交,资金方面算是缓了口气。

到八月初,沉船博物馆清出一批残器,周朗建议拍卖,也没受到多少阻力,报告打上去,很快就批了。

是公开竞标。

几家拍卖公司都递交了方案,包括苏富比佳士得,天历永嘉。周朗和拍卖行关系过深,主动避嫌。又因为是匿名比稿,到揭晓才发现中标的是朗夏拍卖公司。别说别人,就是周朗都愣了一下。

知情者光看到公司名字都能笑出声。

结果公示之后业内哗然。有人质疑这家名不见经传的小公司是否具备资质;也有人质疑整个招标程序的公正性;有人阴阳怪气说夫妻店;也有人精准点出:就朗夏那个报价,真能完成这场拍卖?

有人跳出来说:"都散了吧散了吧,人家赔本赚吆喝呢。"

大伙儿一想,也是这么个理:历来做公司谁不想开门红,哪个饭店开业几天不酬宾哪。

但周朗是不信的:言夏有多少现金流,他用鼻子闻都能闻出来。因而特意下了个早班,让助理送他过去。

公司地址有点偏,周朗猜是为了省钱。但是拍卖行不比别的行业,太偏了有损印象分,难以博得客户的信任。

得亏言夏在业内薄有名声。

电梯直上27楼。

只做了简装。以言夏的审美,当然不难看,但是仍然很不符合传统拍卖公司挥金如土的习惯。周朗心里也疑惑起来,不知道言夏是不是打算等手头宽裕一点就搬迁——但是也仍然过于简陋了。

他屈指叩门，惊动了低头玩手机的前台。

前台是个才毕业的女孩子。

上班有一个多月了，闲得很，基本没人上门，除了来应聘的；应聘的也就小猫三两只，小老板总也不满意，后来小老板自个儿找了人——他们私下里喊"小老板"，也许是因为她看起来实在年轻的缘故。

起初总担心公司随时会倒闭，后来温水煮青蛙地，也就习惯了，寻思实在倒了再找也不迟。这时候猛地听到叩门，倒是吓了一跳，抬头小小"啊"了声，眼珠子滴溜溜直转："这位先生——"

"我找言小姐。"

前台慌慌张张地拨内线电话："言总，有位——"

"周。"

"好的……有位周先生找您。"

六

言夏从里头跑出来，白T恤牛仔裤，也没上妆，看起来比前台大不了几岁。周朗忍不住嘀咕："得亏我不是客户。"

言夏也有点不好意思："你怎么来了？"

周朗自拿到地址一路进来，心里存了无数的意见，想和她说这样不行，钱不能省，不够他可以追投——

到见了人，这么个喜盈盈的样儿，连声音都娇滴滴的，就一个字都说不出来。

怪不得都说不能情侣合伙做生意，他心里想，就算明知道不对，哪里舍得说她，便寻思赔本就赔本吧，她这么谨小慎微，真赔也赔不多，就当买个教训。又想周幽王商纣王大概就是这么炼成的。

言夏拉着他穿过员工大厅，大厅里也就孤零零两个员工，好奇地扭头看一眼，又转回电脑前。言夏的办公室挨着会议室。会议室里有人在调试投影视频。周朗看出来是这次拍卖的内容。

"你打算用上次Jessica拍卖郑磊遗产的视频素材做宣传？"

"我打算借用那个岛。"言夏说，"那个岛杨惠买下来了。我现在等她回复。如果她有兴趣，我明天过去面谈。我打算借用那个场地做网络拍卖。虽然地址距离沉船有点远，不过氛围还是很到位。"

"那可不便宜。"周朗说。上次是郑家承担了成本，他们有本土优势。

言夏笑了一下。

"笑什么？"

"你要是心疼她呢——"

周朗捏她面皮："你再胡说！"

言夏连连告饶："好了好了知道你不心疼了……我给你看数据。在商言商，就算杨小姐从前被爱情冲昏了头脑——"

周朗忍不住翻了个白眼。

言夏忍住笑："……这两年也该是商场精英了。有得赚没道理不合作。"

这两年杨惠逐渐站稳脚跟，就如周朗当初谋划，加重了和国内的合作比例。当初那个岛被开发成旅游点，不过从数据上看，人流量并不大，只能勉强收支平衡——也不奇怪，室利国岛屿太多了，没点特色很难吸引游客。当然以郑家的商业版图之大，杨惠也没在这上面投入精力。

从言夏上次出手造势的结果来看，杨惠应该不会拒绝。

周朗背靠着她的办公桌，他算是看出来了，她的经营策略与天历、永嘉完全不同。她有她的主张。

以国内庞大的市场，确实有细分不足之弊。拼西西和阿里久久作为底部，靠走量压价，中间桃宝、甜猫、京夕，再往上木瓜网，到天历和永嘉之间还有巨大的空白。言夏想做的就是这个空白。

"10万以内，"周朗猜道，"主打中产？"

言夏点头："也可以认为我瞄准的是年轻买家。"

"不精装展厅，是因为你根本用不到？"——用不到，但是不得不租，是因为拍卖公司注册要求。

言夏又点头。拍卖中有一种叫"现场拍卖"的形式，是将所有拍品有机组合，整个儿展现给客户欣赏。1977年，现代拍卖的开创者、苏富比首席拍卖师彼得·威尔逊在日内瓦主持过一次。

在那所日内瓦湖畔的豪宅中，所有拍品被精心摆置，藏家不仅仅能够看到艺术品——艺术并不独立存在，艺术的摆置和组合也是一种艺术。

这种拍卖的缺点是容纳的买家数目有限，而且并不是每个人都喜欢实名竞买。近半个世纪过去，言夏的优势在于，她能把它们搬到网上，她的受众是全世界的网民。

"我们也可以把它称之为氛围拍卖。"言夏说。一样东西，被放置在最合适的位置上，是它最光彩夺目的时候。

周朗从桌子上跳下来："好吧，就这两个点子，值得咱们俩今晚喝一杯。"

言夏一下子笑开了，她环住他："就知道你会喜欢！"

杨惠没想到当初闹那么难看，言夏还有脸回来找她。

"一码归一码。"言夏笑嘻嘻地说。

杨惠承认照言夏的计划她能得到好处，那座不赚钱的小岛能够赚钱，能够有名气，能够帮助她进一步打开中国市场。但是一想到又要和言夏合作，未免面目扭曲。"言小姐，我有个问题。"

"问。"

"你当真不在意——"

"不在意什么？"

"我和阿朗——"

"在意啊。"言夏打断她，"怎么会不在意，换谁能不在意。我在意极了。我要有个机器猫，我就要穿回到十多年前，找到那个傻子，用力抱住他，和他说别伤心了，我在十年后等你。"

阳光落落从窗外照进来，她一时语塞。好多年过去了，她想。周朗回国也有两年了，他们再没有见过面，没有通过电话。她有了新的男朋友，虽然不能到台面上来，但是也确实不寂寞。

她从未想过十多年前那场情事其实是对另外一个人造成过伤害的，虽然她没有见过他的眼泪，但是她心里忽然就软了。

"你要好好待他。"她轻声说。

她在合同上签了字,如果这能算是补偿,她想。

言夏也没想到两年之后会再度踏上这个岛。

就如她所料,杨惠并没有动岛上的东西。旧地重游,言夏还挺想周朗在身边——可以好好揍他一顿。

毕竟是做过一场的地方,再来一次也算驾轻就熟。最关键的是拍品摆置,直播角度。幸而室利国与国内没有时差,言夏与团队反复网上会议,调试,探讨,排演,有时候晚上还找周朗要建议。

到最终成型,称得上美轮美奂。

言夏没有给潜在客户邮寄图录,那样成本太高。她在各大网络平台投放三分钟先导片。从一片瓷器回溯,千年以前,烧香点茶挂画插花,四样雅事里三样用到瓷器。景德镇的青山绿水与瓷窑里的火光。

到火光熄灭,一尾航船悄然扬帆。

图录也挂在网站上。周朗提醒她电路和网络畅通,至少有两条线路——这也是博物馆的安保经验。

由于先导片的精彩和博物馆的大力配合,直播上线就破了十万人。

拍卖直播分内场外场。

内场需缴纳保障金,可以叫价,咨询;外场则直接围观,可以发弹幕。瓷器残片的起拍价照例不是太高,但是架不住日本友人过于热情,言夏把叫价的速度放缓,总成交额还是飙到了七千万。

言夏从拍卖台上下来,手机就没有停过。连江华都特意打电话给她:"做得真是漂亮!"

言夏笑吟吟回答:"那也是江总多年栽培。"

江华不由唏嘘,言夏这一去,如同凤凰浴火,涅槃重生,而他似乎再没有这样的好运气找到下一个。

到晚十一点才歇停。

言夏给周朗打电话,周朗没说什么,给她放歌,不知名的歌,有很轻缓的调子。言夏不知不觉就睡着了。

这场拍卖制作得过于精美，言夏将先导片和拍卖现场剪辑成短视频挂上社交平台，不少人惊叹竟然有这么美的地方，这么美的瓷器——倒确实如言夏所承诺，给杨惠的岛带来了旅游风潮。

朗夏拍卖公司也打出了名气，开始有人找上门来。

言夏自恃眼力尚可，也没有请专职鉴定师坐镇。但是很多人送过来的所谓古董实在不是太古，被拒绝之后大多数人不过怅然若失，也有恼羞成怒的，闹了几次言夏也怕了，请了两名保安。

又闹过几次说朗夏公司骗取保险金、鉴定费。言夏不得不在公司网页和公司门口标明注意事项：不成交不收钱。

又在社交平台上做了几轮科普。

八月到尾声，言夏收到一位古建筑专家求助，提到有批古建筑民宅，级别够不上文保，但是很多工艺都已经失传，"房地产商想直接拆掉，未免可惜。既然连瓷器残件言小姐都能卖出天价……"

言夏觉得这个想法不错，请专家与她同去。发现这批古建民宅确实灰头土脸，乍看还以为是危房，需专人指点才能看出构件的精美。言夏出面与房地产商交涉，对方表示工期很紧，不可能等拍卖流程。

言夏便以周朗的名义购入，找专业人士拆移、清洗、修复，一整套做下来已经到九月中旬。

租用了一处屋架子，请专家和室内设计师将古建构件一一安置在合适的地方，就此主持了朗夏拍卖公司第二次拍卖。虽然远不如第一场的声势，但还是有很多人对于古色古香的庭院生出了兴趣，成交率竟也过了百分之六十。

周朗当时人在纽约，听到这个结果不由笑道："宋祁宁要气死了。"

宋祁宁确实很生气。

他趁着张莉莉大意，截获了永嘉的客户资源，笼络他们在木瓜网的消费习惯，但是收效甚微；从言夏手里截来的艺术家们的创作也迟迟没有打开销量——他并非不知道有些事不能操之过急。

他一向也并非心浮气躁之人。但是眼看着言夏的拍卖一场接一场，成交率喜人——

而艺术界最轰动的消息在十月初传来：有位中国画家的油画在苏富比拍卖出1400万美元的天价。

几乎所有人都在追问：谁？

有人从官网上找到画家的名字：Shengquan Shi——石生泉？

石生泉是谁？

业内无人知晓。

但是业内人都知道，在世艺术家几乎没有能够超过1200万美元的销售价。

七

罗昕珠后来想起这个初冬的下午，她确信她听到了雷声。

从很远的地方滚过来，在头顶爆开。这样响，以至于她惊慌失措，以为黑的云层里会探下来一只深青色的鬼爪。

当然并没有。青天朗日，水仙葱翠，摇曳生姿。

她收到孙楚蓝的消息，关于那件天价油画的作者，他叫石生泉。罗昕珠愣了七八分钟才想起这个名字。

人行走于网络不用名字用ID，就好像20世纪进外企要顺势取个英文名；或者水浒江湖里的绰号，浪里白条或者花和尚菜园子；她叫"余生"，谦逊得仿佛要对每个人鞠躬说"余生请多指教"。

她找到他的电话。有很久没有联系了，自他说他忙、不再接单开始。她没把这话当真——他说过太多次了，最后都会当作没说过一样回来找她。这个"最后"通常是半个月一个月之后。

他缺钱。

人总会缺钱，她深有体会。过去十年，罗昕珠都记得在时尚杂志上看到刻薄文人形容昔日同事"穿一件不知哪年哪月买的外套，灰扑扑的"。

画室的师兄开始按尺寸卖画的时候，她还天真地问过："为什么不画大张呢？"师兄要面子，讪讪只笑。后来她知道了，大尺寸费颜料，成本太高，卖不出去就亏了——人生艰难，多半如此。

罗昕珠在小巧精致的绿植阳台上想起这些旧事。算来这次赌气得久，竟有半年。她的时间安排得过于充实，社交、开展、应酬、陪丈夫应酬、偶尔发IG接受粉丝追捧，有时候真想不起这些边边角角。

电话那头传来一个有点陌生的女声："我是言夏，石先生的经纪人……"

罗昕珠在这个瞬间确定她听到了雷声。

她是宁波人，冬日里雷雨并不罕见，所以她小时候读《上邪》，会不明白为什么诗里说"冬雷震震夏雨雪，乃敢与君绝"。

孙楚蓝是在吃午饭的时候看到这条消息。她意识到名字眼熟，然后果然在邮箱里搜到了半年前的邮件。

她知道事情棘手，但还没有到救不回来的地步。

别说画风相似，就是完全相同的物理定律都可能被截然不同的两个人独立证明……她想她会有办法解决的。

言夏不在乎孙楚蓝能不能解决，至少目前不在乎。她也被这个数字惊到了：原本她想能卖到100万已经是很好的结果。

她隐约记得周朗从前是在苏富比做过，但那毕竟很多年前了。那时候她还没有入行，也就并不确切知道他的成绩。他这次去纽约，说要把画拿去高古轩画廊，她也没放在心上。

她抄起手机给他电话。那边是晚上，像是酒会。手机里传来琐碎的英文和不知名的舞曲。那人笑吟吟地说："我也没想到……"

"不过国内油画一向价格不低，不是猛龙不过江嘛。"

"好了无论如何，你现在可以不必担心欠我300万了。"

有女声在大声问他："Who?"

"My wife."

"Lying!——Where is your ring?"

周朗当机立断："言夏同学，你欠我一枚戒指。"

言夏讷讷，赶在他挂电话之前追问："什么时候回来？"

"明天的飞机。"

就如周朗所说，国内油画在国际市场上价格一向不低，几千万上亿，

373

甚至几个亿都不稀奇。不过他省略了一个定语：成名画家。石生泉这样寂寂无闻的画者卖到这个价格，国内不可能不做出反应。

"炒的吧！"

这是大多数人的第一反应。毕竟有那么多耳熟能详的例子：17世纪的郁金香，1982年的君子兰，21世纪初的普洱、藏獒、文玩核桃，最后无不以一地鸡毛告终。艺术品是稀缺了些，也不是没有炒过。

"割外国人的韭菜……"

也有好事者找到官网图录："也不怎么样嘛。"

"1400块我还要考虑一下，居然有傻子肯出1400万……还是美元，绝了！"

"洗钱吧。"

"这画的什么玩意啊，我三岁的侄儿都比他画得像，就是没人给炒，不然——"

也有人执着只问："这个石生泉，到底什么人？"

没有人知道。

不过媒体反应也是快的，周朗回到南城第二天电话就到了。"请问言小姐能联系到石先生让我们做个专题吗？"

"不能。"

"为、为什么？"记者也有点蒙，他没吃过这么生硬的闭门羹。

"他过世了。"言夏说。

天价拍卖，怀才不遇，英年早逝。每个词都在媒体的兴奋点上狂舞。

言夏也知道热度稍纵即逝，不能拖延，因而选择了一家名声比较好的媒体接受采访。记者问得又多又细，最终成文发给言夏过目。记者问："有什么需要修改的吗？"言夏说："我这里没有。"

只要求加上拍卖会即将举行的消息。

"这场拍卖会叫……'绝叫'？"

"是，'绝叫'。"

"似乎是一本小说的名字。"记者打开搜索框。

"一本推理小说。作者说，如果说怀才者的自怜算是天鹅的挽歌，那么平庸者的崩坏就是野兽的绝叫。"言夏说，"石先生意外过世，没来得及为他的最后一件作品命名，是我冒昧，取名《挽歌》。我在同一个人身上看到才华与平庸。"

记者没说什么，把这句话作为特稿的收尾——她觉得很漂亮。

特稿出刊前日，言夏在看拍卖场的装置，终于叹了口气关掉电脑。周朗这晚原是有乐队排演，人到玄关，听到声音折转回来。言夏抬头看到他站在那里，四目相接，她起身过去环抱住他的腰。

周朗问："需要我留下来陪你吗？"

言夏犹豫了一下："……你有排演。"

周朗抚她的发："有时候可以不用这么懂事。"

言夏小声说："我有点害怕。"

"怕什么？"

言夏没有回答。

周朗搂着她坐回沙发。这个依偎说话的姿势非常亲密也非常私密，有种"出我之口，入你之耳，不会被第三人听去"的错觉。言夏忽然有点感慨："我最初见你的时候，竟然会觉得你好危险……"

"我当然危险。"周朗低声笑道，"这个世界上凡是有诱惑力的，都危险。"

言夏语塞。

"倒是你，"周朗又笑道，"我人都到楼下了，说半天话也不让我上去。"

言夏："你跟我翻旧账？"

周朗亲了亲她："我忆苦思甜。"

言夏笑出声。情绪稍稍纾解，她找回自己的话头："我不知道明天会怎么样。"

她知道这篇特稿一出势必万转、十万转，如果没有达到，买也会买到这个量级。有太多社会热点痛点，媒体不会浪费这个机会——她也不会。她能预料到接踵而至的攻击，当然那不重要。

她低声问周朗："你说……你会不会有时候也觉得，是我逼死了他。"她也知道词不达意,又补充道,"我是说,如果我不找他画最后那张画——"

"那他就还挣扎在一张画五千块的泥淖里,爬不上来,不知道出路在哪里,逐渐失去创作的信心,越来越萎靡。直到有一天,罗昕珠也看不上他,不再需要他,彻底断掉他的经济来源……"

"这些我都知道。"言夏说,"我没法说服自己的是他最后出现在监控视频里,那个精神恍惚的样子……"不是车冲他过来,而是他冲着车过去。交警判定车主没有责任,送医纯粹是出于人道主义。

"他沉浸其中。"周朗领会到她的意思。

"嗯。"

周朗知道安慰不到她。他想了想:"我教你击鼓好不好?"

"好。"

言夏也不知道周朗为什么会选择击鼓,还不是西方更常见的架子鼓——"就《爆裂鼓手》里的那种……"言夏记得那个电影,血从男主角的额角流下来,模糊他的视线,狂热的视线里全是鼓。

周朗的回答很无赖:"大多数时候人碰上命中注定,就会有那个意识,'就是它了'——像你碰上我。"

言夏无语。

周朗把鼓槌交给她:"试试轻重。"

"敲击鼓心——听听这个声音。"

"咚——咚咚咚咚咚咚!"

言夏似泄愤一般,一口气连击百十下,所有的力气都投掷进去,到停手,筋疲力尽,汗湿重衣。

周朗说:"这就是为什么我喜欢击鼓。"

八

网上的风暴总是骤然而起,你猜不到明天的热点是什么,但是痛点总是那些。眼前苟且,远方与诗,朝九晚五之前的热血与梦想;小镇做题家想过的明天;大多数人都要经历的,生老病死。

艺术那么遥远，但石生泉像是触手可及的一个人。他会在晚上九点半之后去超市和小菜场，因为能打五折，"但是叶子菜就真的不新鲜了"；听说有羊毛可薅也会兴致勃勃试着操作，但是多半无功而返，"秒杀什么的就不是为我辈而设"；他不吃盒饭，"盒饭太贵了"，但是水果必不可少。

"打折的水果还是很便宜的，19.9元的车厘子谁吃谁知道。"

"购物车里放了49999元的货，最后看着2.55元的优惠券百感交集。"

人们很快找到他的社交账号，七百多个粉丝，不算活跃，也没有开半年可见；早几年会放图，有人说他画得不好，他也不反驳，但是默默把人拉黑了。

他的同学回忆："也没什么特别的，就是个有点胖的男孩子""不怎么爱说话""反应有点慢，总心不在焉的样子"。

没有"学霸""学神"之类的光环，也没有特别的特立独行——似乎就是个混吃等死的死胖子。

唯一的例外可能几乎所有人都感叹了一声："没想到他还在画。"

也有画廊老板绞尽脑汁想要蹭上热点，但是太难了：这位画者似乎从未参加过饭局，也没有在什么时候进入过他们的视野。他无声无息地画着，然后无声无息死了。如果不是在死之前交出了这件作品，拍卖出天价，也许并没有多少人知道这样一个人曾经存在。

到终于有人发现亮点："资本家太黑了吧，5000块——现在得卖出多少钱啊！搞不好就是资本家在炒作！"

有艺术专业人士反驳："不能这么说，《挽歌》确实好，虽然看不到原作，看图录就知道是好东西，就是不知道其他作品怎么样。应该都在那位言小姐手里，她说下下周拍卖，到时候就能看到了。"

"有没有点阅读能力啊！"有人说，"那位言小姐说得清清楚楚，之前的作品都不在她手里，她手里就只有《挽歌》，已经卖掉了；拍卖的是他死后言小姐一次性收购的，以半成品为主，成品就七件。"

"那之前的作品呢？"

"说是订制，就5000块一件，言小姐从他的社交软件里找到的消息。"

"5000一件,扣掉颜料和画布,这是艺术界的打工人啊!"

"比打工人还惨好吗!"

又有人跳出来说:"那也很黑心啊,就光那件……什么歌,60万订制,卖了1400万……美元!换算一下,9000万人民币,上银行打劫都没这效率!"

"这个言小姐是言夏吗?我怎么觉得这个名字眼熟呢,想起来了!她上次是不是……她姐姐还是妹妹坑了人家两个亿是不是?"

"好黑!"

"好家伙!果然不是一家人,不进一家门。"

"不是!她定制的,换句话说,在成品出来之前,根本不知道能拿到个什么东西。这就是开赌石啊!要你出60万你干不干?你看看之前……不知道什么人,定制就5000,言小姐够厚道了。"

"但是人家死了啊。给人家父母多一点不好吗?"

"你给啊!慷他人之慨倒是起劲,人言小姐的钱就是大风刮来的?"

又有自称业内的人说:"说穿了那件东西不落在她手里,就根本不值钱。国内油画市场就这么大,拿到也不一定有人肯买。言夏是沾了周朗的光。周朗你知道伐,没他的面子,高古轩肯收?国内画廊都不肯收好吗!"

言夏没有细看网上的评论,只要没有一边倒攻击她吃人血馒头,就不必额外处理。何况她一早就准备了专业人士随时解答。

她等的是电话。

最早接到是孙楚蓝的电话,孙楚蓝不与她客气,开口说的是:"你没有证据。"

言夏回答:"是,我没有。"

"昕珠是个可造之才,我不想毁了她。"

言夏沉默。美貌与社交,罗昕珠确实是个人才。也许她更合适经营形象走名媛风做慈善,或者别的。

善于交际的人有的是机会……也许太多了。

当然,艺术听起来更高大上一点。

"小言——"

"我也不想。"言夏很清楚自己对罗昕珠感情过于复杂，她不愿意细想。

"即便你揭穿她，对我也没有什么损害。"孙楚蓝说，"东西总是好的，我眼光不差。"

"孙姐说得对。"言夏说。

孙楚蓝的声音软下来："我也没想到……"她没想到石生泉会死，虽然那就是个意外。如果他活着，他就是证据本身；但是他死了。理智上孙楚蓝清楚不该高兴，但是终究还是高兴了，和惋惜混在一起。

言夏听见自己说："其实是应该想到的。"

"什么？"

"没有人应该承受这样长期的困苦和打压。"言夏低声说，"对不起，孙姐。"

"你要做什么？"

"我没有证据。"言夏说，"不过孙姐，我能看出来的东西，行内能看出来的不会少。"

言夏原本还想告诫她"而且你是有敌人的"，话到嘴边，意兴阑珊。她知道不能强求人的道德水准，她也没这个资格；她也没这么高尚；也许她和孙楚蓝的不同仅仅在于她见过石生泉。

她见过这个活生生的人，而不是隔着电话，隔着网络，一个名字，可以当成是游戏里的设定角色。

这句话孙楚蓝没有想得太明白。她知道行内人能看出来，但是连言夏手里都没有证据，别人能怎么样？

抄袭罪名只能由版权所有者主张，旁人并无资格。

不经过法院鉴定就嚷嚷说抄袭偷窃，可以反告一个诽谤——罗昕珠有的是钱，有的是律师为她效劳。

但是意料之外的转折来了。

有人凌晨放料，说了一个动人的故事：法国现实主义画家库尔贝有件自画像，画面上是他在无人的荒野里独自疗伤。百年后人们用X光照射，发现他隐藏的秘密，原本这件作品画的是画家和女友在树下相拥小憩，而最终，女友从画面上消失，只在心口留下一个鲜红的伤口。

这件作品被取名为《受伤的男人》。

那人意味深长地说，有位叫罗昕珠的画家，她的作品通过X光，你猜，能看到什么？

"石生泉。"

这个消息就如一枚深水炸弹，整个网络都炸开了：还有什么比才子佳人劳燕分飞，却在死后发现被爱的印记更动人？

不知道多少人留言："我的眼泪不值钱。"

也有理智的人说："离开是对的，女孩子的青春就那么几年，不能陪他耗，更现实一点，谁知道他能有今天？"

立刻有人贴出罗昕珠的照片："美人！"

有人肉小能手翻出来："她老公是宋祁宁啊！木瓜网那个宋祁宁啊！没长脑子光长个眼睛也知道该选谁。"

低调了十余年的宋祁宁一朝被送上热搜，简直是完美霸道总裁模板："长得帅！家世好！有钱，不胖，还不老！"

"强取豪夺先婚后爱我爱了！"

有人跳出来说："我想起来了，宋老师——他是我们学校老师啊！蹭过课，爆满！"

这是宋祁宁这么多年来第一次在新闻头条上看到自己，居然是一则绯闻。他面无表情地把杯子里的牛奶喝完。

他想他高估了那个女人，他以为她会在商场上打击他，没想到是绯闻这样的小儿科——当然他承认这让他不快。不过也许她错估了网上的反应，这是个慕强的时代，那个姓石的只是个失败者。

听到脚步声，罗昕珠从楼上下来。

"要出门？"他问。

罗昕珠没料到他居然在家，随即笑道："约了人吃饭。"

"早点回来。"宋祁宁温和地说。

他没问她约的是谁，神情也和往常一样温和，但是罗昕珠恍惚心跳少了一拍：她约的是言夏。

从石生泉的遗作出现在大众视野开始，她就想过约言夏，但总还存了万一的侥幸：言夏不一定会发现；发现了也不一定会戳穿，戳穿她能得到什么好处——当然有好处！罗昕珠是恨不得言夏能打电话勒索她。

但是言夏显然比她想的要沉得住气。最后也是她电话过去，那头还能笑着说："我请，是我欠你。"

言夏进门脱下深蓝双面羊绒长大衣，顺手挂衣架上，里头是枫叶橘红高领毛衣，勾勒出优美的身段。罗昕珠想起初见穿香奈儿的小白领，不由脱口道："一眨眼认识言姐竟然有三年了……"

言夏看着菜单说："时间是过得挺快。"

"现在人人都说言姐目光如炬，想得到言姐青眼的美术生能从昌岗东路排火车站去。"

言夏笑了一声："哪有这么夸张。"

"就有这么夸张，"罗昕珠叹了口气，"可惜言姐看不上我。"

言夏把菜单交给侍者。等侍者下去，她亲手给罗昕珠斟了杯茶："没有的事……"

"言姐！"

两个人的目光在空气里交汇了片刻。罗昕珠垂下眼帘："我希望言姐能高抬贵手。"

九

言夏放下水仙杯，认真看了片刻对面的人。穿黑色卢勒克斯针织衫的女子。她忽然有点恍惚："你今年二十九对不对？"

罗昕珠不明白她的意思，拿不准她是不是在讽刺自己即将到而立之年还这样天真。

幸而言夏很快把话题转了回来。她说："这不是我抬手不抬手的问题。你信或者不信，昨晚的消息不是我放的。"

"那是谁？"

言夏喝了口茶："我不知道。或者有一天你会知道。"

罗昕珠想不起是谁。社交场上人人撑出个体面模样。她也知道肯定有人嫉妒她，有人背后中伤，有人等着看她笑话。但是——

"所以，言姐是肯放过我的意思吗？"

言夏没有回答。侍者送菜进来，大盘小盅摆了满桌。言夏试了一道法式海鲜汤，说道："我提醒过你。"

罗昕珠苦笑："如果言姐说的是去年的话，那也太迟了一点。"

言夏低眉不语。

"……或者言姐可以考虑开个价？"罗昕珠忍不住说。

她想言夏会需要钱，或者人脉。别看周朗如今对她好，那不长不短也有三四年，为什么没有结婚？说到底还是周家不认可。喜欢一个人就会想给她名分。傻子才这么不明不白跟男人耗，耗得越久希望越渺茫。

言夏看见自己的眉眼浮在茶水中，茶水澄明，静默到近乎哀伤。她想她姐姐当初是不是也求人过，求人高抬贵手放过她；是不是也说过这句"或者你可以开个价"——她们会以为全世界都有价码。

但是到这一步，谁都没有退路。

她完全能够明白罗昕珠所做的一切，她完全能明白罗昕珠对石生泉的打压和侮辱。在经济上困住他，让他动弹不得，无心他顾；在精神上PUA他，让他确信除了这条路，再没有别的路可走——

那甚至可能是真的。

她原可以放过她，在她最初的计划里。但是没有人放过石生泉。当初也没有人放过沈南音——这个念头像火光簇簇，烧到她的指尖。她抬头看住罗昕珠。罗昕珠惊讶地看见她眼睛里有什么在滚动。

她哭了？她不安地想。她不明白发生了什么。即将身败名裂的是她，为什么言夏目中含泪？——"言姐？"

"罗小姐。"言夏低声说，"你要想明白，不放过你的从来都不是我。"

"言姐这么说话就没有意思了！"罗昕珠抓住手袋。她没想到言夏会说出这么糊涂的话，不放过她的还能有谁？轻易被水军操控的网民，还是死透了的是石生泉，还是良心之类更可笑的东西？

那得几毛钱一斤？

她言夏能有今天，是因为她特别有良心吗？

言夏握住茶杯："其实有件事，我一直想不明白。罗小姐，我看过你的作品。恕我直言，你在艺术上资质平常，但是作为宋太太，你有的是机会，你为什么、为什么不找个自己擅长的领域呢？"

"言姐，现在说这个没有意义，"罗昕珠说，"你要是不放过我——"

"罗小姐，你再仔细想想，不放过你的真是我？我能做什么？即便我能找到你欺世盗名的证据公之于众，你也还是宋太太；以宋祁宁的身家，你这辈子、下辈子、下下辈子都无须理会网上聒噪——

"没有人会当着你的面，指着你的鼻子说你是贼！"

"言夏！"

"罗昕珠你别傻了，要你命的从来都不是我！"

罗昕珠起身。

她听见言夏在她背后说："罗昕珠，宋祁宁有没有告诉你他有个前妻？"

"你胡说什么！"罗昕珠转身盯住她。

"没有是吧。"

罗昕珠忽然有种图穷匕见的错觉。也许言夏说的都是真的；不放过她的不是这些人，而是——

或者是她不想放过的并不是言夏，而是——

罗昕珠仔细看眼前这张脸，进门的时候她就觉得言夏今天格外美艳，要看仔细了才发现她是化过妆；在她们的交往中言夏从未化过这样的浓妆，浓得……就像是换了一个人。她起初是想在周朗身边竟然让言夏美艳了这么多，但是这时候忽然想起来——她忽然想起来，她原本是看见过这张脸的。

"是你！"她脱口叫出来。

言夏勉强笑了一下："你想起来了。"

"你、你——"言夏大她两岁。难道她竟然和祁宁结过婚？那她和周朗——"既然已经离婚了，你还惦记宋太太的位置做什么？"罗昕珠全身的刺都竖了起来，这是在面对攻击时候的本能反应。

"罗小姐误会了。"言夏淡淡地说，"宋祁宁这个人，你就是白送我我也不敢要。"

罗昕珠愕然。

"罗小姐记不记得我有个姐姐？"

"她死了。"言夏说。

"二十九岁，没满三十。"言夏又说。

"你今年二十九对不对？""二十九岁，没满三十。""宋祁宁有没有告诉过你他有个前妻？""罗小姐误会了，宋祁宁这个人，你白送我我也不敢要。""罗昕珠你别傻了，要你命的从来都不是我！"

几句话在罗昕珠脑子里轮番交织。她不记得自己是怎么走出来的，怎么上的车，怎么启动，然后又熄了火。她想她需要静一静；她想言夏在说谎；也许言夏确实有个姐姐，也许那个叫沈南音的女人确实——

她说谎！

照片可以合成，视频可以剪辑，无论言夏还是周朗，都有的是人帮他们作假。

她说谎！

祁宁明明是很好的人，他们……罗昕珠脑子里忽然冒出那句话："我一直想不明白……作为宋太太，你有的是机会，你为什么、为什么不找个擅长的领域呢？"有个声音在回答："因为我不敢。"

这个声音这样微弱，微弱如风中之烛，罗昕珠一次次跳过去，但是它一次一次执拗地响："因为我不敢。"

因为你怕配不上他。

他那么好。

最初见面，他客客气气地说："不知道我有没有荣幸看到罗小姐的作品。"你疯狂地在成品、半成品中搜寻，没有一张满意的，不是颜色用得不好，就是没有新意……你知道你不能失去这个机会。

这个……跨越阶级跨越出身的机会——她知道这样的机会是很少，有多少美人费尽心机赔上事业，都没能如愿以偿。

后来他露出欣赏的神色。他说："罗小姐有没有空和我喝一杯？"他不知道那是件仿作。

他不知道一开始就是假的。

她忽然明白言夏眼睛里的怜悯与哀伤——也许言夏怜悯的不是她,为之哀伤的应该也不是她。

"沈南音……"她低声念出这个名字。每个音节都恰到好处,可想而知当初她的父母是怀着怎样的惊喜。不同于后来的那个孩子,她可能叫言夏,也可能叫言春、言秋、言冬,那取决于她诞生的季节。

她很明白宋祁宁在她之前不可能没有人。再洁身自好,条件和年龄摆在那里,生理需求摆在那里。她没有过问是不在乎,也是不敢——她不信她言夏就敢过问周朗的前任。但是——

她万万没想到她和言夏会有这样的渊源。她不知道言夏什么时候知道的,也许一开始就知道,言夏恨她吗——她占据了姐姐的位置。没有自己,也许宋祁宁会照拂她……罗昕珠忽然意识到一个问题:宋祁宁知道吗?

答案立刻就浮上来:他知道,他当然知道!

她还记得那场慈善晚会,闪闪发光的钻冠,阁楼上跳舞的白衣女人……言夏在去年底直播上说的姐姐。她说:"我姐欠的债,我连本带利都还了。"

自己当时还觉得言夏傻,哪里有这么傻的,周朗也跟着犯傻。她可能这辈子都再见不到这么多钱——除非周朗娶她——就这么交出去,一笔和她无关的欠款,无论法律上还是道德上都与她无关。

现在想起来,她想的却是另外一个问题:沈南音是怎么死的?

言夏和周朗说:"等拍卖会完,我的牌也打完了。"

周朗"唔"了声:"网上已经开始说罗昕珠欺世盗名——"

虽然开头看起来确实像是绯闻,但是网络普及到这个地步,各行各业业内人士都可能在线吃瓜,自然会有人跳出来科普,说如果真有,那也不一定是表白,更有可能是石生泉的作品签名。

去掉情侣关系这层,石生泉的作品,打罗昕珠的名号,要么是石生泉做枪手,要么就是罗昕珠欺世盗名。网上吵得不可开交,但是真有罗昕珠画作的就那么几个人,都讳莫如深,也没法验明真伪。

"让他们说。"言夏说。

"我手里也没有她的画,她的画用X光真能看到石生泉?"

"我也不知道。"言夏说,"我没照过。不过无论有没有,这都不失为一个好故事。"比当初算计她的手段聪明太多。

"谁放的消息?"

言夏说:"孙姐年初给我把东西送过来的时候倒是很清醒,知道我走了,就轮到她了。不知道为什么迟迟没有动手,可能是和我一样没有证据,或者是觉得威胁不到她——现在就很被动了。"

周朗想了想,在她手心里写了个字:"郑?"

言夏点头。

周朗梳理过始末,对天历的内斗不置可否,只说道:"罗昕珠的段位对上宋祁宁可能还够呛。"

言夏摇头。

"嗯?"

"我在想,如果是我姐……如果当初有人点醒我姐姐,可能又是另外一个结果了。"

"你姐——"

"她不知道。她至死都不知道是宋祁宁害了她。"但或者,是她姐没让她知道;自欺欺人的可能是她姐,也可能是她自己;可能每件事都有无数的解释,而大多数人也不过是选心安的一种接受罢了。

罗昕珠回到家,卧室的灯还亮着。宋祁宁在看书。罗昕珠问:"这么晚了还不睡?"

宋祁宁说:"等你。"

罗昕珠在灯下看他的眉眼,十分清隽雅致,哪怕是有表情,也很温和安静。罗昕珠觉得好笑,她怎么会信言夏那等鬼话。他自始至终都没有责备过她——他可能根本不知道发生了什么。

他那么忙,最多看点财经新闻,根本不会上网去看那些乱七八糟的东西。

网上的热点又和风一样,说过就过去了,也许明天早上起来,就已经干干净净，什么都没有留下。

她怀着这样的梦想沉沉睡去。她做了个梦，梦见和宋祁宁初识，他突然出现在画室门口，他说："罗小姐真是勤奋。"

然后她听见黑暗里有人冷笑："二十九岁，没满三十。"

十

放消息的人显然很有经验，有条不紊地，一天一个消息，保持住热度。

"言夏拿到石生泉的第一件作品不是《挽歌》，而是《归航》，从刘枫工作室里拿到的，刘枫和石生泉是老同学，言夏看到《归航》之后，立刻意识到罗昕珠抄袭，所以把照片寄给了孙楚蓝。"

"孙楚蓝是谁？天历首席啊！以前天历有俩首席，就去年发生的事，言夏出局，就只剩了孙楚蓝一枝独秀。"

"言夏都能看出来罗昕珠有问题，孙楚蓝怎么可能看不出来，无非就是看在宋祁宁的分上罢了。"

"宋祁宁的老婆，有的是人捧，根本不怕东西砸在手里，所以无论在画廊还是拍卖行，罗小姐的作品都很受欢迎。小道消息，言夏在捧未成诗之前，原本是要捧罗昕珠。"

"那为什么没捧了呢？"就有人问。

"言夏聪明啊！她应该是看出罗昕珠不对头了——"

"这怎么看得出？"

"你当然看不出来，言夏什么人，二十九岁的天历首席！国内比她更年轻坐上那个位置的就只有永嘉的周朗了。"

"别说言夏了，我都能看出来好吗！到处都是破绽。你知道罗昕珠一年出多少张画吗？20张！油画不是漫画，没那么快的。你知道达·芬奇的蒙娜丽莎画了多少年吗？说出来吓死你，13年！"

"那就奇怪了，孙楚蓝怎么就看不出来呢？都是首席，怎么差距这么大？"

"怎么会看不出来，就是舍不得呗。她一手捧出来的人——你知道现在罗昕珠的画在市面上什么价格吗?"

就真有人问:"什么价格啊?我外行我不懂。"

"自己查去!"

"查到了查到了……高的也上千万了。5000块的画转个手就上千万,啧啧,我错怪言小姐了,罗小姐才是真狠人!"

"狠什么人啊,还不是有宋祁宁在背后撑着,不然哪里来这么大胆子!"

"这就是资本了!他不但让你996、007,连他老婆都可以肆无忌惮地剥夺你最后的上升通道——哪怕你是个天才!"

"艺术真需要天分的!这位罗小姐自己没有,还不让别人有!看石生泉给她压榨成什么样子了,两百斤!我打一块钱的赌没车祸意外他也撑不了多久。要罗小姐给他一个正常的价格,不抢他的名字,你猜怎么着,他就这么蠢不会去健身房不会请私教不会吃高质量的食品?一个能画出9000万作品的人你当他真傻?"

"石生泉这种死宅,估计除了画画就不怎么出门,晚上九点半了才出去买菜,他苦画的时候罗小姐在做什么,酒会、展览、饭局、度假、SPA、接受采访、出书,还在IG上秀恩爱——"

"罗小姐一看就是聪明人,可惜都是小聪明,成不了大器。"

"我们来算个账,如果石生泉能拿到他该得到的酬劳,你猜怎么着,还真不是他石生泉攀不上罗小姐,恐怕是罗小姐哭着喊着要嫁他石生泉吧。"

也有人出来说:"也不能这么说,就好像《挽歌》必须在言夏手里才值钱一样,没有罗昕珠之前的投入,包括宣传、运营等,石生泉的作品也到不了那个价位……当然5000确实太少了。"

然而这样的声音过于微弱,迅速湮没在打工人对于资本的愤怒中。

战火渐渐就烧到木瓜网。

木瓜网流量大涨,但是显然并不是什么有效流量。大部分人都是来质问:"你家夫人今天又偷人东西了吗?"

特别是上半年签下的艺术家,收到的问候最多:"你这件作品是自己做的吗,还是只挂个名?"

"洁身自好就远离这个贼网吧,小心它偷你东西!"

"原本这件东西我还挺喜欢的,但是木瓜网,嗯……不了吧。"

也有刻薄的人直接嘲笑说:"人木瓜网这名字就取得好啊,我投之以琼瑶,换回来一个大木瓜!"

木瓜网并不在意,毕竟大部分都不是他们的固有用户,眼下这个互联网环境,没被骂过的平台几乎没有。他们发了份律师函:"没有确凿证据诽谤罗女士和木瓜网的言辞,我们保留追究的权力。"并眼疾手快抓了几个头部大V,声称要起诉。

义愤填膺要为石生泉讨个说法的声音一下子下去了,毕竟吃瓜归吃瓜,要流量归要流量,吃出官司来就不好了。有想过要和木瓜网解约的艺术家很多也都撤退了,毕竟天价赔偿金不是谁都赔得起。

隔日,又有新瓜出来,是石生泉的父母说要和言夏打官司,说:"我们什么都不懂,就被言小姐逼着签了合同,不然她连尸体都不给我们看……我们哪里知道阿泉的画能卖到9000万啊……"

顿时又有不少吃瓜群众觉得老人家可怜:"尸体都不给看是什么阴间操作?"

"对吼,两个老人家会看什么合同,还不是那个言小姐说什么就签什么……言小姐眼光好,应该能看出什么值钱不值钱,这属于欺诈了。"

"什么欺诈,应该就是无效合同吧——可以把钱,啊不,把画要回来。"

"把画要回来能有什么用啊,落他们手里卖给谁?你吗?我看不如重签合同,三七分成什么的……"

有律师跳出来说愿意无偿为两位老人家打官司。

言夏默默把当初和两位老人的通话传上社交平台,就简简单单几句话:"……有赔偿吗?"

"没有?唉,太远了我也不好过来。你是他朋友?要不这样吧,你帮帮忙……"

"要是他账上还有钱,能……给我买张车票吗?"

有营销号把对话转为文字版。刘枫也出来证实："确实是这样的。你们不要骂言小姐了，她真是好心，当时谁也不知道阿泉的画能值那么多。他一张画在我工作室里四五年了，没有人买……"

网上热议迅速转为原生家庭："有这样的原生家庭，怪不得……"

也有人说："艺术是奢侈品，真不是普通人家供得起，也不能怪两个老人家，他们就普通人……"

倒也有人给言夏道歉，不过大多数删掉自己说过的话就当没有发生过。

言夏说："有需要的话，我这里还有带两位老人家去公证处签合同的录音。我当时提过分成，也说明过利害关系，不过两位老人家没有这个意愿。我不清楚是什么人把两位不懂网络也不懂舆论的老人家推到台前来，希望大家不要攻击他们，原本丧子之痛就已经很难熬了。"

热度这才渐渐下去。

周朗看到言夏的社交账号，感叹一声："居然能有这么多粉丝！"

言夏："买的。"

周朗不由得笑。

"买点粉数据没那么难看。"言夏说，"但其实信息破圈传播并不在于你有多少粉，而在于找到转播的节点，有人感兴趣就会自发地讨论，实在偏离了你的意思，再找个人正回来……"

周朗猜道："有人想把矛头指向孙楚蓝，而你只想搞你姐夫？"

言夏白他一眼。

两个人说笑了一阵，周朗手机响了。他走开去接电话，过了很久才回来，脸色有点奇怪："我爸叫我过去。"

言夏看住他。

"……他叫我带上你。"

言夏心里十分诧异。以周朗的性子，如非必要，他不会跟她开这个口。特别是她和宋祁宁斗法到关键处，再过一周就是石生泉的拍卖会，她有多忙他不会不知道——但他还是开了口。

她心里前前后后想过各种可能，仰头问："你想我过去吗？"

"想。"周朗眉目宁静得像个走失的小孩。

时过九点，万家灯火。

言夏想起他们在海上的时候。她想如果他不想给出理由，那就不给吧。她总该答应他。她脑子里疯狂运转了片刻，如果她不在，需要有个能够掌控全局的人，需要有人能够代替她站上拍卖台——

"我给孙姐打个电话。"她说。

孙楚蓝会是最好的选择。

周朗用力抱了她一下。言夏有种"他在害怕"的错觉。她反手抱住他，过了许久才问："什么时候走？"

"越快越好。"

言夏盘算了片刻："你给我一个小时。你去定个代驾。"周朗的驾照还没回来，她的状态未必能开车。

周朗进屋收拾东西。

言夏没心情寒暄客套，直接与孙楚蓝陈说利害："无论我有没有证据，业内没有傻子，现在事情闹大了，公司不可能不在乎舆情，罗昕珠做了什么她心里清楚，孙姐，你得把自己摘出来。"

她说动孙楚蓝，又草草把手头工作交代下去。

这晚十点出了新的热点：有位藏家出于好奇，用X光照过罗昕珠的作品，结论就是里面什么都没有。

没有石生泉。

这证实了之前的故事就只是故事。

很多人在网上嚷嚷"反转了反转了"，有人给木瓜网道歉，有人给罗昕珠道歉；有人一夜无眠。

罗昕珠始终不知道宋祁宁知道多少。

她有很多次想要问，没有找到机会；她不相信她有这样的运气，能把他一直蒙在鼓里；她看到网上不少人欢呼，说木瓜网股票跌了——那天她开车到写字楼下，在地下车库待了很久，没有上去。

她不知道宋祁宁是会失望还是愤怒。

那几天宋祁宁回来得很晚，面上总有疲倦之色，但是他也没有说什么，也没有问她到底怎么回事。他平静得像一汪深湖，但是罗昕珠总恍惚以为已经被定罪，她像是在面对一座沉默的火山。

明天，她想，明天一定要把话说出口，无论结果怎样。

但是这天晚上忽然反转，说X光照下并没有石生泉。罗昕珠不知道是不是宋祁宁出了手。

他还是那么平静。

他永远那么平静——她忽然想，十年前沈南音被判决的时候，他是不是也这么平静？她记起来两年前慈善晚会那晚，他似乎是伤到了手。那时候新婚宴尔，她问他怎么回事，他说不小心。

他始终也没有回答是怎么回事。

深夜里平静的呼吸让罗昕珠从心底生出恐惧来，她把手按在心口那个位置——那里畏缩成一团。不过也有人说那是胃，心在左边，一点点，和拳头差不多大小。它不会思考，只会永不疲倦地泵血。

而胃会感知你的情绪。

言夏觉得胃在翻腾，幸好她晚上一向吃得少，也吐不出来；窗户开了缝，风吹得有点冷。

周朗似乎是察觉到："要是困就睡会儿。"

言夏"嗯"了声，伏他腿上。周朗拿羊绒小方毯给她盖，但其实也睡不着。车在漫无边际的暗夜里穿行，没有人知道明天和意外哪个先来。

十一

深夜的医院很安静。

不知道是不是错觉，连消毒水的气味都比平常要淡上很多。护士穿着护士服很合身，露出秀美的额头和眼睛。

等在门口的是周奕辰，在周朗下车的瞬间大大松了口气，像是卸去了千斤重担。他拽住周朗往里走："你爸在等你。"

周朗径直穿过继母和兄弟姐妹的方阵，来到病床前。周奕申身上插着管，脸上戴着呼吸罩，看到他，眼睛一亮，嗡嗡张嘴，也没有声音，喷出来的气迅速在玻璃罩上凝成水雾。周朗握住他的手说:"爸你先做手术。"

周奕申抓紧他。

周朗看医生,医生帮忙摘下呼吸罩。周奕申嘶着声音说:"进利华!"

周朗说:"你做手术,我进利华。"

人推进手术室,手术室的门合上。

留在外头的男男女女,老老少少,有关系的没关系的。

他无话可说。

他径直穿过这些目光,对护士说:"我需要一间休息室。"谁知道几个小时之后要面对的是什么。

她说我这辈子最害怕的时候是你在ICU里我在外头。

她说我不会让你有事。

但是如果他要离开南城,放弃之前所有,接手父辈的重担……他不敢看她的眼睛。他和衣而卧。过了一会儿门响,有人进来躺在他身边,又过了一会儿,她侧身抱住他。

隔着衣物,体温很久才渗进来;气息已经无处不在,没有界限,纠缠混杂暧昧不清仿佛黄昏或者破晓。

两个人都没有开口。要解释或者诉苦都有很多可说的,但是话到嘴边,通通都消失。太亲密,语言就多余。她会知道他难过,知道他委屈,知道他不甘心不得已,也知道接下来会发生什么。

她当初不想和他好,就是见识过;他一开始不想进利华,就是知道结局。

然而人有时候无路可走,就如同有时候无话可说。

不知道过了多久,他听到她叹息,她说:"我好中意你。"

言夏的粤语能听不能说,白看了这么多年TVB,大约就是天赋不足。东方人又很奇怪,越热烈越没法直接表达。日本人要说"今晚月色很美",古诗里绕来绕去千山万水的相思,都不在眼前。

幸而有外语、方言,套个壳,总算能扭曲出口,只是发音奇怪。他忍不住教她:"吾猴总意雷。"

她低低应了声:"我知道。"

周朗也叹了口气,伸手揽住她。她当然是中意他。他能和她在一起,她肯和他在一起,多少都有点奋不顾身。她克制住恐惧与不安,他面对过宋祁宁的威逼利诱。都想过放弃,都舍不得放弃。

但是有时候甜蜜没法对抗一根稻草。

人扛不了那么重,当时间一重一重叠压上来。能忍受一个月、两个月,能忍受一年、两年,那五年、十年呢?他在路上已经想得很清楚,所以到病床前根本没有犹豫。他知道这个后果。

他承受这个后果。

他听见她说:"别怕。"

他听见自己问:"怕什么?"

"无论什么。"

无论是他父亲的生死,还是要被迫面对的一切。无论什么。她想她会坚持到不能不放手的时候,哪怕会痛一点。

那人似乎是明白了她的意思,侧转身,与她额碰额,面对面,呼吸可闻,喉结微动,同样压低了声音说:"好。"

郑重仿佛承诺。

到午时,手术还在进行中。医院说过大手术,保守估计得七八个小时。众人去餐厅用餐。人到齐,周朗给言夏介绍。

周明依酸溜溜地说:"明朗哥真是爸的亲生仔,言小姐眼光厉害!"

言夏也佩服她这个亲爹生死未卜还有力气说风凉话的劲:"我相信周先生周太太教出来的周小姐,眼光不会比我差。"

周朗想明依这眼力也是绝了,就没和明娜通个气吗,勉强打个圆场:"吃饭吧,昨晚也熬到半夜。"

周明依咬唇,她相信换个场合她能把这个飞上枝头的麻雀抽到彻底闭嘴。但是眼下亲妈在座,亲爹在病房里,到底不好放肆,便只哼了声。一桌子远近亲疏,还是遵守了"食不言"的古训。

食毕又是漫长枯燥的等。

周朗情绪好转了一点，细细碎碎和言夏说些旧话："我头次来香港的时候也听不懂话，我爸就教我不要随便吃人家给的东西。后来我二叔拿巧克力给我，我就非得等他吃过才肯吃。"

言夏心里想周朗那只古怪的耳钉也不知道是他爸给的还是他二叔。"90年代挺乱的，"她顺着他说，"所以你爸驯你跟驯宠物狗一样也没啥不对。"

周朗总觉得这个比方有哪里不太对。

"我爸和我妈不一样，"周朗想了想，也不好形容，又想起来，"我忘了你见过他。"

言夏："周先生不难打交道。"

周朗不说话，过了一会儿才说："他对外人客气，何况你还是个女孩子。"

言夏狐疑："你挨过打？"

周朗也十分诧异："你从哪里看出来我能不挨打？"

言夏默默。

"以前总觉得他还年轻……"周朗说。

"是挺年轻。"言夏说，"现在人寿命都长。你爸这才到哪，还有半辈子好过呢。"

周朗往手术室看。

等在这里的都是至亲，但是时间太长也熬不住，有刷手机的，也有两眼放空的。到手术室的灯熄灭，所有人都有种"终于……"的解脱感。医生摘下口罩，笑容里都是疲倦："手术很成功。"

空气顿时就活泼了。

明侬甚至有了闲心瞪言夏，似乎在说"有我爸在，你休想得逞"。言夏啼笑皆非。到转运床出来，明雪、明侬和周朗的继母温静筠围上去。周奕辰挤不进，只喃喃道："成功就好，成功就好……"

周朗跟过去问医生注意事项。

言夏到这时候才抽得出空来看一眼网络，才知道X光照射被证伪。工作室的账号发布最新消息，说石生泉作品拍卖会推迟一周。言夏想不清楚其中缘故，想要拨个电话问问，周朗已经出来了。

温静筠说:"你爸要见你。"

周朗进去了挺久。言夏猜可能是在交代公司情况。

照理说不该这么急,或许是周奕申急于逼周朗接手。她觉得周朗可怜,现在有私人飞机的人不少,以周家的背景,周朗弄一架玩玩毫无难度,但是他甚至没考过飞行驾照,是拒绝得很彻底了。

但是他爸拿命逼他。

她靠墙沉默。温静筠走过来说:"言小姐很紧张明朗?"

言夏转眸看她,应声道:"周太太也很紧张周先生,不是吗?"

温静筠一怔,随即笑道:"言小姐不必这么紧张——奕申对明朗没有恶意,我对你也没有。"

言夏心里想这天底下打着"为你好"的名义行恶的也不少,就是好心办坏事都不新鲜。又听温静筠问:"言小姐跟明朗时间也不短了,有没有想好什么时候开枝散叶?"

言夏头皮一炸。

温静筠笑吟吟道:"言小姐不要觉得我问得过分——这大宅里女人过的就是这种日子,上上下下无非盯着你的肚皮。言小姐要是个有身家有背景的还好说……"她微微侧耳,一笑,住了嘴。

周朗出来:"等久了吧。"

"还好。"言夏说。

周奕申是恨不得周朗立时回来接手利华,趁他在还能带上一程。但是周朗还有职务,也不是说辞就能辞;幸而博物馆事务已经走上正轨,元旦之前也没什么长假特展,倒不需他日日坐镇。

周奕申精神好点就把周朗叫过去耳提面命。

周朗也不是不知道管理都是相通的,理论上他能搞定永嘉就能搞定利华。但是隔行如隔山,而且利华姓周的太多了。他和言夏吐槽:"一路叔叔伯伯叫过去,谁知道什么时候蹿出个人说小时候抱过你……"

言夏忍不住笑,她没法想象周朗还能被人一手拎起的时候。

周朗又问:"他们为难你了吗?"

言夏笑道:"明依给他们做了个挺好的示范——"

周朗哑然失笑，光动口不动手，这些人加起来都不是言夏的对手，想起来又问石生泉的拍卖会。言夏说："有孙姐在，没什么不放心的。"周朗说："等我爸情况稳定一点，我们就回去……"

言夏摸摸他的脸，没忍心问他回去能待多久。

有日周朗去公司，温静筠过来传话，说："奕申想见你。"

言夏心想，差不多也到时候了——周奕申叫周朗带她过来，总不会是担心他儿子孤枕难眠。

十二

养和医院外头就是跑马场，一眼望去，绿草如茵。

据说最早这块地方是沼泽地，从前人实诚，黄色的泥水自峡谷流下来，就叫黄泥涌，峡口叫黄泥涌谷；后来英军在此立营，很多人感染热症身亡，就地掩埋，英人称之为"Happy Valley"，有往生极乐之意，中文翻译为快活谷；到1846年建立跑马场，1918年一场大火六百余人罹难。

华人信口彩，越烧越旺，似乎天也从人愿，这块地方果然成了香港有名的旺地。

言夏推着周奕申行走在这片土地上，轮椅压过平整的地胶。微风夹着阳光闪闪吹过，有青草的香气。

"花都开好了。"周奕申说。

言夏笑道："这边暖和。有个笑话，说诗经上说'七月在野，八月在宇，九月在户，十月蟋蟀入我床下'，岭南就不一样了，岭南这边是'七月在野，八月在野，九月在野，十月还在野……'"

话没完周奕申已经笑出声："言小姐很会说话。"

言夏说："我们干这行，不能怯场。"

周奕申叹了口气："明朗就不这么和我说话。"

言夏应道："我也不这么和我爸说话。"

周奕申哈哈大笑，几乎被呛住。言夏给他顺气。

周奕申缓过口气，又喝了点水，说道："明朗说，你去年来的时候不知道我是他爸，是不是真的？"

言夏说："周先生想它是真的，它就是真的。"

周奕申沉默片刻，半真半假道："言小姐似乎并不想讨好我。"

言夏："我讨好得不够明显？"

周奕申有一点意外，也觉得很新奇："你和雁潮也这么说话？"

言夏："周朗不许我见姜小姐，怕被我气出个好歹来。"

周奕申也想起来，不由又笑出声："这么说的话，言小姐确实算是在讨好我了。"

言夏认真地说："我希望周先生长命百岁。"

周奕申不知道为什么竟然有一点点感动，他说："去年你给的建议很好。"他知道周明娜做了什么。这个女孩儿的方案帮利华安稳度过了飞机失事到赔偿的风险期——"我听说你被连累辞职？"

"是我急于求成，做事不够周全。"言夏说。

周奕申微微颔首道："能够自我反省……也很好。"

言夏推他走了一段，鸟语花香，阳光充沛，晒在人身上暖洋洋懒洋洋。周奕申忽问："想不想来利华？"

言夏婉转道："我还是更喜欢做拍卖。"

"会留在香港吗？"

"我的公司在南城，虽然还很小，不过发展得不错。"

这个答案让周奕申很是惋惜。

他似是自言自语："想不到明朗……当初我也问过雁潮要不要跟我来香港，她倒是肯来，不过也不肯放弃事业。"

言夏想不到姜雁潮和周奕申还有这等隐情，倒也有些佩服，那毕竟是三十年前。

"但其实也不是人人都能成就一番事业。"周奕申说道，"很多所谓事业，不过糊口而已。"姜雁潮的设计不乏受众，但是这么多年也没成气候。周奕申看不上这点小打小闹。

"糊口也是好的。成就需要天时地利人和，有时候就差个运气。"言夏温和地说，她想起石生泉和罗昕珠，"但是人在这个世界上，总该有一点能够支撑自己的东西，而不是全心全意依附于另外一个人存在。哪怕是至亲，至爱——总需要那么一点地方，或者说喘息和自我的空间。"

周奕申不置可否："那如果我希望言小姐你离开明朗呢？"

"周先生只需要让周朗自己来对我说……就可以了。"

周奕申赞道："言小姐也是很潇洒的人啊。"

"不敢。"

"你不在香港陪他，时间长了，就会淡了。这是自然规律，不是你意志坚定就能够对抗。我现在这么说言小姐可能不信——"

"我信。"

周奕申愕然。

"到走不下去的时候，自然会分手。人和人的缘分，总会有个尽头。不是感情走到尽头，就是时间走到尽头。"言夏说，"但即便是如此，即便到头来免不了分手，我也还是想和周先生说——"

"你想和我说？"周奕申生出兴趣来。

"是，我想和周先生说。虽然责任很重要，传承很重要，但我还是会希望周朗能做他喜欢的事……"

"他喜欢做什么？"

"他不想进利华。"

周奕申这次沉默了更长的时间，忽然笑了一笑："言小姐这么喜欢他，看来我想花点钱把他买回来，一个亿两个亿的，言小姐多半不肯。"

言夏："周先生心里他也不止这个价——不然的话，让我花这个钱帮他从利华赎身，我倒是愿意的。"

周奕申哼道："言小姐的资产似乎还没到这个数。"

"我愿意举债。"

周奕申顿足："言小姐真是不会做生意——就不会说打个八折？"

言夏哑然。

周朗回来问："我爸找你了？"

"嗯。"

"他——"

"他和我讨论了下多少钱能买下你。"言夏叹了口气，"周朗，你可真是太贵了。"

　　周朗啼笑皆非。周奕申和他说："你是找了个什么怪物回来。"——他心里吐槽你又不是没见过。他从前多少年都没想明白他妈当初怎么看上他爸，倒是从这句话里看出来了。确实有夫妻相。

　　他亲了亲言夏："总之……你别气他就行。"

　　言夏回想了下始末："你放心。"

　　周朗闷笑了声，看了一天的报表似乎也没这么恼火了。

　　言夏也没想到周奕申从那天开始不断找她聊天。他手里似乎有不少周朗小时候的照片，挺神气活现一小孩。

　　再怎么不怒自威的老人说起父子相处的时光，眼神都是软的。

　　言夏从周朗的反应就知道周奕申从未与他说过这些——他大概也没法和别人说。她有种她和这个老人拥有同一个爱豆的错觉，俗称"同担"。

　　周奕申偶尔也问拍卖的事，他说周朗当初入行，就是问他二叔要了几件东西做敲门砖。

　　言夏想，周朗说得对，他们不在同一条跑道上。

　　"我年轻时候也对艺术有兴趣，不然也不会认识雁潮。"人怀念往昔，难免温情脉脉，周奕申话锋一转，"但是艺术这种东西，你没法当饭吃。做生意还是要做人人都有需求的，衣食住行，生老病死。"

　　言夏心里想就周叔你这观念，就算你不回家结婚，也迟早被抛弃。

　　石生泉拍卖会那天，言夏是有点紧张。周奕申电话过来的时候她还在和助理说话，揣着手机就过去了。

　　进房间觉得氛围不对，然后看到温静筠和占了半面墙的平板电视。

　　周奕申冲她说："坐。"

　　言夏心里登时明白过来，这个老人没有什么不知道的。周奕申说："明朗说言小姐学的古瓷，没想到如今倒是致力于发掘新生代艺术家。"

　　言夏说："古瓷当然是好，就是数目实在有限。而新的艺术家会源源不断。仓廪实而知礼节——人吃饱了就会追求精神上的享受，不独有钱人想，普罗大众也想。艺术从来都不是小众的事。"

周奕申笑了，知道她是反驳他前日所说的"衣食住行、生老病死才是刚需"。他说："光看没意思，言小姐要不要和我打个赌。"

"赌什么？"

"赌今晚成交额。"

言夏应道："不了吧。和周先生对赌，我赌本不够。"

周奕申看了看她，又笑了一下。

言夏心里一突："周先生的意思是——"

"我输了，你把明朗带回去。"

言夏瞬间被巨大的喜悦充满，就仿佛整个人充满了气，得意扬扬地往上飘。她甚至没有想过"如果我输了呢"，她拒绝！她不想去想——至少现在不想。她就想，如果能这样……那就太好了！

她的喜悦这样巨大，这样明显，以至于周奕申都在这个瞬间生出怜悯来。他想这个女孩儿可真爱他儿子啊。明朗那个小崽子，运气可真好。他们还这样年轻，年轻得闪闪发光，让人羡慕。

直到他终于听到她的问题："周先生赌成交额多少？"

"我赌成交额不高于一个亿。"

言夏的笑容登时僵住。她意识到这是个陷阱。

她很清楚石生泉的作品不值一个亿。最好的《挽歌》已经出手，剩下多半是半成品，要么就是被罗昕珠预订又退回的"废品"，无论完成度还是创造性，无论如何都卖不到一个亿。

以她原本的计划，能上千万都是托了《挽歌》大卖的福——一个亿，她做不到。

除非她出手。

——她不计成本出手砸钱自然能砸到这个价格，但代价是拍卖师执照。国内拍卖管理法最严厉的一条，是不允许拍卖师以竞买人的身份参与自己组织的拍卖活动，也不允许委托他人代为竞买。

虽然她委托了天历，但是前期宣传、运营都是朗夏在操作，她不可能撇干净，也经不起细查。

一旦她被吊销执照，朗夏拍卖行失去专驻拍卖师，即时丢失拍卖资质。

但是要她说不——要她拒绝，她也做不到。她没法眼睁睁看着机会在眼前——是周朗的机会，也是她的机会——她不能放过它。

她抓着手机沉默许久，终于说道："我出去打个电话。"

"请便。"

十三

言夏想她必须打个电话给孙楚蓝。

她想她得想个法子……

走廊里冷冷清清，天色仿佛水墨，一重一重暮霭，嘎的一声不知道什么鸟振翅而起。她想，又一年要结束了。

有一年开始的时候他们在K城，K城的夜市上，他击鼓给她听——那么多人，但是她知道他是为她而来。是《十面埋伏》，两千年前楚霸王项羽在垓下，凄然对虞姬唱"虞兮虞兮奈若何"。

有时候人无可奈何。

小姑娘向她兜售桃花枝，说"新年桃花开，小姐姐走桃花运"，后来那枝桃花开在她的房门口。

她知道是谁。

她想听听他的声音，特别想。周朗不知道在什么地方，特别吵，轰隆隆的，他像是在大声叫嚷，试图把声音传过来："有什么事吗？"

"没事。"

"吃饭了吗？"周朗问，"我今天和机械师吃了饭，还挺丰盛——言夏？"

"嗯？"

"你在哪里？"

"在医院。"

"对了我想起来了，今天是石生泉拍卖对吧？应该还没开始吧。我尽量早点回来……要命我差点忘了！我给你带夜宵吧，想吃点什么？"

"什么都好……你不用急。"言夏说，"又不是我主槌，你在不在没什么区别。"

言夏挂断电话，低额抵墙，墙面冰凉。

一个亿。常规操作不可能达到这个数字，她想她应该想个法子……她总能想到。她必须想到。

电话忽然又响了，是周朗拨回来。"言夏，"他急促地问，"真的没事？"

"真没事。"她说。

"我就回来。"

言夏想和他说不用急，但是那边已经挂断。言夏握住手机在走廊里徘徊。自掌拍卖槌至今做过的每个案例，自她入行以来观摩过的、看过的每个案例都在脑子里躁动。成功的、失败的，每一个。

她给孙楚蓝打电话。孙楚蓝笑道："怎么，对我不放心？"

"怎么会。"言夏说，"不放心就不会全盘委托孙姐了——是我这里出了点情况。"

孙楚蓝之前并没有问过言夏为什么全盘委托她。她没那么天真，会相信言夏是为了给她个辩白的机会——虽然这确实是她需要的。她听到这个话登时警觉："什么情况？"

言夏说："我有个想法。"

孙楚蓝听她说完，半晌无语："这很冒险——只有两个小时就要开场了，做这么大调整，很冒险。"

"我知道冒险。"言夏停顿了几秒，很艰难地说，"我有难处——我相信孙姐，能够拿下来。"

孙楚蓝过了一会儿方才回复她："我尽力。"

言夏回到病房，周奕申还在笑吟吟饮茶。言夏和他说："我赌了。"

周奕申喝一声彩："言小姐好胆气！"

"但是赌注我想改一改。"

"怎么改？"周奕申想也许这个女孩子想他同意他们的婚事。他忍不住微笑。他很喜欢这个女孩子，他并不打算反对。但是他听到她说："如果我赢了，我希望周先生能让周朗自己选择。"

周奕申再一次想明朗那个崽子确实运气比他好。他微微举杯，说："成交！"

晚八点,拍卖开始。

之前数次头条,这场拍卖颇受瞩目,特别这天又买了两个热搜,一个"石生泉凭什么值9000万",一个"罗昕珠有没有剽窃今夜揭晓",因此到点开场,入场的就那么多,围观破了百万。

都以为会是言夏上场,没想到是个中长发白衬衫的高挑女郎,很干练专业,但不是言夏。

女郎笑道:"我是今天的拍卖师孙楚蓝。"

有人下手搜索,有人已经想起来:孙楚蓝,不是天历首席吗?言夏走后她就成了天历唯一的首席,不知道多少人猜言夏出走是她陷害,没想到言夏手里石生泉的作品反而请她主槌,难道说——

是重归于好,还是另有隐情?

镜头随着孙楚蓝拍到蓝色的薄铁皮门——"那是什么?"有人问。

"拍卖场吧。"有人蛮有把握地说,"言夏每次都会把拍卖场布置得很漂亮,我观察过好多次了……"

"这次又不是言夏的场!"立刻有人反驳。

"东西总是言夏的吧,你猜猜看,言夏会不会许人胡来!"那人不满意被杠,愤愤说道。

有人弱弱地说:"但是看起来真不怎么地的样子……我没有说言夏不好的意思。"

孙楚蓝说:"这是画家石生泉生前所居,房租750块每月,两室一厅。石生泉在这里住了六年,房东照顾他,没怎么给他涨价。他过世之后,言小姐把这里买了下来,就是我们今天的拍卖场了。"

"750"这个数字刺激到了很多人的神经,有人问:"这是在南城吗?"

"南城不仅房价跌出了一线城市,这房租也——"

"我的天这是在哪里,快、快报上地址,我要去租!太便宜了吧,要知道我就在南城,我这里也两室一厅,4300!"

也有人现实一点:"是装修很简陋吧,要不就是位置很偏,又是老房子,你看那门,完全不具备安全性。"

"有可能是长租的缘故。"也有人猜,"好房客也不好找。"

孙楚蓝没有解释，只开了门。

房间里似乎完全没有被打扫过。所有东西都还在它该在的地方，颜料，笔刷，遮光窗帘在客厅里围出来的小空间，隐隐能看到卧室单薄的蓝色碎花窗帘，和阳台上五颜六色的空饮料瓶——

"确实够简陋。"有人说。

周奕申忍不住问："内地的艺术家现在还这么清贫吗？"

"当然不是。"言夏说，"这位石先生清贫，一半是运气，一半是有别的缘故，周先生不用急，孙姐自然会说到。"

"我怎么像在看纪录片，而不是一场拍卖会呢。"周奕申嘀咕。

网上心里嘀咕的不在少数，但是大多数人毕竟参加拍卖会的经验有限，而且有两个热搜勾着大众的好奇心，加上窥私欲，倒也看得下去。不断有人科普，有助拍答疑，趣味性也是有的。

众人跟着孙楚蓝的目光："这件作品在刘先生的工作室里待了四年，因为言小姐不小心撕开幕布，才让它得以重见天日。严格来讲，这件作品不够成熟，但是构思非常精巧，你看他的用色——"

"这件半成品，时间要稍迟，看得出画家毫无信心，所以下笔犹豫。"

"这件——"孙楚蓝把光打在画面上，"单看作品你会觉得它不错，但是总会觉得有哪里不对，可能会有人归功于画者的功力不够，而构思奇绝，而且因为一些别的原因，它得以在画廊展出。"

"这是什么原因？"周奕申糊涂了。

"这件不是石生泉的作品，"孙楚蓝迅速回答他，也回答所有人，"它是罗昕珠罗女士的作品。这两者之间有没有借鉴、抄袭或者致敬，以及盗用、仿制之类的关系，我们再往下看。"

周奕申不解，转头看言夏："这位罗小姐——"

忽然有人叩门。

"进来！"

匆匆推门进来的人，第一眼看到言夏，略松了口气，然后才喊：

405

"爸！——阿姨也在？"

周奕申哪里看不出他这目光先后，气呼呼哼了声，话也懒得问了，索性把视线锁定在屏幕上。

周朗挨着言夏坐下："紧赶慢赶还是晚了点，堵车。到休息室一看你不在，我还以为、还以为……"

言夏抽纸巾给他擦汗："急什么，不是和你说了，不是我主槌，孙姐你还不放心呐……"

周朗扫了眼屏幕："罗昕珠？"

言夏点头。罗昕珠的作品和石生泉摆在一起，按时间顺序排下来，懂行的都能看懂了。围观大众跟随孙楚蓝的介绍和讲解，即便不懂也能听出画家在其间遭受的折磨和打压。

"这哪里是艺术界的打工人，这是艺术界的乙方、大乙方！"

"罗昕珠到底懂不懂艺术啊，我怎么觉得这些半成品比成品的冲击力大呢？"

"自信点去掉我怎么觉得，这些半成品就是灵气十足，完全可以看出石生泉想要突破但是不敢……"

"这件就真是自暴自弃了。"

也有人说："你们都这么懂吗？是只有我一个人不懂吗，为什么我觉得罗小姐的作品也还……好呢？"

"严谨点说罗小姐剽窃的作品。"

"讲道理，罗小姐给了钱。"

"是时候给大家普普法了：著作权包括人身权和财产权，财产权可以转让，人身权不能。人身权包括发表权、署名权、修改权和保护作品完整权，敲黑板！署名权不可以转让，而且不受时间限制！"

"所以这是剽窃！"

周朗问言夏："借的还是——"

"买的。"

周朗倒吸了一口凉气："这成本不低。"

罗昕珠如今均价也过百万了。这里近三十件作品，以言夏的精打细算,肯这么一掷千金,是赌性上来了。

又想这场拍卖之后,罗昕珠翻不了身了:长眼睛的都能看出问题。这势必影响到宋祁宁,除非宋祁宁离婚——但是言夏说过,宋祁宁不会离婚。对宋祁宁来说,离婚意味着失败。他相信她的判断。

闹到这个地步,想毕其功于一役也不算错,成本高就高点吧。周朗还是追问了一句:"多少钱拿下的?"

"不知道。"言夏说,"我全权授权,孙姐谈的。罗昕珠本身就有不少作品在天历,而且孙姐长于书画,她的人脉,就算是时间紧了点,也不会太亏。"

周朗忙了整日,这时候脑子也有点打结,一时琢磨不出这个"时间紧了点"是什么意思,孙楚蓝两周前就接手了,理论上不算太紧。

看了下时间,八点四十。过去大半个小时了,孙楚蓝还没有喊价。

越发纳闷。

而孙楚蓝介绍完卧室里最后一件,走到客厅:"这是石生泉生前最后一件作品,我们甚至不知道他是否已经完成。如果他在世,也许还能够创作出更多的作品,但是现在,已经没有这个机会了。"

"让我们一睹石生泉遗作的风采吧。"她屏气凝神,从表情到姿态都非常具有仪式感。随着遮光窗帘拉开,光打亮,即便是之前在苏富比官网上看过图的人都不由自主"哇"的一声。

艺术的冲击力。

连周奕申都被惊到。"之前那些不怎么样,但这件是真不错——"他想了想,"不是说苏富比已经出售了吗?"

"仿制品。"言夏说,"一会儿孙姐会解释。不过这件是陆师兄的面子,请了国手来仿,价格不低。"

"我拍了!"周奕申说。他看了看边上的温静筠,示意操作。

言夏赶在周奕申报价之前阻止道:"周先生少安毋躁——不是这么拍的。"

"不是这么拍的?"周奕申糊涂了。周朗却明白过来,抚掌道:"漂亮!"立刻被他爹瞪了一眼。

周朗解释道:"一个画家的生命力和创作力,在多方挤压的状态下:

经济窘迫，价值得不到承认，被规训，在创作自由和面包之间，被折损的创作信心，连名字都被窃取……但是他还在成长，或者艰难、扭曲，但是顽强。他差点长成一株盆栽，但是最后还是突破了——这个过程，他的生活、他的生平，乃至他的死亡，作为一个整体，就今晚的拍品，唯一的一件拍品。"

"您可以理解为行为艺术。"言夏补充道，"整个的，这场拍卖会。"

周奕申似乎是明白了，又不是太明白，他没有读过《病梅馆记》。但是他清清楚楚看到他的儿子眉目生辉，神采飞扬……那个女孩儿说："……但是我还是会希望周朗能做他喜欢的事。"

"他喜欢做什么？"那时候他问。

现在不须她回答，他看到了。那个自小不在身边的宁馨儿，每次训话都阳奉阴违的忤逆子，因为他病倒连夜赶来答应接手利华的成年人，周朗并不喜欢飞机，也不见得有多喜欢自己奋斗了半辈子的事业。

周朗有他的世界，他愿意为自己放弃，但是——

他恍恍惚惚地想，但是那个画家挣扎得好苦啊。如果不是言夏和他说，画你想画的，他这一生——

周奕申打了个寒战。

十四

孙楚蓝开始喊价。

无底价，第一口喊到3000万。言夏觉得这个开局还算可以。

数字100万、100万地往上叠加，偶尔跃迁。

围观大众激动地加油鼓劲——有时候人们会渴望奇迹。一个生前寂寂无闻的画者，死后天价作品出圈，然后在短短大半个小时里，他们跟着拍卖师，沿着他的画作，像是看尽了他半生。

他的一生已经结束了，他的身后由所有人合力续写。

"5500万……5800万……6000万……6200万……6200万……6200万……还有没有——"

言夏心里有点凉，这距离一个亿也还差得太远了。她有点懊悔自己冒险。行为艺术在国内毕竟群众基础不够。周朗觉察到她的情绪，安抚道："也差不多了。你这场成本不会超过5000万……"

言夏在他肩上蹭了蹭。周朗搂住她："……而且你目的也不在这里。"

"6500万。"忽然身边人出声。

言夏和周朗双双偏头。周朗不安地道："爸！"

"静筠！"

温静筠没有说话，她上手操作，很快孙楚蓝就念了出来："6500万……6500万……6500万……好！7000万！7200万……7500万……7500万一次，7500万两次……"

"9000万！"别说场外了，就是孙楚蓝都精神一振，"这是来自外网的藏家……"

"9500万……9500万一次……9800万……9800万……9900万……1.2亿！"

"破亿了！"言夏几乎是跳起来。

周朗心想，45亿的沉船你都主槌过，破个亿你至于？但是言夏确实兴奋得不同寻常。她似乎想要坐下，但是也坐不住，眉梢眼角亮晶晶的，如果不是长辈在，周朗都疑心她会拉着他跳个舞。

他不得不出手拉住她："好了我知道了——"

言夏挣脱他："我要出去——透个气！"

周朗看了眼父亲，不知道是不是错觉，父亲似乎也在笑，那种纵容的、欢愉的，似乎还有一点点揶揄；继母也是，笑得古古怪怪。他不知道要不要追出去，还是先和父亲解释："她平时也不这样……"

周奕申忍不住了，一口茶笑喷出来，温静筠给他抚背："慢点慢点……"

"再出次价吧。"他和妻子说。

"爸！"周朗制止道，"就算你拍下来，她也不会留在香港。"

"你懂个屁！"周奕申这样回复他儿子，转头和温静筠说，"1.5亿。"

周朗愕然。

这个世界疯了。他决定出去……透个气。

周朗推开门，言夏就在斜对面，靠着墙冲他笑。周朗走过去抱抱她："怎么能高兴成这个样子。"要是朗夏做的案子也就罢了。

言夏不说话，只踮脚吻他。周朗心想来香港这么久，哪里都没带她去过，就关在医院里，她还能高兴成这个样子。他心里软得一塌糊涂，要不是手边没有戒指，跪下来求个婚似乎也挺应景。

"等我爸好一点……"他说。

言夏扑哧一笑。

周朗自己也觉得好笑，这个话说过好多次了。他亲了亲她的眼睛，又想不到能给她什么更好的："要不周末我们去迪士尼？"

言夏说："快十点了，先休息吧。你难得回来这么早。"

周朗："你不看成交价？"

"明早再看不迟。"

周朗回头看了眼房门，他也知道这么不打招呼就溜走不合适，不过——"好吧。"他心里想，唐玄宗丢掉江山一点都不冤。

有人顾着歌舞升平，就有人听到渔阳鼙鼓。

宋祁宁的脸色不是太好看。深夜的灯光晃在脸上阴晴不定。

他之前看过《挽歌》的图录，但是没有渠道看到今天的拍品。言夏捂得很死。光《挽歌》一件作品其实不能说明什么。

保守起见，他回购了部分昕珠的画作。他有收东西的爱好，也是投资，也拿来作装饰。不能和资深藏家比，但是他看得出作品里的表达。他一直以为是罗昕珠，没想到是个两百斤的宅男。

他觉得这是个可笑的事——不管是真是假。直到今晚。孙楚蓝登台，深入浅出把画作里的表达、惯用手法、传承、发展、突破，一一挑明。宋祁宁的太阳穴一直在跳，跳得似乎比心脏还来劲。

孙楚蓝在拍卖成交之后说了一段话。她说："看错人是我失误，我很感谢言小姐帮我纠正这个错误。"

点到为止，也是盖棺定论。

他在这时候想起去年快结束时的那通电话，那个女人说："该我出牌了，姐夫。"

完完整整一张牌亮在他面前。

他以为她的底牌是石生泉，没想到是罗昕珠。

当然他必须承认，这手牌确实漂亮。

罗昕珠无心去想漂亮不漂亮的问题。她知道天塌了。她把言夏交给她的照片、视频和书信完完整整又看了一遍。她想那是真的，在她之前，她的丈夫有过一段婚姻。他的妻子叫沈南音。

她挪用了两个亿的房款，之后投资失误入狱，后来她死了。

言夏说："二十九岁，没满三十。"

六个字，简直像是用锤子把钉子钉进她的太阳穴里，这些天，日夜不停，咚，咚，咚。每一下都敲在最微末的神经上，斗折蛇行，一点一点传达到大脑皮层。她不知道是疼痛更多，还是恐惧更多。

她不想死。

她也没法回到从前，回到……苦苦挣扎的芸芸众生中去，为房子车子孩子奋斗终身；她不能束手待毙——她从来都不是束手待毙的人。她猜沈南音也不是。她记得言夏看她的那个眼神……虽然她想不起来她什么时候开始用那种眼神看她。

她换了珍珠灰的睡衣，薄如蝉翼的羊绒，卷了星星点点的银，仿佛淡银色的月光。她敲响书房的门。

"进来。"宋祁宁声音沉稳一如平常。罗昕珠看到挂在墙上的平板。视频结束了，重播符打在孙楚蓝脸上。他刚刚看完，他什么都知道了——就如她所猜，天已经塌了，不必再自欺欺人。

四目相对，罗昕珠说："对不起。"

宋祁宁没有说话。他从书柜里找出一瓶酒，开了瓶，给自己斟上。"你要不要喝一点？"他问。

"我……"

他看着她。

罗昕珠没有办法形容这个眼神，他若无其事得让她害怕。

"怎么，怕有毒？"宋祁宁笑了，漫不经心地，"你去见过言夏？"

"我……"罗昕珠发现言语是这样困难的一件事，她垂头。宋祁宁给她斟酒，酒水迅速上涨，有细微透明的气泡。

罗昕珠看了一会儿，酒杯里荡漾的酒色映着人的眉眼："我怀孕了。"她说。

宋祁宁有点惊讶。

他也说不清楚他惊讶的是罗昕珠会拿出这样的应对手段，还是他竟然可能有个孩子。他对孩子没有特别的执念，他想时间到了自然会有。对于他这样的男人来说，要把基因传下去实在太容易了。

但是罗昕珠说这句话的时候他忽然想，如果十年前那个女人有了孩子，会不会他们有另外一个结局？

当然他知道这只是一个念头，他根本没想过让她有孩子。

已经过去很多年了。

这么大的丑闻，全世界都知道了，他宋祁宁娶了一个欺世盗名的妻子，再一次。他相信她就在天上看着，笑吟吟地，眼波流转，仿佛在说："看哪，这就是你的真爱——比我要好上百倍的真爱。"

"你以为和我是错误，和别人就能正确吗？宋祁宁，会不会，真正错的那个人是你呢？"

"你才是……一切错的源头。"

她笑容里的讥讽，足够让一头1500公斤的公牛发狂。

"那可糟糕。"他说，"你最近都不能喝酒了，也不能再去画室了。"虽然后半句怎么听怎么讽刺。

"是，我去见过言夏。我求她放过我。她不肯。"罗昕珠接上之前的话头。她没想到言夏能这么狠，比她想的还要狠，无从隐瞒，无从狡辩，无从补救。所有的退路都被撤得干干净净。她只给了她一条路。

"不放过你的从来都不是我。"——她记得这句话，她记得言夏说这句话时候的表情。

"她当然不肯。"宋祁宁说。

"祁宁——"她恳求他，"我知道错了。"

宋祁宁笑了一下，慢慢把杯中酒饮尽："已经过去了，就让它过去吧。过上一年半载，不会有人记得这些，记得的也未必在乎。"在乎的未必会挂在嘴上，他想。"我叫小吴送你去医院建档。"

罗昕珠乖乖应道："好。"

"不要胡思乱想。"他转动酒杯，"好好休息……晚安。"

别墅区很安静，熄了灯就仿佛整个世界下沉，沉到人不知道的所在，也许是潜意识，也许是另外一个世界。

"二十九岁，没满三十。"

罗昕珠再一次听到这六个字，敲在她的太阳穴上。

十五

言夏次日看到成交价，还是稍稍有点意外。没想到能冲上两个亿。扣除成本佣金税收，仍然是很大一个数字。

《纽约时报》、《华尔街日报》、英国《卫报》、法国《世界报》、《欧洲时报》很快出了报道，极尽夸张地赞美了这场拍卖的艺术性，又对石生泉做了比较详尽的报道。IG和推特上都在热议。

虽然国内社交平台上不少人攻击言夏给国外递刀，不过也有人回答："有人敢做，就不要怪人敢说！"

甚至有人反问："什么刀？人家把石生泉卖出天价赚回来外汇那叫刀？"

也有人认为有境外势力买通了言夏，明面上是攻击罗昕珠，实际上剑指民族企业，包藏祸心；有人甚至呼吁宋祁宁赶紧离婚，和剽窃者切割，免得被连累；也有人哀叹"夫妻本是同林鸟"。

大多数人都认为罗昕珠胆大妄为至此，和宋祁宁这个背景是分不开的，最终还是引发了大规模的抵制。

宋祁宁可以不在乎国内抵制，但是抵制者很快得到了国外响应和跟进。不少奢侈品牌、艺术工作室、个人艺术家都在舆论压力下撤掉了木瓜网的店面。这是木瓜网自成立以来从未有过的危机。

"宋是一个不尊重知识产权的人……"

"一个不尊重创作的人……"

"他毁灭的不仅仅是一个艺术家，而是一个人。一个像我们一样普普通通，努力上进，想凭借手艺在这个世界上立足的人。"

"他们不尊重石生泉，也就不会尊重你我，不会尊重你我的作品。"

有评论家一针见血指出："这是一场全方位的绞杀……画家死于谋杀！"

一些血淋淋的讽刺漫画和阴阳怪气的短视频，言夏承认自己看得很欢乐。也许是发生了太多的事，以至于她分不清楚这快乐是因为她姐姐，因为周朗，还是因为石生泉。也许兼而有之。

她确实没有可能直接打击宋祁宁，她不具备这个实力；偶尔她也会觉得自己也许甚至不具备这个智力，她没有那么豁得出去；她还是想要过正常的生活，而不是为了……任何人、任何事，孤注一掷。

而宋祁宁是那样一个庞然大物。

并不是她想对罗昕珠下手，只是罗昕珠露出了破绽，她想。

周朗后知后觉地发现父亲不再继续给他压任务，反而让陪他吃饭，散步，下棋。有时也会让叫上言夏。

"言小姐很会说笑话，"他说，"没你那么闷。"

到十二月中旬，周奕申和周朗说："你要实在不想在利华干，我就再多干几年，如果明雪或者明依能够顶上就用她们顶上，不行再说。不过这样，以后分给你的少，你不要怨我，我给过你机会。"

周朗沉默片刻："爸你吃得消吗？"

"吃不消你来？"

周朗默不作声。

周奕申："算了，你爸我还没到那个地步，真吃不消还有你姑姑帮我。"又说，"过完圣诞再回去，这边圣诞挺有意思，你带言小姐到处玩玩，别让她觉得香港都带着消毒水味儿。"

周朗便很疑心是言夏说服了父亲，但是问她她只是笑，逼急了也只说："他是你亲爹！也不是充话费送的。你真不乐意也不会真为难你。"周朗心里想这不好说，老头绝的时候是很绝的。

周朗说："我想把名字改回去。"

"嗯？"

"我从前去掉中间的字，是不想被人知道……后来都知道了，再坚持也没什么意思。"周朗停了一会儿又补充道，"让老头高兴一下。"

言夏摸摸他的脸，觉得以周朗的性格，他们父子能处成这样周奕申难辞其咎。

香港的冬天虽然不冷，薄羊绒大衣还是上了身。周朗又很喜欢给她买衣服，言夏都忍不住吐槽："周总不去演个霸道总裁可惜了。"周朗不服："哪个霸道总裁有我这么好？"言夏："慕容云海。"

周朗当场就裂了。

言夏又哄他："你不是排演过《兰陵王破阵曲》嘛，他家总裁就有给老婆捣鼓衣服首饰的爱好。"

"他家总裁？"

"兰陵王他爹他叔他堂弟什么的。他爹齐文襄，他叔文宣，他堂弟齐后主——说句总裁不过分吧。"

周朗半信半疑："你怎么知道的？"他倒是想起来，他第一次邀言夏听鼓她就很熟这段。

"有桩公案，是他爹看到他二叔把老婆打扮得光彩照人，就半路打劫，抢了他二叔给他二婶的衣服首饰。"

周朗："能有点出息吗，堂堂天子——"

"当时还不是。"言夏说，"那会儿他家还是权臣，没上位。哥俩都只二十几，那会儿人结婚早——"话到这里，过来一对情侣，男子高大英俊，女子美艳风流。双方打了个照面，彼此都怔住。

周朗叫道："姐！"

言夏心里想周朗年岁太小真是个严重问题，碰上周明娜居然要叫姐。她还没开口，周明娜已经哼了声："哟，太子爷亲自来逛商场！"言夏一下子笑出声。周朗捂都捂不住。

周明娜被她笑蒙了，转头问男伴："我有这么好笑？"男伴说她不好笑也不好，说好笑也不对，倒急出一身汗来。

周朗寻思这事儿解释不清，直接把言夏拖走，走出去老远才放开：

415

"她以后看到你肯定会绕道了。"

言夏说:"我是真没想到是她。"

"嗯?"

"韩慎。"

周朗"唔"了声:"我姐食谱广泛。"

言夏:"我也没想到你在周家这么多兄弟姐妹中,竟然会和她最好。"

"其他人都防着我。"周朗说,"虽然我每年在这边也就十天半个月,但是对于小孩来讲,也是挺长一段时间,我总得找个人玩吧。我也没想到她对韩慎能这么长情……"他都快忘了,她还记着。

这点小插曲并没有影响他们的心情。

周朗不能免俗地带言夏游了些地标、迪士尼、蜡像馆、浅水湾、维多利亚港,又玩了些攀岩飞索之类的项目。

应该说香港的魅力还是在市井,无论美食还是店面都别具特色。言夏非得去铜锣湾喊一嗓子:"铜锣湾只有一个陈浩南!"

言夏和周朗说:"我小时候总觉得铜锣湾和铜锣烧可能有什么亲戚关系。"

周朗默默,他得承认言夏有些不着边际的想法非常惊人。

圣诞将至,香港一直热热闹闹地出太阳,南城却难得地下了雨。

雨不大,沙沙的,如蚕食桑。宋祁宁应酬喝了点酒。这晚他做了一个奇怪的梦,他梦到沈南音了。他老了十年,她还停在那里,穿着他最喜欢的那件和服,像淡银色月光洒满一地的金粉。

她问你还记得我吗?他想那不重要。

她的笑容诡异而愉悦,仿佛尖锐的针,刺破了他所有的自欺欺人。

雨下了整夜,到天明终于停了。晨光照在罗昕珠脸上,她托着早餐来敲书房的门,没有人应声。

整个世界都在准备圣诞节。西方人把它当团圆日,东方过成情人节——似乎大多数节日流入东方最后都成了情人节。

圣诞当日，尖沙咀像个盛装的美人。有人拍婚纱照，言夏眼馋，周朗撺掇她试试。

言夏犹豫了下还是拒绝了。

周朗也不勉强，他也好奇言夏什么时候才肯松口。

海边上风大，但是走走也很惬意。

远远近近的帆船和阳光把海面点缀得异常美丽。有游艇破浪而来，有人朝他们挥手，几个女孩子齐声叫道："周明朗、周明朗！"

周朗看了眼船："小时候的玩伴。"

"你小时候的玩伴可真不少。"言夏阴阳怪气。周朗笑出声："吃这飞醋。"拉她上船。船上开派对，红酒、香槟、美人，热热闹闹的。

船主还真是周朗发小，见面就是："好久不见了。这几年都不见你过来，原来金屋藏娇去了。"他拿着酒上上下下打量言夏，"这个靓女没见过。"

周朗回答得简洁明了："我金主。"

言夏失笑。

两人聊老同学老朋友，念书时候的旧事，言夏去甲板晒太阳。有金发碧眼的比基尼美人过来套近乎。

到晚上回周宅，圣诞树已经装扮好，小孩子围着亮闪闪的圣诞树追逃打闹，跳着脚笑，也有伸手去摘铃铛的。周朗很受欢迎，一个一个围着他叫："Uncle，Uncle！"像散养了七八只哈士奇。

言夏派完礼物就溜了。周朗发现了："不喜欢小朋友？"

"也不能说不喜欢。"言夏慢吞吞地说。

"哦？"

"主要是他们太大了，我喜欢小一点的。"

"多小，婴儿？"

"半岁到两岁之间吧，刚学会走路的小孩，穿厚厚的像个玩具熊，满身肥膘，走起来摇摇摆摆，我就很喜欢。老想什么时候绊他一跟头，扑通！五体投地，拎起来也不哭，哎哟可爱透了！"

周朗又好气又好笑："人招你惹你了。"

火鸡说不上好吃，不过应个景；三文鱼和火腿倒是不错，言夏还是更喜欢蛋糕和冰激凌。

到欢宴散尽，言夏歪床上刷手机，猛地看到一条讣告：木瓜网创始人、CEO宋祁宁因病过世。

周朗进来看见她表情有点不对："言夏？"

"嗯？"

"出什么事了？"

言夏张嘴，竟然发不出声，眼泪唰地掉下来。

十六

周朗没想到宋祁宁会猝死。

也没想到他第一次看到言夏落泪，竟然是因为宋祁宁的死。他知道那是个巨大的阴影。正因为过于巨大，无论他还是言夏都没有认真讨论过这个问题——宋祁宁几乎毫无破绽。

他仔细想过，法治社会，搞不好要缠斗上十年二十年。运气不好没准还得拼谁命更长。没想到就这样——嘎嘣一下死了。

含糊其词的"因病"背后是不是有别的他一时没法深究，宋祁宁有没有什么基础病谁也不知道，才四十六岁，说得上春秋鼎盛……他这时也不想深究。他抱住言夏，慢慢抚她的背。她伸手攀住他。

周朗有点意外："你想——"

言夏仰头吻他。

言夏以为她会梦到沈南音，结果没有。一夜无梦，醒来怔坐了好一会儿，周朗也醒过来："怎么了？"

言夏说："我姐不肯见我。"

周朗蒙了几秒才反应过来，失笑："想什么呢，醒醒，你是唯物主义者！"

言夏勉强笑了一下："我也不知道……我不知道我姐最后恨不恨他，如果她知道——没准她知道……"

周朗听她说得颠三倒四，伸手探她的额，倒是不烫。

言夏没有动。

周朗也坐起来，揽她入怀，她肢体僵硬。周朗说："就算……那也和你没关系。"

言夏的眸光在他眉目间流连片刻，还是没有说话。倒是周朗猜到了，他也有些惊："你的意思是——"

"我觉得她像我姐，"她轻声说，"我问我自己，如果当初我姐知道宋祁宁给她挖坑，逼她去死，她会不会坐以待毙。"

她的目光越过周朗，在空气中找不到落脚点："……答案是不会。"

言夏搜集了罗昕珠所有过往，所有能找到的证据，反复看她的作品，她自己的、她抄袭的、她剽窃的，所有……推导出这个结果。

"孙姐不肯曝她，我把资料发给郑英恺。郑英恺想当首席，当然肯卖力，挖空心思编了个X光的故事把孙姐卷了进来——到孙姐出手，就是铁证如山。她没路了，她只能转头对付宋祁宁。"

"所以——"

"所以我知道肯定是会死一个，就像养蛊，我不知道谁会活下来。对我来说，谁活下来都不要紧，总会元气大伤。"

她看住周朗，她想问他她是不是心狠手辣，但是终于没有出口。法律上她无罪，她知道。

周朗听她用平静的语气说完这些，有许多个念头横冲直撞，撞得脑子里嗡嗡作响。他一向都知道言夏有点赌性，也知道她逼急了不择手段，但是他没想到——"为什么告诉我？"他问。

"我不知道。"

"什么时候开始谋划的？"

"你中毒之后。"她心里想，但是并没有出口。她说："我也不知道。可能一开始就有这个念头……"她不想推卸责任，也不想感动谁，尤其不想感动自己。

周朗从床头摸出烟："我脑子有点乱……你让我想想。"

言夏亲了亲他，他也没有躲。言夏起身去浴室。水声哗哗的。周朗走到阳台上，外头就是海。天和海。云在很远的地方。人撒在沙滩上，帆撒在海面上，都像是撒豆成兵。他撑住栏杆，烟灰坠落在风里。

言夏把水开得很热，热的水冲击头皮，由外向里，身体渐渐暖和过来。她忽然意识到之前她一直觉得冷。

那种从骨头缝里进出来的冷。

她很清楚自己做了什么。

你凝视深渊，深渊也凝视你；屠龙少年最终变成恶龙——不、不是这样的，她一开始就是恶龙，她根本不是什么少年。她是沈南音的妹妹，她和她是一样的，她伪装白富美，她伪装正常人。

陆君迟说她没人味儿，那也许是真的。

她知道周朗在乎人命，最初气得冲她泼酒就是疑心她谋财害命。其实也只差一点点，差一点点云老太太就可能被她气死——但是她运气很好；这次运气也不坏，死的是宋祁宁，不是罗昕珠。

她低头看自己的手，会恍惚觉得手上沾血。但或者他罪有应得。她微微扬起面孔，让流水冲刷过面颊和下巴。她现在想明白了她为什么要和周朗说，那些原本应该烂在肚子里的话——

因为她爱他。

她想他有权利知道真相。

他应该有权利知道她是个小怪兽，她变不成人。

他应该有权利决定他们的关系——继续，或者终止。

水声里响起拍门声。

言夏趋近，磨砂玻璃上厚厚的雾气。隔这么近，都看不清彼此。

没人应声，外头似乎急起来，退开几步。言夏手按在玻璃上："什么事？"她问。周朗站住，过了一会儿才答非所问："怎么这么久？"

言夏反应过来。

"不会的。"她突兀地说，"就算你现在和我说分手我也不会自杀。"

她没那么弱。

外头没了声音。模模糊糊一团影子。言夏关了水，胡乱擦了，裹上浴巾推门出去。被一把抱住。

水顺着头发"嗒嗒"往下滴。

那人叹了口气："怎么就对我这么没有信心？"

言夏埋头不说话，他身上的烟味还没有散尽。她不喜欢，他这两年抽得少了；倒是有脸说她对他没信心——刚要踹门的是谁？

"我不知道你在谋划这些。"周朗说。他知道揭穿罗昕珠能够打击到宋祁宁——但是他料不到宋祁宁的死。

人刚从浴室里出来，热气腾腾，抱在手里有种实实在在的安全感。这么心机深沉的一个女孩儿，每次都老老实实把那些不可告人的心思一五一十说给他听。在室利国是这样，现在又这样。

头发上滴的水渐渐就凉了。他还不想放开。他想她是真懂他，却还把自己摊开给他看，就像猫翻开肚皮任人踩躏。

她知道他厌恶什么，但是她似乎并不知道有时候人没什么底线，有也被她踏平了。他也没有问过她，他没有背靠周家和宋祁宁斗个你死我活她有没有失望过——也许传说中的霸道总裁会这么干。

他不是，他做不到。

如果他足够强大，也许她不必吃这个苦头，不必这样惶恐不安。

"为什么要在意你姐有没有来看你，"他亲吻她的耳垂，"她欠下巨债的时候也没有考虑过你和你爸妈。

"如果宋祁宁当初算计你姐不算狠，罗昕珠压榨石生泉不算狠，你算什么狠？每个人对自己的选择负责，宋祁宁要个完美的妻子，罗昕珠欺世盗名，都是选择。你最多加速了这个进程——你没有杀人。

"法律上没有，道德上也没有。你别给自己乱背锅。"

长于算计人心固然有可怕的一面，但是她爱他。周朗抱紧怀中的人。哪怕有天不爱了，哪怕有天分手甚至反目……他模模糊糊地想，不妨碍他们今天把刀交到对方手里，给予对方伤害自己的权力。

她手里的刀也许比别人锋利一点，但是不要紧，他愿意。

"我打了电话让莉莉去打听。"他和她说，"你不要急。我们先吃早饭。"

他的镇定感染到她。周朗叫人送餐上来，一顿饭吃了挺久。

周朗和周奕申说要回南城。周奕申虽然有点遗憾，也没多话，亲自安排了直升机，停在星月园顶楼。

言夏有点目瞪口呆："确实比车快。"

"别傻了。"周朗说，"飞机要申请航线，临时出行其实没那么方便——除非是空军一号。"

言夏处理了些公司的事，主要是"绝叫"拍卖会的结算。

在这么短的时间能拿下罗昕珠各个时期的代表作，大幅度改变拍卖策略，除了孙楚蓝，谁都做不到——包括言夏自己在内。

孙楚蓝也很满意。她原本被郑英恺挤兑得差点站不住脚，言夏递来这根橄榄枝，郑英恺也只好消停了。他脸皮厚，并没有辞职。但是她心情还算不错。

职场上就这样，忍得住就待得住。言夏脸皮还是薄了点，到底年轻，也不是不能理解，她笑吟吟地想。

孙楚蓝没有告诉言夏徐晓冬被开除了。

徐晓冬为了郑英恺铤而走险，以为干掉她和言夏，为郑英恺的首席之路立下汗马功劳，就有逼宫上位的机会。她不知道那是一场利用，老男人和她哭诉过的惨痛，不过是大多数成年人的必经之路。

孙楚蓝不知道徐晓冬以后会怎么样，不过她还年轻，路还长，山重水复或者柳暗花明，谁知道呢。

张莉莉给了回话，说宋祁宁是酒精中毒身亡，"所以宋家也没怎么提，毕竟不好听。"

言夏疑惑："谁敢灌他酒？"

"似乎也不是……别人灌他，就正常酒局喝了点。"

"然后呢？"

"回家又喝了点。"

言夏不语。

"听说是因为宋太太怀孕了……高兴，喝多了。"张莉莉说。

罗昕珠的名声彻底完了，这三个字都见不得天日。她要躲别墅里做一辈子宋太太也就罢了。张莉莉猜她以后会改名换姓，又是条好汉。不过罗昕珠运气倒也不错，有钱的寡妇比有钱人的太太好过太多了。

她也没法评价言夏。

下手当然是快、狠、准。能设计出那样一场拍卖会，把石生泉卖出两个多亿她也佩服。没准她更该佩服的是她前上司周朗的眼光。她认识言夏可比罗昕珠还早，也没看出她能有今天。

就听言夏问："做尸检了吗？"

张莉莉说："非正常死亡，尸检肯定做了。不过死因明确，应该是没解剖——他们那样的人家……"她没往下说，只笑了一笑，她猜言夏不是很懂。

十七

罗昕珠看到挽联上周明朗名字的时候，并没有想到周朗。这个名字很普通。宋祁宁的交游也确实广，大多数她都没有听说过。她很难从名字里看出谁与他真正亲密，谁不过是点头之交。

所有人都表现出沉痛，但是转过头去他们照样谈笑风生。

"所以你认识的人再多，这个世界上真正爱你的，不过二三人。"她心里闪过这个念头，又迅速否决，"即便这二三人也都有自己的生活，不会长久地为你难过——也许还没有二三人那么多。"

她有点疲倦，也许是孕期的缘故。无论过去有没有人真爱过她，这孩子总会爱她，她想。她在这时候看到周朗走进来。她正式入行不久就见过这位永嘉最年轻的首席拍卖师，后来他兼任了CEO。

宋祁宁当时轻描淡写地说："富家子爱玩，能玩出点名堂也算本事。"

业内都传闻他点石成金——她没想到那是真的。他确实点了一块顽石，但不是她。

罗昕珠有种沧海桑田的既视感。

周朗和言夏说："罗昕珠心理素质不错。"

言夏："那是自然。"

周朗叹了口气："言夏，你心里在想什么你要和我说，有些我也猜不到——有些事是很危险的，你不要一个人硬扛。"

言夏说："我在征集拍品，准备做一场'旧时云裳旧时钗'，推一些古董衣裳古董首饰……"

周朗看住她。

言夏扛不住："我想回家一趟，你有没有空陪我？"周朗看了眼时间表："元旦特展之后怎么样？"

香江12月不冷，只些许萧瑟感；长江中下游的冬天就是真冷，山色斑驳，江水寒凉。

小县城虽然有公墓，但是大多数人似乎并不葬去那里；沈南音就葬在老家的山上，是个人口还算稠密的山村，距离县城也就50里不到。"我爷爷奶奶就葬在这里。"言夏说，"这里整座山都姓沈。"

她带了祭品和纸钱。小地方还有手工纸钱，老老实实用黄纸的铜钱，说不上精美，要一张一张撕开，免得烧不尽。

"烧不尽那边就只能收到残钱，花不出去。"言夏说，"反正我妈这么说。"

周朗对于凡是"我爸这么说""我妈这么说"之类的话都保持表面上的尊重。

"她听说我要回来，就连夜烤制了些，怕潮湿，烧不起来。"青天白日，火光映着她的眉眼。

"爷爷奶奶生前就挺疼她……"

"我也没别的意思，宋祁宁死了，我给她报个信，免得她还不知道。"言夏说。至于生前这样相爱相杀的两个人地下重逢是一笑泯恩仇还是大打出手，她是管不到了。纸钱的灰扬了起来。

稀薄的日光糊在睫毛上。

都烧完了，黑的灰的在枯草丛中。风割在脸上："周朗。"

"嗯？"

言夏不自然地咳了声。周朗忽然紧张起来。言夏说："虽然这个地方不很合适……"太荒凉，遍地坟茔，石碑、断壁残垣，远一点能看到水田，土墙屋瓦，翠竹棕榈树，残荷旧亭，"不过——"

她拉过他的手。这人一路抱着暖宝宝，手温比她高出好几度。他的手长得好看，尺寸她很清楚，就和掌纹一样清楚。她把戒指推进他左手中指："你不反对的话，我们找个时间把婚结了吧。"

宋祁宁死了，罗昕珠不足为虑；她能不能搞定宋家人要看运气。宋祁宁是独子，但是他父母早年领养了世交的女儿，虽然并不在国内。如今孙子孙女还没影，儿媳和养女哪个更亲有的仗打。她名声不好，运营一家上市公司也没那么容易。等她腾出手来找麻烦，言夏也有点根基了。

她不怕罗昕珠，至少不像宋祁宁那样。

周朗瞅了她一会儿没作声。

言夏诧异："不愿意？"

"不是，你不给我下个跪什么的？"周朗说，"求婚诶！我的终身大事你这么草率——"

言夏想，她确实没见过这么戏多的男人。

小两口提了祭品出去，戴了戒指回来。言父言母也不是傻的，你看我我看你眉眼带笑。问这次在家里待几天，又疯狂暗示言夏别拿乔，言母说得高兴，猛地掉出一句："亲家母也想抱孙子了吧？"

周朗憋住笑："都听言夏的。"

言夏凉凉地道："都听我的？户口本还得周总亲自去偷吧。"

言母一时又担心起来："小周你还没带我家言夏去见过你妈吗？"

"怎么会，"周朗笑道，"早见过了。我妈很喜欢言夏的，端午还给我们送了粽子……"

言母喜道："真的？"

"真的。"言夏给他证实，"甜粽子，现在还在冰箱里，他也不肯吃，都赖我。"

言父拍拍周朗："小周我和你说，做男人首先一条，就得什么都吃。我家夏夏吧，挑食是胎里带来的毛病……"

言母觉得既然双方已经决定了，戒指也戴上了，大可以就地摆上三五十桌昭告亲友，她的乖女儿有着落了——何况周朗生得这么得人意，想要炫耀一番的心简直按都按不住。言夏脸都吓白了。

言父理智尚在："那也得双方家长先见个面吧。不然咱们这边亲友一堆，小周光溜溜一个，还不给人欺负？"

老两口饭都顾不上了，热烈讨论起来。

言夏在家里逗留了几日，要带父母一起回南城。言父不乐意，觉得过年还是家里有气氛。"你回南城太忙了，也没空陪我们"，而且他在学车，科目二就在这个月，"拿到驾照我带你妈出去玩"。

周朗很服气："你爸妈真是难得开明。"

言夏说："他们早年走南闯北，也去过很多地方。要不然当初和宋祁宁的父母见面，也撑不住场子。"

说到见父母，周朗想起来问："是你去见我妈呢，还是我去偷户口本？"

言夏叹了口气："我去见你妈吧——这么久了，她应该气也消了。万一没消——"

"那我就偷户口本。"

言夏笑着亲他："乖。"

姜雁潮有点紧张。

她试了三十几条旗袍，五十多对耳坠。又把攒了多年的老首饰翻出来，不知道给哪个作见面礼比较好。想起几年前咖啡馆里，女孩儿周身没什么首饰，就一只表，还是男式的，她忍不住叹了口气。

她给周奕申打了个电话："你儿子打算结婚了，你知不知道？"

周奕申嘲笑她："这很难猜吗？言小姐在我这里住了一个多月，你仔那个殷勤，这么久了没结婚我还奇怪呢。"

"这有什么奇怪，言小姐人事业在上升期——"姜雁潮又叹了口气。她想起来了，言夏当初就是这么和她说的，"真弄丢了我的工作，周朗不和我结个婚很难收场。"——真是一语成谶。

"那你给了她什么见面礼？"姜雁潮又问。虽然她财力不能和他比，但是参考一下总没有问题。

"要什么见面礼，我仔都给她了还不够吗？"

姜雁潮吐了句粗口："你有脸！"

言夏和周朗回南城便去见姜雁潮。言夏穿双排扣奶白色羊绒大衣，小小一对红宝石耳坠，连鞋都特意选了深棕色中跟圆头小羊皮，呆呆笨笨的没有攻击性。周朗嘲笑她："学生相都出来了。"

笑归笑，还是配合她穿情侣装。两个人手拉手进门，姜雁潮在二楼阳台上看到，觉得自个儿都能当CP粉了。

她这时候已经不怎么想得起来几年前为什么要强烈反对，也许是从张莉莉换成平民女孩的落差，也许是言夏当时还没这么好，也许是……她想不起来宋祁宁的暗示，就只记得有天晚上女孩子画着大浓妆，惊人的漂亮，一头撞进来，哆哆嗦嗦问医生："是不是这些药，是不是这些？"

她当时那么危险，现在宁静得像一件画。

言夏没想到能有这么顺利。

姜雁潮起初还装模作样要她斟茶，真上手了又改口说："算了，一看就是不做家务的，让阿朗来吧。"

姜雁潮给了一套翡翠头面作见面礼，说是"家传"。

周朗露出"妈你别驴我"的表情。姜雁潮恼羞成怒给了他一下："真是家传——你爸当初给我的，说是你祖母的遗物。我最困难的时候都没想过卖掉——"

周朗："妈你什么时候困难过？"

姜雁潮："当然是生你的时候！"

言夏心里想这母子俩一唱一和怎么不去说相声。

姜雁潮又问他们新年打算，目光眼瞅着就往她腹部过来。周朗抢先说道："博物馆现在走上正轨了，我打算辞职。"

姜雁潮："你辞职，让夏夏养你？"

言夏笑出声。

周朗咳了一下："严肃、严肃一点！我打算给言夏打工。"

姜雁潮深切感知到她这不是娶媳妇，她是嫁了个儿子。

领证那天出了很好的太阳。

冬天里出太阳总让人高兴，天蓝，连风都暖洋洋。周朗喜不自禁："以后咱们俩就合法了是不是？"

言夏："……之前也不能说非法吧。"

周朗看了一会儿窗外，牵着气球的小女孩，又有条狗蹿过去："时间还挺早。"

"嗯。"

"咱们去酒吧……今晚酒水全场免单好不好？"

言夏能感受到他无处安放的喜悦，很怀疑他是想击鼓："好。"

"咱们办个什么样的婚礼？"

"你决定。"

"蜜月去什么地方？"

"哪都行。"

"言夏！"

言夏把车停在路边，凑过去亲吻他："只要是你……就都好。"

十八

周朗加入朗夏是年后了。

年前几笔账结算完毕，小有盈余，发了奖金，又换了市中心甲级写字楼，招了几个人。因为石生泉大卖的缘故，很多艺术家乐意与朗夏签约。没了木瓜网压制，言夏痛痛快快签了一批艺术品。

新生代艺术品往往价格不高，也不死守春秋拍卖。几乎每周都有一到两场，固定主题。虽然不像奢侈品能带出门招摇，但是艺术品的增值属性很受欢迎。特别是有的创作者还很年轻，前途不可估量。

言夏肯在氛围上下功夫，运营团队也颇能别出心裁，找到贴合中式口味的故事切入点，不仅国内喜欢，在外网也受欢迎。她做了几个非遗场，就有人惊呼："原来这个古国还有这么多好东西！"

又做了好几场遗产拍卖。有些人过世之后，儿孙对他们的爱好与收藏并无兴趣，也无从估价，放在家里占地方，卖去垃圾场于心不忍，又找不到合适的人接收——也没有这个时间和精力。

委托给拍卖行既体面又漂亮，所获亦不菲。

周朗做的高端线，虽然暂时还不能和永嘉、天历比规模，但是他的人脉和眼力在那里，局面打开得很快，张莉莉都有点吃不消："哥你饶了我吧，你这么玩，我今年KPI还能不能行了！"

周朗气定神闲："池子这么大，不够你扑腾？不够的话你往外走啊！"

气得张莉莉猛敬了他几杯酒。

转眼到八月，风开始凉，周朗还在琢磨婚礼。婚纱与首饰的定制很吃功夫，光纽约都飞了四次。

有次回来表情怪怪地问言夏："你见过天目盏吗？"

言夏微怔："我——周朗你这么问对得起老张吗？"

周朗哑然失笑，确实伤害性不大，侮辱性极强。

天目盏是日本的叫法，一般认为是南宋时候求法禅僧于天目山带回日本而得名；国内瓷器一向以窑为名，朴实刚劲就叫建窑黑盏，简称建盏，是原产于福建建阳窑口的黑釉瓷。

言夏是正统学瓷，学的六大窑系，也有说八大窑系的，以两宋名窑之多，建窑排不上号；不过两宋流行斗茶，黑盏白汤，衬得茶色分明，所以建盏也曾流行一时，但是不能和汝瓷钧瓷比名贵。

言夏心里排算了一下，寻常建盏，周朗不至于巴巴跑来问她，因问："你不会是说——"

周朗点头。

言夏倒吸了一口凉气："日本人要疯！"上次沉船已经够他们疯了，曜变天目盏迄今为止全世界就三只半，三只完整器在日本，半只在国内。关于第四只传闻已久，近年闹过几次，都被证伪。

"西方人还是更爱青花、乾隆，宋瓷他们看不出好。刚好我过去，可让他们逮到了人，让我给估个价。"

言夏问:"真的还是假的?"

"我就看一眼,断不出真假。说是车库旧物,"周朗吐槽,"美国人什么都往车库里堆,时长日久的,也不怕成精。"

"不知道会在纽约拍还是拿去东京,"言夏说,"我还挺想看看。"

三只,分别是藤田美术馆的水户天目盏、静嘉堂的稻叶天目盏、大德寺龙光院的曜变天目盏。国内半只是私人所藏,常在杭州一些美术馆和会馆展出,以品相论,这只残器能排到第二,宝蕴耀光,摄人心魄,不知道多少人看第一眼就脱口而出魏武王那句"星汉灿烂,若出其里"。

而这第四只,传说是织田信长用过,见载于足利家的宝物帐,说是"无上神品,其地黑,有小而薄之星斑,美如织锦",又有形容"萦绕着神秘羽毛般的白色光斑",在本能寺大火之后不知所踪。

据说当时一起葬在本能寺大火中的还有件叫九十九发茄子的茶器,被人从灰烬中拣出,辗转落入德川家康手中,得以修复;所以有人推测那件曜变天目盏也可能幸存,只是不知道被谁得了去。

周朗觉得好笑:"得亏你只想看,没想要。"

言夏说:"天底下的好东西数之不尽,别人想不开也就罢了,我们做这行的想不开就是笑话了。"

又过月余,有消息说第四只曜变天目盏惊现国内。言夏觉得不太可能,后来周朗那边得到消息,说是持有者与苏富比、佳士得闹翻,不知道谁给的建议,说中国拍卖行佣金低廉,便携盏东来。

"怎么不去日本?"言夏狐疑。

周朗摊手说:"China from China!"瓷器来自中国。

言夏发现完全无法反驳,无论织田信长用过的曜变天目盏对于日本如何意义重大,原产地确实是中国无疑。

周朗问:"怎么样?"

言夏叹了口气:"不好做。"

传承空白太久,真假难断。虽然拍卖行不保真,但是会影响到信誉,尤其这种举世罕见的物件,定然会引来大众围观——大众不会知道、也没兴趣知道你为什么断错，留下一个"卖假货"的口碑就完了。尤其"互联网是有记忆的"，多少年都翻不了身。

国际上苏富比、佳士得，国内天历、永嘉这样的老牌子血厚，失误一两次不要紧，朗夏小本经营，失误不起。

"不过，我想看一眼。"言夏问，"有没有机会？"

周朗沉思片刻："机会这个不好说。"

"什么叫不好说？"

周朗冲她勾指头。言夏只当是有什么秘闻八卦，趋近去，那人道貌岸然道："让我潜规则一下，我给你机会。"

言夏：……这人是隔了些时日没作妖了。

周朗这人有个好处，说话算话，"潜规则"完了还真给安排了个研讨会，也不知怎么忽悠的人。

会场熟人不少，也有很多久仰其名缘悭一面的文博大佬。毕竟噱头大。虽然民间考古往往不靠谱，但是既然经过了佳士得、苏富比鉴定，总不至于太离谱。人人面色凝重，轻易不下结论。

言夏找到张允清："老师怎么看？"

张允清被她气笑了："你老师还我老师——这个机会我不考你，你还考起我来了？"

言夏"唉"了声："热释光做过了，开门假肯定不至于。"

古玩行中有"大开门""开门""不开门""开门老""开门假"之说。大开门是真货无疑，断代确凿；开门是古物，代纪不定；不开门是传为此物，其余您看着办；开门老是近代伪造，算是老货。唯有"开门假"是真地摊不值钱。

张允清哪这么容易放过她："……然后呢？"

"光彩夺目。"

张允清也服气，她这个弟子一脑门的钢筋水泥，人家形容曜变天目盏，要么就是"浩瀚星辰""闪蝶翅膀"；比较文艺的说美人鱼的尾巴，大堡礁的珊瑚，星辰寰宇间碰撞的尘埃；日本人称之为"盏中宇宙"，是深夜在海底仰望的星空——她倒好，"光彩夺目"四个字就完事了。

言夏觑着老师的脸色，小心翼翼道："总有个六七成。"

不是她眼力不够，实在是传世样本太少，没有标准器可供判断；织田信长那件又只有文字描述，并无仿品样图。

美国人约翰逊说他祖父二战时候服役海军，战后参与过东京审判，这只天目盏就是当时得来，据说赠予之人声泪俱下说了一通祖上荣光，说是公家人。美国人睁着蓝湛湛的眼睛问："什么是公家人？"

言夏做拍卖的，故事听得多，也不为所动。但是这只天目盏实在品相极好，她心里其实定了八成，只是在老师面前不好说太满。

张允清慢条斯理饮了口茶："如果是在古玩行，定个开门吧。"

言夏有种尘埃落定的感觉。

回来周朗问起，言夏就觉得奇怪："你是不是想做？"

周朗笑道："几个亿的大单，我想做你不想？"

言夏有点怯："天历和永嘉也会想做的，我们没有优势。"

"谁说没有，少拿两个点的佣金就什么优势都有了。"周朗说，"我们人少，成本低，不像天历、永嘉，养多少冗员，机构叠床架屋的。"

言夏："也不是全是这个——"

"嗯？"

言夏欲言又止。她没法说她闻到了危险的气息，可能是在这类传奇物件上失手栽跟头的前辈太多了。干这行的，谁不想弄几件宋汝瓷明成化，但是连老张都只敢说"开门"不敢说"大开门"。

但是看周朗跃跃欲试，好胜心也上来了。就算拿不下，也算是和天历永嘉正面刚过，对于培养团队无论是能力还是向心力都有好处。而且，就如周朗所说，利润可观。投入运营不会超过百万。苏富比、佳士得这几年佣金总在20%到25%之间，国内拍卖行佣金平均只有15%，天历和永嘉要高几个点。如果朗夏肯让利到12%——

拿下这单，小作坊无论实力还是名气都要上几个台阶，她咬牙道："那我们试试吧。"

周朗看她这个咬牙切齿的样子，忍不住笑了一下，摸了摸她的脸。他心里想，这个小狐狸什么都依他，什么都信他，哪天他真把她卖了，她多半还数着钱不服气:"不是,我就值这么点?"

十九

朗夏规模不大,但各种资质也是全的,竞标号不难拿。

和之前做过的各种案子相比,这单策划相对容易,毕竟全世界就三只半,又有织田信长这么尊大佛镇在这里——日本战国三杰之首,玩过无双没有不知道的,因此在国内也有很高的知名度。

言夏和周朗找了几个切入点,最后还是落脚在号称日本史第一悬案的本能寺之变。

公元1582年6月21日,带兵驰援丰臣秀吉的织田信长下榻本能寺,当晚,织田信长举行茶会,向众人展示他随身携带的茶具曜变天目盏,如盛星河。次日,他的心腹明智光秀点燃了本能寺大火。

扬言天下布武的一代枭雄穷途末路,在火光中起舞,留下辞歌:"人生五十年,如梦又似幻;一度得生者,岂有不灭乎。"

硝烟散尽,唯有那只漂洋过海的天目盏歪倒在废墟之中,环绕的耀斑如星芒绽放。

历史在顷刻之间改变走向,风起云涌,天下再战。到时光过去,热血冷却,阴谋无迹,雄图霸业只剩了一声叹息,凝结如盏中之露。

虽然并非本国史,言夏也有点感慨。她对这个方案并没有太大的信心,尽力而已。倒不是妄自菲薄,实在谁拿到这件东西都会找到这个点——还有什么比历史本身更动人?

没想到几天之后结果出来,竟然中标了。

让言夏意外的是中标的关键并不在方案而在报价。周朗最终没有同意12个点的报价,而是让言夏改口说:"做不到,我们最低能够给到13.7个点!"后来才知道天历报出了8个点的历史最低价。

而美国人第一反应是:"不可能!怎么可能这么便宜!这样的价格,必然会导致服务的低下,我不能接受。"

言夏哑然。

到视频真做出来，美国小青年很兴奋，他说："真美——我都想不到会这么美。中国果然是一个有着悠久历史的文明古国。"

言夏：……该和他澄清一下是日本史吗？

无论如何，这个结果还是让朗夏上下欢呼一片，纷纷起哄要老板请客。

言夏从善如流，去空中花园开了桌包厢。都是年轻人，你一言我一语闹着要听两位老板的情史。周朗绘声绘色："当然是言夏追的我——当初眼巴巴请我来这里吃饭，就五个盘一壶茶，酒都没给我上。"

于是众人又笑："要是要了酒，岂不是当时周总就从了？"

周朗："不要酒我也从了呀。"

言夏叹了口气："你再胡说八道——"又想他再胡说八道也不能把他怎么样，这天底下能治他这张嘴的还没有。因倒了盏酒堵他，周朗就着她的手喝了，水光潋滟一双桃花眼越发顾盼生辉。

时近九点才散。

出门时恍惚看到花木后面有个人影一闪而过。要回头细看，周朗脚下踉跄，差点跌倒。晓得言夏忙回身扶他，又惹来同事哄笑："哎哎哎，我周哥和言姐走到哪，狗粮就卖到哪——"

好容易哄上车，又热烘烘蹭她脖颈，言夏被闹得没了心思。所以也就并不知道，有人站在透明的玻璃窗前长久地往下凝视。

水脉脉从上头流下来，蜿蜒曲折，车和人都在折射中变形，浓翠的藤蔓间嵌了星星点点的金色。有人在她背后问："罗小姐？"

罗昕珠有时候会想起那句话：如果一样东西美好得不像真的，那大抵就不是真的。她不知道言夏要什么时候才能想起这句话——也许不用太久。

一年过去了。

罗昕珠都不知道自己怎么熬过这么漫长的一年。孩子并没有能够生下来，年初就出了事，打了两百多针都没能保住。宋祁宁的父母很伤心，她没什么感觉，她痛得麻木了，直到听到有人说"报应"，当时狂怒，像狮子一样冲上去，见了血，医院安保闻声赶来，费了好大劲才把他们拉扯开。

她在那一刻知道自己并不是什么名媛淑女——原本就不是，也永无可能。她从来都是一路厮杀往上走，靠双手抢东西，父母的疼爱，亲友注目，老师赞许，同学中的威望，各种她能够得到的。

直到遇到宋祁宁。

几乎所有都不需要她再抢，人们排着队把好东西送到她面前，任她挑选。她随随便便拍几张照放上社交平台，就有无数人赞美，他们说她是"真正的白富美"，他们说"艺术家就是不一样"。

那时候她以为会一直这样。

人生就是这样，赞美，欢呼，名与利闪闪发光，如鲜花着锦。她享受这一切，如同享受加州海岸的阳光。

她看见命运的獠牙——

她想不能就她一个人看见。

她转过身，对来人微笑。"他们很恩爱。"她说，"从前我和我先生也很恩爱，但是他过世了。"

然后如愿以偿看到这位美丽的女士眼睛里的阴霾——没有人眼睛没有阴影，太阳都有黑子。

东西是言夏和周朗一起去取的。

整个取货流程是周朗专门设计，全程在第三方监督下，由保险公司保存和承运。言夏也好，周朗也罢，都没有沾手。到天目盏进保险箱，言夏和周朗对望一眼，都不由长长舒了口气。

周朗说："以前有个前辈和我说，他年轻时候跟着大佬在日内瓦征集到一只罗马笼形杯，大佬让他把东西带回伦敦。可怜那位前辈没找到肯承运的公司，只能紧紧抱着那只易碎的玻璃杯坐出租车到机场，又从机场飞回苏富比总部，中间赶上堵车，紧张得差点没猝死。"

言夏："……那后来呢？"

"破了当时的拍卖纪录。"

"漂亮！"言夏吹了声口哨，"这只天目盏估计也能破个纪录。"

隔日，推广开始。

图录寄给藏家，视频挂上社交平台，新闻上也屡屡提及。

有推手开始运营，网上很快兴奋起来。毕竟一个多世纪了，文物一直是外流为主。文物局几乎是全世界当警察，看能不能见缝插针捞回几件——没想到风水轮流转，这回轮到日本人蜂拥而至。

日本收藏界是早就炸了，这回轮到论坛，然后朝日新闻，就是外务省都来函提及，希望能够考虑日本的国民情绪。

言夏不在乎日本公民情绪，隔着海呢，但她有点担心国内网上热度过高。通常来讲，热度过高不是坏事，能够吸引到更多的人参与。但是就和网上大多数事件一样，随着时间推移，风向渐渐就变了。

有人说："什么日本国宝，这就是我国国宝！南宋末年，天目山寺僧保不住东西，让日本人带走，算是个寄存，现在是该还回来的时候了！"并引经据典找了宋徽宗、苏轼、黄庭坚的诗词背书。

又有人说："作为原产地的我国，居然没有一只整器，这像话吗！"

愈演愈烈。

"既然东西到了国内，就该把它留在国内"的呼声越来越响，过分的还有说"这也是我国国运昌隆，所谓神器无主，有德者自居之"，言夏看得直愁，讲道理她也想留在国内，但是——

没想到还真有人找了她去说话，话说得很客气，但是意思很明白："有没有可能定向拍卖？"

言夏为难道："当初合同上并没有这条——补充条款需要重新谈判。"

"那小言你认为重新谈判卖家会同意的可能性——"

"不大。"言夏硬着头皮说。

那人便退了一步："那有没有可能留在国内。"

言夏说："我尽力——"

那人便笑了："小言，你和小周都是自己人，我就不和你们绕弯子。当初那条船，未必就非得定向才拍得出去，但是你们也这么做了。"

言夏叹了口气，那一方面是她有说话权，一方面是周朗和杨惠的旧情，另外一方面是郑家也好、杨惠也好，那都是华人、华人！多少文物回国都有华人在其中斡旋，甚至是捐赠。这个美国小伙一看就没心没肺，很难体会到东亚人对于历史的执着。

"要实在不行，我给你们筹款吧。"

言夏又吓了一跳。当初沉船能拍出那个价，真是买卖双方克制，而且那场拍卖完全无声无息，别说日本，就是室利国都瞒得死死的。这次日本人肯定会死磕，价格还不知道会飙成什么样子。

言夏苦恼道："您先别急，我会设法出个方案。"

二十

言夏很沮丧："早知道就不大规模宣传了……"

不宣传日本藏家也会收到风声，收不到也好，正好国内拿下，现在闹成这样，东西留下留不下都尴尬。留不下民间能骂死她，官方也不满意；哪怕运气好成功留下，光想想价格都酸爽。

艺术可以无价，但是做拍卖切忌涸泽而渔——拍卖行有条不成文的规矩，如果买家拍下之后后悔，拍卖行会以一定比例回购，或者答应在过一段时间之后代为卖出。

周朗说："总会有办法。"

言夏："有个锤子办法！"

周朗听她爆粗就觉得好笑。

"还笑得出来！"言夏气恼道，"你就想好了公司破产，你好回去修飞机是不是？"

周朗捏她的脸："不带这么咒我的啊，咱们再想想。"

"流拍是肯定不能流拍的，"言夏一条一条数下来，"流拍了人家质疑咱们的能力……"

流拍搞不好美国人又回头找苏富比、佳士得，毕竟国际上有钱人更多，欧美中东墨西哥大鳄都有可能对它感兴趣；但她是个拍卖师，她也不能罔顾职业道德，跳过日本藏家只报国内藏家的价。

那怎么都说不过去。

"索性拿锤子捶了……"

"你疯了！"言夏惊叫，"上亿起跳的东西！你知道我为了找家保险肯保这单我花了多少功夫嘛！"

周朗抚她的背："别急别急，我说说而已，看你急得，跟谁踩你尾巴似的……"

"我倒是宁肯被谁踩个尾巴。"言夏好气，"不是！我没有尾巴！哎周朗你正经点，事情真有点麻烦……"

周朗也叹了口气："言夏你说它有没有可能是假的——我记得你说老张鉴定是开门？"

"老张的意思是，第一，东西确实有年头了，不会是上月出炉；第二，天目盏肯定是真的，曜变天目存疑；第三，她对日本史没有研究。"张允清这样的人，知道一分只讲一分，绝不会讲一分半。

"一点可能都没有？"

"除非像唐三彩那样出个像高水旺高老师这样的人物……"言夏想了想，又否定道，"那也是早年热释光技术发展不成熟，现在基本不可能。"

艺术品高仿一直存在于市面上，是合法生意，但是像高水旺一样能够以假乱真，骗过仪器也骗过人眼的高手是不多的。

高水旺出身于洛阳城北邙山腹地，村里自清末开始世代以修复唐三彩为生计。无论在原料取材还是样品见识方面都得天独厚，再加上肯钻研，特别创造性地发现了X光的做旧功能。

但那也是20世纪90年代了。

如果是普品，热释光鉴定确实可能有不够细致的弊病，但是曜变天目盏这样的极品，鉴定必然足够周全。自然环境下辐射具备多样性，而人工辐射所用射线都是提纯过的，就是破绽所在。

周朗原本就明白这其中原理，但是这时候听言夏说起，猛地怔住："……提纯？"

"怎么了？"

"就是想起来酒精是蒸馏提纯。"

没头没脑的一句话，言夏莫名其妙。好在周朗很快扯了回来："实在不行让我爸拍下算了——我结婚他都没给你下聘礼。"

这纨绔本色，言夏差点晕过去："周朗你醒醒！你就是把我这个人砸了重新拿金子打一个也不值这价……"

　　"瞧你说的，"周朗嘀咕，"你拿金子打个天目盏也不值啊。"又凑过来亲她："我说你值就值——"

　　"就先这么着吧。你先别回复，要是他们来找你，你就推我身上，我去说……"

　　言夏不知道周朗怎么摆平的人，可能他的出身和背景确实具备说服力。但是问题仍然在那里，不增不减。

　　但是无论如何，拍卖还是进入流程。

　　周朗要求在保证金上加一条，除国有文物收藏单位之外，个人竞买者必须经过财产过百亿的资质审核。理由很充分：除非是狂热的艺术爱好者，一般人们愿意花在单个艺术品上的金钱数额通常是总财富的百分之一。

　　周朗认为这条审核有助于维护拍卖秩序。

　　网上倒是热闹了一阵，有人大喊："我不配！"

　　也有人杠："瞧不起穷人不是？祖上数三代谁不是农民出身，整得多高大上似的。"

　　也有人回答："本来就是，收藏本来就不是穷人玩的——都不怪人家看不起我，我都看不起自己。"

　　言夏觉得不必处理，闹一阵也就完了。这场拍卖不同于其他，她不想要热度。但周朗还是挂了公告，一个是"拍卖现场直播，各位不入场，尽可以围观"；另外一个是亮出了三组数据：1918年静嘉堂购入稻叶天目盏花费日元16.7万，相当于黄金125.25公斤；同年，藤田美术馆购入水户天目盏花费日元5.38万，相当于黄金40.35公斤；大德寺龙光院那只四百年没有过交易，无从估价。

　　这组数据出来，大多数网民都被说服了——"果然我不配！"

　　言夏哭笑不得。

　　未几，预展期到。

言夏有过做未成诗的经验，那次还只是惹了明星粉丝，就导致人流量大涨，这次不敢冒险，除了给资深藏家发放号牌之外，制订了预约系统，分时段每天放出300个号，很快就在网上抢疯了。

据说还催生出了黄牛。

当然也不算意外，对于没有特权的大多数人来说，这可能是唯一一次无障隔观赏的机会，即便以后由博物馆竞拍成功，也要隔着玻璃才能看到。至于天目盏下次进入拍卖市场——谁知道要等多少年。

公司上下都有点提心吊胆，言夏不止一次听人嘀咕："这要是一个失手……我的妈！"

"我最近都听不得岁岁平安。"

"有保险呢，"立刻有人说，"怕什么，你知道保险公司接这单收了咱们多少钱吗？"

"这我怎么知道……我想起《疯狂的石头》了。"

"你怎么不想想《两杆大烟枪》呢？"

"报告一下，我想起的是《富春山居图》……"

言夏听到这里乐了，咳了声："你们谁看到周总没？"

都摇头。

有人笑道："言姐都找不到周总——我们？"

言夏也觉得奇怪，这几天总不见周朗，也不知道在忙什么。预展三天都是她守的现场，到家也不见人。次日早上倒是能看到，睡得正熟，都不知道什么时候回来的，言夏也不忍心吵醒他。

最后一天给预展场地安保人员发了红包才走，这时候太阳也快下山了。

罗昕珠不喜欢太阳下山，日与夜的交割，那之前有天色朗朗，之后有灯火辉煌，唯有卡在这里的半个小时，全是鬼鬼祟祟的惆怅。你没法阻止它掉下去，再怎么光芒万丈，都会掉下去。

一天就要结束了，而新的一天还远远没有到开始的时候。

她在天目盏预展场地的对面商场高层咖啡馆往下看，人小得就像是蝼蚁。一行一行进，一行一行出，长长的队，像蜿蜒的蛇。这么多人……一只破碗也这么多人。大多数人不过是凑个热闹。

他们能看懂什么。当初孙楚蓝说她剽窃，立刻就千夫所指，也是这些人。

他们懂什么。

他们只是乐于看到一个高高在上的女人被推下去，他们乐于造神，也乐于毁神。所谓乌合之众。

而她总在想，那个晚上，石生泉拍卖会开始前两个小时，言夏是出于什么样的心理，要求孙楚蓝将所有她的作品能买下的全部买下？没有这一招，即便是孙楚蓝出面指证，也很难把她钉死。

也许……就是她现在的心情吧，她想。

"你我易地而处，作假者生，不作者死，言小姐，"她自言自语，"我很好奇你怎么选。"

她未尝不知道是多此一举，是节外生枝，有人劝她不要这么做——但是她好奇。她是真的很好奇。

二十一

这天周朗回来得也挺早，言夏都没叫阿姨给他备饭，只得临时加餐。周朗看她一个人也吃得挺香，不由嫉妒道："你就不能等等我？"

"一会儿就凉了。"言夏说，"凉了就不好吃了。你要是不嫌呢，我分一半给你先吃着也行。"

周朗让她分一半过来。

言夏想问他这几天是不是在和国内藏家商量竞拍策略，好把东西留下来，又想问太清楚了不好，明天没法主槌，因此一顿饭吃得沉默至极。饭后在小区散了会儿步消食，回来冲过凉打算休息。

这时候手机响了。

言夏记得中学时候老师讲莎士比亚，说最可怕的一幕是麦克白听到的敲门声。她不知道为什么会忽然想起这个，是哪个神经突触搭错了地方，直到她听到那头几乎哽咽的声音："言姐——"

周朗拿过她的手机，片刻后，告诉她："摔了。"

441

言夏过了几秒才反应过来什么摔了,她张了张嘴又闭上。

"那边说装箱的时候有只猫突然蹿出来,手抖,摔了。"周朗也停了一会儿,然后起身,"我过去看看。"

言夏也跟起身:"我——"

"你在冲凉,你没有听到。"周朗说。

言夏呆呆地看了他片刻,看他拿起外套走出去。很远的地方传来门合上的声音,很轻很轻的"啪嗒"。

言夏躺在床上,她想她得睡一会儿,无论如何。

但是也没能睡着。

不知道损毁状况如何。如果完全没有损伤,保险公司也不至于吓成那样;但是只要没有粉身碎骨,就还有修复的机会。这个情况,明天拍卖是否还如期举行?如果举行,该怎么和买家说明情况?

赔当然是保险公司赔,但是——

拍卖行必须把拍品的情况如实介绍给买家,如有隐瞒瑕疵则构成商业欺诈。

这些念头在言夏脑子里乱成一团,越想越清醒。打了局游戏,困意这才上来。迷迷糊糊不知道过了多久,猛地听到"咔"的一声,登时坐起。果然是周朗回来了。言夏嗓子干涩:"……怎么样?"

"裂了。"周朗比画了一下,"不算太严重,我送去修复了。"

"那明天——"

"推迟……三天吧。"周朗说,"你让人挂个公告。"

言夏点头。

周朗去浴室,隐隐传来水声。言夏看了眼时间,过了零点。既然明天不用拍卖,也就不强迫自己入睡。心里想得亏是建盏,胎体厚重,胎质粗糙,换成汝窑钧窑青花,那真是几个亿听个响。

她心里不安,到浴室门口,隔着门问:"你找谁做的修复?"

周朗关了水,给她报了个名字,裹上浴巾就出来了。言夏去取吹风机,周朗抓住她的手:"你别怕。"

言夏"嗯"了声。

"已经发生了的,都不用怕。"

因为怕也没用,言夏心里想。

"那人你也知道,手艺没说,未必看得出来。"

这句话在言夏脑子里转了两圈,言夏吃惊地看住周朗:"你的意思是——"

"嗯。"

言夏像在看一个陌生人。周朗拉她坐下:"如果是天历,或者永嘉,碰上这种情况当然是无所谓,大可以大大方方说出来,疏忽的是保险公司。是,保险公司也挺倒霉,但他们就是干这行的。"

言夏不说话。

"朗夏才刚刚起步,信誉没有建立起来,根基不牢靠。出了这样的事,传出去,以后谁敢把东西交给我们?"

"但是你说过,作为一个拍卖师,要对自己经手的拍品负责。"言夏心里想。她想一定是哪里弄错了,周朗不可能说出这样的话——或者是她领会错了暗示?她犹犹豫豫问:"那明天的公示——"

"就说推迟三天。"

"不说——"

"不说。"

他回复得这样斩钉截铁。言夏说不出话来。周朗搂住她:"你记不记得赫斯特曾经以约一个亿的价格卖掉一条鲨鱼?"

"《生者对死者无动于衷》。"赫斯特的标志性作品。近年他的价格大不如前,但仍然是在世最昂贵的艺术家之一。他曾将一条长达4.5米的虎鲨标本装在巨型水族箱中,制作了这件艺术品。

"那你知不知道这条鲨鱼自1992年在伦敦画廊首展之后就开始以惊人的速度腐坏?可能是防腐做得不好。策展人往福尔马林里加漂白水,反而令腐坏更加严重;最后只得把鲨鱼皮剥下来,套在玻璃纤维模具上,让它看起来像是当初那条鲨鱼。"周朗说,"那无损于它的价值。"

言夏叹了口气:"周朗,你别骗我,那不一样的。赫斯特卖的是概念,咱们是吗?"

"2006年拉斯维加斯赌场巨头韦恩出售一件毕加索的作品,在交付前不慎手肘戳破画作，这件当时价值1.39亿的作品在几年官司之后以1.55亿成交。言夏，有些东西独一无二，无可替代。"

言夏不知道是不是夜深，犯困，脑子也钝了起来，竟没能反驳。她犹豫很久："就算你我不说，保险公司那边——"

"难道他们想赔钱？"周朗冷笑。有那么个瞬间似乎有戾气破体而出，他森然道："能赔掉他们至少一半市值——那还得我手下留情。"

言夏又愣了一下。她这回沉默了更长的时间："不，周朗，我觉得你在骗我——你是不是瞒了我什么？"

周朗看着她，她才从床上起来，胡乱披着睡衣，眼角还是红的，眉心绷紧，并没有那么清醒。她是一向都熬不得夜，往常这时候最好糊弄，但是——

"你信我。"他说。

"是不是，"言夏用手按住太阳穴，"事情比我想的要严重？"

"……是。"虚了声。

"什么时候开始的？网上闹着说要把东西留在国内？"言夏使劲往回想，是，大概是从那时候开始。

不是说曜变天目不名贵，但是中日国情不同，作为瓷器原产地，名贵的瓷器太多了。唐时秘色瓷，宋时"家财万贯，不如钧窑一件；钧窑十件，不如汝窑一片"，元明枢府，甜白，继之以青花、粉彩、斗彩、珐琅……

对于国人来说，瓷器的主要功能并没有上升到"道"，它就是个日常用具，特别是建盏，在两宋因为斗茶流行一时，明清之后改变了制茶方式，这种粗朴、厚重的茶器也就逐渐失去了市场。

但是在日本，它是茶道所托，尤其这只曜变天目盏是足利家宝物帐《君台观左右帐记》所记，是名副其实的国宝。

却有一群人义愤填膺，一口咬定当时日僧游学是皇家寺庙"东南第一禅院"，南宋末年，佛地焚毁，为免诸宝与之俱灭，所以托日僧带走，那之后便是崖山蹈海，正正击中网上的爱国热情。

所有考据都查无实据，似是而非，但是言辞无不慷慨激昂，极尽煽动之能事，当时未曾察觉，如今想来，多半是有人操盘。

"……他们想做什么？"

"想你我身败名裂。"

言夏悚然。

周朗抚她的脸："别怕，你什么都不知道……"

言夏整个人都蒙了："周朗你把我当什么了？我也不是小孩，我也不是……我不是怕！我们已经结婚了，不是，我是公司法人，无论发生了什么，我都应该有知情权，我、我没那么经不住事……"

"我知道。"周朗柔声道，"正因为这样，你什么都不知道，就是我们俩的后路。"

言夏听出这话里未尽之意，一时住嘴。周朗亲了亲她："你信我。"

"我们睡觉吧……很晚了。"

言夏翻来覆去地想，不知道周朗瞒了她什么，那只天目盏真的就只是裂开吗？还是有更严重的损毁，救不回来了？她想说公司没了也不要紧，又说不出口，就如周奕申所说，虽然大部分不过糊口，说不上事业，但是心血和时间是真的。周朗才辞了博物馆的职位……他还挺爱干这行。

她也是。

迷迷糊糊有人抱住她："别翻了……你烙饼吗？"

迷迷糊糊应了声，不知道是肌肤还是体温给的慰藉，竟然真的睡着了。

意外睡得很沉。

醒来周朗已经出门了，开手机一看，公司官网和社交平台都已经挂出了拍卖推迟三天的消息。看来他是打定主意全盘包揽，不让她插手了。言夏不很喜欢这种命运被别人捏在手里的感觉。

哪怕是周朗。

但是想起他反反复复恳求说"你信我"……这三个字的温度简直烫手。

二十二

接下来的两天言夏都有点浑浑噩噩,也没上网,就接了两个电话。一个是张允清问她出了什么事为什么推迟,言夏回答说:"上头要求留在国内,我一下子想不出方案,现在周朗在做。"

张允清也替他们为难。

一个钟灵的电话:"师兄说碰到周朗,他戴了婚戒,你是不是——"

"嗯。"

"你结婚……不请我?"声音都走调了。

言夏说:"你傻吗?我结婚会不请你?还没办,就领了个证。"

钟灵这才"哦"了声,不知道为什么又高兴起来:"我要花球!你得给我留着!"

言夏一怔。

每个人都在自己的时间线上。抬头就能看到的星空,你并不知道是多少年前的幻影。

罗昕珠在看言夏的时间线。

预展结束那晚出门的是周朗。言夏似乎一直都没有出星月园。罗昕珠给她打了个电话,在拍卖前日,约喝咖啡。

"恐怕我没有时间。"言夏说。

"不,我相信言姐会有时间。"罗昕珠说。她轻轻吐了个拟声词:"啪!"

电话里静了片刻:"什么地方?"

照旧是罗昕珠选地方,很安静,灯色温柔。

"很久不见了。"罗昕珠笑吟吟地说。

言夏只是笑,点了杯摩卡。

"言姐喝咖啡好像总是点摩卡呢。"罗昕珠说。

言夏言简意赅答了一个字:"甜。"

"原来言姐也喜欢甜,不喜欢苦。"

言夏没有说话。

"这么惜字如金,是因为明天有拍卖吗?"

"是。"

罗昕珠看了她一会儿,慢慢绽开一个笑容:"言姐想不想知道我这一年过得怎么样?"

言夏想说不想,不过还是没有出口。她能猜到罗昕珠的怨恨,但是她现在还不清楚她的目的。她愿意等一等。

"我这一年过得不好。"罗昕珠说,"言姐你功不可没。大概言姐还不知道,你去年操作石生泉的时候,我已经有了身孕,没能保住。我先生过世之后,他妹妹回国,一直在打财产官司,到现在也没结果。"

言夏静静听了半晌,最终给了两个字:"节哀。"她在财经新闻上看到打官司,也是在意料之中。不平等的关系往往会有这样的结果——当然也不排除有人特别好命,天真无邪到最后一刻。

"言姐真是沉得住气——"

罗昕珠也有点佩服,她点了支烟。有侍者过来说:"小姐这是无烟——"她反手把烟按在侍者手背上,侍者吃痛叫出声。

"罗昕珠!"言夏起身。

罗昕珠丢开烟:"叫你们店主过来!——言姐别怕,这里没有摄像头,也没有录音,我没那么下作。"

言夏看了眼一脸惊恐的侍者:"你先去请店长。我也不知道这位小姐……怎么回事。"她原想说"发什么疯",最后还是用了更温和的替代词。她不想激怒罗昕珠,虽然看起来根本不需要激怒。

侍者这才退下去。

"言姐杀人都不怕,区区一支烟倒又怕了。"罗昕珠笑了一下,她凑近来,"别以为我不知道。"

太近了。言夏能清楚感知到她身上的香水。像无人区的玫瑰,从惨白骷髅的眼睛里长出浓黑色的花瓣,不加掩饰的肆无忌惮。

也许她是厌倦了扮演八面玲珑,那些似乎与生俱来的东西。言夏忽然想,她姐姐最后一次见宋祁宁是在什么时候,也是这样吗?不不不,不会的。她淡淡地说:"我想罗小姐可能对我有误会。"

"哦？"

"我没有杀人，我不喜欢烟。如果罗小姐找我来就是为了说这些，那对不住，我可能真没时间了。"

"你原本就没有时间！"罗昕珠咯咯直笑，一字一字说道，"不过，你会有时间的，因为我知道了你的秘密，'啪！'粉碎！——你去看了吗言姐，我猜你没有，你没这胆子，你推给周朗，你让他当替罪羊……"

"我不知道你在说什么。"这是个万用句式。言夏想不起来谁教过她，也许是藏在那堆蒙尘的碟片里。

"不知道没关系，我知道就行了。就像当初你知道我的秘密。不同之处在于，你没有证据，而我……言姐你要不要猜猜，我有，还是没有？"

言夏没有回答她。她披上风衣起身往外走。她听到罗昕珠在背后说："我等着……我等着看你怎么选。"

罗昕珠原本想她跪下来恳求，像一年前自己曾经求她高抬贵手。但是她忽然想这也许不可能：言夏这个人，可能是注定要一头撞死也绝不低声下气。

但是在巨大的崩塌面前，她不信言夏不恐慌、不煎熬、不痛苦。言夏曾经站在道德的高地上，指着她的鼻子骂她是贼，说她欺世盗名，她说你资质平平，为什么不换个擅长的领域呢？——她以为她是谁！

罗昕珠慢慢品尝这些，每句话，每个字，她都会还她。

人人都会煎熬，在选择面前。

她想看她煎熬。

罗昕珠看见自己的笑容在咖啡里，像富士山顶的积雪。

咖啡店店长到这时候姗姗来迟。她笑吟吟地说："刚才那位侍者服务得不错，我想提升他为副店长，好好栽培——你觉得怎么样？"

言夏回家烤了个蛋糕。

她喜欢手上有点事情做，可以分散注意力。不会不要紧，跟着视频一步一步做就好，什么都不用想。

到周朗进门，满屋子都是蛋糕奶油巧克力的香气。进厨房一看，倒吸了一口凉气："言夏……"

"嗯？"

"你做这么大只，咱们俩……吃得完吗？"

"已经吃完一只了。"

周朗："呃……"

言夏切了块给他："趁热——我下午去见了罗昕珠。"

周朗"唔"了声。言夏手艺不错，入口即化，甜而不腻。他也没问她见罗昕珠做什么，也没问罗昕珠说了什么。

言夏也没往下说，两个人在厨房里你一口我一口分吃了半个蛋糕。

言夏这晚做了个梦，梦见回到小时候，姐姐在梳妆台前化妆。不知道为什么心里欢喜，可能是太久没见。她想问姐姐你是不是生我气——但是梦里她也想不起来她做了什么会惹姐姐生气。

姐姐觉察到她的存在，从镜子里。姐姐瞟她一眼："你多少岁了？"

"三十……三十二、三十三了。"言夏心里想。

"吓！这么老了。"沈南音笑吟吟地说。

言夏并不觉得。到这句话她才恍惚有点感觉，她比姐姐大了。姐姐停在那里，而她还在往前走。

"你看我好不好看？"沈南音问她。

"好看。"

沈南音笑了："我知道你学我，你穿成我的模样，化装成我的模样，走我的路……"

"我没——"

"你看！你又这样！你总是这样，你总以为你和我不一样，他们也都这么说……他这么说。他说你不一样，你就真以为你有什么不一样。"

言夏不知道她在说什么，又像是知道，她心里一时糊涂一时明白，也许是在梦里的缘故。忽然颈间一凉，头猛地被按磕在梳妆台上，有人扯住她的头发，逼她抬头，正正对着镜子，镜子里的人。

她看不清楚镜子里的脸。

"有什么不一样，言夏！你不想往上爬？你不想嫁个有钱人？你比我有原则？"那人在她背后狂笑起来，一时是沈南音，一时又变成罗昕珠，一时是两张脸叠在一起,一时两个声音叠在一起,她放声大笑,越笑越大声,"你看清楚言夏!你只是比我虚伪,比我会骗人,比我运气好!"

"……比我心狠手辣,你让周朗当替罪羊——你那么爱他,你让他当替罪羊!"

"不不不是的!"言夏听见自己大喊,"不是这样的!"

"言夏、言夏!"

言夏睁开眼睛,近在咫尺的脸,"做噩梦了吗,满头大汗的?"

"嗯。"

"好了没事了,就是个梦。"周朗照常安抚她。

"周朗。"

"嗯?"

"明天……不对是今天了,这场还是我来吧。"她说,"瓷器到底我更熟一点。"

"胡扯!"周朗笑了,"你是不记得云家那只太白尊了吧。"

言夏想起来,像隔了一个世纪那么久,那时候他和张莉莉在电梯里,她在电梯外。那人唇齿含笑,可恼可恨。那时候怎么想得到……她埋头在他胸口,央求道:"让我上吧,前期都是我在做。"

"别闹!"周朗说,"我都准备好了,你什么都不知道,怎么做?"

"我——"

"对我有点信心。"周朗说。他声音很放松,似乎就是很平常的一场,和他从前主槌过的几百个场次并没有什么不同。

"我不知道的,你现在说给我听也不迟。事情是我做下的,我是说……"言夏深吸口气,"罗昕珠,人是我得罪的,结果也该由我来承受。"不管有多严重,她不能没有这点勇气和担当。

"我们已经结婚了。"周朗提醒她。

"我知道。"

"就没那么多你啊我的。"周朗吻她,"所有你做过的事,我势必要承担结果。同样,所有我的过去,你也会和我一起承担,对不对?"

"对,但是——"

"她是来激你的,你不知道吗?你受激她就成功了,你想她成功吗?"周朗说,"而且这单是我想做的,当然该由我来做。"

言夏静默良久,终于只道:"我要坐台下,看你主槌。"

周朗犹豫了一下:"好。"

二十三

当日竟然下了雨。

言夏想起有一年频频噩梦,总梦见自己孤零零在拍卖台上,没人接她的眼神,没人举牌。整个拍卖场熙熙攘攘又静如旷野。她总在落槌喊"流拍"的时候醒来,然后看见窗外花红柳绿,生机勃勃。

那是支撑她继续下去的信心。

冬天的雨就更冷一点。

原本她打算把拍卖场布置成本能寺,在成交的那一刻火光幻影冲天而起——当时大家都说"太棒了!""好炫!",但是网上闹得厉害,也就熄了念头,最终没玩花样,中规中矩一个拍卖场。

人不是太多。

国内藏家和日本藏家一半一半,有她熟悉的藏家,有几张财经版的熟面孔。古博馆长也来了,进场看到她不由得好笑:"小周也不是头次主槌,小言你这么紧张?"言夏嘴硬:"我来给他查漏补缺。"

馆长哈哈大笑。

罗昕珠也在。言夏不动声色收回视线。

周朗穿白衬衫。

他的目光经过她,就仿佛春风春水,春暖花开。言夏心里渐渐安定下来。他说"你信我"——

可能人的一生总会有那么几次盲目。

简单介绍过拍品来源,传承,品相,特征。无底价开拍。价格一开始就破了亿,然后起跳,几乎是直线上升,升这么快,言夏脸色实在好看不起来。但周朗还是那么个怡然的样子。

言夏不敢和他眼神有接触，怕乱他节奏；又想以他的功力，不至于。又想起上次他在台上她在台下，还是在室利国的海岛……猛地听到一个数字——"12亿，12亿一次，12亿两次，12.1亿……"

铮然弦断：破纪录了！

言夏听到轻笑声。

她用极大的毅力保证了自己不动，不转头，不接受那人的挑衅。

然而数字还在飞速上升，言夏都不敢去想是日本藏家还是国内藏家——直到她看到古博馆长举牌，然后周朗从容不迫念出数字："15亿——15亿一次——15亿两次——15亿三次——砰！恭喜！"

那一槌简直是落在她的太阳穴上。

15亿，古博。

她怎么不即时晕过去呢。

场中掌声响了起来。

网络围观直播的弹幕上也浮起无数的欢呼："终于！"

"回国了！"

"流落在外700年的国宝！"

"15亿我的妈！我这辈子还没见过这么多钱呢。"

"我也没……"

"我也……"

也有人说："15个亿，是真不便宜，古博拿下来，那得上头拨款吧，都是民脂民膏、民脂民膏啊……"

有人反驳："话不能这么说，国宝无价！"

"平摊下来每个人不到一块钱，我乐意！拿来买国宝总好过……"

网上嘈嘈影响不到场内。

周朗说："众所周知，我们拍卖行是在拍卖结束之后七日之内结算，这场因为卖家要求，将于当场银货两讫。"

言夏要跳起来反对，但是她最终按住了自己：这不是她的主场，她不能破坏他的权威。而后她环视四周，发现并没有人惊讶，那也许是在公示中就已经写明？都疯了吧！15个亿，当场交付！

等候的空档，周朗还在与众人说笑："我们中国的茶圣是陆羽，日本的茶圣是千利休，他创造了侘寂美学，借由织田信长广布天下，流传至今。2008年有文化观察学者认为侘寂会像风水一样，成为下一个被西方人商品化的东方观念，当然也有人认为不可能，但是现在，大家都看到了。"

"当然，所有的文艺复兴都是这样，从古老的概念里找出新价值，就好像一棵树站在那里，合适的温度和湿度，它就可以发芽，虽然长出来的并不是千年前的绿叶——但是那有什么关系。"

"阿塞尔·维伍德自称收藏时间的人，以我之见，在座各位都担得起这个称呼……"

话到这里，拍卖台上手机"叮"地响了声，交易完成。周朗拊掌，便有人送木箱进来。日式传统，等级越高、传承越久，包装越繁复。也许是这个缘故，送进来的木箱竟然长达整整一米。

两位工作人员将木箱抬到古博馆长面前，众人都露出期待的表情；网络围观更疯狂刷屏："开箱，开箱！"

古博馆长微一点头。

工作人员动手拆箱。大概是为了避免磕碰，包装相当严实。虽然这都是言夏可以预知的，但是真正亲临现场，还是每开一层心惊肉跳一次——她知道发生了什么，她不知道开出来的会是什么。

可能还是遵从七天交付，私下开箱会更好一点……她模模糊糊地想，这样太当众处刑了。她知道有人在看她，她知道罗昕珠不会让她临阵脱逃，但是她不知道周朗会在里面放一个修复过的真品还是——

她不知道哪种结果更好接受，她也只能信他了，到这时候。

最后一层打开，工作人员推过来展台，那只价值15亿的天目盏被小心翼翼取出来，放置在展台之上。

光影乍亮的瞬间言夏几乎站不住。有人扶住她的手臂，笑吟吟道："言姐，你怕了？"

言夏没有回答，目光也没有偏斜。

就听有人淡淡地说："她怕什么，罗小姐这句话让人费解。"

言夏的眼睛登时就亮了。她能看见东西了，在展台上，光芒四照——

周朗的打光从来都一等一的漂亮。

她绕展台走了一圈,越看越惊讶:她之前见过东西,如果裂纹修复,哪怕是极细微也没有可能完全看不出来,更被说粉碎了。除了底部阴影无法细看之外,就是完美无缺。她回头看周朗,周朗含笑。

言夏猛地明白过来:"骗子!"

蹿出来的野猫可能是真,工作人员失手可能是真,至于其他——

"我交代过,如果有异常,就打电话说,摔坏了……"周朗小声给她解释,"果然有人窃听,有人上当,你看,她现在多生气。"

这话里的促狭与嘲笑,言夏都不知道该不该把他打一顿:她真是被吓坏了。她看了眼罗昕珠,她不知道自己眼中的喜悦这样明显,像扑面而来的风,直接把罗昕珠心里的火星吹成了熊熊大火。

言夏并不知道她的撒手锏是什么,罗昕珠想。她说:"言姐现在,可真是春风得意啊。"

言夏客气道:"托大伙儿的福……"

"一只几万块的建盏,"罗昕珠提高了声音,放慢语速,她得保证每个人、围观的每个网友都能听得清清楚楚,"包装、炒作、讲故事,到15个亿的天价,好算盘,真是好算盘!"

这句话不长,也不难理解,就好像朝水里丢了颗炸弹,冲天而起的蘑菇云,把所有人都镇住了。场中没有人出声,围观弹幕也从"好美"的刷屏中停下来,像是整个世界都被按下了暂停键。

"发生了什么?"有人问。

"她这话什么意思?"有人问。

"她的意思是……东西是假的,只值几万块?"

也有人说:"本身天目盏是建盏的一种啊,也不能说……"

"骗国家的钱!"有人回过味来,"刚谁拍下的来着,谁?"

"好像是……古博。"

"那还真是……"

有人愤怒起来:"国家的钱不就是我们的钱!怪不得前面有人说民脂民膏,就是民脂民膏啊!"

"天哪!15个亿!"

"不可能吧，如果是假的，她敢全民直播——当大家都傻子吗？"

"可不就是傻子？你见过几只天目盏？更别说曜变天目了，全世界就三只半，专家、专家都是早被买通了吧，我记得言夏本身就是瓷器专业，她老师……她老师是张允清是不是，手眼通天……"

"不可能吧，炒作可能是有，说得不好听是炒作，好听就是营销……现在哪个卖货的不做营销啊……"

"我想起来了！拍卖行不保真的！他们卖的那都叫艺术品，不叫文物！看不出来那是你眼睛，他们可不为你的眼神负责……我去翻一下他们的宣传册……"

"翻到了！南宋建盏，曜变天目，传曾为足利家族所有，后为织田信长收藏……这个'传'字能免责吗？"

"不对哦，只要是曜变天目，是不是东山御物，有没有足利家族、织田信长加持都很值钱的，几万块，那不至于。"

"别吵了别吵了，既然是现场直播，当然要看正反双方怎么说啊，没准就是眼瞎呢……"

言夏不知道是不是自己眼瞎，这更像是噩梦成真。

她仔细看展台上熠熠生光的曜变天目盏，很完美的一件东西。她见过这么多瓷器，她竟然分辨不出来——破绽在哪里？所有赝品都该有破绽，哪怕热释光不能够判断，他们也还有眼睛有耳朵。

她是学瓷的，她不能出这样的错——韩慎可以，她不可以！

她感觉所有的目光都是热辣辣的，从周边、也沿着网线扎在她背上。或者他们扎的不是她，首当其冲是周朗。他才是今天的拍卖师。"……你那么爱他你拿他当替罪羊！"是谁说的，轰隆隆的。

是她的潜意识，在梦里。

言夏回头看周朗，周朗握住她的手。他说："这不可能。罗小姐，我们朗夏虽然是小公司，但是既然能够承拍文物，国家规定的专家肯定是有的，这是专家鉴定的结果。罗小姐，说话要讲证据。"

"如果我有证据呢？"

"那就请罗小姐先出示证据。"周朗寸步不让。

罗昕珠环视四周。

什么样的眼神都有，总是迷惑和不屑居多。有人窃窃私语："她谁啊？""罗昕珠，你没印象啊，就木瓜网那个……""之前石生泉……""哦哦哦知道了，她说的话能信吗？""我也不信。"

视线最后落在古博馆长脸上，馆长微微别开。他似乎并不想知道真相，是恐惧还是——

罗昕珠嫣然一笑："我需要投影仪。"

二十四

直播平台被挤爆了。

太久没有过这么刺激的事。"现场battle啊！""罗昕珠是要上演一场复仇者归来吗？""打起来，打起来！"

也有人一头雾水问："出了什么事？"有热心人给科普："罗昕珠就去年那个，木瓜网CEO的老婆，她偷别人的画，把人给逼死了。然后朗夏这个言夏她给石生泉……就那个被偷画的倒霉鬼……"

"还能不能讲清楚了，就两句话的事！罗昕珠偷石生泉的画，言夏把石生泉炒作出了名，然后罗昕珠就完了，直接社死，老公也死了……"

"等等她老公怎么死的？"

"酒精中毒……可能就借酒消愁吧。去年事情闹得挺大，国内国外的，很多奢侈品品牌都撤了木瓜网的专柜，艺术家也不和他们合作了，海外版直接做不下去，只能关门了事，可能就——"

"那多可惜，木瓜网我用过，还挺好用。我说怎么今年好像不怎么行了，原来是……"

忽有人迅速打出一行大字："看视频！"

视频拍得很详尽。

首先是一只黑釉建盏，手艺人是个近五十的大叔，满脸憨厚。他介绍说："这只南宋建盏品相一般，放市面上大概能值个3万到5万块……"

曜变天目因盏中形成闪亮的曜变斑纹而得名，究其本质，也还是建盏。同类形制的建盏，兔毫、鹧鸪斑、油滴价值就逊色很多，品相佳则价格高，品相差的就更常见一点，民间都有不少藏品。

这只品相不差，应该能上10万，想必罗昕珠花了不少工夫。

言夏和周朗对望一眼，言夏说："他复烧了。"

复烧也叫复窑，通常是烧得不好的瓷器入窑重烧，这种手段很常见，烧得好会很漂亮，操作不当的话，会因为坯和釉熔点不一致而开裂。这只建盏能复烧出这样的曜变斑纹，可谓神乎其技。

老胎，点釉，复烧，通过急速降温形成表面彩光——但是怎么骗过热释光？要知道但凡超过500度，积累在瓷器中的能量就会被释放出来，重新计年——哪怕是低温烧也过了1000度，没道理——

但是她很快明白过来："原来是接底。"她喃喃道。

接底不用二次入窑，可以骗过热释光；盏身用老胎老釉，不说严丝合缝，确实破绽极少。在室利国跳蚤市场她和周朗就碰到过接底骗人的，她当时还自鸣得意，觉得没有什么能骗过她的眼睛。

她大意了，她走眼了，她得认栽。言夏默默打了一通腹稿，不知道辞职能不能平息怒火，挽回部分局面。

早知道就不该让周朗主槌，好歹保住一个。毕竟她才是擅长瓷器的人，公众也许会原谅周朗，但是绝不会原谅她，几年前韩慎的事又会被翻出来……这笔可比韩慎当初犯下的数目大太多了。

可能她这辈子都还不清——该死！要是私人拍下还只牵扯到信誉，古博拍下来她几乎翻不了身。

言夏深吸了口气，周朗抓住她说："别怕。"

"约翰逊回国了吗？"言夏小声问。这是个圈套，罗昕珠一个人完不成，约翰逊应该知情，即便不完全知情他身上也有线索，找到他！没准他们就能拿到诈骗的证据，把钱要回来。

周朗迟了几秒才回答她："已经回了。"

远远的，罗昕珠眼珠一转，笑吟吟说道："大家要不要详细听第七分钟这位瓷艺老师说的话。"

"第七分钟？"网络上就炸了，"第七分钟他说了什么，有没有人录音，有没有人录音？"

"找到了找到了！第七分钟那个人说，根据周先生的要求——谁是周先生？"

"拍卖师姓周！"吃瓜群众兴奋得像在玩拼图，"就刚那个男的，长挺帅的，以前是永嘉的首席，后来、后来他不就是因为言夏丢了永嘉CEO的职位吗，我记得、我记得去年还前年的事……"

"前年了！那时候言夏还在天历，也是她出了事……她的事可真多！"

"如果真是这位永嘉周朗的话，那就、那就是……细思恐极，我真细思恐极了！"

"男人吧……"

"……还要看第二个文件吗？"罗昕珠问，"第二个文件里有周先生的委托书，没准儿言小姐想要看一看？"

言夏没作声，脸白白的，眼睛有点呆。她想她得信他，她信他……她爱他。

这个女人的话她一个字都不信，连标点符号都不信！

罗昕珠认识言夏以来也没有见过她这么崩溃。对，就是崩溃，琉璃一样透明的眼珠子像琉璃一样易碎，如果真能够碎掉的话，冰裂纹也是很有美感的——她现在能感受到自己当初的感觉了吗？

四面楚歌，十面埋伏。

"我也不知道周先生为什么下这份订单，也许是为了15个亿，毕竟他就是个私生子，利华周家未必肯接纳他，永嘉他又回不去了，为了言小姐你从博物馆辞职，才发现就是虾米大的生意，一个单几千几万块……"

"言小姐也是做过大生意的，有时候吧，女人能够俯下身子小本经营，男人就不行……所以好像也不是太奇怪。言小姐，我很同情你。可能很多人以为我是回来复仇，不，当然不，怎么会。"

"哪天言小姐走投无路了，往木瓜网递份简历吧，我会考虑的。"罗昕珠说，"一年前言小姐和我说过一句话，不放过我的从来都不是你；现在我也想对言小姐说，不放过你的似乎也不是我。"

"我没有不放过任何人的意思，无论是言小姐还是周先生。不过这15个亿，我希望能为国家追回。"

罗昕珠大义凛然，掷地有声——当然并没有什么人信这等鬼话。

围观网上已经疯了。所有人都在说这15个亿——那是一般人穷尽一生都不可能拿到的数字。

"罗昕珠是个坏女人，她要真想把钱追回来，有一万个办法可以阻止这场拍卖、阻止成交，但是说到底，单是朗夏签的，东西是周朗伪造的，钱是经由他的手流出去的——追回钱是正经事！"

"怪不得急吼吼要当场交付！现在钱都转出去了吧——报警啊！赶紧的！别让那个外国人回了美国，没有引渡条约，那就真全完了！"

"我就说拍卖全是骗子吧，洗钱，炒作……反正都是资本。"

"报警，报警！"

"所以一般拍卖设定七天交货，这就是拍卖行的七天无理由退款吧？"有人抖机灵。

"退个屁！七天不交付那保证金也没了，一般是10万起，拿10万块打水漂玩你干啊？"

"不是，和15个亿比起来的话……"

"男人都是大猪蹄子！"

"歪哪里去了！你们醒醒，这是诈骗，15个亿的诈骗！伙同外国人薅我社会主义羊毛！这可都是血汗钱啊！"

"报警！"

网上一个一个出谋划策，联系官方的，联系警察的，打110的，拍卖场中就还好，就是很安静。

周朗问："罗小姐话说完了吗？"

他这样镇定，罗昕珠忽然有点慌。她安慰自己说别怕，他能怎么样？他就是个私生子，利华周家绝无可能给他还这笔钱——杨惠这么说，她说："他要真有钱，十多年前我就不会嫁给郑磊了。"

"罗小姐没意见的话，是不是可以轮到我来说几句了？"

罗昕珠尚未回答，言夏已经说道："还是我来吧。我是公司法人，我是高古瓷专业出身，我——"

"你是个傻子。"周朗忍不住笑了一下。

言夏愕然。

"好了好了各位，"周朗转过身，对着所有竞买人，"谢谢各位今天的表演，非常精彩！如果还想继续看这出戏就继续，如果有别的事，现在可以走了。场外的朋友们请留下来，看完最后一出。"

言夏心想：不是他疯了就是她疯了——

罗昕珠也有同样的感觉，不过周朗几句话就解答了她们的困惑。

"我想罗小姐误会了。今天这场不是拍卖，而是表演。除了部分是我的朋友、长辈之外，其余都是特型演员——是不是看起来很像本尊？感谢大家百忙之中抽空陪我演这场戏，特别是老馆长，演技精湛……"

"场外围观的朋友也不用担心，15亿就是个数字，钱还好好躺在国库里，我保证！"

罗昕珠的笑容僵住，她还没有回过神来。

"罗小姐的第二个文件是不是我的委托书我不关心，那不重要，想必罗小姐也明白。当然必须承认，罗小姐确实找到了一个非常厉害的手艺人，骗过了仪器，也骗过了几乎所有人的眼睛。"

"破绽在哪里？"罗昕珠觉察到声音在发颤，她努力想要稳住，但是没有成功。

"在……三天前，预展收官那天，你制造了一场混乱，混乱中天目盏被失手摔裂，就在底部——罗小姐，你弄巧成拙了，言夏戳穿你剽窃，你就想同样置她于两难之地，反而暴露了自己。"

周朗拿起天目盏，接过工作人员递上来的聚光电筒，照给所有人看："当时言夏没有接到电话，接到电话赶过去处理的人是我，我送去修复，修复师看出了破绽。所以我取消了拍卖……"

"如果拍卖如约举行，那么必然会有受害者。当时舆论都希望我们能够留下这只天目盏，国内藏家也都在为此奔走尽力，所以极大可能它会被留在国内，"周朗摊手，"但无论是谁，都不该承受这样的损失。"

"无论是谁，"他放慢语速重申，"无论藏家、国家、我，还是言夏，都不该承受这样的损失。我很想知道是谁在背后，我不想死得不明不白，所以我征得长辈和朋友的同意，办了这场模拟拍卖——恭喜罗小姐，你是场中唯一真正的竞拍人。不过罗小姐也不用生气，因为言夏也不知道。"

"好了，我估计警察已经到门口了……"

"我犯了什么法？"罗昕珠忽然尖叫，"我犯了什么法！你没法证明它和我有什么关系！就算是我订制，高仿艺术品也合法，你要报警，你要抓……你抓约翰逊啊！和你们签约的是他，诈骗的是他——"

"拍卖一开始，他就已经在罗小姐你的安排下回国了。"

"那你就更加不能血口喷人了！"

周朗看了一眼腕表："这样吧，还有几分钟时间……我和言夏曾经就这件天目盏的真假展开过讨论，言夏说，辐射可以做旧，但是因为辐射光提纯过，和自然辐射不一样，能够被检测出来。我当时听到'提纯'两个字，就想起了一件事，罗小姐的先生宋祁宁先生似乎是酒精中毒过世。"

罗昕珠背脊僵住，不，她想，住嘴！不要再说了！你住嘴！

——但是她出不了声，也动不了，她站在那里，像一只被钉死的蝴蝶，仍然绚丽至极。

"我所认识的宋先生是个非常节制的人。会不会让他中毒的并不是酒，而是提纯过的酒精？我知道宋先生做了尸检，不过我想也许应该更仔细一点，不要像我和言夏一样，差点被罗小姐打脸。"

二十五

"我原本是想围观个什么来着？"网上彻底蒙了，"本来我就想看个国宝回归……"

"不是，我还想看国宝值多少钱……"

"好端端我的金钱瓜、国宝瓜变成了刑事瓜？好像更带感了是怎么回事。"

"我都不关心！我只想知道国库里这15个亿是不是还在？"

有人回答他："还在。"

"罗昕珠她……"

婚姻、爱情、金钱，永远热门。

言夏也在问："罗昕珠她真的——"

周朗点头："警方应该已经介入了。"

言夏一下子词穷。她受到的惊吓比网上吃瓜群众只多不少。她大致能想明白罗昕珠的局：她是利用舆论压力逼他们把天目盏留在国内，无论买家是谁，都不会轻易放过他们，朗夏的信誉一败涂地。

甚至可能因为诈骗入刑，数额特别巨大，十年起步。周奕申可能会救周朗，但不会救她。公司法人是她。

她花了几乎整晚的时间复盘："那只天目盏到底有没有摔碎过？"

"没有。"周朗回答，"确实摔了，但是东西没有受损。你知道的，建盏瓷实，我们的防护措施其实做得不错。不过它给了我灵感，让我以'发现修复过'作为理由，向上面申请推迟拍卖。"

以前古玩行有句话，"瓷器带毛，不值分毫"。虽然对于博物馆和研究人员，受损的瓷器仍然具备展示和研究的价值，但是在收藏界确实属于"未曾告知的巨大瑕疵"，理论上可以取消拍卖。

也多少有点欺负罗昕珠不专业不懂瓷。

"你早知道是假的？"

"有怀疑，但是没有证据。你看不出破绽，我也看不出来。"周朗想了想，又补充道，"我一直在想，如果是真的呢，万一是真的呢……"

言夏从这句话里听出他担过的风险，这也许是他执意要主槌的原因："你为什么会怀疑……"

"他一口咬定织田信长。"

"织田信长？"

"早个四五年吧，建盏价格起来了，就有人炒作。第四只曜变天目确实存在，足利将军宝物帐中有记载，但是足利义昭远没有织田信长、本能寺的名气，也没那么戏剧化，所以……信息污染得厉害，连你都中招了，就别说罗昕珠这种门外汉了。而我，"周朗道，"刚好知道这个内幕。"

言夏：……这人还得意上了！

"更何况，"周朗耸肩，"她还找了帮手。"

"谁？"

"Jessica。"

言夏目瞪口呆："杨惠？"她想起来，拿下天目盏这单公司在空中花园庆功那晚，似乎是看到过一个熟悉的背影。但是当时周朗醉得厉害，她也就把事情给忘了。"你那晚装醉是不是？"

"真醉，真醉！"周朗笑了。

言夏："……怎么会找杨惠？"

"可能是宋祁宁误导了她。"周朗猜道，"我们在大使馆参加酒会的时候，他不是挑拨Jessica和你吗？可能就因为这个，罗昕珠跟Jessica保证，事情成功之后，能让我回到Jessica身边……"

"真是敢想敢说。"言夏瞟他一眼，再次论断，"周先生真是昂贵。"

周朗哈哈大笑。

"我就说怎么这么离谱，都这么敢喊价，跟钱不是钱似的，特别老馆长，15个亿我的天！就算真织田信长，算上日本人不计成本，我最多也就估到5个亿。"言夏又想起来，"那个委托书——"

"是真的。没点真东西，罗昕珠也不会轻易信Jessica。她需要一个共犯。Jessica给了她一张我的空白签名书，稍微做了点旧，看起来就像是三年前。她说我当年对不起她，所以给的补偿。"

言夏："故事还挺完整。"

周朗喜欢看她懵懂的样子，凑上来亲了一口。言夏推他："我这里还没审完呢。"

"继续继续，言小姐问什么我都招。"

言夏撑不住笑，又赶紧收住："为什么不和我说？我都快吓死了——我又不介意杨惠。"

周朗心想：言夏是越来越好哄了，被骗得团团转，几句话就过关了。他说："你演技不行，她不会盯住我，但是她一定会盯着看你的反应，尤其我设置了百亿门槛，逼得她不得不亲临现场的情况下。"

不把人逼到现场当面对质，没有这个全世界围观的机会和影响力，罗昕珠有太多办法可以阻止开棺验尸。即便没有她作梗，没有足够的证据，宋家那对爱子心切的父母也不会允许他轻易被打扰。

"我一直留意她，没有人吃这么大亏还能忍气吞声。不过能花上一年多的时间做局也在意料之外了，如果不是找错了帮手……"周朗想了想，又否定道，"我一直盯着她，她做什么我都能察觉。"

"我怂恿你接这单，但是我不知道她会在哪个环节使坏。她没有全盘和Jessica交代，我也只能一步一步试探和摸索，签约，保险，取货，安装展台。后来舆论起来……就差不多心里有数了。"

周朗看言夏眼睛睁得圆圆的，又忍不住笑："就你这个傻子，还冲出来说'我是公司法人！'"

言夏尬得脸都红了。

"如果咱们真亏了15个亿，我还能让你承担不成？"周朗捏她的胳膊，"可怜小胳膊小腿的……"

言夏："周朗。"

周朗停下来看她。

她觉得有无数的话，像茶壶里的饺子，一直都倒不出来，只叹了口气："周朗，你可真会演。"

她知道他骗她，他瞒她，她应该生气。但是也气不起来。她以为宋祁宁完了事情就完了，她以为他会因为她算计出人命而厌恶她，疏远她，和她分手——她甚至想过接受这个结果，她接受他的审判。

但是他没有。

他该是从那个时候开始保护她，时时刻刻。她沉睡的时候他还睁着眼，在她和危险之间挖出一条护城河。

"但是我爱你。"她说。所以她能信他。

周朗反而怔了一下："真不容易。"

"什么不容易？"

"等到言小姐你这句话真不容易。"他吻她，温柔绵长。

言夏："结婚的时候我没说过吗？"

"没有！你就说'你不反对的话，我们找个时间把婚结了吧'，"周朗幽怨道，"我都以为我听错了。我寻思你就是说'我炒个鸡蛋你帮忙洗根葱过来'也没这么随便。"

言夏："……那你还同意？"

"我寻思洗个葱事儿也不大。"

"我有阵子还想可能要等到朗夏敲钟上市才能等到你求婚了。没想到这么快。"周朗下巴搁她肩上,"真不容易。"

言夏:……算了,不能和这种大型犬科动物计较。

宋祁宁的案子很快出了结果,比言夏想的还要快。

尸体一直没有火化,据说是宋家父母抱着万一的希望,有流落在外的骨肉,可做亲子鉴定。

作案手法不复杂,但是很隐蔽。宋祁宁那天确实喝了酒,不过致命的是静脉注射酒精,导致血液中酒精浓度剧增遽增,很快超过0.4的上限,急性肾衰竭致死。

法医重检,在头皮找到了针孔——原本也不是太难找,只是当时没往谋杀上想。宋家也不允许剃发。

消息传出来,甚为轰动。一审判了无期,宋家声称要上诉。

言夏接到律师的电话:"罗小姐想见你。"

言夏原本要拒绝,但是最后同意了。她没见到姐姐最后一面,并不太遗憾,但是偶尔也会想起。

监狱的会客室里,一眼过去,灰扑扑一团,很瘦,很小。言夏怔了一下,不敢相信这是罗昕珠——她想起五年前初见,在她做的第一场书画拍卖预展上,高挑秀美的女郎,清新如一支剑荷。

时间就这样过去,像夏天的河水漫过脚背。

但是那人猛地抬头来,鹰隼一样锐利的眼睛,从喉咙里发出"嗬嗬"的声音,像一只弓起背脊准备攻击的兽。

言夏说:"罗小姐你不要这样,你这样我就提前结束会面了。"

罗昕珠喉结动几下,她似乎是在努力把怨恨和愤怒咽下去。过了片刻,面上扭曲的肌肉找回到原来的位置。这仍然是一张十分漂亮的面孔。她张了几次嘴才把话问出来:"他为什么不恨你?"

"……谁?"

"姓周的!"她嘶声道。

言夏愕然:"他为什么要恨我?"

"你给他招来多少麻烦你知道吗!一次一次……他为什么不恨你?他

为什么每次都能原谅你？为什么！"

言夏忽然反应过来，她想问的其实不是"他为什么不恨你"，而是"为什么宋祁宁恨我，周朗却不恨你"。有瞬间百感交集，她想起她的那个梦，梦里那个人说："你不过是比我运气好……"

是，她运气好，她爱的是周朗；而她碰到了宋祁宁。

她简洁地回答说："他和宋祁宁不一样。"

宋祁宁在沈南音之后选择罗昕珠，也许是想证明他没有错，错的是沈南音，沈南音咎由自取，他不能容忍的只是虚伪和欺骗。

但或者他就是偏好这一型，野心勃勃，也生机勃勃。她们铆足了劲往上走，抓牢所有能抓到的机会，走所有能走的捷径——他没有这些，他没有穷过，他不匮乏，他没有那么浓烈的欲望。

所以他不懂。

他恨。

他总爱上她，于是不能避免以恨收尾；他以为自己被辜负，他不知道那是必然。他不会爱上清白无辜安分守己。

野心如焰，欲念如炽，他不能只接受它迷人，不接受灼手之痛。

这算什么回答！

像是什么都说了，又什么都没说。周朗当然不是宋祁宁，可那对她有什么用？罗昕珠面色灰败，过了许久，方才又问："我自问没有得罪过你，你到底为什么要弄死我？你做的那场拍卖会，一点活路都没给我！为什么要做到这个地步？——不要和我说道德，言夏，你没有道德！"

言夏想那也许是真的，如果她有道德，也许在初见的时候就会告诉罗昕珠"不要抄袭"，后来看到她的作品，应该提醒她"不要剽窃"，但是她都没有，也许是因为她不知道她抄了谁，她冒了谁的名。

也许是成年人的社交礼仪，也许就只是她不想多管闲事，直到——

"你想听实话？"

"当然！"

"那天周朗的父亲让我和他打赌，赢了我可以带走周朗。"言夏说，"我想赢。罗小姐，每个人都只在自己的生活里才是主角。你想要出人头地的时候你没有想过石生泉，我想要和周朗在一起的时候我没有想过你——你没那么重要,就只是偶然。我不想弄死你,想弄死你的是宋祁宁。"

罗昕珠被送回狱舍,下了一整夜的雨。她想起宋祁宁死的那个晚上也下着雨,仿佛万物生发,强劲有力。人在昂贵的波斯地毯上挣扎了片刻,不动了。她最熟悉的面孔,安安静静,如同沉睡。

她忽然又想起更遥远的,有一年年末的慈善晚会上,他把钻冠戴在她的头顶,他说:"愿我的妻子,永远如今夜美丽。"

阁楼上有人乌发白衣,振袖起舞,琴声淙淙,是十面埋伏。

尾声

言夏从监狱里走出来，有点恍惚，像是在很多年前她也探过一次监，委屈得想要大哭一场，如果有宝马的话，但是没有，她在树荫下等到了大巴……已经很多年过去了。今年韩慎都出狱了。

她少年时候目睹了姐姐的婚姻。其始，是费尽心机；其终，是生死不见。她相信这个世界上有爱情这回事，但是那必然稀有如凤毛麟角，要很幸运很幸运才能得到，又太容易失去。

她自问不是一个幸运儿。

她想她可以找一个过得去的人，在她还有择偶优势的时候，像这个世界上大多数夫妻一样共同生活，合作育儿，各取所需。她能够得到一些关爱，一些帮助，也随时准备面对可能的反目。她有双手，她不贪心，她随时可以体面离开而不至于身陷囹圄——但是命运不是这么安排的。

她遇见韩慎。

但是后来她遇见了周朗。

她成了一个幸运儿。

她朝车走过去，周朗在车里等她。

"周朗你什么时候开始中意我的？"她忽然问。

"不记得了。"

言夏叹了口气:"我们生个小孩好不好?"

"可以,但是你要答应我不绊他跟头。"周朗唇角往上翘,一个不容易按住的笑容。